远山

The Hills Beyond

[美]托马斯·沃尔夫（Thomas Wolfe） 著

刘积源 韩立俊 译

光明日报出版社

图书在版编目（CIP）数据

远山／（美）托马斯·沃尔夫著；刘积源，韩立俊译．－－北京：光明日报出版社，2013.1

ISBN 978－7－5112－3877－1

Ⅰ.①远… Ⅱ.①沃…②刘…③韩… Ⅲ.①短篇小说—小说集—美国—现代 Ⅳ.①I712.45

中国版本图书馆 CIP 数据核字（2012）第 320324 号

远山

著　者：（美）托马斯·沃尔夫	译　者：刘积源　韩立俊
出 版 人：朱　庆	终 审 人：孙献涛
责任编辑：曹美娜	责任校对：张明明
封面设计：中联学林	责任印制：曹　净

出版发行：光明日报出版社

地　　址：北京市东城区珠市口东大街 5 号，100062

电　　话：010－67078248（咨询），67078870（发行），67078235（邮购）

传　　真：010－67078227，67078255

网　　址：http：//book. gmw. cn

E - mail：gmcbs@ gmw. cn　caomeina@ gmw. cn

法律顾问：北京市洪范广住律师事务所徐波律师

印　　刷：北京天正元印务有限公司

装　　订：北京天正元印务有限公司

本书如有破损、缺页、装订错误，请与本社联系调换

开　　本：710×1000 毫米　1/16

字　　数：279 千字　　　　　印　张：15.5

版　　次：2013 年 4 月第 1 版　印　次：2013 年 4 月第 1 次印刷

书　　号：ISBN 978－7－5112－3877－1

定　　价：46.00 元

目 录
CONTENTS

失去的孩子

1

　　葛罗夫走进广场。亮光照过来，照过去，接着又照了过来。市政厅的大铜钟急促地敲了三下，声音传遍了全城。四月的微风将喷泉的水柱吹成绚烂多彩的薄幕，然后又颤颤巍巍地恢复成羽毛状。他是个孩子，眼睛乌黑，面容冷峻，脖颈上有一块胎记——就像一颗深棕色的浆果——神情温和。以他的年龄来说，他不苟言笑，善于倾听别人，显得过于平静。磨损了的鞋子，系在膝部的粗带长筒袜，一条齐膝长短、一侧镶有三只无甚用处纽扣的短裤，水手服，一顶破烂的旧帽子歪戴在乌黑的脑袋上，又脏又空的帆布包搭在肩头，等着装满午后崭新的印刷品——这身舒适、破旧的衣服勾勒、映衬出葛罗夫的形体。他转过身，朝广场北面走去，这一刻他感到现在与永恒已经融为一体。

　　亮光照过来，照过去，接着又照了过来，喷泉羽毛状的水柱有节律地朝上喷吐着，四月的微风穿过广场，将它吹成镶有彩虹的薄雾。消防局的马儿不停地踏着地板，发出咚咚的声响，它们干净、粗糙的尾巴不时来回拂动着。电车从小城的各个方向驶进广场，像上了发条似的按规定好的时间停上一刻钟。一匹瘦骨嶙峋的老马拉着运货马车吱吱嘎嘎地从他父亲铺子的另一侧穿过。市政厅的大钟发出三声沉闷、庄严的响声，接着一切又恢复了原状。

　　他宁静的眼睛看着外形难看的混合建筑结构——整个广场的建筑物极不相称，而他并不感到失落。葛罗夫心想，"此处，此处便是一如既往的广场，还有爸爸的店铺，消防局和市政厅。喷泉的羽毛状水柱有节律地喷吐着，每过一刻钟就会有电车停下来，还有坐落在角落里的五金商店，那一排旧砖房使这一侧的街道显得脏兮兮地，人群来回穿梭，照在这里、不断变换的亮光总会再次照过来的。一切来去匆匆，在广场上不停变化着，可终究都会恢复原样。孩子心想，"葛罗夫站在这里，正背着报纸口袋。成熟的葛罗夫几乎不到十二岁。此时正是一九零四年四月。市政厅的大钟便在此处，正在敲响三点钟。葛罗夫正站在永不改变的广场上。葛罗夫就在这里，定格在这一刻。"在他看来，这个广场就是宇宙的中心。多少年来，它本身由砖石随意铺砌而成，是时间与断断续续的劳动偶然的凝聚物。在他的灵魂深处，这就是地球的支点，是亘古不变的花岗岩心，是万物不断穿梭、居留于此、永不改变的不朽之地。

他穿过拐角那间陈旧的小屋——一幢容易失火的木制建筑，一位犹太老板在此经营着他的法兰克福香肠生意。然后他穿过隔壁辛格的店铺，里面陈列着亮闪闪的新缝纫机。他看着那些机器，满是羡慕但并不快活。他耳边又响起做家务时妇女缝纫时忙碌的嗡嗡声，想起针脚与缝纫的复杂精细、风格与款式的神秘，回忆起妇女俯身专注于闪亮的缝纫针，脚踩踏板，机器呼呼转动的景象来。这是女人们干的活儿：他莫名地想到了乏味与淡淡的沮丧。同样，他常常会盯着上下运动的缝纫针看，针头的速度快得他难以跟得住，于是便会陷入片刻的恐慌之中。然后他会想起母亲说过缝纫针曾刺进过她的手指，当他经过这个地方的时候，他总会立刻想起这一点，伸长脖子看看，然后猛地转过头。

他继续朝前走去，但却不得不再次在隔壁的音乐商店前驻足。他总会身不由己地在闪闪发光的华美之地停留下来。他喜欢五金商店，橱窗里陈列着精准的几何工具。他喜欢摆满锤子、锯子、刨板的橱窗。他喜欢那摆满结实的耙和锄头的橱窗，工具上镶着由白色良木制成的崭新手柄，清晰、鲜艳地加盖着制造商的标记。他喜欢在五金商店的橱窗里看到这些东西。每每见到他都会心满意足，心想总有一天，他自己也会拥有一套。而且，他总会驻足在音乐和钢琴店前。这是个了不起的店铺。橱窗里一只白色的小狗正蹲坐在那里，脑袋黯然地偏向一侧，这只狗从不移动、从不吠叫、专心倾听通过号角发出的"主人之声"——一个永远沉默的号角，永不说话的声音。店内，摆设着各种型号的钢琴，豪华而闪亮，洋溢着辉煌与富有的气氛。此时，他的确被牢牢地吸引住了，于是便停下了脚步。一缕温暖而富含巧克力香味的空气扑入他的鼻孔。他努力想穿过那只有八英尺长的店铺；他停顿了一下，内心激烈地斗争着。他胜利了。就在老克罗克夫妻经营的小糖果店前，葛罗夫走不过去了。

"吝啬的克罗克夫妇！"他轻蔑地想着。"我再也不去那儿了，可是——"当正在制作的美味巧克力散发出的香味再次扑入鼻腔时，他又一次心动了——"我只在橱窗里看看有些什么。"他停顿了一下，黑色、平静的眼睛朝小糖果店的橱窗里望去。一尘不染的橱窗摆满了盛放新鲜糖果的盘子。他的眼睛落在一盘巧克力豆上，然后无意识地舔了舔嘴唇。在舌头上放上一颗，它就会像蜜汁一样立即融化。有些盘子里盛着自制软糖。他渴望地盯着深色巧克力软糖，若有所思地盯着淡棕色核桃糖，更专注、更出神地看着薄荷糖、巧克力牛轧，以及其他各种美味糖果。

"老吝啬鬼克罗克夫妇！"葛罗夫再次低声咕哝着，转身欲走。"我再也不会上那儿去了。"

然而，他并未走开。"老吝啬鬼克罗克夫妇，"他们可能真的如此；不过他们做的糖果可是小城里最棒的，事实上，是他吃过的最棒的。

他回首望着小店的橱窗，看见克罗克夫人正在那儿。一位顾客走进店内，选好了糖果。葛罗夫看见克罗克夫人小鹡鸰般的面容，神情专注，此时正倾着身子，认真地盯着磅秤。她干净、瘦骨嶙峋的小手指间捏着一片软糖，葛罗夫看见她一本正经地用小手将其掰碎，然后让糖一点一点掉进秤盘。秤杆摇摇晃晃地沉了下去，她马上捏紧手指，从秤盘上拿起一块软糖，再一次仔细地掰开。这一回，秤杆摇晃了几下，便慢慢地沉了下去，然后又升了起来。克罗克夫人小心翼翼地把取回的那块糖放回糖果盘里，然后将其余部分倒入一个纸袋中，折好袋口，递给了顾客。她仔细地数了数钱，然后放入钱匣子，铜币放在一处，镍币放在另一处。

葛罗夫站在那里，轻蔑地看着。"老吝啬鬼克罗克——生怕她会多给一点儿。"

他又轻蔑地哼了一声，转身欲走。可就在此时，克罗克先生从制作糖果的小隔间里走了出来，皮包骨头的手里端着一盘刚做好的软糖。老克罗克摇摇晃晃地沿着柜台走到前面，把糖放下。他的确是摇晃着走过柜台的。他是个瘸子。跟他老婆一样，他也像一只精神萎靡不振、瘦弱的鹡鸰。他手指干瘦、薄薄的嘴唇、面容痛苦、瘦削。一条腿比另一条腿短几英寸，这只脚上穿着巨大的厚底靴子。靴底饰有弧形条纹，至少有六英寸厚，这样就可以弥补其长度的不足。靠这只木头支架，克罗克先生摇晃而来，面带古板、不安的微笑，好像担心自己会损失什么似的。

"老吝啬鬼克罗克！"他低声说道。"哼！他什么都不会给你的！"

然而他并未走开。他好奇地待在那儿，从橱窗里张望着，温和的黑眼睛目不转睛，警觉且好奇，鼻子紧贴着橱窗。不知不觉中，他那只鞋尖磨损严重的旧鞋开始不断摩擦另一条腿上的厚袜子。刚出锅、散发着热乎乎气味的新鲜软糖美味可口，真叫人心动。他开始在一只裤子口袋里摸索起来，掏出一个破烂、磨损严重的黑色旧钱包，钱包上有个扣子。他打开钱包，仔细地寻找着。

他的发现并不令人激动——只是一枚五分的镍币和两枚一分的铜币，还有——他已经忘掉的——邮票。他取出邮票，摊了开来。有五张两分的，八张一分的，这是一块六邮票的剩余部分。邮票是一两个星期前，药剂师里德为答谢他跑腿送给他的。

"老吝啬鬼克罗克，"葛罗夫心想。他面色阴沉地望着那个矮小的古怪身影，看着他再次摇晃着走进店铺，绕过柜台，来到另一端。"嗯——"他不太肯定地再次看了看手中的邮票——"其他邮票都落入他手里了。不妨把这点儿也拿去算了。"

如此轻蔑一想，他内心颇感宽慰，于是走进铺子，站在那里，盯着玻璃柜里的糖果盘子，下定了决心。他用一只并不大干净的手指指着一盘新鲜巧克力软糖说道，"我要一分五这种糖，克罗克先生。"他停顿了一下，竭力抑制着尴尬的情绪，然后仰起脸平静地说，"对不起，我不得不又要给邮票了。"

克罗克先生没有作答。他没正眼瞧葛罗夫，古板地紧闭着嘴唇。他摇晃着走过去，拿起糖铲又走了回来，拉开玻璃柜子的门，把软糖放在糖铲里，摇晃着走过去放在秤上称了起来。葛罗夫时而凝视，时而斜视，见他撅着的嘴巴闭得紧紧的。他看见他拿起一块软糖，掰成两半。然后，老克罗克将两半再分成两半。他在那边秤，葛罗夫在这一边斜着眼看，内心踌躇不定。他觉得，管克罗克夫人叫吝啬鬼可真有点不太公正了。终于，他深深地舒了一口气，称量工作已经结束，秤杆悬在那里，令人担忧地摇晃着，好像磅秤也担心再偏向克罗克老头一点点，他们就会完蛋似的。

接着，克罗克先生抓起糖果，倒进一个纸袋，沿着柜台摇晃着走向孩子，干巴巴地对他说："邮票在哪儿?"葛罗夫把邮票递给了他。克罗克先生松开鹰爪一样的手，把纸袋丢在柜台上。葛罗夫抓起纸袋装进自己的帆布口袋，接着又想起了什么。"克罗克先生——"窘迫的情绪又一次袭来，犹如剧烈的疼痛一般——"我多给你了，"葛罗夫说道。"那些邮票共计一角八分。你该找我三张一分的。"

克罗克先生没有作答。他干瘦的手忙碌地将邮票摊开，摆在玻璃柜台上面。摆完后，他严厉地看了片刻，朝前挺了挺骨瘦如柴的脖子，上下扫视着，就像加算数字的簿记员一样。

打量完毕后，他恶狠狠地说："我可不愿做这种生意。如果你想吃糖，你就拿钱来买。我这儿可不是邮局。下次你来这儿买东西，你得拿钱买才行。"

怒火从葛罗夫的喉咙里升起。他橄榄色的脸上涌现出气愤的色彩。他褐色的眼睛变得又黑又亮，很想脱口而出："那么你为何要拿走我其他的邮票?你为何在拿走所有邮票后，才说并不想要它们?"

但他是个孩子，一个十一岁的孩子，一个安静、温和、冷峻、细心的孩子，曾经接受过如何尊敬长者的教导。所以他只是站在那里，用他乌黑的眼睛看着。克罗克老头微微撅着嘴，并没有与葛罗夫的目光相对，他用干瘦的指头收起邮票，转过身，摇晃着走过去放进装钱的铁柜子里。

他拿起两分的，折叠起来，摆在一只扇贝形的盘子里，然后拿起一分的，折起来摆在旁边的一个盘子里。接着，他合上铁柜子，开始摇晃着走开，一直走到了另一端。葛罗夫的面容此时既平静又冷峻，一直盯着他看，而克罗克先生并没有看葛罗夫。相反，他开始折叠一些印有标记的硬纸板，想把它们折成纸箱。

葛罗夫马上说，"克罗克先生，请你找我三张一分的邮票，好吗?"

克罗克先生并没有作答。他不停地折着纸箱。他一边折一边紧紧地抿着嘴唇。克罗克夫人也用鸟爪般的手折着纸箱，此时转过身，恶狠狠地对丈夫说："哼，我什么都不会给他!"

"请你把三分邮票找给我，好吗?"葛罗夫说。

"我什么都不会给你的，"克罗克先生说。

他停下手中的活，摇晃着走向柜台。"你现在给我滚出去!不要再拿什么邮票到这儿来了，"克罗克先生说。

"我很想知道他究竟从哪儿搞的那些东西——我就想知道这个，"克罗克夫人说。

她说这一席话的时候并未抬头。她微微地将脑袋偏向克罗克先生的一侧，然后继续用骨瘦如柴的手指折叠着纸箱。

"你从这儿滚开！"克罗克先生说。"不要再拿你的邮票上这儿来了……你是从哪里弄来的这些邮票？"他问。

"我也一直想知道这个，"克罗克夫人说。"我一直在思考这个问题。"

"这两个星期你总拿着邮票上这儿来，"克罗克先生说。"我并不喜欢这些邮票。你是从哪里弄来的？"他问。

"我一直想知道这个，"克罗克夫人第二次说道。

葛罗夫橄榄色的面容微微泛白。他的眼睛失去了光彩，看起来就像毫无生气、呆滞的柏油球。"里德先生给的，"他说。"是里德先生给我的。"然后便拼命地喊叫起来："克罗克先生——里德先生会告诉你我是如何得到那些邮票的。我替里德先生干过活，他是两星期前给我邮票的。"

"里德先生，"克罗克夫人很不高兴地说。她连头都没有转动一下。"觉得这可真滑稽。"

"克罗克先生，"葛罗夫说："只要你能把三个一分的邮票找给我——"

"你滚出去！"克罗克先生嚷道，然后摇晃着朝葛罗夫走过去。"听着，不要再到这里来了，小子！这种生意真滑稽！我可不喜欢，"克罗克先生说。"如果你不能像其他人那样掏钱买东西，那么我就不会同你做买卖。"

"克罗克先生，"葛罗夫又说道，他橄榄色的面容变成了灰色，"如果你能把三个一分的邮票找给我——"

"你滚出去！"克罗克先生一边大声说，一边朝柜头尽头走去。"如果你不滚蛋，小子——"

"我就要叫警察了，我只能这么做，"克罗克夫人说。

"你必须把那三张一分的邮票给我才行，"他说。

"滚出去！"克罗克先生尖声叫道。他抓住纱门，一把拉开，然后就把葛罗夫推了出去。"你不要再上这儿来了，"他说，停顿了一下，嘴唇微微抽动着。他转过身，摇晃着又朝店里走去。纱门砰地在身后关上了。葛罗夫站在街头。亮光照了过来，照了过去，接着又照在了广场上。

孩子站在那儿，一辆四轮马车吱吱嘎嘎地从身旁驶过。有几个人走了过去，可葛罗夫茫然地立在阳光下，觉得这一切就是时间，就是宇宙的中心，就是永恒不变的核心；他觉得这就是葛罗夫，这就是广场，这就是现在。

可这一天有什么东西已经失去了。他感到一种无法抗拒的力量压迫着自己。

广场模模糊糊地退缩在周围，眼前的亮光映衬着灰色的尘埃，喷泉形成的水帘幻变成艳丽的彩虹，重新得意起来，喷射成有节奏、羽毛状的水花。但这一天所有的光亮皆已黯淡，"这就是广场，这就是永恒，这就是时间——一切如故，除了我自己。"

失落的孩子拖着磨损的鞋子，跌跌撞撞、摸索前行着。麻木的双脚穿过大路，来到鹅卵石铺砌的街道，来到规划良好的中心广场——这里有草地，有花圃，不久就会盛开红艳艳的天竺葵。

"我想独处，"葛罗夫想，"在一个无法靠近他的地方……噢，天哪，我希望他永远不要听到，永远没有人告诉他——"

羽毛状的水花散开了，彩虹状的水雾洒过他的头顶。

他走了过去，来到另一侧，然后又穿过街道。当他麻木的脚踏上父亲铺子的台阶时，葛罗夫心想，"噢，天哪，要是爸爸听到就好了！"

他看着并感受着那些台阶——长约二十英尺旧木材的宽度与厚度。他都看见了——父亲铺子门廊上的铁柱子，漆着毫无生气、反常的黑绿色——这一地区饱经岁月的柱子皆是这副模样。两个污渍斑斑的天使，还有立在一旁等待着什么的石头。远处、周围、石匠的铺子里，到处都是白色大理石冰冷的雕像、打磨得浑圆的石头、无精打采、伸着一双结实、充满爱意的大理石手臂的天使。

他穿过走廊，白色的雕像立在他周围。他来到铺子后面的工作间。他知道，在室内左边的角落里有一只小小的铸铁炉，上面涂了厚厚一层褐色的东西，热烘烘的，而长长的排烟筒则伸出店外；那扇又高又脏的窗户俯视着黑人区附近的市场广场；室内粗糙、陈旧的架子上放着厚厚的木板，木料虽不光滑，但却很柔韧，就像动物结实的毛发一样；架子上摆着各种尺寸的凿子，上面落了厚厚一层石头粉尘；一只带有脚踏泵的旋转砂轮；一扇通往小巷的门。此处高出小巷十二英尺。室内有两只三角木架，上面放着墓碑，父亲正在其中一个墓碑旁边工作。

孩子盯着看，看见上面刻着克里斯曼的名字，看见约翰的名字中"S"刻

得很匀称，在姓名与日期之下隐藏着真挚的情感："约翰·克里斯曼，1903 年
11 月 7 日。"

甘特抬起头来。他五十三岁，面容憔悴，胡子刮得并不整齐，身体又高
又瘦。他身着质地很好的深色衣服——结实、魁伟——只是没穿外套。他干
活的时候身着背心，外面罩着衬衫，一只结实的表链挂在背心前，带着硬翻
领、打着黑领带。他的喉结高高突出，额头、鼻子十分瘦削。淡颜色的眼睛
呈灰绿色，眼窝虽不深，却冷冰冰地，而且不知道怎地，眼神中透着一丝孤
独。他的肩头系着一条围裙，戴着上浆的护袖。他一只手拿着又大又圆的木
槌，犹如屠夫的屠槌；而另一只手则拿着一只冰冷结实的凿子。

"你好吗，儿子？"

他平静、心不在焉地问。说话的时候并未抬头。他操纵着手中的凿子和
木槌，犹如钟表匠专注于手表一样，不同之处在于，他本人和木槌皆有更大
的力量。

甘特放下木槌，摆平凿子，从支架旁走来。

"怎么回事？"他问。

当葛罗夫眨动他乌黑的眼睛时，双目模糊了，滚热的泪水夺眶而出。"我
从未偷过邮票，"他说。

"嗨，怎么回事？"父亲问道。"什么邮票？"

"就是里德先生给我的邮票，其他孩子都生病的时候，我在他那里干了三
天活……可老克罗克，"葛罗夫说，"他拿走了全部邮票。我告诉他邮票是里
德先生给我的。现在他还欠我三张一分的——克罗克老头说他不相信邮票是
我自己的。他说——他说——肯定是我从什么地方拿来的，"葛罗夫大声地脱
口而出。

"邮票是里德先生给你的——呃？"石匠说。"你的那些邮票——"他舔
了舔嘴唇，把头一仰，盯着天花板看了看，然后转过身，迅速、大步地从工
作间走进了库房。

他很快又返回了，当他经过办公室那陈旧、漆着灰色油漆的隔板时，他
清了清喉咙，舔了舔拇指说，"现在，你听我说——"

然后他转过身，再次大步走到前面，清了清喉咙说，"你听我说——"他
转过身返回原路，沿过道两侧排列的墓碑走来，低声咕哝道，"我的天哪，现
在——"

他抓起葛罗夫的手，两人迅走如飞。他们穿过走廊两侧的石碑，经过污渍斑斑、守在那儿的天使，下了木头台阶，穿过了广场。喷泉有节奏地喷涌着，喷散成五彩的水帘，掠过他们；当葛罗夫与父亲穿过广场时，一匹年迈的灰马张着嘴，神情平和地看着他们，然后咂吧着嘴，畅饮冰凉的山泉。但他们却未注意到这一切。

他们迅速地来到另一侧，径直朝糖果店走去。甘特仍然系着他的那条饰有条纹的长围裙，紧握着葛罗夫的手。他打开店铺的纱门跨了进去。

"把邮票给他，"甘特说。

克罗克先生摇晃着从柜台后面走过来，此刻他脸上古板、仔细的表情变成了微笑。"这不过是——"他说。

"把邮票给他，"甘特边说边往柜台上扔了几个硬币。

克罗克先生摇晃着走过去取了邮票，然后又摇晃着返回。"我只是不知道——"他说。

石匠接过邮票递给孩子。克罗克先生拿走了硬币。

"这只不过是——"克罗克先生又开始说起来，面带微笑。

甘特清了清喉咙："你从未做过父亲，"他说。"你从不理解一个父亲的感受，也不懂得孩子的感受，这就是你之所以干出刚才那种事的原因。但你已经遭了报应。上帝已经惩罚了你。他让你饱受折磨。他让你瘸腿无子——瘸腿无子，饱受痛苦，直到进入坟墓、被人遗忘！"

克罗克的妻子不停地搓着那双皮包骨头的小手，恳求地说，"噢，别说这种话，请别说这种话。"

石匠仍然喘着气，紧握着孩子的手离开了铺子。亮光再次出现。

"没事了，孩子，"他边说边把一只手放在孩子的背上。"没事了，孩子，"他说，"你现在好受了吧。"

他们穿过广场，彩虹般的水雾掠过他们，那匹马站在水槽边痛快地喝着水，"没事了，孩子，"石匠说。

老马沿斜坡而下，马蹄声响彻在鹅卵石路面上。

"没事了，孩子，"石匠又说了一遍，"做个好孩子。"

他不紧不慢地走了一会儿，然后迈开大步走进自己的铺子。

失落的孩子站在广场上，距父亲铺子的门廊并不远。

"这就是时间，"葛罗夫心想。"这儿便是广场，这儿便是父亲的店铺，我就在这儿。"

亮光照了过来，又照了过去，然后又照了过来——可现在却与以往大不相同了。孩子看着熟悉的雕像模特，知道它们一如既往。可这一天有些东西已经失去了，有些东西再一次返回。在那些平静眼睛的视野之外，某种光明已经失去，而某种更深的色彩却进入了视野的范围。他难以说清，他并不明白，在一刻钟内生活如何穿过幻变的阴影。他只知道，某些东西已经失去了——永远无法再获得。

正在此时，一辆双轮单座轻型马车经过广场，尾端贴着一张海报，上面写着："圣路易"、"短程旅行"、"博览会。"

2

正当我们一路南下经过印第安纳州的时候——你还太小记不得这些，孩子——可是当我们经过印第安纳州，去参加博览会的时候，我常常会想起那个早晨你的模样。当时正值春天，所有的苹果树都吐出了新绿；由于正值印第安纳的初春时节，万物开始泛绿。当然，我们家乡可没有印第安纳州的农场。孩子们从未见过那样的农场，我想，他们全都被深深地吸引住了。

他们全都不停地沿着走廊跑上跑下——嗯，不，你和葛罗夫除外。你太小了，尤金。你当时只有三岁，你和我待在一起。至于葛罗夫——哎，我会给你讲一讲的。

但是其他孩子都不停地跑上跑下，从一个窗户到另一个窗户不停地张望着。一看到什么新鲜东西，他们彼此就会大声叫着、喊着。他们不停地朝各个方面张望，观察各个方向，好像希望能够看清自己的后脑勺似的。那是全家人第一次去印第安纳州，我想人人都会觉得好奇和新鲜。

他们似乎永不满足，一刻都安静不下来。他们不停地上下来回跑动，彼此大声叫喊着，直到——"我敢说！你们这些孩子！我从没有见比你们更兴奋的了！"我说。"你们不停地上下来回跑动，一分钟都安静不下来的样子是我从未见过的，"我说。

你也清楚，他们对去圣路易都兴奋不已，对一切都感到好奇。他们情不自禁，什么都想看一看。但是——"我敢肯定！"我说。"如果你们这些孩子不坐下来休息休息，那么没等我们到圣路易看博览会，你们就会累倒的!"

葛罗夫没有跑来跑去! 他——没有，他没有跑。听着，孩子，我想告诉你——我抚养了你们这一大孩子——如果要我说，你们几个没一个是傻瓜。可是葛罗夫! 哎，你们现在都长大了，全都离开了，再没有哪个是孩子了……当然，正如人们所说的，我希望你们已经找到了成年人的尊严。我想你们都具有成年人的判断力……但是葛罗夫! 葛罗夫甚至在那个时候就做到了。

噢，甚至还是个孩子的时候，你知道——那个时候，你们其余几个若不在我跟前，我几乎很难放下心来——可是我却信赖葛罗夫。他可以到任何地方去，我可以派他到任何地方，而我总会知道他定能安全返回，准确出色地完成我让他办的事情!

哎，我甚至无须嘱咐他什么。你可以打发那个孩子上市场，告诉他你要什么，而他返回时，用同样的钱买回的东西是你自己买来的两倍。

现在你也知道，人们常以为我是个很精明的生意人。其实，葛罗夫才算得上真正地精明! ——哎，到后来我甚至无须嘱咐他什么了。你爸爸对我说过:"你只要告诉他你想买什么东西，然后其他的事最好交给他去办吧。"你爸爸说，"如果我不相信他买东西比你更精明的话，那就该见鬼去了。他花同样的钱买来的东西比我见过的任何人买回的都多。"

嗯，我不得不承认这一点，你知道。我只得爽快地承认。葛罗夫甚至还是个孩子的时候，就远胜过我……哎，是的，小城里人人都在谈论他，你是知道的。他们说所有的商人、农民都认识他。当他们看到他走来时都会笑起来——然后说:"当心! 葛罗夫来了! 他可是你们愚弄不了的买主!"

他们说对了! 那个孩子! 我会说，"葛罗夫，你跑到居民区去看看今天有没有什么好吃的——"我只是眨眨眼，你知道的，但他却会明白我的意思。我不会透露自己具体想要什么，可我会说，"我想有些从农村来的新鲜东西应该上市了吧，所以你还是拿上钱去看看吧。"

哎，他呀，只需说这么多就够了。你只要告诉那孩子你相信他的判断力，那么他宁愿跑到地球的另一端为你去跑腿——另外，让我告诉你吧，他也从不会出什么差错!

他的眼睛会变得像煤块一样乌黑——噢! 那个孩子看你的神态，还有他的睿智与判断力。他会说:"好的，夫人! 切勿担心，妈妈。交给我吧——我会办好的！"

接着他就会像闪电一样飞快地跑开了——噢，天哪！正如你父亲所言，"我已在这个小城生活了将近三十年，"他说，"我看着它从一个乡间小路密布的村庄发展起来，明白了该明白的一切——但那个孩子却是个例外——"你爸爸说——"他知道一些我从未听说过的地方！"……噢，他会径直赶到你爸铺子下面的地方去，那里常停着马车夫和乡下人的马车——要么，他就会赶到康科德大街上去，那里常常是农民停放马车的地方。尽管他只是个孩子，他会直接去找那帮人的——葛罗夫会的！——他会像个成年人似的跟他们讨价还价。

"哎，"他最后说道，"你不得不承认这些，对吗？他曾经是你最聪颖的孩子，现在还是吗？"

我只是看了看他。我只能讲实话。我不能再糊弄他了。"不，"我说。"他是个善良、聪明的孩子。这一点无可挑剔——但这位聪明伶俐的孩子比其他任何一位的思考能力、理解力、判断力都要强。我最好的孩子——我见过的最聪明的孩子——嗯，不是尤金，"我说，"是另一个。"

他看了看我，然后说，"那么是哪个？"

嗯，我只是看着他，微笑着。我摇了摇头，你知道，我不能告诉他。"我从不会吹嘘自己的孩子，"我说。"你自己会发现的。"

不过——我得告诉你——你自己也知道，我抚养了一大帮孩子，对你们我很了解。你要相信我的话——最出色的要算——葛罗夫了。

那时候，每当我想起葛罗夫的时候，总会看见他坐在那里，神情冷峻且真挚——鼻子紧贴着窗户，和那天早晨途经印第安纳州时的样子一样。

整个上午，我们一直沿着沃巴什河岸前行——这条河流经印第安纳，曾有一首关于这条河的歌——所以，整个上午我们都沿河而行。我和你们几个孩子坐在一起，经过印第安纳，前往圣路易，去看博览会。

葛罗夫坐在那里，安静且认真地眺望着窗外，他一动不动，就像个大人似的坐在那里。他只有十一岁半，但是他比我见过的任何一个孩子都更加理智，判断力、理解力更强。

他就坐在这儿，紧挨着一位有身份的男子，眺望着窗外。我从来都不认识那个人——也从未问过他的名字——但你听我说！他的确是个相貌英俊、穿着得体、心地善良、坦诚的人，而且我能看得出来，他非常喜欢葛罗夫。

葛罗夫坐在那儿看着窗外，然后看了看那位绅士，面容冷峻且诚挚，就跟大人一样，然后问道："这一带种的是什么作物，先生?"嗯，那位绅士仰起头，哈哈地笑了笑。"嗯，让我想一想再告诉你吧，"他说，然后，他们二人开始攀谈起来，葛罗夫沉浸在其中，表情也很庄重。他向对方提出了各种各样的问题——诸如此地种有哪些种类的树木、农场有多大——各种各样的问题，那位绅士都做了回答。最后我说："哎呀，葛罗夫! 我觉得你不该问那么多问题。你打扰这位先生了。"

那位先生向后仰了一下脑袋，笑了起来。"你不要管这孩子。他没做错什么，"他说。"他一点都没打扰我，如果我知道他所提问题的答案，我就会告诉他的。如果我不知道，那么我就会如实相告。但他没做错什么，"他边说边把胳臂搭在葛罗夫的肩头。"你不用管他了，他一点都没打扰我。"

我仍然能想起他那天早晨的样子，乌黑的眼睛，乌黑的头发，脖子上有一块胎记——他的神情是那么冷峻，那么严肃，那么真挚——他坐在火车车窗前，眺望着窗外的苹果树、农场、畜棚、房屋、果园，沉浸在其中，我心想，这是因为一切对他既陌生又新鲜的缘故吧。

这已经是很久以前的事了，但每每想起，总会历历在目，好似发生在昨天一样。现在，你们弟兄几个有的离开了人世，有的已经长大离开，一切都和当时不同了。但是那天早晨你们全都跟我在一起，我以为自己能够回忆得起别人的眼光，但不知道怎地，却想不起来。然而，我仍然能够想得起那个早晨，我们途经印第安纳，一路沿河前行，赶往博览会时葛罗夫的模样。

3

尤金，你还能记起葛罗夫昔日的样子吗? 我指的是他的胎记，乌黑的眼睛，橄榄色的皮肤。那块胎记总露在外面，因为他经常穿着孩子们习惯穿的水手衬衫。但我觉得葛罗夫离开人世的时候你还太小……几天前，我看过那张老照片。你明白我的意思——就是爹妈、兄弟姐妹一起站在伍德森大街房子前的那张照片。你不在里面，尤金。你还没出生呢。拍照片的时候你还没来到世上呢……过去一有机会我们就会说你是挂在天堂里的一条抹布，你往往会气得发疯，这事你还能想得起吗?

你就是那个婴儿。你婴儿时就那幅模样。照片上没有你，对不对？……前几天我看过那张照片。我们都在上面。我的天哪，这究竟是怎么回事？我的意思是，当你看到我们当时的样子——黛西、本恩、葛罗夫、史蒂夫等所有人——那么看看现在！死的死，长大的长大，离开的离开。当你努力弄明白这一切的时候，你有没有觉得这一切很滑稽？你明白我的意思——你有没有觉得这一切很古怪？你上过大学，应该知道答案——如果你知道，我希望你能告诉我。

我的老天，有时候我会想起自己从前的模样——想起常做的梦。想起弹钢琴时，一天练习七个小时，梦想有朝一日会成为伟大的钢琴家。我拜奈尔阿姨为师学习唱歌，因为我觉得有朝一日我会开创自己伟大的歌剧生涯的……你现在觉得吃惊吗……你能想象吗？以伟大的歌剧为职业生涯！现在我想问你，我很想知道。

我的老天！当我来到居民区，走上街头，看见所有那些长相滑稽的男女孩子们在药店里闲逛——你觉得他们都有我们这样的远大抱负吗？你觉得他们中的任何一个女孩子都在思考以歌剧为职业生涯吗？……你有没有看过我们的那张照片？前几天我刚好看过。是在伍德森大街老房子前拍的，爸爸身穿燕尾服站在那儿，妈妈紧挨着他——还有葛罗夫、本恩、史蒂夫、黛西、还有我自己，我们的脚都踩在脚踏车上。可怜的卢克当时只有四五岁。他不像我们都有脚踏车。但照片上有他。我们所有人都在一起。

瞧，我在这儿，我那可怜的瘦腿、长长的白衣服，两条辫子垂在身后。我们大伙儿都穿着模样古怪的衣服，衣服上有一些花里胡哨的玩意儿。但是我想你不可能想起来。当时你还没出生呢。

不过，我们都是一伙长相不错的人，我不妨这么说。背景是昔日"86"号房子的前面门廊，有葡萄藤和花圃。"伊丽莎小姐"站在爸爸身旁，手腕上戴着令人着迷的手表……我不应该笑，但"伊丽莎小姐"——嗯，妈妈当时可是个漂亮的女人。你明白我的意思吗？"伊丽莎小姐"的确是一位漂亮的女人，而身穿燕尾服的爸爸则是个美男子。你能想起礼拜日他是如何打扮自己的吗？我们都觉得他是多么了不起，你能想起他让我数钱的情景吗？那时我们觉得他多么富有啊。你还能想起我们当时如何看待广场上那个小小的店铺吗？……现在你觉得这一切奇怪吗？当时我们竟会认为爸爸是小镇里最高的人，还有——噢，毫无疑问！他有自己的缺点，但爸爸是个了不起的人。你知道这一点！

史蒂夫、本恩、葛罗夫、黛西、卢克和我在屋子前面排成一溜儿，一只脚站在脚踏车上。我开始回想一切。往事一一涌起。

你能想起有关圣路易的事吗？当时你只有三四岁，但你肯定能想起什么……我给你擦洗身子时，你常常会大声哭闹，你能想起来吗？可怜的孩子，因为葛罗夫，你常常会大声哭闹。每次我一把你放进澡盆，你就会大声哭闹着要找葛罗夫……他是个善良的孩子，非常喜欢你——几乎是他把你带大的。

那一年葛罗夫在博览会展区内部旅馆上班。你能想起那个陈旧的内部旅馆吗？就是博览会展区内那个又大又旧的木质结构？还能想起我是如何带你到那里等待葛罗夫收工的吗？还有报摊摊主——那个上了年纪、身体很胖的比利·佩勒姆——能想起他常给你一块口香糖的事吗？

他们都喜欢葛罗夫。人人都喜欢他……而葛罗夫多么以你为荣啊！难道你想不起他是如何到处炫耀你的吗？想不起他常常带着你四处走动，让你跟比利·佩勒姆以及服务台的柯蒂斯先生说话的事吗？你能想起葛罗夫如何让你开口说话，让你讲"葛罗夫"吗？你说不出来——你发不出"r"来。你只会说"葛娃"。你忘了吗？你不应该忘记这个，因为——你是个可爱的孩子，那么——哈——哈——哈——哈，我不知道说到哪儿去了，但你在当时很逗人……兄弟，听我说，你在当时名气还不小呢。

前几天，当我看到照片的时候，想起了所有的往事。想起我们如何去找葛罗夫，以及他如何带我们去游乐场。你能想起游乐场吗？能想起食人蛇、活灵活现的骷髅、肥女人、顺水滑梯、过山车和弗雷斯大转轮吗？能想起你上弗雷斯大转轮时如何大哭大闹吗？你拼命地喊叫——而我则拼命地笑，但我告诉你，我本人其实也很害怕。回想起那些日子，一切多么美好啊。而葛罗夫则嘲笑我们，告诉我们没什么危险……我的老天！可怜的小葛罗夫。他当时还不足十二岁呢，但他看起来却比我们更加老成。我比他长两岁，但我觉得他什么都知道。

他老是这样。现在回想起来，有时候觉得似乎是葛罗夫把我们带大的。他总在照顾我们，告诉我们该如何做，带给我们吃的东西——冰淇淋或者糖果，用他从展会内部旅馆打工挣来的微薄收入买东西给我们。

接着我开始想起那天下午我们偷偷从家里溜出来。妈妈不知上哪儿去了。葛罗夫和我上了电车来到市中心。我的天哪，我心想我们来到什么了不起的地方了。那些日子，我们管这样的出门叫旅行，坐一回电车就是一件值得大讲特讲的事了……我听说现在那一带都盖上了大楼。

所以我们登上电车，坐完全程，来到圣路易商业区。我们在华盛顿大街下了车，来来回回地闲逛。听我说，兄弟，我们都觉得那很了不起。葛罗夫带我进了一家药店，让我坐下来喝汽水。接着我们走了出来，闲逛了一阵，最后来到联合车站，来到河畔。我们两人都对自己的所作所为吓得半死，不知道妈妈发现了会说什么。

我们一直待在那儿，直到夜幕降临。我们经过一家老式快餐馆——我们经过一家外观陈旧的快餐馆——店内的桌椅也很陈旧。人们都坐在柜台前的凳子上吃饭。我们看完了所有的标牌，了解了他们吃的是什么，价格是多少。我想菜单上没有什么菜会超过一毛五分，但即使是德默尼考酒店，也不见得比这家饭馆豪华多少。所以我们站在那里，鼻子紧贴在窗户上，朝里面张望着。我们这两个瘦骨嶙峋的小孩子都被吓得半死，从这件事中得到了终生难忘的兴奋感。你明白我的意思吗？我们使劲地闻着饭馆里的气味，觉得味道太棒了……然后葛罗夫小声对我说："快，海伦，我们进去吧。猪肉炒豆子只要一毛五，我带钱了，"葛罗夫说。"我有六毛钱。"

我吓得说不出话来。我以前还从未到过这样的地方。但我不住地想，"噢，天哪，要是妈妈发现了该怎么办！"我感到我们好像犯了什么大罪……还是小孩的时候，你不会不知道小时候的事吧？那种兴奋感毕生难忘……我难以抗拒。所以我们两个都走了进去，然后坐在柜台前的高凳子上，点了猪肉豆子和一杯咖啡。我想我们当时对自己的所作所为太害怕了，所以什么都没有享受到。我们只是狼吞虎咽地吃完了东西，大口喝完了咖啡。我不知道那算不算刺激——我认为那个可怜的孩子在走进饭馆的时候就已经生病了，只是他并不知道而已。我转过身看了看他，见他面色煞白……我问他到底怎么回事，他却没有作答。他的自尊心太强了。他说自己没事，可我能够看得出来他病得很厉害……最后他付了账，总共花了四毛钱——我永生都不会忘记这件事……果然，我们刚走出饭馆的门——他还没走到路边——就发作了。

那个可怜的孩子又怕又愧。他之所以害怕倒不是因为自己病了，而是因为他花光了钱，结果一场空。而妈妈会发现的……可怜的孩子，他只是站着看着我，低声对我说："噢，海伦，别跟妈妈讲今天的事。她要是知道了会气疯的。"然后我们便快速回家，到家的时候他的脸色苍白得如同白纸。

妈妈在等我们。他看着我们——你知道"伊丽莎小姐"认为你做了不该做的事后盯着你看的样子。妈妈说,"哎呀,你们两个孩子到底上哪儿去了?"我以为他会好好收拾我们的。接着她看了看葛罗夫的脸。这使她的怒气全消了。她说,"哎呀,孩子,你到底怎么了!"她本人的脸色也变得煞白……而葛罗夫只说了句,"妈妈,我觉得很难受。"

他病得很重,一下子倒在床上。我们给他脱去了衣服,妈妈伸手摸了摸他的前额,然后来到走廊——她面色苍白,你可以在上面用粉笔画出黑道道来——她低声对我说,

"快去请医生,他在发烧。"

我跑上街头,直奔帕克医生家,两条小辫儿在空中晃动着。我带着他回到了家。等他从葛罗夫的卧室里走出来的时候,他告诉妈妈该如何如何,但我不知道她是否听见了他说的话。

她的脸色煞白。她看着我,出神地凝望着我。但她似乎从未看见我。噢,天哪,我永远都不会忘记她当时的样子,忘不了我的心一会儿停止跳动,一会儿又快要蹦出嗓子眼的滋味。当时我只是个瘦弱的、年仅十四岁的孩子。但是她的样子好像要在我面前死去似的……我清楚,他要是有什么三长两短,她哪怕活到一百岁也无法恢复过来的。

可怜的老妈。你知道,他始终是她最疼爱的——这你知道的,对不对?——不是我们其他几个孩子!——绝不是!我知道这是千真万确的。她一直最疼爱葛罗夫——她对葛罗夫考虑得比我们其他人都要多。而且——可怜的孩子!他是个可爱的孩子。我仍然能记得起他躺在那里的样子,想起他病得多重,想起我自己当时有多么害怕!我不知道为何那么害怕。我们只不过偷偷溜出家门,上了一家饭馆而已——可我对整件事情心存愧疚之意,好像这都是我的错似的。

前几天当我看着那张照片的时候,一切往事全都浮上心头。我想,我的老天,我们当时只是两个孩子,我比葛罗夫年长两岁,现在我已经四十六岁了……你能相信这些吗?你能明白——我们成长、变化、分离的情形吗?……天哪,在我看来,葛罗夫就是个成年人。他是那么安静——我想这就是为什么他看起来比我们其他几个孩子更加老成的缘故吧。

我很想知道,要是葛罗夫看到那张照片他会说什么。我所有的希望、梦想、伟大的抱负到头来只是一场空,这一切发生得太久远了,好像在另一个

世界里。然后又重新返回，幻如昨日发生过一般……有时候我在夜里醒来，躺在床上，想起那些来来往往的人们，想起我们对事物的看法与事物本身之间有多大的差距啊。次日我会迈上街头，观看那些从我身旁经过之人的面孔……你难道不觉得都很古怪吗？从他们的眼睛里，你难道看不出某种滑稽的东西吗，好像人人都在冥思苦想什么东西似的。他们仿佛很想知道孩提时期发生过的事情，想要知道昔日曾失去过什么……我现在是不是疯了，或者你能明白我的意思吗？阿金，你上过大学，如果你知道答案，我希望你能告诉我。现在你是否觉得他们看起来就是那副模样呢？当我还是个小孩子的时候，在人们的眼睛里我从未注意到那种神色，——你呢？

我的老天，我希望自己能知道这些事情的答案。我很想搞清楚到底出了什么事——从那以后发生了什么样的变化——我们的眼睛里是否也有同样古怪的神色。是不是在我们每个人身上都发生了什么事？……所有站在伍德森大街那所房子前面的人：葛罗夫、本恩、史蒂夫、黛西、卢克，还有我——我们都在那儿，你清楚我们站在那里的样子——以及一切是如何失去的。可是，人们到底都失去了什么呢？

结局为何与我们最初认为的完全不同？一切都已失去，好像从未发生过一样——都是我们在某个地方梦想过的事情……你明白我的意思吗？……这些事情似乎在某个地方听说过——最终却发生在别人的身上。接着一切重又回来。

突然间，你会想起当时的情景，再次看见三十年前那两个滑稽、惊恐、瘦弱的小孩如何将鼻子紧贴在快餐馆脏兮兮的窗户玻璃上的情景来。你会想起当时的感受，当时的气味，甚至还会想起家里那间餐具室里散发出的古怪气味。你还会想起房子前面的台阶，卧室的样子。还有那两个身着水手衫、习惯踩着脚踏车在房子前面骑来骑去的小男孩……还有葛罗夫脖子上的胎记……内部旅馆……圣路易以及博览会。

一切重又返回，就像发生在昨日。接着再一次离去，似乎比梦境中更加遥远、更加陌生。

4

"这就是国王公路，"那名男子说。

于是尤金看了看，觉得那只是一条大街而已。街上有许多新盖的建筑物，一个大型旅馆，几家饭馆，还有现在风格的酒吧和烧烤店，色彩单调的霓虹灯，川流不息的机动车流——一切都是新的，但这只是一条大街而已。他知道这里一直就是一条大街，仅此而已——但不知怎地——嗯，他站在那里看着，不知道自己还在期待什么。

那个人一直好奇地看着他。尤金问他这里是不是可以到达从前的博览会。

"当然了，当年的博览会址就在那里，"他说。"那里现在变成停车场了。不过，你能不能想起要找的那条街道名称？"那人问他。

尤金说他记得那条街道的名字叫艾奇蒙，但并不大肯定。不管怎样，跟这个叫法差不多。他说那座房子就在那条街和另一条街的角落里。

那人问："另一条街道名叫什么？"

尤金说他不大清楚，不过国王公路就在一个街区远的地方，距他们的住处约半个街区的地方有一条城际电车线。

"那是条什么线？"那名男子边问边盯着他。

"城际电车线，"尤金回答。

这时，那个人又盯着尤金看了看，说道："我不知道什么城际电车线。"

尤金说那条电车线从一些房子后面经过，轨道后面有木栅栏和杂草。但是不知何故，他并没有说当时是夏天，能够闻得到枕木的气味，一种木头和沥青混合的气味，还有下午火车开过之后，那种空荡荡的感受。他只说城际电车线位于一些房子的后院与旧木栅栏之间的地方，而国王公路就在一两个街区之外。

他并未说明当年国王公路还算不上一条大街，而只是像施了魔法一样从某个暗淡、阴森的土地上蜿蜒伸过来的那种道路。在这条路上，他曾与吹笛手之子汤姆交往甚密，这里还可以购买十字面包①。亮光照过来，又照过去，

---

① 上面饰有用糖霜做成的十字花的甜味小圆面包，传统上在复活节前星期五那天食用。

清晨一路经过印第安纳，空气中传来发动机烟雾的气味，还有联合车站，最重要的是很久以前就已经消失、远去的说话声："国王公路。"

他之所以没有讲那些有关"国王公路"的事，因为他环顾四周，明白了"国王公路"到底是什么。他只能说那条街靠近"国王公路"，就在角落里，而那条城际电车线就在附近。他说那是一座石头房子，前面有石制台阶，还有一簇杂草。他认为那座房子的一角有个小塔楼，但并不太肯定。

那个人又看了看，然后说道，"国王公路原来如此，可是我从没未听说过这样的一条大街。"

接下来尤金不再搭理他，径直朝前走去，直至找到了那个地方。最终他拐进那条大街，在两个拐角相交处找到了那个地方，那里有许多房子紧挨在一起，还有塔楼和台阶。他停顿了片刻，回望了一眼，那条大街似乎代表了时间的概念。

他在那里伫立了片刻，期待着一个字，一扇门的打开，那个孩子的到来。他等待着，但是没说一个字，没来一个人。

然而，一切如故，只有那些台阶比以前更低了，门廊更矮了，那片草地不及记忆中宽阔了。其余的一切依旧如故。玄武岩的门面，三层楼高，倾斜的板岩屋顶，红砖砌成的侧墙上开着窗户，中央部位依然是陈旧的拱形入口，为方便医生之用。

房前有一棵树，一根灯柱；房后和两侧的树木比记忆中更多。所有石板塔楼和石板窗户的山字墙都呈尖头状，前屋有两扇拱形的窗户，镶嵌在结实的石块中。

一切都那么结实、坚固、丑陋———一切都那么耐久、完好，同他记忆中的一切完全相同。只是现在他闻不到柏油的气味，那种填充在干裂旧枕木上的热乎乎的气味，还有后院的木板栅栏以及干巴巴的野草，午后电车过后空荡荡的感觉，以及身着水手服、面容特别的双胞胎，他们兴奋地脚踩三轮脚踏车，在房子前面来回走动着，还有午后那种炎热的感觉，那种人人都不在博览会的感受。

除了这些，一切如故；除了这些以及那条如今变成大街的"国王公路"，除了这些，以及那个没来的孩子。

那是个炎热的日子。夜幕降临，热空气像浸透了水的毯子升腾而起，挂在圣路易的上空。这是一种潮热，人们清楚夜里肯定不会好受也不会凉快些。

当热气快要消散时，人们想起了时间的概念，有人说道："这种状况不会一直持续下去的。肯定会消散的，"正如人们在美国常说的那样。但当他讲这一席话的时候，他并不相信这是真的。热气浸透大地，人们汗流浃背；他们面色苍白，湿漉漉地，显出无奈、痛苦的表情。人们会产生一种被遗弃的感觉——当一个人背井离乡，生活在美国的大城市里，饱受了炎热一天的煎熬，想起遥远的距离、想起天气的炎热、想起所有的感受时就会产生这种感觉。"噢，天哪！这个国家太辽阔了！"

他只觉得内心空落落地，感受到了美国的荒凉、炎热高天中的孤独与忧伤；感受到了一日将尽时，从中西部疾速漫延而来的暮色，穿越闷热的大地，穿越所有孤寂的小镇、农场、田野、火炉般炙热的俄亥俄州、堪萨斯、爱荷华、印第安纳州；还有偶然响彻在热空气里的声音、回荡在小车站里的声音，这些声音平静、轻松，以某种方式消散在热浪和天空巨大的空虚和疲倦之中，消散在浩瀚、忧伤、高远、可怕的天际里。

接着他再次听到了发动机和车轮的声音，听到了汽笛的哀鸣与铃声，听到了闷热的车场里换挡的声音；他在街上走着，走着，走过一簇簇强烈的灯光，走过脸色阴沉的人们，淹没以在孤寂与怀疑之中。

他产生了一种回归的感受，知道他不该来此，当他最终看到国王公路的时候，发现它只是一条街；而圣路易——富有魔力的名字——是一个坐落在河边，沉浸在潮热中的大型城镇——炎热而普通，并没有太多的南方味道，也没有太多的发展。

以前不是这个样子。他能想起天气如何逐渐变热，热天如何美好；想起他自己躺在后院那张透气的床垫上，床垫常常会变得又热又干，闻起来就像充满阳光一样；想起阳光如何让他昏昏入睡；有时候，他会走进地下室感受那种凉爽，那里散发着地窖特有的味道——凉爽、陈腐的气味，蛛网与脏瓶子的气味。他能想起，当你打开楼上房门的时候，那种地窖的味道就会扑向你——凉爽、发霉、陈腐、潮湿、阴暗——这种阴暗地窖的记忆常令他兴奋不已，使他产生一种发自内心的期待感。

他能想起午后的天气如何变热，想起午后所有人不在家时，他会产生空落落、莫名的忧伤感。整个房子会变得如此孤寂，有时候他会坐在其中，坐在走廊楼梯的第二级台阶上，倾听午后的静默与空灵。他能闻到地板与楼梯上的油味，看见滑门以及棕色的清漆，还有横挂在门前的珠链，他会把手放进链里，揽入怀中，让它们相互碰撞，不住地噢噢抖动着。他能感受到室内的黑暗、空灵、经过装修的黑暗，以及斑驳的光亮。透过楼梯窗户以及门旁小小的彩色玻璃，他感受到了斑驳的光亮与空灵，静默与地板上的油味，还有炎热的午后房子里淡淡的忧伤。所有这一切本身就透出一种生命力：似乎专注地等候着什么，如此生动、如此寂静。

他会坐在那里倾听着。他能听到邻家女孩在午后练习钢琴课的声音，能听见半个街区以外大街上车辆驶过后院围墙的声音；能闻到后院围墙又干又闷的气味，以及午后车道旁干枯的草地发出的气味，柏油的气味，干枕木的气味，明亮、磨损的钢轨的气味；能感受到午后庭院的孤寂，以及车子开走以后空荡荡的感觉。

接着他就会盼望着黄昏的到来，那斜斜的光芒，大街上走动的脚步声，那一对身着水手服、坐在脚踏车上、面容清晰的双胞胎。他会再一次闻见晚饭的香味、听见房子里人们的说话声，看见葛罗夫从博览会赶回来。

他踏上大街的时候，情景便是如此，他找到了那个两个拐角相接的地方，然后转过身，看看时间是否存在。他经过那座房子：一些灯在闪烁，门是开着的，一位女人坐在门廊里。他快速转过身，折了回来，再次停在房子前面。角落的灯光毫无生气地落在房子上。他站在那里望着，一只脚迈上了台阶。

然后，他问那位坐在门廊里的女子："这房子——打扰一下——你能告诉我，谁住在这所房子里？"

他知道自己的话既奇怪又空洞，而且也没有说出自己想说的话。她盯着他看了片刻，感到有些迷惑。

过了一会儿她说："我住在这儿。你要找谁？"

他说："嗯，我要找——"

然后他停顿了一下，因为他明白自己不能告诉她他一直在寻找的东西。

"过去这里曾经有一幢房子，"他说。

这时，那名女子正瞪着眼睛看着他。

他说："我想我过去曾住在这里。"

她一言未发。

过了片刻，他继续说道，"我孩提时期曾住在这所房子里。"

她静静地望着他，然后说道："噢，你肯定这住在这所房子里吗？你还记得地址吗？"

"我忘了地址，"他说，"但是在埃德蒙大街上，坐落在拐角。而且我知道就是这栋房子。"

"这不是埃德蒙大街，"那位女人说。"这条街名叫贝茨。"

"嗯，那么，他们改了街名，"他说，"但是这栋房子没有变，还是原来的样子。"

他沉默了片刻，然后点了点头："你说的对。他们改了街名。我还是个孩子的时候，我记得他们叫的是别的什么名字，"她说。"但那是很久以前了，你是何时住在这里的？"

"在一九零四年。"

她又开始静静地看着他。然后快速地说："哦，那一年这里举办博览会。你当时在这儿吗？"

"是的。"这时候，他说话更快、更有信心了。"当时我们在这里住了七个月。这栋房子属于帕克医生所有，"他继续说。"我们是从他手里租来的。"

"是的，"那位妇女边说边点着头，"这是帕克医生的房子。他已经去世多年了。但这是帕克的房子，一点没错。"

"旁边那个入口，"他说，"就是有台阶的地方，是专为帕克医生的病人留出的。那是通向他办公室的入口。"

"噢，"那位女人说，"我不知道这个。我常想知道这是做什么用的。我不知道其用场。"

"前面的这个大房间，"他继续说，"是诊所，并装有滑门，旁边有一间供患者休息的小房间。"

"对，那个小房间现在还在那儿，不过如今那两间已经打通、变成一间了——我从来都不大清楚那个小房子是干什么用的。"

"房间这一侧也装有滑门，直通走廊——还有一段朝上的楼梯。楼梯平台处有一扇装有彩色玻璃的小窗户——在走廊这扇滑门的对面挂着串珠缀成的帘子。"

她点了点头，微笑着。"是的，一点都没有变——那滑门和楼梯上的彩色玻璃窗至今还在。串珠窗帘没有了，"她说，"但我记得以前别人住的时候还在。我明白你的意思了。"

"当初我们在这里住的时候，"他说，"我们把医生的诊所当做客厅——但后来——最后的一两个月——我们把它当做——卧室。"

"现在还是卧室，"她说。"房子由我管理——我出租房子——楼上所有的房间都租出去了——但我有两个兄弟，他们睡在前厅里。"

两人都沉默了片刻，然后尤金说："我的兄弟也住在那里。"

"在前厅吗？"该女子问。

他回答说，"是的。"

她停顿了一下，然后说："你想进来看看吗？我觉得变化不会很大。"

他谢了对方，表示愿意进去看看，然后就踏上了楼梯。她打开纱门，带他进了室内。

房子内部基本保持了原貌——楼梯、走廊、滑门、楼梯上装有彩色玻璃的窗户等。除了有一种空落落的感受外，一切如故。午后斑驳的光线、曾经坐在楼梯上等待的男孩也不在了。

一切如故，不同之处在于：他孩提时曾坐在那里感受某个事物——现在他已明白；他曾坐在那里感受过一条伟大汹涌的河——在某个地方——现在他已经明白！他曾坐在那儿思索究竟什么是国王公路，始自何处，终自何处，现在他明白了！他曾坐在那里，耳畔萦绕着那具有魔力的词汇"闹市"！——现在他明白了！耳畔萦绕着那已经开走的有轨电车，还有所有来了又走开、如云影掠过树林的事物，它们永远无法捕捉得到。

他心想，在这午后的寂寥与空灵中，自己若能再次坐在那个楼梯上，他就能够回想起一切。然后能回想起他所看到、经历过的一切——对自己四岁的世界做一个简短的总结，所有的时间之光将会照耀其上；还能回想起那短暂得无法衡量的宇宙，然而就范围而言，它又是如此浩瀚、难以忆起。到那时，他又能看清自己的小脸了，映衬在大厅黑色的镜子前，再见凝视孩提时自我的眼睛，在他三岁安静的自我中找到了唯一完整的"自己，"他心知肚明："这就是那所房子，它在静听；这儿便是空灵，午后的空灵；此刻我就在房子里，这种空灵就是我的精神内核，就是我的中心，我在这里！"

但当他思考的时候，他心里明白，即使自己独坐在这里，回想起一切，那些东西也会转瞬即逝，一切如故——初来时就像从遥远、迷人的博览会场传来的巨大、催眠的嗡嗡声，然后像山坡上逐渐淡去的云影，如同梦幻中逝去的面容——来了，走了，来了，获得了，拥有了，但却无法捕捉得到，就像很久消逝在山里的声音——就像黑暗中乌黑的眼睛和平静的面容。那迷失了的孩子——他的哥哥，常在生活和工作神秘的节奏中进入这所房子，然后离开，最后又返回。

这名女子带着尤金走进房中，穿过走廊。他提到了食品储藏室，告诉她昔日的位置，并指了指地方，但现在它已不复存在。他提到了后院、院子周围的旧木栅栏。但是，旧木栅栏已不见了。他提到了马车库房，并说其外面涂上了红色。但现在那里是一个小车库。后院还在，但比他记忆中的要小一些，那里现在还多了一棵树。

"我并不知道那儿有一棵树，"他说。"我想不起任何树木了。"

"也许当时就没有树吧，"她说。"一棵树三十年就能长大。"然后他们再次折了回来，在滑门旁暂停了一下。

"我能看看这间屋子吗?"他问。

她拉开了滑门。那门滑动时显得很沉重，但还是很顺利地打开了，这一点跟从前一样。他再次看了看这间屋子，还是原来的样子。一侧有一扇窗户，前面有两扇拱形窗户，壁橱和滑门，斑驳的绿瓷壁炉，深色木制壁炉架，壁炉横杆，梳妆台和一张床，正好就是从前摆放梳妆台和床的地方。

"是这间屋子吧?"那个女人问。"没什么变化吧?"

他告诉她，一切如故。

"你哥哥就睡在我兄弟现在睡的地方吗?"

"这就是他的房间，"他说。

他们都沉默不语。他转身欲走，同时说道，"好了，谢谢你。很感谢你能带我看一看。"

她说她很高兴，这算不了什么。他说："等你见到家人后，可以告诉他们你看到这个房子了，"她说。"我叫贝尔夫人。你可以告诉你的母亲，一个名叫贝尔夫人的人现在是房子的主人。等你见到你哥哥后，可以告诉他你看到他睡过的房间了，而且保持原样。"

这时，他告诉她他的哥哥已经死了。

女人沉默了片刻。然后望着他说："他是死在这里的，对吗? 就在这个屋子里?"他肯定了她的问题。

"嗯，那么，"她说，"我明白了。不知何故，当你告诉我他曾经在这里生活过时，我就明白了。"

他一言未发。那位女人立刻问道："他是怎么死的?"

"伤寒。"

她震惊、不安地望着他，情不自禁地说，"我的两个兄弟——"

"这是很久以前的事，"他说。"我想你现在无需担心了。"

"噢，我倒没想到这个，"她说。"只是在想一个小男孩——你的哥哥——曾经——曾经住在这个屋子里，而我的两个弟弟现在睡在这里——"

"嗯，也许我不该告诉你这个。但他是个很好的孩子，如果你了解他，你就不会介意了。"

她沉默了，而他快速补充说："再说，他在这里并没待多久。实际上，这并非他自己的房间——那天晚上他和我姐姐回到家时，就生病了——他们没有挪动他。"

"噢，"她说："我明白了。"然后又说："你会告诉你母亲你来过这儿吗？"

"不会。"

"我——我想知道她对这个屋子的感受。"

"我不知道。她从未提起过。"

"哦……当时他多大了？"

"十二岁。"

"你一定非常小。"

"我还不到四岁。"

"你只是想看看这间屋子，是不是？这就是你为什么来此的原因？"

"是的。"

"嗯——"她不大确定地说，"我想现在你已经看到了。"

"是啊，谢谢你。"

"我想你对他的记忆不会太多吧？我要你不会记得很多的。"

"是的，没有多少。"

岁月像落叶一般凋零：那张面孔重又回来——温和暗淡、椭圆形的面容，乌黑的眼睛，如同棕色浆果一般柔软的胎记，乌黑的头发，全都俯身向下，一同袭来——他看上去，像鬼影一般，睿智、热心，转瞬间即逝。

"现在跟我说——葛罗夫！"

"葛娃"

"哎呀——你说得不对。你说成了葛娃。葛罗夫——现在说！"

"葛娃。"

"注意，如果你说对了，我会奖励你。你想去国王公路吗？你要不要让葛罗夫请你吃点好的？那么你听着。如果你说葛罗夫，如果说对了，我就带你去国王公路，请你吃冰淇淋。现在就说！葛罗夫！"

"葛娃。"

"哎呀，你——。你是我见过的最笨的傻瓜。难道你连葛罗夫都说不了吗？"

"葛娃。"

"哎呀，你——。你老咬舌头，真是的……哎，那么快走吧，不管怎么说，我要带你吃点好的去。"

一切重新返回，逐渐模糊，再次消失。尤金转过身，向这位女子致了谢，道了别，准备离开。

"嗯，那么再见了，"女子说，两人握了握手。"我对能带你看看感到高兴。要是——"她没有说完，最后又接着说，"那么，那是很久以前的事了。我想，现在你会发现一切都改变了。现在这周围、远处那里、当年博览会展区都盖起了房子。我想这里已经物是人非了。"

他们没再说什么，只是静静地在楼梯上站了片刻，然后再次握了握手。

"那么，再见了。"

他又来到大街上，找到拐角相接的地方，最后一次转身看了看时间远去的地方。

他明白自己不会再来了，那已失去的神奇不会再来。现在一切都已失去——街道、热浪、国王公路、汤姆与吹笛人的儿子，全部交织在博览会巨大、催眠的嗡嗡声里，交织在午后空落落的感受里；与那所等待着什么的房子和那个做梦的孩子交织在一起。在那令人迷醉的树林和记忆的灌木丛外，尤金知道，他那位既是哥哥又是朋友的深色眼睛与平静的面容已经消失了。那个可怜的孩子——生活的陌生人、生活的流放者，就像我们所有人一样，身处迷途。很久以前——那个失去的孩子永远消失了，永不再来。

无需医治

"儿啊！儿啊！你在哪里？"

他又听见她在唤他，这回他听得很真切，明白她会闯入自己的生活，占据自己的时间。他很想知道她究竟想从自己身上得到什么。他听见她正在前面的屋子里走来走去。

突然，他听见她打开了前门，开始尖声地呼唤起来："噢，麦奎尔大夫！……你能否到这里来一下？……我有件事想问一问你。"

他听见铁门砰地关上了，然后听见大夫上楼时发出的缓慢、沉重的脚步声，以及他沙哑、浑厚的声音。接着，他听见他们在前厅门口低声说话的声音。起初他听不清他们的说话声，但过了一两分钟，她的声音明显高了许多。他听见她若有所思地说："哎呀，不会吧！"——他知道此刻她正吃惊地噘着嘴，神情关切。接着，她继续充满好奇、断断续续、肯定地说："我并不那么认为。至少，他表面上看起来一切正常。他从来没有提过哪儿不舒服的……只是去年……我得好好操心一下——我很担心，你知道的……他看起来强壮又健康……但是他的个子！前几天我还跟他父亲谈过这个……他也同意我的看法。他说，'没错，下次见到麦奎尔大夫的时候你最好问一问他。'"

"他在哪儿？"麦奎尔声音嘶哑地问，"我去瞧瞧。"

"啊，对！"她快速地说。"我正想让你去看看呢！……儿啊！……你在哪里，孩子？"

于是他们沿着过道返回，走进了起居室。身材瘦长的孩子这时候正伸展四肢坐在父亲光滑、磨破的皮沙发上，倾听着时钟古怪的滴答声，凝视着自己赤裸的褐色长腿以及晒得黝黑的脚趾。他们进来的时候，他的脸上带着梦幻般的满足感。

"喂，孩子！"他母亲焦急地喊了一声。"你到底在干什么嘛？我们在到处找你呢！"

他慌乱、胆怯地挪了挪身子，并不隐瞒他听见了她的声音，但还是设法表现出自己并非故意不听话。

麦奎尔大夫走了过来，看起来就像一头巨大、笨拙的熊，身上带着马儿和马车的味道，呼吸中带着一股强烈的雪茄和威士忌的味道。他结实、魁梧的身体沉重地坐在甘特的长沙发上，用一只肥厚的大手抓着孩子的胳臂，他模糊、友好、暗黄色的眼睛凝视了片刻。

"你多大了？"他咕哝道。

尤金说他现在七岁，马上就八岁了，麦奎尔听后再次发出了机械地哼哼声。

他解开孩子的上衣，从背后拉起衣服，然后用粗笨的手指沿着脊椎上下摸索着。他让孩子来回转动了几下脖子，并让他伸出瘦长的胳膊，神情严肃地查看着，然后紧盯着孩子的大手和大脚。接下来，他让孩子弯腰触地，但不能屈膝。

尤金按照他的要求做了；当大夫问他能否弯得更低时，孩子索性把手平放在地板上，而身体一直弯曲着，一直保持到大夫要他站起来、自然下垂双手时为止。当他站起身、胳臂自然下垂时，双手竟与膝盖齐平。麦奎尔大夫非常仔细地盯着他看了一会儿，然后转过身诙谐地瞥了伊丽莎一眼，神情严肃，一言未发。她站在那里，双手自然、有力地搭在围裙系带的位置。就在他看着她的时候，她撅着嘴，迅速地摇摇了头，显得非常关切和担心。

"嗯！嗯！嗯！嗯！嗯！"她说。"我不喜欢他那个样子！看起来一点都不正常！"

麦奎尔没有作任何评论，也没有回答她。他又神情严肃地望了她，然后转过身让孩子躺在沙发上。尤金照做了。接下来，麦奎尔让他抬起双腿，并尽力朝后弯曲，直到身体对折起来。孩子不停地哼哼着，"爹！爹！"然后麦奎尔激将地说：

"继续！再不能弯了吗？我知道小孩子可以把腿搭到脖子上。"

话音刚落，那孩子就轻而易举地将右腿搭在了脖子上，一直保持了好一阵子，而且快活地在左耳侧扭动着脚趾。麦奎尔神情严肃地看着他，然后转过身，斜眼看着他母亲，一言未发。

"哎呀!"她尖声叫了起来,脸上露出反对的表情。"滚出去! 我不愿看到你那个样子! 嗯! 嗯! 嗯! 嗯! 嗯!"她低声咕哝着,一边迅速地摇了摇头,脸上露出非常关切的表情。而孩子已经放下腿,再次站直了身子。

尤金站在那里。麦奎尔大夫握着他的胳臂,用他那双醉意蒙蒙的眼睛滑稽地凝视着他,一言未发。然后他强壮的肩头开始慢慢地上下抖动起来,喉咙里发出一阵低沉、嘶哑的笑声。他用胖拇指戳了一下他的肋骨说:

"哎呀,你这个小猴子!"

"嗨! 怎么样? 有什么问题吗?"母亲尖声、吃惊地问。

大夫魁梧的肩头又开始上下抖动起来,喉咙里发出一阵嘶哑、沉闷的笑声,同时缓缓地摇着头说:

"我以前见过其他孩子弯足、圈腿、玩对眼、叉腿、弯腰——可是我觉得谁也比不过他!"他说,这时候,他身后的孩子也开始自豪地咧嘴笑了起来。

"嗨! 怎么样? 有什么问题吗?"伊丽莎尖声地问。

麦奎尔大夫魁梧的肩头又开始抖动起来:

"什么问题都没有,"麦奎尔说。"根本没有任何问题! 他一切正常! 他简直就是个小猴子!"——他又从体内爆发出一阵沉闷的笑声。

"我以前见过其他孩子像草一样迅速地生长,也曾经见过根本都不增长的人,"他说,"但是我以前从未见过身体的某些部位一个劲地疯长,而有些部位却静止不动的人! ……你瞧他的胳臂和腿!"他大声说。"我的老天! 你瞧瞧他的那双手和脚! 你这一辈子有没有见过哪个和他年龄相仿的孩子有这么大的手脚的?"

"哎呀,真是糟透了!"他母亲认同地点着头。"我想这是真的! 我们在商店里根本就买不到合适的东西! 他要是再长高一些真不知会变成什么样子? 真是糟透了!"她大声说着。

"噢,他一切正常,"麦奎尔笑着说,他的肩膀上下起伏着。"他以后会协调身体各部位健康成长的! ……但是只有老天才知道他能长多高!"他边说边笑,喉咙里发出沉闷的笑声,同时摇了摇头,眼睛紧盯着孩子。"像山还是像大象——我不知道!"他顿了一下,接着又说起来:"但是从目前的状态来看,他只是个小猴子。你的确像——一只猴子!"他宽阔的肩膀又开始上下抖动起来。

就在这时,铁门砰的一声关上了,孩子听见父亲穿过走廊,大踏步跨上门廊的台阶，大步流星地经过门廊走进了起居室。他嘴里胡言乱语地说着什么，但是当他看到面前站着几个人时，马上停了下来。他冷漠、阴沉的眼睛里露出了吃惊和不安。虽然谁也没有跟他讲话，他却大声喊了一声——"啊?"

然后，他匆忙用舌头舔了一下拇指，砰的一声放下带来的东西，大声说：

"女人，这都是你干的好事！你这个不正常的女人，你生了这么一个不安分的怪物，将来会毁了我们的，他非得把我们吃穷，逼我们进救济院、变成叫花子不可！没有任何人或动物会如此堕落！……哎哟，你觉得的呢，呃?"他突然冲麦奎尔大夫大声地吼着，一边狂乱地倾身向前，靠近了麦奎尔大夫。

"他一切正常，"麦奎尔边说，边缓缓地舒了口气。"他只是个小猴子。"

甘特不安、冷漠、阴沉的眼睛紧盯着儿子看了片刻。

"感谢上帝啊！"他说。"他身上要是长了毛，那可真的跟猴子没什么两样了！"然后，他又舔了一下拇指，微微地笑了一下便转过了身子。他大步流星地在屋里子走了起来，他把脑袋朝后一仰，眼睛盯着天花板的穹顶。接着，他又停了下来，笑了笑，走到那个孩子的身边。"哎呀，儿子，"他友好地说，一边把自己的大手温柔地搭在孩子的头上，"你一切正常就好。我想我也一样正常。你用不着担心。有朝一日你会长成大人物①的。"

大家都站在那里盯着孩子看——他的母亲撅着嘴，嘴唇不停地颤抖着，露出了嘲弄、欢快、自豪的神情。而父亲则颔首微笑，麦奎尔大夫神情严肃，迷离、模糊的双眼露出友好的目光。孩子回首望着他们，自豪地咧嘴笑了起来，什么也不担心了。他觉得父亲是世界上最伟大、最好的人。正当他们三人看着他的时候，他能透过午时的寂静，听见父亲卧室的大钟开始发出奇怪的敲击声。

---

① 此处用了双关的修辞手法，bigman 既指大个子，也有大人物的意思。

一位亲戚

　　有时候，当尤金探望舅舅巴斯科姆一家时，他会碰见表哥阿诺德·彭特兰。阿诺德是巴斯科姆几个孩子中唯一一位经常到父亲家来的人：其余的都有意找借口不来，只在圣诞节和感恩节时露一下面，然后就像士兵，在耶稣诞生的早晨暂时休战一样。这个可怜、饱受折磨的阿诺德之所以经常到父亲家来的原因倒不是出于对父亲的爱——因为他们之间的关系既粗暴又充满敌意，这种情况自阿诺德童年时期就开始了——而是因为他感到孤独而恐惧，想以孩子的身份回家看看母亲，或者竭力寻求某种安慰。

　　即使在这种频繁的串门里，也明显表现出他混乱的生活状态。在一连几个月不见踪影之后，他会突然出现，神情忧郁，一言不发。在接下来的几个星期天他都会如期而至。然后会再次失踪，一如出现时那么突然：一连几个月，有时候一年或更久，没有人能见到他的影子。波士顿稠密、古老的城市之网再次罩住他，将他卷入其中，他完全被遗忘，仿佛被吞噬掉了。在经过几个月的沉寂之后，人们会再次听到他的音讯：他的家人开始收到他寄来的明信片，卡片上的内容却常常令人迷惑不解，除了他胸中对家人的愤怒再次燃烧以外，别的什么都读不懂。

　　就这样，巴斯科姆、他的女儿、其他几位儿子，都会在同一天里收到他寄来的明信片，上面写着一些支离破碎的文字，大致如下：

　　我已经更名为亚瑟·彭恩。别费劲找我了，没有用！你们让我变成了流浪汉——现在我只想忘记你们，忘记我与你们是同族至亲。这都是你们造成的——我希望永远都不要再见到你们！

亚瑟·彭恩

这一爆炸性的消息出现后，一连几个月又没有了音讯。然后在某个日子他会一声不吭地再次出现，连续数个星期天都会神情忧郁地如期而至。

二月份的头一个星期天下午，尤金在舅舅家里第一次碰见了他。他进去的时候，阿诺德正懒散地坐在沙发上，他的母亲凑在他跟前，用一种温柔的、近乎恳求的语调说着什么。女性在意识到自己过去对孩子疏于呵护，而一切都无法挽回时，往往会用这种语调说话，想以此来弥补自己的过失。

"阿诺德，"她耐心地劝说着，"阿诺德——你还是站起来吧，我求你了，亲爱的——这可是你的表弟啊——难道你不愿同他打个招呼吗？"

沙发上那个肥大、难看的身子终于动了动，他态度生硬地站了起来，从嘴里迸出几句粗鲁、毫不连贯的话来，向前伸出一只柔软、脏兮兮的手，然后转身走开了。

阿诺德·彭特兰是一位三十六岁的男子。要不是他肥胖臃肿的身子，他可能会更加矮小。这种面色苍白的肥胖和满身的污垢表明他经常像动物一样饮食无度、不讲卫生。他那稀疏、油乎乎的头发胡乱地从中间分开，他的面容跟身体其他部位一样，苍白且柔软，胖得不成样子，布满油污的脏胡须使其面容更加难看。在这苍白、肥胖的脸上，那双褐色、疲惫的眼睛紧紧盯着这个世界，眼神里透出遁世逃避的渴望与胆怯；他的嘴唇不安地颤抖着，似乎处在歇斯底里般大笑的边缘；他的喉咙像堵了什么东西，发音不清，结结巴巴，断断续续，有时候会费力地迸出几句粗鲁、令人震惊的短语，样子就和失语症患者一样痛苦。

他的衣服脏得难以形容。他身穿陈旧的斜纹哗叽布衣，衣服已经完全走了样，由于穿得时间太长，表面有些发亮，上面溅满了无数的污渍。他背心上的扣子有一半已经掉了，在背心和裤子之间有一条长约六英寸的衬衣裂口，露出了肥大的肚子；他的鞋子磨损严重，赤裸的脚趾突了出来；他的袜子几乎变成了破布条，每走一步都会露出脏兮兮的脚后跟。他整个外观看起来破破烂烂，极不协调，很难和人的生活状态联系起来。他柔和、褐色的眼睛总会直勾勾地盯着什么，透出困兽般惊恐、乞求的神色。

和他待在一起，很容易就会产生一种痛苦、尴尬的感受来——一种想要摆脱某种可怜的蜕变状态的渴望。除了他父亲，每个人都会有此感受；对于巴斯科姆来说，他对独生子的行为深恶痛绝、嗤之以鼻，有时候会干脆转身从他身边走开，就像人们从一位胡言乱语的白痴身边走开一样。

　　尤金和表哥首次见面的那个星期天的晚餐对在座的各位都是一次痛苦的经历，巴斯科姆是个例外。阿诺德吃起饭来就跟动物一样；他会扑上去，狼吞虎咽地吃起来，口水横流，又撕又啃，喘着粗气，像动物一样哼哼着，苍白、宽阔的额头上渗出一层层汗水。与此同时，他母亲则想尽办法将其他人的注意力从他那令人厌恶的举动上转移开；她强作欢颜地同她的外甥谈论别的事情——当日新闻、最新的"心理学"研究成果、参议员"无法和解"的行为基础，或者谈论创造人们智慧奇迹的爱因斯坦教授的研究。一听到这个，阿诺德抬起头来，蔑视地看了看他们二位，然后突然迸发出令人惊恐的胡言乱语，这声音比他野兽扑食的举动更令人震惊：

　　"哈佛的人……十四种语言……一个大—大—大—大——"他停顿了一下，用一种极其蔑视的眼神盯着他母亲，而她则满含怜爱、鼓励的微笑。"——一个大猩猩，"他终于胜利地迸了出来，"一种也不会说！"他又停顿了一下，嘴唇颤抖着，喉咙抽搐着，然后再次脱口而出——"把大猩猩跟一个人放进笼子……全完了！……完蛋了！……重力定律……啊—哈—哈—哈—哈—哈——"他又开始吃力地笑起来，然后费劲地偏着脑袋，紧挨着脏兮兮的衣领边缘，脱口而出——"人类的智慧！……死后一文都不值！……没有用！……七个十便士的钉子更值钱！"他停顿了一下，眼睛直勾勾地看着，喉咙又一次剧烈地抽搐起来，最后简短、得意地吼出了一个词："布里斯班！"然后便平静下来了。

　　"啊——！"巴斯科姆低声咕哝道，此刻他面容扭曲，露出厌恶的表情，他把椅子向后推了推，打算转身离开。"他到底在说什么？……大猩猩——哈佛——十四种语言！"他嗤之以鼻地讥笑起来。"哼！哼！哼！哼！哼！……荷马——但丁——牛顿——七个十便士的钉子——布里斯班！……哼！哼！哼！哼！哼！……有史以来谁曾听说过这种东西！"接着，他面容扭曲地再次讥笑起来。

　　"对！"阿诺德愤怒地大叫起来，丢下餐巾，粗暴、愤怒地盯着父亲，突然间流起眼泪来——"你也一样！……不是大—大—大—大猩猩的对手！"他大喊道。"你还以为你了不起！……自以为是！……啊—哈—哈—哈—哈—哈——"他再次吃力地笑起来，然后停住笑声把脑袋偏向衣领，脱口说道，"迈格朗玛尼埃克！……经常自以为是！……但不是大猩猩的对手……它会收拾你的!"

"啊——!"巴斯科姆咕哝了一声,意气风发的面容一下子变得黯然失神,罩上了一丝厌恶的神情——"你在胡说些什么!……他根本不清楚自己在说什么——噢,一点都不懂!——完全不懂!——什么都不懂!"他咆哮着,把大手伸向空中,做了一个轻蔑而放弃的动作。

接下来的星期天,当尤金再次登门造访巴斯科姆家的时候,令他吃惊的是,老人亲自来到门口为他打开了房门。尤金马上询问舅母近况如何,而巴斯科姆的脸上则一下子露出了厌恶的表情,他将脑袋朝厨房的方向晃了一下,咕哝道:

"啊——!她在那里跟那个——笨蛋谈话!……进来吧,孩子!"他大声说道,声音一下子变得亲切了起来。"进来吧,进来吧!"他热情地大喊。"我们一直在等你呢。"

厨房里传来人们的说话声——一位妇女和一位男子的声音,起初低沉、急促、模糊不清,然后变得越来越高;突然尤金听出了阿诺德的声音,那种压抑、吃力的声音此刻变得热情而激动。

"一定要去!……我告诉你,妈妈,我一定要去!……她需要我……我一定要去!"

"但是,阿诺德,阿诺德!"他母亲温柔的声音带着规劝和恳求的语气。"你要冷静,亲爱的,你要冷静!我们谈话的时候,难道你就不能冷静一会儿吗?"

"没什么好谈的!"他压抑且费劲地说道。"你已经看过信了,妈妈……你明白她的意思,对不对?"他近乎歇斯底里般地尖叫着。

"是的,亲爱的,可是——"

"那么还有什么好谈的?"他狂乱地大声说。"难道你看不出来她需要我?……难道你看不出来她正陷入某种可怕的麻烦中——那个畜生……她乞求我去,把她从那个人身边带走?"

"噢,阿诺德,阿诺德!"她母亲的声音充满了怜悯和恳求的语气,隐藏着深深的内疚。"我可怜的孩子,难道你不明白,她说如果你去那儿,她会高兴见到你的。"他脱口说了一句无法听懂的话,算作回答。然后她温柔却直截了当地说:"阿诺德——听我的话,亲爱的。这个女人已经结了婚,比你大二十岁,她的孩子都已经长大了。难道你不明白吗,亲爱的,那些信只是一个女人出于友好，写给她曾教过的一个学生的信件而已。难道你没看出来，你给她写的信让她多么吃惊——她正在竭力想让你知道这一点——"

"撒谎！"他声音嘶哑地说——"卑鄙的谎言！你和其它人一样跟我作对！我不会再听你的话了！我要去找她……我要把她带回来，不管你说什么……你快见鬼去吧！"他大喊着。"你们全都见鬼去吧！"

厨房里传来一阵混乱的响声，接着阿诺德从摇晃的厨房门里飞快地跑了出来，将那顶破帽子罩在头上，狂热的眼睛里流露出痛苦和愤怒，他的嘴唇痉挛似的颤抖着，边跑边低声地诅咒着。他的母亲紧跟在后面，身材如一只鹪鹩，面容憔悴、笼罩着痛苦和同情。当那个肥胖、衣冠不整的身影像挨了揍的动物一般疯狂跑走时，她喊道："阿诺德！阿诺德！"而他一刻也没停下来看一看、说句什么，也没跟任何人道别，他跑过那间屋子、出了房子，把门砰的一声关在身后。

这件事因其不幸的误会，颇令人同情。自高二起，阿诺德就对当时一位女教师产生了深厚的感情。她是为数不多几位能够理解他的女性之一。她之所以如此，完全是一位善良、聪慧女性对一位可怜孩子的友好关爱，仅此而已。对她，对任何人而言，他都是一位其貌不扬的孩子，可正是这一点激发了她保护他的本能，事实上，比起其他长相好看的孩子来，她更加体贴关爱他。正因为此，她教给他的更多——为他付出得更多——远胜于他认识的其他人，因此他从未忘记过她。

阿诺德离开学校后，这个女人就出嫁了，然后同丈夫搬到了加利福尼亚。但从那时起的二十年里，她同那个孩子（在她眼里他仍然是个孩子）的友谊——从未中断过。在此期间，阿诺德每年都会写几封信给她——冗长、不着边际的信里充斥着他的计划、绝望、远大理想、希望与失败——记载着他不完整人格的破碎记录——那位妇女经常会亲笔写一封简短、轻快、友好的回信。

在这些年里，虽然他仍然是她昔日所教的"孩子"，但她却在他的记忆里发生了变化。虽然当年他们相识的时候，她已经是一位成熟、纯洁的女性，但现在她已经是一位五十多岁、头发灰白的妇人了。但他一直认为，她什么都没变，仍然年轻、美丽、动人。

当这一幻想在他思想深处逐渐成长起来后，他感到自己一直在爱着她——就像正常男女之间的爱恋一样——同时他也认为，她写给他的那些随便、友好的信件本身就意味着她也爱着他。

什么都无法阻止他。一连几个月来，每次收到她的来信，他都会激动得身子发抖，匆忙赶到母亲跟前。他会用颤抖的声音朗读她的信，在极为普通的字里行间搜寻隐藏的爱意。他本人在回复这些友好的短笺时，则变得却越来越热情、越来越亲密。直到最后，这种情感逐渐演变成一个坠入爱河之人的深情、狂热的坦白。这种通信对那位妇人的影响是显而易见的——人人都能看得出来，只有阿诺德本人浑然不觉。起初，她的回信仍然带着她对他一贯的友好语调，但逐渐流露出一丝不安。很明显，她想竭力阻止这种不断上涨的情感洪流，将他的感情转换到以往的友情上去。于是，当他的来信变得越来越坦白、越来越热情时，她的回信则越来越冷淡了；在回复他上一封要求"必须见她，而且马上会来"的来信时，她态度坚决且非常简短。她在信中遗憾地表示，他提出的那种造访是不可能实现的，而且她与家人打算要"外出度夏"——她还说，前往加利福尼亚的旅行既漫长、昂贵，又非常不舒服，因此建议他选择其他更舒适、更经济的避暑地点为佳。

即使这封不大友好的信件也没有熄灭他的希望。相反，他却开始揣摩言外之意了，他坚信从这些简短的措辞里找到了富有说服力的爱意，收到信的几个月里，他已经写了数封情真意切的信，他甚至认为，她长期的沉默恰好又是一个爱他的信号——认为她由于害怕而感到压抑，还认为她正处在那个残暴畜生的管束下，无法自由行事。他对她丈夫一无所知，但却对他充满了极深的仇恨。

他不听母亲的劝告，还是决定要去。那天他一边痛苦地诅咒，一边冲出父亲家门，那一刻他下定了决心。什么都无法阻止他，他去了。

他离开也许已经有一个月了；谁也不确定他到底离开了多久，因为他的家人已经有一年没见过他了。他们从未听说他那次古怪的会面结局如何——也无需知道。

从他离开那一刻起，他就完全失踪了。有关他彻底的失败的传说、那不可能实现的希望的破灭都印在他身上，镌刻在他的心上，以恐惧、疯狂、绝望的形式存留在他的眼睛里。

一年之后的某个晚上，正当尤金漫步在波士顿贫民窟又黑又脏的大街上时，他看见华盛顿南街上有一位熟悉的身影。那人正是他的表哥阿诺德·彭特兰。春雨已经下了一整夜，高耸而立的建筑物下面，路面又湿又亮。阿诺德正站在角落里，敏感、失神地四下张望着，手臂下夹着一沓破旧的报纸。

尤金跑过大街，大声呼喊他："阿诺德！阿诺德！"起初，那人似乎没有听见，接着惊恐地环顾着四周。当尤金走到他跟前、再次喊他名字的时候，他的身子哆嗦着后退了几步，两只手紧紧地握着那叠旧报纸，像个孩子似的惊恐地打量着他这位突然出现在面前的表弟。

"阿诺德！"尤金又叫了一声。"阿诺德！难道你不认识我了吗？……我是你表弟——尤金啊！"当他再次迈步朝他走近时，他伸出手来打招呼，而阿诺德则惊恐万状地倒退了几步，差点跌倒在地，然后，他保护性地将那叠旧报纸紧握在胸前，结结巴巴地说：

"不—不—不—不认识你……你肯定认错人了！"

"噢，没错！"尤金焦急地大声说。"你认识我的！我曾在巴斯科姆舅舅家见过你十几次呢。……你再看看，阿诺德。"他取下帽子，让他看得更真切些。"现在认出来了吧，呃？"

"不！——不！"阿诺德喘着气，一个劲地后退着。"你认错人了……我的名字不叫阿诺德！"

尤金吃惊地盯着他看了片刻，然后突然说道：

"你不是阿诺德？你就是阿诺德阿！你叫阿诺德·彭特兰，你是我的大表哥。哎呀，阿诺德——他们这到底是怎么回事？你这是在干什么啊？"

"不！……不！……你认错人了，我告诉你！我不认识你！我不是阿诺德！……我的名字叫亚瑟·彭恩。"

"我才不管你他妈的怎么称呼自己呢！"尤金愤怒地大喊。"你就是阿诺德·彭特兰，你若不承认就休想从我身边走开！瞧瞧！你究竟在玩什么把戏嘛？你还想愚弄我吗？"在激动的情绪下，他抓住了那人的胳臂并开始摇晃起来。

阿诺德发出一声长而恐惧的哀鸣，挣开胳臂，边退边叫：

"别管我！……你们全都别管我！……我永远都不想再见到你们任何人！"

说完，他漫无目标、跌跌撞撞地跑开了，那个古怪、可怜的身影，手里紧握着湿漉漉的旧报纸，弯着身子消失在雨中。

尤金目送着他远去，内心涌起一丝莫名的同情、孤独、失落感——在纷繁人生的某个时刻，在喧闹的美国都市里，当看到一张熟悉的面孔——一位亲戚，同他永远道别时，人们往往会产生这种感受。因为在那一刻，那个肥胖的身影跌跌撞撞、漫无目标从他身边走开，然后踏进黑暗、潮湿的大街，这是他见到的最后一幅画面了。

尤金再也没有见到过他。

奇克莫加河

1861 年 8 月 7 日，我十九岁。如果我能活到今年 8 月 7 日，我就九十五岁了。今天早晨一想到此，我就打算继续活下去。嗯，我想你会认为过去肯定有很多值得回忆。

1842 年我出生在托伊河的分岔口。孩子，你爷爷于 1828 年出生在同一地点。他爸爸比尔·彭特兰，也就是你曾祖父，孩子，是在革命战争刚刚结束后搬到那个地区、并在托伊河的分岔口定居下来的。那条河的真正印第安名字叫艾斯塔托伊，但白人常常简称托伊，从那以后，人们就称它为托伊河。

当然，那些年月里，到处都是印第安人的地盘。我曾听说当年是切罗基人帮助比尔·彭特兰建造了他最初的住所，其中有几个孩子就出生在那里。我还听说，比尔·彭特兰的祖父在大革命前从苏格兰来此，他们共有三兄弟。我听说这个国家就他们三人姓彭特兰。如果你在别处遇见一位姓彭特兰的人，那就可以断定他是这三人之一的后嗣。

你听着，正如我刚才所说，1861 年八月七日，我刚满十七岁。那天早晨 7 点 30 分，我从家里出发，走了一整天才来到克灵曼。吉姆·威沃前一天晚上就从自己居住的大胡桃林来到我处，同我待在一起。现在他同我一道前行。他是我最要好的朋友。我们从小一起长大；现在我们一起跋涉漫长、疲惫的旅程——我们那天早晨出发的时候，很多人并不知道。

从我们住的地方到克灵曼要足足二十英里路，我想今天的人们可能会认为二十英里是相当漫长的一段路，但对于当时的人们来说，这根本算不了什么。我们都擅长跋涉。乖乖，吉姆·威沃能够不间断地连续走上一整天。

吉姆身材高大，而我则很矮小，跟现在你在大街上见到的我差不多，只比当时干瘪了一点儿。但不管他走到哪儿，我都能跟得上他。我们在十二点之前抵达克灵曼——那又是一个大热天——当天下午三点钟的时候，我们已经赶上了二十九团，并加入其中。从那时起，一直到战争结束，我一直待在这支队伍中。不管三七二十一，当晚我就参了军，那时我十九岁，从那天起，四年内我没再回过家。

孩子，你舅爷巴克斯早就到了弗吉尼亚：我们之所以知道他的情况是因为收到了他的来信。他一开始就加入了第十四团。他已经到达了马纳萨斯①，我想从那时起，一直到接下来的四年里，他参加了弗吉尼亚境内发生的每场战役。安提塔姆战役②中，他负了伤，一连数月卧床不起。

即使在当年那种年月里，你舅爷巴克斯仍笃信你们听说过的那种奇怪宗教。彭特兰家族的人都是好人，但所有认识他们的人都知道他们有时候笃信古怪的宗教教义。这是他们广为人知的名声。巴克③就是这样一个人。即使在那种年月里，他仍然是一个虔诚的基督教拉塞尔派教徒，他认为，世界即将走向末日，而他本人打算在那一刻同归于尽。这就是他的理解方式。他经常做出预言和预测，即使在战前也如此。当战争爆发的时候，嗯，巴克早就知道了。

哎呀，我的老天！他是绝对不肯错过那场战争的。巴克之所以上战场并非因为想屠杀北方佬，他不想屠杀任何人。他的心肠跟婴孩一样善良，打起仗来如狮子一样勇猛。后来有人说，他们在葛底斯堡④偶然见到了他，他正站在一堵墙后射击，他的步枪枪杆太烫了，所以他不得不放下枪，双手在臀部摩擦着，因为手上起满了水泡。他们说，他一边高唱圣歌一边流泪——反正他们就是这么说的——每次开火的时候，他都会唱不同的赞美诗。我想他肯定打死了不少人，因为只要巴克的手中有枪，他很少会打偏。

但他是个好人。他连只苍蝇都不想伤害。我想他之所以参战，是因为他

---

① 马纳萨斯（Manassas）：美国弗吉尼亚州东北部一座独立城市，位于亚历山德里拉的西面。1861年7月和1862年8月，此城附近发生了美国内战中的布尔朗战役（南方诸邦称为马纳萨斯战役）。

② 1862年9月17日，美国南北双方在马里兰州中北部一条名为安提塔姆的小河沿岸进了残酷而未分胜败的战斗，史称安提塔姆战役。

③ 即巴克斯的口头昵称。

④ 葛底斯堡（Gettsburg）：宾夕法尼亚南部钱伯斯堡东南偏东的一城镇。是美国内战（1863年7月1日–3日）中一次较重要的联邦军胜利遗址，这次胜利抑制了罗伯特·E·李对北方的入侵。

觉得那样自己就会抵达哈米吉多顿①了吧。他就是那么决定的，你明白这个。战争爆发的时候，巴克说："嗨，终于来了，我要去那里了，时机到了，"他说，"当上帝打算在地球上建立自己的王国，将绵羊与山羊分割在左右两侧时——恰如很久以前的预言——我就要在这一切发生的时候去那里了。"

嗯，我们并没有问他会加入哪一方，其实不用问我们都很清楚。巴克打算加入绵羊阵营——他就是这么决定的。这在他阵亡前十年早就决定好了。他不断做出预言和预测，直至生命的最后一刻。不管发生什么，不管他犯过什么错误，但他的预测一直很准。最初他曾说过这场战争会成为哈米吉多顿式的决战。当他的预言没有应验时，他说定会在八十年代②发生；当这一预言没有应验时，他又说定会在九十年代发生。当战争在一九一四年发生时，全世界都被卷了进去，嗨，巴克斯知道这一天终于来了。

不管最终会发生什么，巴克从不会承认失败或坦白自己错了。他只会说自己在数字上有些出入，而自己已经查明了真相，下次不会再错了。直至他死，他一直就是这样一个人。

当我听到他死讯的时候，我不得不大笑起来，我想起了巴克笃信的一句话。他说人死之后，千年之内万事都与自己无关。你只需躺在坟墓里静静地安睡，直等上帝前来将你唤醒。这就是我不得不大笑的原因。次日清晨，当巴克苏醒过来，发现自己身在天堂时，我会向他奉献任何东西。我会把一切都献给他，观察他的面部表情。我不得不稍待片刻，但只要见到他，我就能找到快乐。但我肯定，即使在那里他也不会承认失败的，他总能找到理由，总会设法做出辩解，说自己只是在个别数字上有些出入而已。

但巴克是个好人——巴克斯·彭特兰。他唯一的失败也正是诸多彭特兰家族之人共同的失败——他笃信古怪的宗教教义，且从不愿意放弃。

嗯，正如我刚才所说，巴克被编在第十四团。你舅爷萨姆和乔治在第十七团，他们三人都身在弗吉尼亚李将军的部队里。接下来的四年时间里，我既没见过萨姆和乔治二人，也没听到过他们的消息。一八六五年前，我一直

---

① 圣经中世界末日善恶决战的战场。
② 即十九世纪八十年代，下同。

不清楚他们的情况，不知他们的生死。当然，直到钱瑟勒斯维尔战役①之后，他们才写信给我，之前一直没有乔治的音讯。后来我才知道他已战死。当我返回家乡后，他们说当时有七个人围住了他。他们要求他投降，但由于他不愿意那么做，他们便杀害了他。他就是这样一个人。他从不认输。他们说当初寻找他尸体的时候，他们不得不爬过成堆的北方军尸体，最后才找到他。接着他们认出那是乔治。他就是这样一个人，一点没错。他从不屈服。

他被葬在弗吉尼亚州里奇蒙联邦公墓。二十年前，巴克斯前往葛底斯堡参加一次大型聚会时，曾路过那里。他仔细搜寻了他的公墓，最终找到了他的位置。

吉姆和我都认为我们也都该去那里。我是指参加弗吉尼亚李将军的部队。这就是我们当初参军时的想法。但是，我马上就要告诉你，最后的情况与我们当初想象的并不相同。

鲍勃·桑德斯成了我们的统帅；L·C·麦金太尔是我们的少校；利安德·布利格是我们军团的上校。他们让我们在克灵曼一直待了两个星期。然后率领我们开进了阿尔特蒙地区，并在那里操练了两个月。我们当初的训练场就是现在的帕克大街。当时那里只有空旷的田野，别的什么都没有。现在那一带都盖起了建筑物。看着今天的景象，你永远都想象不出当时那里竟是空地。但事实就是如此，一点没错。

十月底，我们做好了准备，他们开始率领我们继续前进。行军开拔的那天，就在临行前，玛莎·巴顿一路风尘仆仆从泽布伦赶来看望吉姆·威沃。他认识她只有两个月；就在我和他一同参军的那个星期认识的。他沿凯恩河而来。当时在克灵曼以外的地方正在召开一次营地动员大会，开会期间，她正好前来看望另一位姑娘；就这样，吉姆·威沃碰到了她。一天傍晚，我们聊着天，经过她和另一位姑娘所在的房子。当时她们二人正坐在门廊里。另一位姑娘头发金黄，皮肤白皙，而她的皮肤则稍暗一些。她有着乌黑的头发和眼睛，身材丰满，个头有点儿矮。她有着最迷人的皮肤，那是你见过的最迷人的白色皮肤和牙齿了；当她笑的时候，脸颊上就会露出两个小酒窝。

唉，我们两人谁都不认识她们，所以不能停下能跟她们谈话，但是当吉

---

① 钱瑟勒斯维尔（Chancellorsville）是弗吉尼亚州东北部的一个旧城镇，位于弗雷德里克斯堡以西。钱瑟勒斯维尔战役是美国内战的一次重大战役，发生在 1863 年 5 月 2 日至 4 日。当时，罗伯特·李率领的南部盟军击败了约瑟夫·胡克指挥的联邦军队。

姆看到那个矮个子姑娘时，他好像挨了一枪子儿似的马上停了下来，紧紧地盯着她看，那姑娘不好意思地转过了头。然后，我们又朝前走了一段路，吉姆停下来再次扭头看了看，果然，正当他看的时候，那姑娘也在看他。她的脸一下子变红了——然后扭过了头。

唉，她就是这样俘获他的心的。他一句话没说，但是天哪！我觉得他就像挂在鱼线上的鲑鱼——我清楚就在那个地方、那一刻他被她迷住了。我们转过身继续朝前走去，过了一会儿，他停下脚步，望着我说：

"你看到身后的那个姑娘了吗？"

"你说的是那个金黄头发还是黑头发？"

"你他妈的太清楚我指的是哪个了，"他说。

"是的，我看到她了——她怎么了？"我问。

"啊，没什么——我只是想娶她，"他说。

那一刻我才明白他被那姑娘迷上了。然而起初一段日子我并不相信这种感觉会持久，因为吉姆有很多女朋友——直到那时，我本人连一个女朋友都没有交过，但是，我的老天！吉姆每隔一个星期都会交到新的女朋友。我们连队有许多长相英俊的小伙子，但吉姆·威沃是你见过的最帅的一位。他身材瘦高，体形匀称，走起路来身板笔挺：他有着乌黑的头发和眼睛，当他看你的时候，他可以在你心口处看出一个窟窿来。我觉得他在见到玛莎·巴顿之前，已经看穿了许多女孩子的心。他有俘获女人的能力——他天生就是勾引女性的情种，如果真有这种人的话——这就是我一直认为他对玛莎的感觉不会持久的原因。

也许当他的感觉真的持久时，却让人有些怜悯，因为在遇到玛莎·巴顿之前，吉姆·威沃一直是我见过的最开心快乐的人。他对一切都无所谓——愉快极了——准备面对一切，随时会搞个恶作剧或愚蠢的玩闹。但从那一刻起，他就像换了个人似的。我常常在想，也许当他一旦对感情认真起来时，反而让人觉得有些可怜——这一切就是从那时候开始的。要是再晚几年来就好了——要是等到战争结束再来就好了！他想去很多地方——他对待这件事就像一只巨大的云雀——可现在！唉，她爱上了他，他也爱上她：我们撤出小城的那天，她答应嫁给他，他的怀表里放着她的照片和一缕青丝。我们撤离的时候，他与我并肩而行，从她身边走过，她看着他。我感到了他身体的震颤，知道她的目光犹如刀子刺穿了他。

从那一刻起，他就彻底变了；从那一刻起，他就像生活在地狱里的人。到头来这一切可真有意思——与我们最初预料的迥然不同。战争和黑发姑娘能改变一个男人，这可真有意思——但这就是下面我要讲的故事了。

当时最近的铁路线也在八十英里以外的蝗谷。他们撤出小城后，踏上直通费尔菲尔德的大路，沿着河岸直奔向前，一路经过克雷斯特威尔，跨过蓝岭，然后下了山。首日行军结束时，我们到了老斯托克顿，并在那里安营扎寨准备过夜。翻山越岭整整二十四英里路，再加上当时的道路状态，你听着，这对我们那些仅仅接受过两个月训练的士兵来说真的够受了。

我们在三天半内便到达了蝗谷，我真希望你能见到当时群众欢迎我们的场面！整条大路两侧都是人们的叫喊声、欢呼声。所有的妇女、儿童都站在道路两侧，乐队奏起了音乐，孩子们在我们身边跑来跑去，全都穿着最好的鞋子、崭新的衣服，他们是我见过的最漂亮的孩子——天哪！他们全都注视着我们，我们感到惊慌失措。我想我们大多数人都会有那种感受的。我们都觉得远离家乡很有意思。如果有人提前知道未来的遭遇，或者在四年后看到他们变成了一大群衣服褴褛、形容憔悴之人，全都瘸着腿、光着脚、半裸着身子的时候，我想他们在参军时肯定会三思的。

天哪，每当我想起这些！每当我设法讲述这些的时候，我总找不到合适的词来描述当时的情景。每当我想起当初参军时的情景——以及四年后返回时的情景！我离开的时候是个懵懂的乡下孩子，善良得连只兔子也不愿伤害。战后我返回家乡，当我站在一位刚刚在我眼皮底下被杀的人面前时，我的感受不会比站在一只被乱棍打死的猪面前强烈多少。我对人类的感受不比对一只麻雀的感受强烈多少。十英亩大小的战场上密布着死人的尸体，你若行走其间，根本就无处插足，这些我早就目睹过了。

这便是我铸就的大错。要是当初我知道得再多一点，要是我回家后再多待一段日子，那么一切都会令人满意了。这是我一生的最大遗憾。我从未接受过教育。我参军之前一直没有机会，战后复原回家，本可以有机会去上学的，但我并未去。原因是我已经知道得够多的了：我已经目睹过太多的打斗和杀戮，我什么都不在乎了。我感到僵死而麻木，好像大脑已被子弹完全打飞了一般。我只想拥有一小块土地，然后安顿下来，忘记一切。

这便是我铸就的大错。我并没有再等下去。我很快就结了婚，不久孩子就出生了，孩子是根基、是雄鹰，弄不好就会夭折，所以我得想尽办法养活他。但若当初我再等上一段时间，结果就会令人满意了。不出一年，一切问题都消除了，我恢复了健康，鼓起勇气站了起来。由于自己目睹、经历过太多的痛苦，我比从前更加宽恕、理解了自己。至于我的脑袋，嗨，它比以前更加好使了。由于我的经历，我本可以马上去上学受教育，你也明白我并不想等待。我认为这种机会是不会重来的，而我只是厌倦了生活。

但正如我所说过的——我们一路行军，只用了四天时间便来到了蝗谷，然后他们让我们上了火车，来到了里奇蒙。那天早晨我们便抵达了里奇蒙，当时我们一直以为他们会把我们派到北方与李将军的部队会合。但次日早晨，我们得到了命令——他们要把我们派往西部。他们最近一直在肯塔基州作战：我们的部队在那里遇到了麻烦；他们派我们去拦截坎伯兰郡的敌军。那是我最后一次见到老弗吉尼亚。从那时起，我们便转战西部和南部。这就是我们二十九团当时的作战地点，从那时起到战争结束，一直如此。

直到 1862 年春天，我们才经历了一次真正意义上的大战。那次战役会让一位士兵成为真正的男子汉。此前，在田纳西和肯塔基州，只有一些小型的冲突与偷袭。那年冬天，我们在寒风冷雨中进行了一次艰苦的行军。我们真正明白了什么是饥饿，明白了如何勒紧裤腰带以适应食物的配给。我想，直到那个时候我们才明白，行军吃饭与我们经常所说的野餐可不是一回事。我们一直在学习，可我们还算不上士兵。只有经历过大战才算作真正的士兵，而我们还没有经历过。1862 年初我们差不多经历了一回。我们受命行军，去解杜奈尔森之围——但是，我的老天！我们还没到那儿，他们就已经把她给夺走了——我要给你讲一件很有意思的事。

北方军总司令格兰特将军正在攻打那里，我们急速行军，赶在老屠夫下手前抵达那里。我们赶到七英里之外时，太阳已经快下山了——我们一直在急速挺进，这时却得到命令要求原地解散并休息。就在这时，我听见了枪声，知道杜奈尔森已经沦陷。那不是战斗的声音。一切都跟礼拜日一样平静。我们在路边安顿了下来，这时我听见了大炮的轰鸣声。一共响了五炮，非常缓慢——轰！——轰！——轰！——轰！——轰！一听到炮声，我便有了预感。于是转身对吉姆说：“喂，你听到了吗！这声音是从杜奈尔森传来的，她已经沦陷了！”

指挥官鲍勃·桑德斯听见了我说的话，但他不相信那是真的，于是说道：“你搞错了！”

"哎呀，"吉姆说，"我倒非常希望他说的是真的。我才不在乎这该死的战争是失败还是胜利呢。我已经准备好回家了。"

"喂，他搞错了，"鲍勃指挥官说，"我敢打赌他搞错了。"

嗨，你听我说，打败对我来说再合适不过了。那些日子里，我尤其喜欢打赌了——从战争之初到战争结束，一直如此。任何形式的娱乐活动、恶作剧、打牌或者赌博，或者任何别的愚蠢活动，我都会参与其中。我会跟别人打赌，说红色就是绿色，或者说白天就是黑夜，如果有姑娘待在柿子树上瞧我，哎呀，我的老天，我想我肯定会爬上树并抓住她的。整个战争期间，我一直都是这样。战争之前或者战争之后，我从未跟别人打过赌，也没玩过牌，但战争期间，我却随时准备参与其中。

"你想押多少钱?"我问。

"我想赌整整一百元钱，"鲍勃·桑德斯说，他话音刚落，打赌便开始了。

我们重重地放下钱，然后交给吉姆，由他负责裁决。嗨，伙计，我们还没等上半个小时，就有一个战士骑马跑来，说不用再往前行进了——要塞杜奈尔森已经沦陷。

"我刚才怎么说的?"我问桑德斯指挥官，然后把钱装进了自己的口袋。

嗨，接着大家都开始嘲笑他。我真希望你能看见他当时的表情——他看起来非常困窘，可以这么说。但他承认了，你知道的，他只能爽快地承认。

"你说对了，"他说。"你打赌赢了。但——你要告诉我后来的行为!"他把手放进口袋，掏出一沓钞票。"我已经输了一百元——身上几乎没钱了!我们抽牌来赌这最后的一百元，我的牌斗你的牌——大牌获胜!"

嗨，我已经准备好了。我掏出一百元钱，说道，"把牌拿出来!"

于是，他们拿出了牌，吉姆·威沃洗了洗，然后拿在手里，让我们抽牌。鲍勃·桑德斯先抽，他抽到的是黑桃八。我抽到的是一个王后。

哎呀，伙计，要是你能看到鲍勃·桑德斯的脸就好了。你听我说，当时战士们开始高声喊叫起来，他看起来很想钻进地缝里去。我们都开始拿他寻开心，当然，后来我归还了他的钱。我一辈子从不拿打赌得来的钱。

那些日子里，我就是这样——我随时做好了准备——准备迎接一切。不管有什么形式的恶作剧或愚蠢的消遣方式，我都会和统帅一起参与其中。

如此说来，要塞杜奈尔森之役是我参战以来最滑稽的一场战斗了，我之所以觉得它很滑稽，是因为我们根本就没有战斗，这对我再合适不过了。而石山之役是我参战以来最奇怪的一场战斗，因为——嗨，我会给你讲一个奇怪故事的，如果你曾听说过那样的战斗，你自己就会明白。

你有没有听过这样的战争：作战一方不发一枪一弹就获得了胜利，但却给另一方造成了重创，其破坏之剧甚于全世界所有的枪炮所能施以的程度？嗨，石山之役正是如此。你听着，我本人经历过许多次战斗，但石山之役是整个战争爆发以来最古怪的。

我来讲一讲其中的来龙去脉。

我们处在山顶，而北方军就在我们下面，正想把我们赶下山去。我们并没有端起枪，我们没有那么做——我们无须端起枪。山上唯一的枪械便是我们用绳子拽上去的那架小型铜制榴弹炮。但我们从未用它开过火。我们根本没机会使用它。还没等我们把它放好，一枚炮弹就正好落在了它上面，将小小的榴弹炮垂直一分为二，炸成了两截。若使用锯子从中间锯它，也难以达到如此完美的效果。我永远都不会忘记那个小型榴弹炮，以及它一分为二的情景。

在接下来的战斗中，我军采用岩块和石头作为武器。我们搬来了一大堆岩块、石头、巨大的鹅卵石，在山顶上摆成一长溜。等他们进攻时，我们便静静地等着时机。

北方军排成三队开始进攻，一队跟着在另一队后面。我们一直等待着，直到第一队距我们只有三十英尺的距离——直到我们能看见他们的白眼珠，俗话是这么说的——然后我们便开始行动了。我们把大石头滚了下去，你听我说，那一幕可太可怕了。整个战争爆发以来，我还从未见到使用枪炮能造成比这更大的破坏的场面。

你可以听见他们鬼哭狼嚎的声音，这声音令人后背发凉。他们不断地涌上山来，然后我们就会扫倒数百人。我们不用一枪一弹，便将对方扫倒在地。我们砸倒、并消灭了他们——仅仅将岩块、石头滚下山就做到了。

战争中有过更大的战役，但石山一役是我经历过的最古怪的一次。

要塞杜奈尔森之役发生在战争初期，而石山之役发生在战争末期。一个滑稽，另一个则很古怪，但两次战役都没有真正的交火。我来给你讲一讲。

要塞杜奈尔森是我们参战以来的首次大型战役——我刚才说过，我们并没有真正交火，因为我们没有及时赶到那里。杜奈尔森之战结束后，那年春末，也就是四月份，爆发了夏洛战役①。嗯——我要强调的是，我们及时赶到了夏洛。噢，天哪，我想我们的确赶上了！或许在这之前我们都是乡下来的孩子，或许还有人拿这个开玩笑呢——但夏洛之战结束后，我们都不再是乡下孩子了，我们不再拿这个开玩笑了。这场战役使我们不再有笑容，使我们更加成熟；我们成了经验丰富的军人。

从那时起，我们就一直作战到底。正是在那场战役中，我们真正了解了夏洛。从那时起，我们才明白，只有奋战到底，别无他途。

吉姆在夏洛负了伤。伤势并不算重——尚不能遂他心愿——因为他老想打道回府。他腿部肌肉受了伤，但受伤后过了一段时间才找到他。他躺在地上，我想他已经失血很多了。当他被扶起来时，神志仍然清醒。他们又把他放下来，原地进行了包扎。我想，他们对伤口进行了清洗，然后才打上了绷带——伤员太多，他们只能作这样的简单处理。噢，你听我说，在那样的日子里，他们只能那样做。我亲眼看见露天帐篷里外科医生手拿肉锯，把伤员的胳臂和腿锯下来，扔在旁边，锯下来的东西堆成一大堆，就跟木柴堆一样。当没有任何麻药的时候，你可以听见伤员们撕心裂肺的叫喊，足以让你脸色发白。不过，人人都在尽力做好；可生死只能靠运气——比吉姆伤势严重的有很多，我觉得他算是幸运的了，因为他们给他作了包扎处理。

后来我听说了他的情况，有人说他四仰八叉地躺在地板上一块又旧又脏的毛毯上，一位军医看见他盯着自己被绷带裹得紧紧的大腿，我猜想，他为了哄他开心就说："噢，这算不了什么——再过两个星期你就能站起来继续收拾敌人了。"

唉，他们说，一听到这话，吉姆便开始骂了起来，说了很多难听的话。他们说，他的言语足以让你的发根直竖。他们说，他又是尖叫又是咆哮地，最后伸手够着绷带，猛地扯了下来，还说："我他妈的才不愿打仗呢！"他们说，鲜血像喷泉一样进射出来，还说那位军医气疯了，一把翻过吉姆，骑在他身上，夺回了绷带。绷带虽然血淋淋地，但他还是重新包扎在他腿上，并说道："你这该死的，如果再扯掉，我就让你流血死掉算了。"

他们说，吉姆气愤地回敬了他，一英里外都能听到他的声音，他说：

---

① 发生在 1862 年 4 月 6 日至 7 日的一场大战，地点位于田纳西州西南部，孟菲斯以东的夏洛。作战双方伤亡惨重，均超过一万。该役以南部联盟部队的撤退而告终。

"哼，好啊，我才不在乎死掉呢；我宁愿死掉也不想待在这里。"

他们说两人对骂了好几个回合，直到吉姆虚弱得说不成话为止。一两天后我去看望他，见他拄着拐杖，于是便问："吉姆，你的腿怎么样了？还疼得厉害吗？"

他回答："不太疼了。他们可以把整条腿都锯掉，然后埋在夏洛这里，"他说，"对我而言，只要能让我回家，不再回来，怎么做都行。只要能让我和玛莎生活在一起，我宁愿余生做个瘸子，也不想再返回参加这该死的战争了。"

唉，我也明白他说的是真心话。我看着他，明白他的确是认真的，我也清楚自己无能为力。当一个人说出这种话的时候，你是无法用言语来劝服的。唉，果不其然，一两个星期后，他们给他放了两个月的假，于是他便拄着双拐，一跛一跛地离开了。他是我见过的最快乐的人。"他们给我放了两个月的假，"他说，"但如果他们让我回了家，那么除非老布雷格①将他那支该死的队伍全部派出来接我，我才会离开那儿。"

唉，他去了两个月或更长的时间，我始终不知道其间发生过什么——不知他伤口痊愈后，自己是否感到过羞愧，也不知道玛莎劝服过他没有。但到七月底的时候，他又重新回到了我们的队伍中——他成了我见过的最可怕、最阴郁的人。他没有跟我谈什么，也没告诉我发生了什么，但我清楚，自从那次负伤以后，他永远都不会再平静了，除非让他永远离开军队，复原回家。

唉，这就是夏洛之战，那次我们可没有错过，战役结束后，我们都失去了欢笑。直到一切结束，我们才明白战争是怎么回事。

我已经给你讲了三次战役，一次很滑稽，一次很奇怪，还有一次——唉，向我们展示了真正的战争与浴血奋战。但现在我要给你讲讲第四个战役。这可是最了不起的一次战役了。

那次战斗中，我们经历了几次猛烈的交火。我们参与了十分惨烈的战斗。但其中最猛烈的一次，当属奇卡莫加战役了。我所经历过的最惨烈的战斗就是奇卡莫加战役。开战以来大型战斗很多，但奇卡莫加战役之前的战斗都不算什么，也从没有哪一仗堪与奇卡莫加之役相比。我这就讲给你听。

---

① 即布拉克斯顿·布雷格（Braxton Bragg，1817～1876）：美国内战时期南部联盟将军，在查塔努加战役时被击败（1863 年）。

那年春夏两季，老罗兹①一直跟在我们后面，走遍了田纳西。

前一年，我们拦截过他，而一八六二年底的那一次，我们在斯通河附近狠狠地教训了他一顿。令他元气大伤，只得按兵不动。他在默夫里斯伯勒②等了半年。但我们知道他迟早会来的。六月底的时候，他终于动手了，且把我们赶出了谢尔比维尔③。我们冒雨撤退至塔拉荷马④，那场面你从未见过。那年七月最后一个星期的雨下得可真够大的，而老罗兹一直在追我们。

他又把我们赶出了塔拉荷马，我们便撤退至坎伯兰河对岸，来到了山背后，可他还是跟着我们。

我想，在作战过程中，在做决策的过程中，总有些人更加果断。但说到排兵布阵、出谋划策，老罗兹就是最佳者。他生性狡猾，是只老狐狸。我从不知道谁会是他的对手。

当布雷格在查特努加⑤紧紧盯住他，防止他渡过田纳西河时，他却派一队士兵到上游四十英里的地方去了。接着他又命令他们来回移动，绕过小山，从后面跑到我们前面去了，好让我们发现他们。那样我们就会以为所有的北方军都在那里了。但是，主啊！这一切只是诡计而已！他下令让士兵锯木、敲钉子、造船、吹号、击鼓，想尽办法制造出声音——你能听到他们在远处忙着做好准备——可老罗兹却一直待在下游五十多英里的地方，距查塔努加有十英里的距离，他正准备从那儿直接冲我军袭来。罗兹就是这样的人。

我们在七月初到达查塔努加，并在那里等待了两个月。老罗兹还没赶上我们。他只好渡过坎伯兰河，命令部队和辎重队翻山越岭追赶我们。七月很快就过去了，我们一直没有他的消息。"噢，天哪！"吉姆说，"或许他不会来了！"我知道他会来的，但我让吉姆保留他的观点。

---

① 即威廉·斯塔克·罗兹克兰斯（William Stark Rosecrans, 1819~1898），美国内战时期联邦军将军。曾在美国西弗吉尼亚州和密西西比州多次取得胜利，后因在乔治亚州的奇克莫加战役中失利（1863 年）而被解职。

② 默夫里斯伯勒（Murfreesboro）：美国田纳西州中部城市，位于纳什维尔东南部，从 1819 年到 1825 年为田纳西州首府。美国内战期间，盟军曾在默夫里斯伯勒战役中经过艰苦作战，最后取得了胜利（1862 年 12 月 31 日~1863 年 1 月 2 日）。

③ 谢尔比维尔（Shelbyville）：尔田纳西州中南部城市，在斯通河西岸附近。

④ 塔拉荷马（Tullahome）：美国田纳西州中南部城市，位于查塔努加西北，是旅游胜地和加工业中心。

⑤ 查塔努加（Chattanooga）：美国田纳西州东南部城市，位于乔治亚州边界及纳什维尔东南部。田纳西河入口港口，在南北战争中具有战略地位，最终于 1863 年被联邦军队攻占。

　　有些人对此已经适应了。有的人不会让这种想法左右自己。他不去在乎明天会怎样。我就是这样一个人。

　　但吉姆却恰好相反。自他认识玛莎以后，就完全变了。我想，他从认识她的那一刻起就开始憎恨战争和军旅生活。从那一刻起，他活着只为一件事——回家迎娶那个姑娘。每逢邮件到来的时候，有些人会去取信，他总会排在队伍的最前面。如果有她的来信，她会像做梦一样拿着信走开。要是没有她的来信，他就会来到某处，独自一个人待着；他会陷入深深的痛苦中，却不肯对别人讲起。他在战友中得了个脾气古怪、不合群的名声。他经常会陷入沉思，常常为一些琐事大动肝火，也不愿与别人相处。所以，时间一长，他们也就不搭理他了。大多数战友都不太喜欢他——可是他们根本不知道问题出在哪儿，根本不知道他完全不是他们所想的那种人。只是因为他感到绝望，爱得太深的缘故。但是，天哪！我知道！我从一开始就知道问题出在哪儿。

　　战争能改变一个人，真有意思。战前，我是个严肃的人，而吉姆却喜欢玩闹。

　　我想，以前我吃了太多的苦。我们家太穷了。但战前，我从不知道还有不需要劳动的时候。战争爆发后，唉，我只想着以后的乐趣和欢乐。最后，我终于明白了怎么回事。唉，我已习惯了，也不在乎什么了。

　　我对一切都能适应。我想这就是我在这儿的缘故吧。我不是那种喜欢担心的人，而且不管情况多么艰难，我总会认为，只要别人能挺得住，我就能挺得住。我不在乎明天会怎样，我想你会说我是个乐观主义者。如果事情变得比较糟糕，嗯，我常常觉得它还会更糟糕；如果已经非常糟糕了，那么它就不会更糟糕，唉，我想它不可能一直这样下去，过些日子它总会好起来的。

　　战争快结束的时候，情况变得很糟，我们都认为不会好起来了，我感到自己对什么都不在乎了。我会静静地躺在那里，安然入睡，从不担心次日会发生什么，因为我从不知道未来会发生什么，因此也就无需担心什么了。我想你一定会说我有彭特兰家族人的特点——我们信仰那些你们称作宿命论的东西。

　　而吉姆却相反。战前，他像云雀一样快乐，成天只想着玩闹。但战争改变了他，使他变得像另一个人似的。

　　但是，正如我所说，这种改变并不是一下子发生的。那天早晨，我们从家里出发时，他是我见过的最快乐的人。我想他对战争的看法跟我们其他人一样——盛大且欢快。我们以为半年内战争就会结束。到时候我们就会复原，当然，吉姆也是那么想的。我想我们都是那么想的。战争让我们有机会穿上军装，到外面开开眼界，开枪打死几个北方佬，把他们赶到北方去，然后复原回家，在那些没有上过战场的人面前逞逞威风，然后成了英雄，跟姑娘们谈情说爱。

我们从泽布伦出发的那会儿，情况就是这样。我们根本没有考虑冬天，从未想过泥泞、寒冷和下雨；我们从不了解空着肚子、赤着冻脚行军的滋味，也不了解身上没大衣可穿，不得不躺在光秃秃的泥地上睡觉的滋味。若能找到一块干燥的地方躺下来睡觉就谢天谢地了。由于太累，我们也顾不上别的了。我们不了解，也从未想过这些事情。我们根本不知道在奇卡莫加河旁的杉树林里会发生什么。要是我们事先知道，或者有人提前告诉我们的话，唉，我想没有人会害怕的。我们太年轻、太无知，对什么都不在乎。至于明白——天啊！关于明白的唯一麻烦是，在你能明白什么是明白以前，你得先明白明白是怎么回事。没有人会告诉你。你得靠自己去明白。

唉，我说过，我们一直在作战，可是战争却没有结束的迹象。老罗兹一直在捉弄我们——"天哪！"吉姆会说，"难道就没完没了了吗？"

我从不明白我自己。我们已经战斗了两年，而我很早就不再尝试明白这一切了。而吉姆则不同。

他从一开始就在祈祷，希望战争很快就结束，这样他就能够回家迎娶那姑娘了。开始时，也就是一年以前，我曾劝他开心一些。告诉他这一切不会一直持续下去。但后来发现这些都没有用。他不再相信我说的话了。

因为老罗兹一直跟在我们后面。我们打败过他，有一段时期阻挡得他无法前进，但他还是缓过气来，又跟在我们后面，把我们赶了回去——"啊，天啊！"吉姆说，"难道战争就停不下来了吗？"

我说过，那年夏天，他将我们赶到了田纳西，然后撵出了谢尔比维尔，最后我们退到塔拉荷马那些山口处，然后撤退并渡过了坎伯兰河——我对吉姆说，"听着，我们要收拾他了，现在他非得翻越那些山才能赶上我们。而我们要在他翻山的时候，好好收拾他。布拉格一直在期待这一天。这次我们一定要揍得他晕头转向才行，"我说，"这一仗结束后，他的部队就没有人了。圣诞节一到，我们就能回家了，吉姆——你等着瞧吧。"吉姆只是望着我，摇了摇头说："主啊，主啊，我不相信这场战争会有结束的一天！"

这倒并不是因为他害怕——要是他真害怕的话，那反而会使他在战斗中更加勇猛。我所见过的人中，没有谁打起仗来会比吉姆更狠的。他很能干，善于把握机会，这一点无人能及。但我想那是因为他完全绝望的缘故。他恨透了战争。他无法像别人那样习惯战争。战争来了，他却无法接受。他倒不至于怕死。我想他心里仍然充满了生活的希望。他之所以不想死，是因为他想好好地活着。他想好好地活着，是因为他正深陷爱河之中。

所以，正如我所言，老罗兹最终逼得我们后撤，渡过了坎伯兰河。七月，我们来到查塔努加，几个星期都风平浪静。但我时刻都清楚罗兹肯定会继续追来的。八月，我们又听到了他的风声。他下令让辎重队渡过坎伯兰河。由于正值雨季，道路泥泞，大车的轮毂都深陷在泥中。但他还是克服了重重困难，来到峡谷，然后翻过了山岭。九月初，他又跟在我们身后了。

九月八日，我们从查塔努加撤离。我们队伍的尾巴刚从镇子一头撤出来，罗兹的部队就从另一头进来了。我们在镇南的山区潜伏下来，罗兹却以为我们又开始赶路了。

可是这一回，他上当了。此刻，我们已经做好了战斗的准备，选好了作战地点，悄悄埋伏好了。老罗兹尾随我们而来。他派麦库克绕到南面去堵截我们。他以为我们在撤退，

但是等麦库克到了那儿，却压根儿找不到我们的影子：我们来到镇子的南面，沿奇卡莫加河边布下阵地。麦库克走得太远了。托马斯想在北面引诱我们；但当麦库克想把部队带回去跟托马斯①会合的时候，却无法越过我们，因为我们堵住了他们。他们不得不跟我们作战，否则，他们的队伍就会一分为二。

十七日，我们在奇卡莫加河边布下阵地；十八日，北方军横着排成一溜，并在我们对面树林里选择了有利的位置。我们背后有重山与奇卡莫加河，而我们面前高地那里的北方军则背倚米欣纳雷岭②。

奇卡莫加河之战是在一片杉树林里进行的；据我所知，那片杉树林大约三英里长，一英里宽。我们整整打了两天，在树林里来来回回，反复拼杀。

---

① 托马斯（George Henry Thomas，1816～1870）：北军将领，在联邦军大败的奇克莫加战役中以其顽强的防守而著称。

② 米欣纳雷岭（Missionary Ridge）：由东北向西南延伸在田纳西和乔治亚州长山脉。

战争开始前，杉树林是那么稠密，若拿屠刀伸进任何地方，刀刃都会被挡住。战斗结束后，那个杉树林已经被枪弹打得支离破碎，放眼望去，可以看到一条蜿蜒了一百码的黑蛇。战斗结束后，望一眼杉树林，你会感到奇怪，竟然有只跟你拇指大小的蜂鸟能侥幸从那里飞走，没被炮火炸得粉身碎骨。然而我们进入林子的人，却有多一半活着走出来，讲述战争的经过。你可能会觉得这不太可能。但我身临其境，目睹了一切……

午夜刚过——大约是在凌晨两点——我们躺在那儿，等待着那场无法避免的战斗——吉姆把我唤醒。我一下子清醒过来——在那些日子里，你得习惯这种情况——尽管天色依旧昏暗，一英尺外，伸手不见五指，但我立刻就认出了他的脸。他的脸白得像幽灵，瘦得跟木柴似的，去年作战时他就是这副模样。他的脸在黑暗中犹如白纸。他紧抓着我的胳膊，抓得那么紧，都有些疼痛了。我一下子惊醒过来，看了一眼，便认出了他。

"约翰！"他说，"约翰！"——他的手紧抓着我的胳膊，抓得那么紧，都有些痛了——"约翰！我看到他啦！他又在这儿了！"

我来告诉你当时的情景吧，他说话的模样令我毛骨悚然。人们说我们彭特兰家族的人都相信迷信，也许真是这样。他们说曾看见我哥哥乔治在某天黄昏时分出现在山岗上，他们全都走出房门，来到走廊等待他，所有的孩子和成年人都在场。他们看见他爬上山岗，绕过一棵树，然后就像被大地吞没了一般，消失不见了——十天后，他们得知他就在那天那一刻在钱瑟勒斯维尔阵亡了。

我听说过这一类事情，也知道其他人都深信不疑，但是我本人却不以为然。尽管如此，我还是要讲一讲那天晚上那张苍白的脸和黑暗中闪烁的黑眼睛——他讲述时的模样以及所讲的内容——因为我能感到那个人就在我的周围，能听到他就在树林里走动——我听见一阵链子咯嗒作响的声音，这足以令人毛骨悚然。我狠狠地抓着他——捏着他的胳膊——我不想让别人听见——我让他别出声。

"约翰，他在这儿！"他说。

我始终没问他这话是什么意思——我非常清楚，所以没有问。那是他在一个月里第三次看到了——一个人骑在马上。我不想再听下去了——我对他说，那是他做的梦——并让他回去睡觉。

"你听我说，约翰，这不是做梦，"他说。"啊，约翰，我听到声音了——

我听到了马的声音——我看到他骑在马上，清楚得跟白天一样——他一言不发——只是从在那里朝下看着，然后他转过身，骑着马跑进了树林——约翰，约翰，我听到他的声音了，可我不知道这意味着什么！"

唉，我不知道这一切到底是他亲眼所见还是想象出来的。但是他那双黑色的眼睛在黑暗里闪闪发亮，盯着我看，好像要在我身上烧出两个窟窿似的，我似乎觉得我也看见了那个人。我让他躺在我身旁——但是他那双眼睛仍然在闪闪发亮。我知道那一夜余下的时间里，他一直没有合过眼。我闭上眼睛，想让他知道我已经熟睡，但却无济于事——我们躺在那儿，睡意顿无。直到天色渐明，我们的心情才逐渐好了起来。

十点钟，战斗在我们右侧开始打响。我们根本搞不清战斗的情况——树林是那么稠密，我们连续两天对战斗的情况一无所知；当时我们确实不知道。我们不知道有多少人在作战，也不知道我们牺牲了多少人。有人说，甚至连老罗兹在次日骑马回城时，都搞不清战斗的情况，也不知道托马斯依然如磐石般坚守着阵地。要是老罗兹对战斗的进展一无所知，那么一个普通士兵又能知道些什么呢？我们接连两天在这片杉树林里打来打去；有好几回，当我们打到山顶的时候，甚至发现敌人早就在那儿了。这就是当时战斗的场面——是我经历过的最惨烈的战斗，一直打到那片杉树林被鲜血浸成了红色，几乎连只麻雀容身的地方都不剩了。

正像我说过的，十点钟的时候，我们听到他们在我们右侧开火了，接着我们也开始还击。后来，我听说战斗是这样开始的：北方军来到河边，正好碰上了福里斯特①率领的部队，打退了那支队伍。接下来，双方打过来，打过去，反复拼杀，直到他们自己被打退；我们就这样打了整整一天。我们进攻，他们把我们打退；然后他们进攻，我们再把他们赶回去。从早晨到天黑，我们就一直这样打来打去。我们在他们左侧集结；他们用榴霰弹和葡萄弹扫杀我们，直到我们的鲜血浸透了野草，但我们一直在朝前挺进。那一天，我们肯定冲锋了十多次——我参加了其中四次。我们在树林里来回冲杀，就连手掌那么大一块土地也不放过。下午两点半，我们突破了对方的右翼，逼近威德·格伦的营地——罗兹的大本营就驻扎在此，然后将他们打退，最后抢占

---

① 内森·贝德福德·福雷斯特（Nathan Bedford Forrest，1821~1877）：美国南北战争时期南方联盟将领，在夏洛战役（1862年）和奇克莫加河战役（1863年）中表现出色。

了拉斐特公路对面的所有阵地，并且控制了公路。后来，他们又把我们赶了回来。我们一直在奋力抵抗。天快黑时，双方仍在激烈交火。

我们一整天都在那条公路上反复作战，先是我方占领公路，接着又被夺了过去，直到整条公路被鲜血浸透；他们称那条公路为血路，这个名字可真是名副其实。

天黑以后，我们又继续战斗了一个多钟头，你可以看到步枪在树林里射出一道道火光，接着，枪炮声逐渐平息下来。你听我说，你应该记住那一夜，那是你惊奇一生的时刻。战斗使树林多个地方着了火。你可以看到浓烟与火焰，听到伤员们的尖声嚎叫，听得你毛骨悚然。我们尽可能地抢救他们，可是有几个，我们甚至没有办法抢救——我们只能让他们躺在那儿。这听起来很残酷。我想许多伤员只得撂在那儿，活活等死或被烧死，因为我们没法救他们出来。

你可以看到护士和担架手在树林里到处移动；双方都在寻找死人。你可以看到他们在浓烟和烈火中走动；可以看到像麦子一样密密麻麻地躺在那里，面如僵尸，嘴唇上沾着黑色的火药。一缕月光微微地照进树林，这一景象比我经历过的任何场面更像梦魇中的地狱。

可是我们还有其他活要干。整整一夜，我们都能听到北方军到处砍伐、滚动木料的声音；我们知道他们想砍倒树木，以便阻止我们次日早晨发起的进攻。因为我们知道战斗刚刚开始。我们觉得自己占了上风，但我们知道，哪一方都还没有打赢这一仗。我们知道，次日的第一件事情就是战斗。

吉姆也清楚这一点。可怜的吉姆一夜没睡——那一夜，他始终没看见那个骑马的人——他只是坐在那儿，紧抱双膝，眼睛盯着远处，口里说着："老天爷啊，老天爷啊，这一切何时才有个完呢？"

早晨终于来了。这时候，我们才知道我们的位置以及必须要做什么了。当时我们的战线已经固定下来。布拉格终于知道了罗兹的具体位置，罗兹也知道了我们的位置；就这样，我们双方都在等待着早晨的到来。那是一个迷雾蒙蒙的早晨。十点左右，雾开始消散，我们接到命令，又要向树林发起进攻了。

我们知道战斗将在右侧爆发——就在我们右侧，也就是说，在罗兹的左侧。我们知道托马斯负责罗兹的左翼。我们都知道用牙齿咬碎一块打火石都要比逼老托马斯后退容易。可我们还是冲了上去；你听我说，那才叫打仗呢！

跟这次相比，第一天的战斗简直就像在玩弹子游戏。

十点半，我们开始攻击老托马斯的左翼；布雷肯里奇的部队迅速包抄过去，在他的背后攻了上来；于是我们随意激烈地交火。老托马斯拼命鞭打他手下的人，好像要把牛皮鞭打断、把布雷肯里奇再次打退似的，但是首次进攻一结束，我们就攻占了阵地。

战斗在侧翼打得天昏地暗，直打到老罗兹部队的中心；还在左侧进行着拉锯战，一直围绕着老托马斯的阵地打来打去。我们在右路、左路和中路给予痛击，他们则向我们反扑而来，再次将我们打退。我们在阵地来来回回，就像两头血淋淋的狮子进行着殊死搏斗，将那片杉树林打得支离破碎，血肉模糊，尸横遍野，看起来就像整座地狱里的死人都逃到了那里。

罗兹不断地派遣他右翼的部队去帮助左翼的老托马斯，想阻挡我们。后来，我们进攻老托马斯部队中心偏左的位置，然后在中路猛攻，接着又攻击了他的左路；我们强攻的时候，他不停地将那些右翼的北方佬一会儿调到侧翼，一会儿调到中部，来回增援，直至将那些北方兵折磨得精疲力竭。我们打得他们像袋鼠那样来回蹦跳，最后统统收拾干净。

最激烈的战斗发生在托马斯阵地的左面，但是他们为了挡住我们，抽调了右翼的兵力，使那里显得兵力单薄，中心阵地的兵力也不足。朗斯特里特①发现右侧伍德负责的阵地上有个缺口，于是便抽调了我们五个旅的兵力去突破那个缺口。直打得他们落花流水。这下打破了他们的防线，将其整个右翼打得支离破碎。我们就像一群发狂的恶魔拼命地追赶他们。我们消灭了他们，俘获了数千人。那些没被消灭和俘获的人像潮水一样翻过山岭，夺路逃去，好像地狱里的所有鬼魂都在追赶他们似的。

要是我听过什么叫溃败的话，那准是这一回！他们像潮水一样退到山背后去了——一个个争先恐后，生怕落在后面。他们发现罗兹赶上来了——他骑着马来冲进人群中——他想让他们掉转方向，再次攻过来——这就像骑着一头瘦骨嶙峋的驴子逆流在密西西比河里游泳一样，绝不可能！队伍夹着他迅速后退，他就像一块木料似的。潮水一般的人群涌进了罗斯维尔，成了一群衣冠不整的乌合之众——这算得上是败得最惨的队伍了，而老罗兹也夹在

---

① 詹姆斯·朗斯特里特（James Longstreet, 1821~1904）：美国南方联盟军将领。他因延误执行罗伯特·E·李将军的命令而导致南方邦盟军队在葛底斯堡的失败（1863 年）。

人群中！

他知道这一下他彻底完蛋了，或者预感到如此，因为人人都在说坎伯兰方面军已经被打得支离破碎，全面溃败了。于是，老罗兹掉过马头，策马直奔查塔努加，他成了战败者。我听说当他赶到查塔努加指挥部的时候，是由别人扶他下马的；他神志恍惚、摇摇晃晃地走进房子，好像根本不知道发生了什么事——他只是静静地坐在那里，一言不发。

这是那天下午四点钟发生的事。后来，有消息说托马斯仍然坚守阵地，不愿退却。老托马斯如岩石般驻守在那儿。我们已经粉碎了右翼；我们已经打得他们退到米欣纳雷岭背后去了；北方军的整个右翼已经支离破碎，他们为了保全性命，已经潮水般地涌进罗斯维尔了。后来，我们开始在左侧逼他后退；我们以为他战败后，不得不撤离战场，要么就会投降。可是老托马斯转身沿着米欣纳雷岭后撤，然后以那里的石壁作为屏障，丝毫不愿挪动了。

我们击溃了对方的右翼，他们如潮水般翻山而逃，三点钟，朗斯特里特撤回了部队。我们当时以为战斗已经结束了；我们一路跌跌撞撞，像做梦似的往回走。我看了看吉姆——一用一条胳膊搂着他说："吉姆，还记得我说过的话吗？我早就知道，我们已经把他们打败了，战斗结束了！"我始终不知道他有没有听见我说的话；他磕磕绊绊地走在我身边，脸色跟白纸一样，嘴唇被弹药弄得发黑，不断自言自语地咕哝着，好像在说梦话。我们返回最初的阵地，上面传来命令要求我们休息。我们靠在自己的步枪上，好像一群来自地狱的人，不知自己是生是死。

"噢，吉姆，我们已经将他们打败，战斗结束了！"我说。他靠在步枪上，身子摇摆晃晃，眼睛盯着树林。他只是靠在步枪上，身子摇晃着，始终没说一句话，他那双闪闪发亮的眼睛似乎要将眼前的树林点燃。

"吉姆，你难道没听见我说的话吗？"——我摇了摇他的胳膊。"战斗结束了，兄弟！我们已经打败他们了！战斗结束了——难道你听不懂吗？"

这时，我听到右侧有人在喊叫，声音来自我们的队伍，吉姆——可怜的吉姆！——他抬起头，倾听着，然后说："噢，天哪！"他说，"我们又得出发啦！"

嗨，他说的没错。传来的命令说，托马斯在山岭上重整了队伍，我们不得不再去跟他交战。之后，我始终不清楚发生的一切。那就像一场梦中的殊死搏斗——如在梦魇中一样——只有那次梦魇才像死亡和地狱。天黑之前，我想，朗斯特里特已经五次命令我们冲上山去。我们一直冲到他们的枪口下，但是他们却像割草一样将我们放倒；幸存下来的人都跌跌撞撞地退下山去——然后在山脚重整队形，再一次冲上去。我们拼命发起冲锋，打开一道缺口，跟他们展开了白刃战，他们又一次反扑过来，于是，双方都用枪托猛砸对方的脑袋。然后，他们又把我们赶了下来，我们又重整队形，再次发起冲锋。

最后一次冲锋发生在黄昏时分。我们跑过去把死人身上的弹药取了下来——伤员身上的弹药也取了下来——我们自己的已经打光了。然后，我们开始攻打第一道防线——我们击溃了他们。接下来，我们又顺利地越过了第二道防线。我们正要向第三道，也是最后一道防线发动攻击——他们静静地等待着，直到能看清我们的眼珠的颜色，还没等我们开火，对方火红、灼热的铅弹就像潮水般朝我们倾泻下来；我们的队伍如白雪一样开始融化。吉姆打了个趔趄，像被抽打的陀螺那样旋转着身子。他一下子朝我倒过来，双目圆睁，口中流血；我瞧了他一眼，然后从他身上跨了过去，好像他是一截木头似的。那一刻是没有时间去看、也没有时间思考别的事情的——除了接近防线外——什么都不能想。我们靠近了防线，他们开始猛烈地朝我们开火，于是，我们又磕磕绊绊地退了下来。

然而我们知道，我们取得了战斗的胜利。后来，人人都在这么说，所以我们知道情况肯定属实，因为第二天黎明到来的时候，北方军都逃走了。他们全都撤进了市镇；只把下我们留在了奇卡莫加河边，占领着那块阵地。

我不知道那场战役死了多少人——我不知道哪一方的损失更大。我只知道，人若行走在那块地上，脚不可能踩在地面上，只能踩着死人走过。我只知道，那片两天前稠密得刀子也难塞进去的杉树林，已经被打得支离破碎，星期一早晨你若放眼望去，就可以看到有一条黑蛇蜿蜒百码。

我不知道我们损失了多少士兵，也不知道我们杀死了多少北方兵。双方的将军们可以估算出一个令自己满意的数字，但是我知道那一仗打完后，你只要朝树林望去，就会感到奇怪，一只小小的蜂鸟飞进那片杉树林后，怎么还能活着飞出来。然而，这样的事情的确发生了，这是真的，而且不只是蜂鸟如此——因为有人也活着出来了。

在那个星期一的早晨，当我回到米欣纳雷岭上吉姆躺着的地方，就在他身旁，在一根折断的小树枝上，我听见一只红雀在鸣叫。我把他翻过身来，取出他的怀表、他的小刀、一点零钱，还有他自己的零碎物品，以及几封玛莎·巴顿写给他的信。然后将这些东西放进了我的衣服口袋。

然后，我站起身，朝四周望了望。战斗结束后，一切似乎都很滑稽，就像在梦里一样。吉姆曾经强烈地渴望活下去，而我对生的渴望却不及他一半强烈，但是现在我却站在这里，衣袋里揣着吉姆的怀表和玛莎·巴顿写的信，听着红雀的鸣叫。

我会熬过这场战争，然后回家跟玛莎结婚，而可怜的吉姆却躺在奇卡莫加河边……

现在当我回想起这件事来，感觉一切都很奇怪。一切都跟我们原来想象的不同。那是很久以前的事了，如果我能活到今年八月七日的话，我就九十五岁了。现在回顾过去，那可是好久的一段岁月了，对不对？不过，这一切再次浮现在我眼前，清晰得如同发生在昨天一样。接下来，一切都会消失，就跟做梦一样奇怪。

但是我打过几次大仗，我可以肯定地说。我见过稀奇古怪的事情，参加过血淋淋的战斗。可是，我经历过的最为惨烈的战斗——任何人参加过的最为血腥的战斗——就发生在奇卡莫加河边那片杉树林里——是那次伟大战争中的奇卡莫加之战。

游子还乡

第一部　幻想

　　尤金·甘特是一位作家，在这个了不起的世界上，他因为自己的作品获得了小小的名气。之后不久，他真的成了一位名人。他的作品已经广为人知，所以不管他走到什么地方，都会发现自己的名字总能提前到达。任何地方都是如此，只有一个地方除外，这就是他的家乡——他最希望自己的作品能得到认可的地方。

　　这个事实并不符合一般的常理，其中的原因并不复杂。在很大程度上，他的第一部小说取材于他小时候生活过的那个小城的人和事。随着这本书的出版，乡亲们争相阅读，并从书中认出了自己的原型。接下来，几乎全城的人都开始表示不满。他接二连三地收到恐吓信。有人警告他永远不要在他早年生活过的地方露面。

　　他从未料到会出现这种情况，因此精神上打击很深。他只得痛苦地接受这一现实。在此之后的七年时间里他从未再回过家乡。他成了背井离乡的流浪者。

　　在过去的七年里，他虽然没有再回过家乡，但是他的思绪却不断地飘向那里。夜里，当他漫步在远方城市的街头，或在异国他乡辗转反侧、难以入眠的时候，他就会想起故乡，小城里每一个熟悉的面容便会浮上心头，他很想知道假如他重返那里，人们将会以怎样的态度接受自己。

　　这种怀乡的渴望如此频繁、如此至深，最终在他的脑海里形成了一幅图景，这幅图景比他真正经历过的任何事情都更加真实。慢慢地，这幅图景永恒地固定在他的脑海中，千百次浮上他的心头——这是一幅他再次回到家乡时可能出现的画面。

十月底一个寒风萧萧的夜晚，一名男子疾速行走在位于老卡托巴山区的阿尔塔蒙特小城的大街上。黄昏已至，冷雨纷飞，阵阵秋风横扫而过。除了这位孤独的路人，大街上寂寥无声。

这条街本身破旧不堪、毫无特征，快速的发展变化和昔日的宏伟辉煌留下了极为明显的痕迹。即使在这个阴郁的季节和时刻，人们还是能够看得出，这条街的过去远比今天更加繁荣，这里曾经是一个非常宜人的生活场所。街道两侧的大部分房子都是框架结构，丑陋、混乱、做作，都是四十或五十年前盛行一时的建筑风格，因此在夜深人静的时候，这些黑乎乎的建筑物就像被遗弃了一样。其中不少建筑物坐落在宽敞的庭院中，给人一种颇为富足和安全的感受。它们矗立在古树之下，秋风穿过光秃秃的树枝，发出悲悯的呼呼声。但即使在黑暗中，人们依然能够看得出来，这些房子和这条大街曾在何时经历过艰难和困苦。那些弱不禁风、多重山形墙结构的房子，在冰冷雨水的洗沥下，在漫长的岁月和经年失修的影响下，开始下垂、弯曲，就像一群年迈的老妪聚集在阴冷、赤裸的夜色中，周围风雨交加。在沉闷、隐蔽的黑暗中，人们凭某种直觉就能知道，这些老房子经历过许多令人伤感的岁月，已经许多年没有粉刷过了，即使人们的直觉难以感受到这一点，大街上奇怪的杂乱和破旧也能将它的悲惨命运传达出来。昔日宜人的草坪如今处处饱受摧残，都被体积较小、造价低廉、施工粗糙、外观难看的砖石建筑侵占得面目全非。这些建筑代表着形形色色的机构：有一两家杂货店，一家停车场，几家经营汽车配件的小型店铺，最气派的是一家汽车销售、代理机构。在街角路灯刺目的光辉下，在僵硬、光秃秃、杂乱的树枝阴影里，那些崭新汽车威武、完美的外形熠熠生辉。可奇怪的是，就在这些夺目的光亮中，有一种可怕、阴冷、孤寂、凄凉的感受，这种感受甚至比这条黑暗、凄冷的大街更加冷酷、孤独、可怕。

此刻，这名男子是街头唯一的生命体，他似乎对周围的环境漠不关心，毫无兴趣。他随身带着一只小手提箱——从外表来看，人们会觉得他是个异乡人，但是他的举止和神态——他大步流星，边走边迅速、漠然地扫视着沿街的物体——表明他对眼前的环境并不陌生，相反却表明他曾经在某个时期对这里的一切十分熟悉。

当他行至大街中段的时候，在一所老房子前停了下来，并把手提箱放在人行道上，第一次露出了怀疑、彷徨的神色。他站在那里，眼睛盯着黑乎乎的房子，紧张、烦乱、但却很专注，好像在努力透过那间毫无活力、阴沉的房子外观，读懂里面可能存在的生命，也好像在脑海里通过破译某个憔悴、丑陋的面容来找到某个问题的答案。过了片刻，他终于不耐烦地活动了一下身体，提起手提箱，踏上一段通往院子的混凝土台阶。他一路疾行，最后站在门廊的台阶上，他在门边放下箱子，犹豫了一阵子，不安地摇了摇头，然后不耐烦且几乎有些生气地按响了门铃。

门铃声穿过陈旧、黑暗的过道，过道的尽头亮着一盏昏暗的灯。这急促、响亮的铃声使他大吃一惊，他不由自主地挪动了一下身体，露出不满且惊讶的神情。过了片刻，他的下巴肌肉绷得紧紧的，然后将手猛地塞进雨衣口袋，低下头等待着。

——他们从我们的身边逃离，我们曾经四处寻找，在毫无生气、嘎吱作响、逝去、离开、重又回来的古老夜色里，屋里回荡着孤独凄凉、断断续续的音符。他们从我们身边逃离，我们曾四处寻找。如今，在一所饱经沧桑的老房子里，我们孤坐在永恒的黑暗里，注视着茫茫黑夜，等待着什么。

这些都是什么，都是哪个陈旧习俗的遗物，是哪个古老的、被遗忘时代的痕迹？绳线捻成的花饰，装满纽扣的盒子，逝者潦草、褪色的成捆信札，一只变形扭曲的橱柜隔板上放着被打碎然后修复过的陶器，一只古老的木制时钟正泰然自若地敲击着时间的节拍。整个夜里，像老鼠一样的时间和静默不停地啃咬着这间饱经沧桑的老房子。

一位年迈的妇人坐在这些物品之间，她的思绪回到了从前，想起在某一个日子，当风暴摇晃着房子，室内悬垂绳索的花彩轻轻摆动，玻璃咯嗒咯嗒作响的时候，想起了眼前灰尘斗乱的情形，想起了阳光明媚的情形，想起了逝者的声音，以及在夜色的注视下，某个词是如何说出口的；想起她是如何听到那个朝她走来、然后又永远离开的脚步；想起了那一扇扇陈旧、表面凹陷、嘎吱作响的大门，还有从那所饱经沧桑的老房子里消逝的东西，此刻她正孤坐在那里。

响亮、急促的门铃声骤然打断了她的遐想。老妇人吃了一惊，仿佛有人突然站在她的身后开口说话一样。她肿胀、畸形的脚从敞开的炉门边迅速撤回，她刚才正把脚放在那里烤火取暖。接着，她猛地抬起头，环顾四周，像一只突然受到惊吓的小鸟开始警觉起来，虽然这里并没有别人，但是她仍然本能地叫喊了一声：

"啊，怎么回事？"

然后，她透过眼镜看了看那台木制时钟，慢慢地站起身，那双宽厚、因为劳作而粗糙结茧的手松松垮垮地叉在腰部。经过片刻的不安和犹豫之后，她走出屋子来到了走廊，朝那扇紧闭的前门走去。她边走边疑惑、茫然地朝外窥视着。等她来到门口，又停顿了一下，双手仍然松松地放在腰间，在毫无把握和不安中她沉吟了一下，然后用手握住沉重的铜制球形把手，小心翼翼地开启了几英寸宽的门缝，好奇、吃惊地朝黑暗中张望着。她冲站在面前的男子不断地重复着一两分钟前她一个人时说的话："啊？怎么回事？"，说完之后，她的声音中隐含着一种非常怀疑的语调："你有什么事？"

他没有立刻作答。如果此处的光线足够明亮，她可能会看见他的脸上露出了吃惊的神色并且欲言又止。他竭力控制住自己有些颤抖的身体，最后轻声说道：

"找一间客房。"

"你说什么？"她边问边用怀疑、略带指责地盯着他。"你说要找一间客房？"她沉默了片刻后突然问道："是谁叫你来的？"那名男子犹豫了一下，然后说："我在城里一家小吃店里说我想要找个地方过夜，有一个人把您的地址告诉了我。"

接着，就和刚才一样，她说话的神态依然充满了疑惑，但是此刻她的语调中开始有了一丝沉思，与其说询问对方倒不如说在思索对方的回答。"有一个人——在小吃店——是他告诉你的？"她说得很快。接着似乎马上就明白并接受了这位夜间来访者的意图，于是说道："噢，是的！麦克唐纳！他经常介绍一些房客过来……嗯，进来吧，"她边说边顺手打开了房门，然后站立在一侧，请他进门。"你说你想找一个房间吗？"她态度平和地问。"你打算住多久？"

"就一个晚上，"他说。"明天早晨我还得继续赶路呢。"

他说话的语气马上勾起了她不安的回忆。在昏暗的灯光下，她痛楚地紧盯着他，脸上露出不安的神色。然后她猛地用刚才那种略带挑战意味的腔调询问起来，只不过语气中多了一丝怀疑，她问："那么你是外地人喽？"——

虽然他从没有提及这个。"那么，我想你是在出差吧？"

"嗯——不完全是，"他踌躇地回答。"不过，我觉得您可以把我看做外地人。我离开这里很久了。不过我原来就是这一带的人。"

"嗯，我想，"她开始用怀疑、但更加确信的语气说，"你的声音，我不清楚到底是怎么回事，但是——"她报以友好的微笑，面部肌肉颤抖着——"好像我在哪里听过。我知道你肯定就来自这附近什么地方。我知道你不是北方人——你说话的样子一点都不像——嗯，那么请进来吧，"她态度平和地说，似乎对自己的调查结果感到满意，"如果你只需要一间客房过夜，我想我可以帮你解决。在进屋之前，你得带上你的东西，"她坦率地说。"我过去一直在做寄宿生意，可现在我年纪大了，身体不行了，对过去的那些生意也不感兴趣了。这所房子越来越旧、越来越破，而我已经无力维护它了。我不能像过去那样操心它了，但是我会把这里的东西收拾得干干净净地，如果你觉得这里还算满意的话，那么——"她随意且若有所思地把双手搭在腰间，郑重其事地思考了片刻——"那么，"她说，"我想你就交五十美分的房租吧。"

"这一点都不多，"她想，"但似乎仍然觉得这对他来说已经够多了，如今生意状况惨淡，要么尽可能赚钱，得一点算一点；要么分文不取，最后只能一无所有。没错，他是个穿着破旧的房客，的确如此，"她继续思索着。"这位房客不大可靠。但我想麦克唐纳肯定了解他的情况，既然他介绍他上这里来，我想就应该没有什么问题。不管怎么说，如今只有这种人来才会到这里租房了。社会地位较高的人都拥有私家车，全住到山外边去了。再说，如果他们能住得起宾馆，谁又不愿意到这种又旧、又冷、又破的地方来住呢。所以我觉得最好还是让他住下，这样还能收一点房租——总比什么都没有强一些。"

她一边思忖，一边透过眼镜专注地紧盯着他，脸上带着一丝困惑、不安的表情。在她苍老，疲倦，衰弱的眼睛里，在走廊昏暗、阴冷的灯光下，面前的这个人毫无吸引人之处。他的身材非常高大、魁梧，褴褛的衣服皱巴巴的，正如她心里所想，"他看起来就像一路风尘仆仆刚从乡下乘坐席火车而来。"他的脸上长满了黑乎乎、如同荆草的胡须，似乎一个星期没有刮。他的面容虽不宽阔，也不粗糙，但依然流露出饱受生活之苦的痕迹。他扁平、歪斜、难看的鼻子从鼻梁处折断，校正得并不理想，鼻子底部斜斜地留着一道疤痕。这个缺陷使他的面容略显粗野，而他的眼睛却加重了这一印象。他褐色的眼睛里流露出严厉、忧郁、受伤的神色。他好像已经饱受了生活之苦，但却试图用一种凶猛、毫不掩饰的粗野来掩盖这一事实，一如愤怒的言辞，颇具挑战性。

然而，正是他眼里冰冷的愠意最终打消了老妇的疑虑。当他的直率、充满怒意的目光和她探究般的眼神接触的一瞬间，她隐隐地感受到了一丝安慰，心想："嗯，他的衣着虽然破旧，但是人看起来倒蛮诚实的——他不会搞鬼的——我想应该没有什么问题。"

于是，她大声地重复道，"嗯，那么，快来吧。如果你对这里还算满意的话，我想你就住这间屋子吧。"

然后她转过身，带他走进过道右侧的一间屋子，扭开了昏暗的灯。这是一间大客厅，和整幢房子一样冷清；屋顶很高，毫无生气，室内则干净、阴冷、空荡荡地；墙面刷得粉白。室内有一架黑色、冰冷的壁炉，油漆一新，但并没有使用过。壁炉使这一间阴冷、洁白的屋子更显凄凉。磨损的地板上铺着一块干净却破旧的地毯。室内一角有一只廉价的梳妆台，上面镶着一面椭圆形的镜子，另一角摆放着盥洗架，上面搁着水盆、大水罐，还镶着一条毛巾架。在临街一侧的丑陋凸窗前，放着一张圆桌，上面铺着白色的桌布。门对面摆着一张干净却毫无特别之处的白色铁架床。

老妇人站在那里，双手随意地叉在腰间，若有所思地观察着屋子。

"嗯，"她平静、无所谓、略带迁就地说，"我估计你会觉得这里很冷，但是这里除了另一位寄宿者和我本人之外，再没有别人了，由于没有什么收入，所以我没有钱在这么大的房子里生炉子。但是你会发现一切都很干净，"她平静地补充说。"而且床上的铺盖又好又暖和，你不会觉得冷的，要是你想明天早起的话，我想你也不会耽得太晚的。"

"是的，夫人，"他回答，声音里马上透出一丝难过的语气。"我会睡得很舒服的。现在我就付租金给你，"他说，"这样明天一大早我离开的时候就不用再打扰你了。"

他把手伸进口袋，摸出了一枚硬币，然后递给了她。她平静、冷漠、耐心、泰然自若地拿了钱，然后依旧站在那里。她停顿了片刻，若有所思地朝屋子扫视了最后一眼便离开了。

"那么好吧，"她说，"我想你需要的东西都全了。盥洗架上有干净的毛巾，洗手间在楼上第一段走廊尽头的左侧位置。"

"谢谢你，夫人，"他又用刚才的那种语气回答。 "我会尽量不打扰你的。"

"没有人可打扰，"她平静地说。"我睡在房子的背面，远离一切，而吉尔默先生——他是目前唯一的常住房客——已经住在这里很多年了，他很安静，我几乎感觉不到他就住在这所房子里。另外，他睡觉很沉，也不会知道你在这里的。他现在还在外面，但是应该快回来了。所以你不用担心打扰我们。也没有人会打扰你，"她说完之后，突然紧紧地看着他，面容微颤，露出苍白的微笑，假牙也露了出来。"有一点可以肯定——这是你能找到的最安静的房子了。所以，如果你听到有人进来，你不必担心；那只会是吉尔默先生回房睡觉去了。"

"谢谢你，"他淡淡地说。"现在再没有什么需要的了，"他补充了一句，然后把脸转了过去，仿佛要急于终止一段无限拖延的谈话似的，"我要休息了，你也去睡觉吧，我不想再耽搁你的时间了，夫人。"

"好的，"她匆忙说完后转身欲走，但又困惑、迟疑地看了看他。"那么好吧，如果有什么别的需要——"

"没有了，夫人，"他回答。"我会睡得很好的。祝你晚安。"

"晚安，"她说，然后匆匆地环视了一周冰冷的墙壁，终于平静地走了出去，把门从身后关好。

她离开以后，男子在那里静立了片刻，没有作声。然后，他开始缓缓地打量了一下周围，沉思地用手抚摸着自己荆草般粗糙的胡子茬。他游离的目光终于落在梳妆台镜子里的他本人身上，他全视贯注地看了一会儿，既觉得愚蠢又暗自吃惊不已。突然间，他像一只受困的动物，面部开始痛苦、情不自禁地扭曲起来。

然而，几乎一眨眼工夫，他的这种表情又消失不见了。他把手伸进自己零乱的头发，气愤地摇了摇头，好像要摆脱某种痛苦。接着，他快速、烦躁地脱掉了外套，搭在椅子上。他坐在床上，弯下腰迅速松开了沾满泥巴的鞋子，脱了下来，然后又麻木地坐了几分钟，眼睛呆呆地盯着面前的墙壁，就像昏迷了一样。屋子冰冷、洁白、空旷的感觉开始弥散开来，似乎掌控了他的全部精神。

最后，他终于挪动了一下身体，嘴唇突然抖动起来。他慢慢地环视着光秃秃的白墙，脸上露出一种似曾相识、信以置信的神色。然后，他又摇了摇头，不自觉地耸了耸厚重的肩膀，像是一种痉挛的战栗。突然，他从床上坐起身，关掉了电灯，躺了下去，连衣服也没有脱。接着，他一把扯过被子盖在自己的身上。

户外，暴风雨正袭击着房子，室内充满了阴冷和寂静；他平坦、僵硬地躺在那儿，眼睛紧紧盯着黑暗。但是过了不久，阴冷、黑暗、寂静终于控制了他，他闭上眼睛睡着了。

在这时间和静默的古老房子里，有一种东西彻夜咯吱作响，有一种东西始终在移动、咯吱作响，永不停息。

男子很快就苏醒过来了，他只睡了一会儿，短暂得跟没有睡一样。他似乎从来没有离开过这所房子，从来没有离开过家。

一种强烈、莫名的恐惧袭上心头，令他麻木、窒息，阴冷和寂静占据了他的心灵。因为在他的脑海深处，那个久已遗忘的声音似乎刚刚回响过。在他的心里，在他的耳边，似乎有一句话刚刚说过，一声轻缓而急促的脚步刚刚走过。

"谁在那儿？"他问道。

暴风雨吹打着房子，室内一片漆黑。除了寂静和户外雨声杂乱的拍击声外，没有任何声响。

"可是我分明听到了！"他的脑海里不断地重复着。"我听到了某个消失的声音，它属于现在某个不常开口说话的人。我听见有脚步声从这里经过——它属于某个幻影般的陌生者和朋友——然后有个声音喊道：'弟弟！'"

"难道是嘈杂的风暴？"他自言自语道，"是雨吗？是充满这所饱经沧桑老房子、静默无言的黑暗吗，是彻夜不停移动、咯吱作响的某个声音？是某种阴冷、沉默、使我的返乡没有归程的恐惧吗？还是我自己——这个被亲生母亲遗忘的异乡人坐在这间屋子里产生的恐惧？哦，难道这是强烈恐惧带来的阴冷和寂静吗？它在深夜里来回移动、将过往回忆里虚幻的匕首刺进一个鲜活的心脏。寂静和黑暗能说话吗？——

他听见头顶上有脚步走过，如同雨滴一般轻盈而迅疾。

"谁在那里？"他问。

暴风雨拍击着房子，室内一片寂静。强大的黑暗潜行其间，光秃秃的树枝嘎咯作响，黑暗笼罩着屋子，某些东西无法看得清，但是突然间，他再次听到了动静，于是他开始明白，它就在那里。

在他的头顶上方，在他哥哥本的旧屋子里，他听见了一声轻盈的脚步声，如同小鸟在走动，柔软如灰，迅疾如雨。如今，本已经故去多年，一如自己，被人遗忘了。脚步声过后，他又一次听见了熟悉、柔和的声音：

"弟弟！弟弟！……你来这里干什么？……你知道你不能再回家了！"

第二部　现实

尤金·甘特离开家已经有七年了，在那些背井离乡的漫长日子里，不知多少次他曾竭力说服自己："我要再回家。我要公开当初写那部书的真实意图，把该说的话都说出来，让全世界的人都不再怀疑我。噢，我要再回家，把一切真相公布于众。"

关于小城居民对他的怨恨和过去的争议，他知道有很多东西需要解释。他也知道有很多东西永远解释不清。时光飞逝，把一切都留给人们去争论吧。终于在七年后的某一天，他收拾好行李，开始返乡回家了。

我们每个人的心里都有自己的美国，都从这里延展开去，其模式就和他母亲的脸一样熟悉，其前景就是他本人的前景。尤金·甘特心中的美国始于葛底斯堡，那是他父亲曾经生活过的地方；然后开始向南，穿过哈葛斯城，来到弗吉尼亚谷地。首先映入眼帘的是巨大的谷仓，辽阔起伏的宾法尼亚旷野，整洁有序的宅院。再向南行进，依然是宽广的田野，整洁有序的宅院，白色的围栏，上了漆的谷仓，还有弗吉尼亚谷地的优美与可爱。但是在这里，第一次出现了粗织呢绒般的灰褐色——灰色的谷仓，灰色的农舍，灰色的小屋和单坡房屋，风雨为它们披上了铜绿色的外衣，弥补了外观的不足。现在，那种普通土壤具有的深红色开始出现了。对于还乡的尤金而言，这一切美得看也看不够。

弗吉尼亚一带春雨绵绵，大地盈润，一泓泓水域随处闪着光亮。此时差不多正是苹果花盛开的时节，空气中弥漫着雨丝和果花的幽香。

穿过弗尼亚谷地，缓缓南下。雨水渐渐停止，碧空阳光明媚。眼前，蓝色的雾霭环绕着巍峨的蓝岭。

此刻，山峦渐渐从广阔的谷地里突现出来，那亘古至今的广袤象征迅速消失在蓝色之中。这里有别样的生命气息，传达出自身别样的语言——是小

溪、山峦、谷地的生命和语言，是峡谷、小路、山脊、小丘的生命和语言，
是依偎在山脚下的簇簇小屋具有的生命和语言。

突然间，尤金重回到昔日的时空和环境中，年少时熟悉的景致包围着他，
他又回到家乡了。

在某种难懂、莫名的冲动下，他开始设法拖延并推迟最终的探亲时间，
他择取了一条迂回的线路，即从弗吉尼亚州朝西南方向行进，来到田纳西州，
然后继续向南，越过重山的屏障，来到诺克斯维尔①。从那里至阿尔塔蒙特的
道路漫长而曲折。道路几乎从一开始就向大雾山爬去。一路绕进绕出，途经
陡峭山脚下翻腾的河水，水中岩石密布。然后不断爬升，爬升，绕过几道弯，
继续爬升。五月下旬的山间树林里，空气依旧清冷。破碎的雾霭绕着山肩缓
缓地涌动着。此处的栗子树明显患了病，都枯萎了，高耸的山峰横亘在远方。

此处道路非常陡峭，它一路攀升，穿过山峦的最后一道峰冠。枯萎的庞
大栗子树冠凄惨地立在山坡上。侵蚀严重的山腰里，植被稀少，留下一片片
开采云母矿后的疤痕。在无边景致伸展开去的远方，是已经消失、被遗忘世
界崎岖不平、蓝色的地貌。突然间，尤金看见路边竖着的地界标志——他已
经回到了老卡托巴地区，这条路继续朝南部的泽布伦延伸而去。

突然，他听见母亲的声音穿过岁月的时空，回荡在耳边："儿子！儿子！
……你在哪里呀，孩子？啊——他到底去了何方？"话音刚落，钟声就开始回
荡起来，像穿越山岗的云影，也像很久以前大山深处亲人们消失的声音。接
着，那些母亲当年曾经讲过的有关她娘家人的众多故事重又浮现出来：有多
年前行军打仗的故事、有阴冷黄昏和泥地车辙的故事，有山中落日时分发生
的故事。其时，残阳如血，天气清冷，冬天在橡树枝头不停地嚎叫。

他母亲的声音回荡在耳边，这个单调的声音似乎始终陪伴着他童年的每
一个日子，这个声音马上使他想起当年的一切：年少时阿尔塔蒙特老家的门
廊，小路上布莱克家的母牛咀嚼青草时发出的粗鲁、毫无顾忌的声音，在夏
日清晨，沿着后院围栏的边缘传来大街上锯冰的声响，戴着头巾、衣冠不整、
等候中午快点到来的良家妇女，还有青萝卜的味道，北面坡角处电车的急刹
车声，以及电车驶走以后的声响，接着传来回家吃午饭的行人踩在人行道上

---

① 诺克斯维尔（Knoxville）：美国田纳西东部一城市，位于田纳西河畔、查塔努加东北。建于
1785 年，曾两次作为州首府（1796～1812 和 1817～1819 年）。

的清脆皮鞋声，还有关闭纱门的砰砰声，以及平静的问候声；大客厅里散布的清凉、陈腐的气味，从钢琴身上发出的密闭、浓烈的气味，还有枝形吊灯上玻璃球的碰撞声，葛底斯堡立体幻灯机，放在壁炉架上、玻璃罩下的石蜡水果，还有背靠在父亲沙发上的他本人，正埋头读着书，思绪随汉斯·格里姆一起高飞，他满脑子都是巫婆、漂亮的仙女、精灵、名言警句，还有坐落在岩石上的神奇城堡。

接着想起了某个特别的日子，他母亲又开始说话了：

"孩子！孩子！啊——这孩子去哪里了？……儿子！你在哪里？……噢，瞧！孩子，这是你舅爷巴克斯。他从泽布伦来，你所有的亲戚——还有我的亲戚——都生活在那里。父亲在泽布伦生活了多年，一百多年前他就出生在那里——还有巴克斯舅爷，他是我父亲的哥哥。"

然后传来巴克斯舅爷的声音，声音平静且慢吞吞地，好像在筛选冬天的灰烬，过去的一切时代和记忆全都包含其中，使人联想起很久以前那些故去亲戚们的声音来："我一看见他就认出来了，'莉莎——因为他看起来像你。'这声音慈祥、自信、欢快、难忘——一如溺水之人轻言细语那样令人厌恶。那正是临终看护人的声音，一个等待、守候者的声音。看到别人都已经死去，而自己独存，心里便得意洋洋，然后在山中小屋里，守候在死者身旁，在炉火中松枝的噼啪声里，在灰烬的缓慢塌陷中，他一直守候着。

"你舅爷巴克斯，孩子，来自泽布伦——"

当尤金·甘特返回时，他的回忆也一齐涌来。这就是泽布伦。现在，他沿着这条路朝家赶去。北美东部的所有高山全都屹立在他的周围。道路一直朝下蜿蜒而去，枯萎的栗子树排列在路边，湍急的河水流进泽布伦的深山中。

耳边再次传来巴克斯舅爷的声音：

"孩子，你的祖父就是我的兄弟。他和我们所有人一样，也出生在泽布伦的南端。他和你祖母在那里结了婚，安了家，养育了一大家子人。他的父亲早就去世了——我的父亲也已经去世——他很早以前就到那里了。我曾听他说当时那里很荒凉。你祖父刚到那里的时候，那里住的都是切罗基族人。这是真的。他在那里打猎、钓鱼、设陷阱捕熊。他所有的食物都是靠自己种植或者打猎得来的。他是一名出色的猎手，人们说有一次他追捕猎物的时候一直追到了田纳西州。"

接着又传来了他母亲的声音：

"事实就是这样，一点没错。我听父亲讲过上千遍了……你以后一定要去那里看看，孩子。我好多年没有去过那里了，但是我娘家还有很多人仍然生活在泽布伦。有约翰舅爷、表兄萨德和锡德，还有伯恩、卢克、詹姆斯等——他们和自己的家人全住在那里。嗯，你听我说——巴克斯舅爷说得对，那时候那里的确是个蛮荒之地。哎，父亲过去常说甚至在他那个时代那里都很荒凉。但是——嗨——前几天我是不是刚读过这个？——一篇文章——说现在那里已经不再荒凉了。"

泽布伦县城是一个小镇。尤金决定在那里住一夜，看看他能否找到母亲娘家的人。那里没有宾馆，他只找到了一家招待所。就在他开始打听他娘家——彭特兰家族的时候，他似乎随处都会碰到声称是彭家亲戚的人。大多数人他以前从未见过，甚至听都没有听过。但是他刚一说明自己的身份，他们都说认识他。他们先前以为他是外地人而产生的那种山里人的冷淡马上就会变成友好和关切，并开始称他为"彭家的孩子"。其中有一位表现得特别乐于助人。

"哎呀，"他说，"我们常听你表兄萨德说起你。他就住在镇子外一英里处。你舅爷约翰、表兄弟伯恩、锡德——一大家子全住在镇子那一头。他们都想见你。明天我可以开车带你去。我的名字叫乔·彭特兰，我们都是第五代表兄弟了。所有的亲戚都在这里。整个泽布伦县共有一万五千人，人们或多或少都有些亲戚关系……所以你想再次回家吗？"哎，现在一切都已经淡忘了。当年因为那本书而怒气冲天的人都已经忘了那回事了。他们都很乐意见到你……不过，你闯荡过大城市，这个小镇实在没有什么特别的。六百多人口，一条大街，几家店铺、一家银行、一两座教堂——就这么多了……是的，你可以在药店里抽烟，现在还开着——因为今天是星期六。你最好穿上外套。这里的海拔是三千七百英尺——阿尔塔蒙特是一千英尺——你会发现那里比这里还要冷一些……我陪你一起去吧。

那是一个凉爽、稍带寒意的五月之夜，两个人一路前行，血流里充满了活力和欢喜。乡村的大街两侧排列着一些砖砌的店铺，只有粗糙、未经修饰的浸信会教堂才会打破这种单调和沉闷。教堂里亮着灯光。那扇面向大街、孤零零、丑陋的窗户描绘出正在黯淡光芒下施恩的耶稣。药店座落在交叉路口的一个角落里。隔壁是一家小饭馆。三四辆又脏又旧的福特牌汽车斜停在药店门前的路边。小饭馆外面，几英尺的距离之外，一群身穿罩衫的人挤在一起，正聚精会神地注视着什么，就像人们围观扑克牌游戏一样。人群中传来一个低沉的声音——慢吞吞、平静、带着不祥的口吻。尤金的同伴很随意地同其中一人搭话了：

"怎么回事，鲍勃？"

对方回答的语气依旧轻松、闪烁其词，透着山里人特有的平静。

"噢，我不知道。我想有人发生争执了。"

"是谁？"他们走进药店的时候尤金问。

"那是鲍勃·克里斯曼。有人说那边在吵架。特德·里德在那儿——他是我的表弟——他又喝醉了。每个星期六晚上都会发生这种事。今天下午，他们一大堆人吵吵闹闹地，他们一直在喝玉米酒。我想他们吵得有点……你想来点什么？可口可乐？……来两杯可乐，几包切斯特菲尔德香烟。"

五分钟过后，当他们二人从药店走出来的时候，外面那些原本神情专注的人群开始有了明显的骚动。

"稍等一下，"乔·彭特兰说，"让我瞧瞧发生了什么事。"

现在虽然和刚才一样平静，但是等待的人群却朝餐馆的窗户前面退过去，他们面前站着两个人，怒目相视。穿罩衫的一位说：

"听着，特德……"

另外一位身穿深色裤子和白色无领衬衣，看起来更加文雅一些。他的帽子被推在后脑勺上。他站在那里，神情严肃地紧盯着对方，眼睛显得非常疲倦，阴沉的脸向前伸着，静静地等待着什么。

"听着，特德，"身穿罩衫的那一位重复道。"我警告你……你太过分了……你别再惹我了。"

另一位脸色阴沉地倾听着，他眼神疲惫，面容凶恶，一言不发，面颊微微下陷，就像一个坏脾气的胖孩子。他脸色黝黑、但却透着一份帅气，脑袋向前伸着。而所有的围观者都神情专注、好奇地等待着。

"你现在别惹我，特德……我不想惹麻烦，所以你别惹我。"

面容黝黑的那一位仍然阴沉着脸，一声没吭，静静地等待着什么。

"特德，你听着……六年前你欺侮了我之后，你的家人和亲戚都跑来请求谅解……所以你最好不要惹我……我不想找你的麻烦，特德，但是你太过分了……你不要惹我。"

"那是特德·里德和埃米特·罗杰斯，"乔凑到尤金的耳边低声说，"他们又开始动手了。六年前他们二人曾经打过架。特德收拾了埃米特，后来他们每逢星期六晚上都要找对方算账。特德喝醉酒以后常常会惹是生非——但是，哼！他连一只苍蝇都不敢伤害。他没有胆量真正干一次架。再说，威尔·萨格斯在跟前——就是那个穿白衬衣的——他是警察。威尔胆小怕事——你能看出来。不过他倒不怕特德。你看到威尔身后那个高个子了吗——那是刘易斯·布莱克，特德的堂兄。威尔怕的是他。刘易斯是那种谁都敢收拾的人，所以要不是他，威尔就会制止这场打架了……稍等一下！要出事了！"

人群中出现了骚动，接着——

"听着，你他妈的，特德，你别惹我！"

这时候，两个人站开了一段距离，特德开始绕着另一位移动起来，慢慢地把手伸向臀部的后侧。

"当心！"——人群中有人喊了起来，"他在拔枪！"

一只蓝色的金属物在特德·里德的臀部发出暗淡的光芒，身着罩衫的那一位惊得后退了几步，围观者都四散而逃，寻找掩蔽的地方。只有两位主角留在原处。

"你他妈的，开枪啊！我不怕你！"

尤金此刻正躲在药店凹陷的入口处，有人冲他高声地喊："那一位，你最好躲在路边的汽车背后，门口是不安全的！"

在这一刻的恐惧中，尤金迅速冲过开阔的路面。就在这时，空中传来了第一声枪响。他刚刚躲在一辆车后，子弹便擦着他的鼻子飞了过去。他慎重地朝旁边窥视着，看见埃米特的身子慢慢地移动着，脸上露出了一种古怪的笑容，冲着枪响的方向轻轻转了一圈，以示对持枪对手的嘲讽，他伸出巨大的双手，手心朝上，做了一个欢迎的姿势。

"你他妈的，继续开枪啊！你这个狗杂种，我不怕你！"

第二枪打爆了尤金藏身的那辆车的轮胎。他蹲得更低了——又响了一枪——另一个轮胎破裂后发出咝咝的冒气声，而埃米特则嘲笑、轻蔑地说：

"哎呀，继续开枪啊，你他妈的！"

接着响了第四枪——

"继续！继续！你他妈的，我不——"

第五枪响了——然后便是沉默。

这时，特德·里德缓缓走过那一排汽车。围观者从后面涌了上来，悄悄地问：

"怎么回事，特德？"

他把那支枪的枪口朝下别在臀部上，然后面色阴沉地说："噢，他在跟我玩花招。"

这时候其他人开始议论起来：

"他到底去哪儿了？"

"就在你的眼皮子底下，他永远都不知道是怎么被收拾的。"

"你最好离开这里，特德。他们会来抓你的。"

他仍然阴沉着脸说，"那个杂种想跟我玩花招……这一位是谁？"——他停下话头，上下打量着尤金。

乔·彭特兰连忙介绍："他可以说是你表弟了，特德。至少，他是我表弟。你知道——他就是写了那本书的小伙子。"

特德阴沉的脸上缓缓露出一丝露笑，然后用衣服盖住枪，伸出了手。行凶者的手又厚又肥，结实有力，又冷又湿，粘糊糊的。

"哎呀，当然了，我知道你。我认识你的亲戚。但是，我的天哪，你最好把这些都写进书里！因为如果你写了——"

此时旁边有人劝他："你现在最好赶快离开吧，特德，要不然治安官马上就到这儿了……快走吧，你这个笨蛋，快走。"

"因为如果你写了——"他摇了摇头，发出爽朗的笑声——"你就会和我待在一起了！"

又有人打断他说："你这次要倒霉了，特德。这次你做过头了。"

"他妈的，在泽布伦这地方你别指望哪个陪审官会给里德定罪！"

"快走吧，他们会抓到你的。"

"他们没有可供里德蹲的监狱！"

"快走，快走。"

他最终还是离开了，只身一人，手里仍然握着枪，走在平静的大街中央，面容阴沉、双目疲倦——身后只留下一圈身穿蓝色粗斜纹棉布的围观者，还有一位正躺在路面上，两分钟前，他还是他们其中的一员。

尤金目击了一切，他转过身，内心如铅一般沉重而难受。他又一次听见母亲的声音在回荡：

"现在已经没有野蛮的生活了。"

尤金终于再次回到了阿尔塔蒙特的家中，回家的感觉真好。在过去的七年里，不知多少次梦回故乡，也不知多少次疑问过回家后的处境。现在，他已经回来了，看到、感受到、了解了真实的一切——和他想象中的完全不同。真的，他几乎什么都回想不起来了。

当然，有很多事物并没有改变，有些事物仍然保持着原样。他又听见了儿时熟悉的声音：夜晚的声音、见面打招呼的声音、说完"晚安"并关上纱门的声音，还有最后一班电车的声音——"晚安，"远处疾驰的汽车发出的嗡嗡声逐渐减弱——"晚安，"还有街角路灯周围枫叶的沙沙声。在静谧的黑夜里他又听见了远处传来的狗吠声，还有机车场调换机车的声音，河岸边车轮的轰鸣声，一长列货车发出的叮当、隆隆声，远处传来模糊、悲哀、微弱的钟声。他重又看见东边山头上露出了第一抹蓝色的晨光，重又听见雄鸡的头遍啼叫，他小时候曾听过数千遍这种声音。

黑人区也和过去一样，道道污水横流其间，黄色的污水散发着臭气。各种气味都和原来一样——从洗熨店里流出的酸臭味和下水道的气味、黑人小屋里飘出的浓烈、刺鼻的柴火味交织在一起。所以，毫无疑问，黑人小屋里的各种气味也和原来一样——猪肉味、尿味、黑人的体臭、黑暗等。由于数千个冬日早晨的侵蚀铭刻，他回想起了所有的一切：二十五年前，他脖子上挂着帆布包带，沉重的帆布包始终拉扯着他。他拖着报纸，前往黑人区送报，每天早晨数百次、重复性地把散发着新鲜油墨味道的报纸送到简陋的小屋里，送到那些正在熟睡、散发着臭气的荡妇手里，她们都住在丛林般密密麻麻的小屋深处。

这些都和从前一样。从来不会改变。但是别的，嗯——

"喂，是你呀，尤金！我看你长胖了！你还好吗，哥们？"

"噢，还好。很高兴见到你。你没变多少嘛。"

"你见到吉姆了吗？"

"没有，他昨晚来过我家，但我碰巧不在。"

"嗯，吉姆·奥顿一直在找你——他和伊德·斯拉登，荷舍尔·布莱，霍尔默·本森，布兰迪·查尔默斯，欧文·赫恩斯……哎呀，瞧！吉姆来了，还有其他几位。"

当车子在路边停稳以后，他们都下了车，然后齐声欢笑着向尤金打招呼。

"他在那儿！……一点没错，我们这下子总算逮着你了！……你总算下定决心回家了？……你在书里是怎么写我的——是不是写我用真诚的笑声掩盖了内心丑恶的本质？"

"你听我说，吉姆——我——我——"

"我——我——个屁！"

"我并非有意——"

"你并非个屁！"

"让我解释——"

"什么都不用解释了！哎呀，他妈的，哥们，还有什么好解释的？你那本书顶多只是开了个头。如果你想写那种书，为什么不告诉我？我可以把这个镇上有些人不光彩的事统统讲给你听，你甚至听都没听过呢……瞧瞧他的脸色！……现在我们终于逮着他了！他妈的，小子，不要再想过去的事了。现在都忘得一干二净了。这里有些人曾经非常恼火。有两三个人甚至外出找你去了，有人说他们去了。"

他们都大笑起来，接着传来一个狡猾的声音：

"你有没有见过丹·费根？"

"还没有，怎么了？"

"噢，没什么。我只是想知道。只是——"

"他妈的，他什么都不会干的！谁也不会。如今生气的人只是那些没被写进书里的人！"

笑声更大了。

"他妈的，这倒是真的！其他人都很自豪！……我们都为你而自豪，小子。你能回家来，我们都很高兴。你离开好长时间了。现在就和我们待在一起吧。"

"哎呀，喂，小子！很高兴见你回来！……你会发现这里有很多变化。你离开的几年时间里，这个小城发展得很快。我想新的政府大楼和礼堂都是你离开期间建起来的吧。花了四百万美元。你看到那个穿山而过的公路隧道了吗？花了两百多万呢。还有中学、两年制专科学校、崭新的大街，以及其它新的发展变化，你都看到了吧？……看看这里的广场。我觉得他们目前的规划非常漂亮，有花坛、有供人们休息的长椅。这些才是城市最需要的东西——要有几个公园、几处新的游乐场所。如果我们期望吸引游客来这里，把这里变成旅游城市，那我们就得为他们提供游乐设施。我经常说到这一点。

但是政府机关里尽是一群糊涂蛋，根本看不到这一点……实际情况是，游客不愿意待在这里。他们过去一住就是个把月。这个你应该很清楚——你在书里写他们常常坐在寄宿公寓的走廊里，坐在摇椅里不停地晃悠，能待上一个月。人们来自孟菲斯①、杰克逊维尔②、亚特兰大③、新奥尔良④。但是现在，这些人再也吸引不来了。如今他们都有了汽车，到处都有便捷的公路，所以他们只会在这里顺路过一夜，第二天就会继续朝山里赶去。这不能怪他们——我们这里没有什么游乐设施……哎，我记得当年这里曾经有一个运动中心。大人物都会到这里来，有百万富翁、有赛马赌徒。我们曾经有十七家酒吧——梅隆酒吧、克里斯曼酒吧、蒂姆·奥康纳酒吧、布莱克酒吧、卡尔顿·莱泽古德吧——你父亲老爱去那儿，他是莱泽古德一家人的老朋友。你还能想起那个身材高大、脸上长着痘疮、肤色泛黄的黑人吗？还有他那条达尔马提亚狗？现在都没了——要么死了，要么被人忘掉了……这里是从前你父亲店铺的所在地。你能想起门廊前的那尊天使像吗？那些马车夫就坐在木制台阶上，你父亲站在门口，陈旧的监狱就在大街对面，你能想起这些吗？现在那里可漂亮了。如今，他们在当年监狱的那块地方种上了草坪和花坛，但不知怎地，从另一端望去，整个广场显得既滑稽又空旷。在当年你父亲的石匠铺那儿矗立起了一座十六层的大楼，看起来怪怪地。但不管怎么说，这里发生了巨大的变化……嗯，我要走了，全城的人都想见你呢，所以我就不耽误你的时间了。有空来坐坐，我的办公室就在十一层楼上——正好在你父亲当年工作间的上方。我会让你看看城市的景色的，当年你在你父亲的店铺里是无论如何欣赏不到这些的。"

游子返乡了，全城的人几乎都赶来欢迎他，而年轻的下一代则瞪着眼睛，好奇地望着他：

---

① 孟菲斯（Memphis）：美国田纳西州西南部一城市，位于密西西河边，接近密西西比州边界。由安德鲁·杰克逊于1797年在要塞的所在地建立起来，并给该城命名（1819年）。在内战期间于1862年被联邦军队占领后，就成了联邦的一个重要基地。今天，孟菲斯是一个主要港口，并成为以布希鲁斯音乐闻名的旅游中心。

② 杰克逊维尔（Jacksonville）：美国城市，全美至少有四个城市使用该名，此处未交代细节。

③ 亚特兰大（Atlanta）：美国佐治亚州首府和最大城市，位于该州西北部。建于1837年铁路线终端的边界，并于1845年改名为亚特兰大。

④ 新奥尔良（New Orleans）：美国路易斯安那州东南部城市，位于密西西比河和庞恰特雷恩湖之间。1718年建立，1722年成为法国殖民地的首都并于1803年作为路易斯安那交易的一部分移交美国管理。

"他回来了……你还没有见到吧？……哪一个是他？"

"难道你没看见，他就在那儿跟那一帮人聊天呢？……那儿——那儿——擦鞋店的前面。"

一位姑娘失望地说："噢，是他呀？……唉，他变老了！"

"噢，尤金还算不上很老。他现在三十六岁。对你来说似乎老了一点，亲爱的……唉，我记得他还是个流着鼻涕的小孩子时，经常沿街售卖《星期六晚邮报》，并且负责在黑人区售卖《信使报》。"

"但是——唉，他的腰部变得那么肥大……你瞧！他把帽子取下来了。唉，他的头顶全都秃了！……噢，我从来没有想到——"

"你在想什么啊？他只有三十六岁，不管怎么说，他的长相历来就不怎么样嘛。他就是尤金·甘特，当年那个流着鼻涕、在黑人区送报的小孩。他的母亲开了一家旅馆，他的父亲在广场那里开了一家石匠铺……你瞧他！昔日不起眼的小孩已经离开了这里，并且写了一两本书呢——你瞧那里，瞧见了吧！——瞧那一大帮人都围着他！他们都在竭力套近乎，现在正拥挤着跟他握手呢。"

在街道对面：

"你好，阿金！"

"噢，你好——嗯——你好——"

"得了吧，你嗯什么呀？"

"哎呀，你好——啊——"

"小子，如果你再叫不出我的名字，我就要收拾你了。你瞧瞧看，认出来了吗？你啊什么呀？"

"什么，啊——啊——"

"好了，你听着！……唉，你告诉我，那本书里把你叫猴子的人是谁？"

"嗯，啊——啊——"

"你快点说啊！……快告诉我：那本书里把你叫猴子的人是谁？"

"哎呀——啊——啊——锡德！锡德尼·珀陶！"

"我的天哪，你总算说出来了！"

"哎呀锡德，你还好吗？他妈的，你刚一开口打招呼，我就认出你了。"

"你认出屁来了！"

"我只是不十分……噢，你好，卡尔。你好，维克，你好，哈里、道克、伊克——"

这时他感到有人在拽他的衣袖，于是转过身：

"有事吗，夫人？"

一位女士带着假牙，嘴巴虽然没有张开，但却十分匆忙地说：

"尤金我知道你想不起我来了我是当年和你一起上普兰姆大街学校的朗·威尔逊的母亲莉兹小姐是你们的老师——"①

"噢，真的吗，威尔逊夫人，朗还好吗？"

"他很好谢谢你现在我看你很忙有这么多朋友我就不想耽误你的时间了我知道大家都想见见你所以你肯定忙得要死如果什么时候有空我想跟你聊聊我的儿媳妇非常有才华她会绘制雕塑作品撰写剧本她本人渴望见到你她本人写了一本书说她的生活经历和你的生活经历有诸多相似之处因此她肯定你们二人有共同语言如果你能抽空坐在一起聊聊——"

"噢，我很乐意——我很乐意，威尔逊夫人。"

"她肯定如果她跟你聊聊天的话你会就那本书给她提出一些建议帮她找出版商我知道有很多人都想见你你会心烦意乱你几乎没有闲暇时间但如果你能跟她聊聊——"

"噢，我会的，我会的。非常感谢你，威尔逊夫人，我会的。我会的，我会的。"

家里的情况如下：

"妈妈，有没有人打来电话？"

"哎呀，孩子，电话整天都响个不停。我还从来没有见过这种情况呢。苏·布莱克打电话过来让你给她回个电话——还有罗伊·希彻布兰德、霍华德·巴特里特，以及——噢，对了，是这样的——一位大荷明一带的姑娘说她写了一本书，正打算过来拜见你。她说她想让你读一读，然后提点意见，看看能不能修改一下，这样就能卖……噢，对了——还有这么回事——扶轮社的弗雷德·帕托来电话问你愿不愿在下周二和他一起吃午饭。我觉得你应该去，孩子。他们都是善良、实在的人，个个都是，他们在这一带都是很有地位的人哪。如果你还想继续写书的话你就应该和他们多打交道……还

---

① 为尽可能全面展现原作叙述风格，此处亦不加任何标点，以此表现出说话者的语言特点及急切心情，下同。

有——噢，对了！——有人从老年医院打来电话——是一位姑娘，名字没有听清楚，不是叫莱克就是叫莱普，总之发音有点像——她说她以前在李树街学校上学时和你是同班同学，她现在负责老年娱乐中心——她说许多老年人都读过你写的书，都想见见你，问你能不能赏光在星期六晚上到那里做客。我希望你去，孩子。我觉得那些可怜的老年人，大多数都是从家里搬到那里去的，很多人再也回不去了——你去了可能会使他们高兴一些……是的，的确是这样！——萨姆·考顿代表大学校友委员会打来电话邀请你下星期出席在乡村俱乐部举行的校友聚会。你应该去，孩子。他们都是老朋友和同学，都想见到你。一点没错！——你觉得怎么样？——哎呀，你要去的话，就会和美国参议院议员理查德·L·威廉斯在同一档节目《我们的迪克》中发言了！"萨姆说你和他是这个小城里名气最大的两位大学校友。嗯——！还有吉米·史蒂文森，他打电话想邀请你参加一次商人协会举办的肉排宴请，地点在蜂树河畔伊德·夏普的别墅，距古德戈顿九英里远。要是我，我肯定会去的。我从来没有去过那里，但他们都说伊德·夏普有一座非常漂亮的别墅，是这一带最好的——我听人说，别墅就座落在那些壮美的深山里，周围的自然环境如同仙境。我对那一带很熟悉，因为九十年前，我父母亲常去那儿。他们结婚以后，就从那里搬到了泽布伦——当然，他们不在那里住的原因——我想，是因为泽布伦的吸引力太大了，还有他们那些亲戚的缘故——但在那附近你再也找不到比那儿更好的地方了，那个地方恰好处在大自然的包围中，古老、饱经风霜的小酒馆就在它的后面。孩子，如果我是作家，想寻找灵感的话，那可是我最爱去的地方了。人们常说，接近大自然吧，这样就能接近上帝了……还有，对了——两个从田纳西来的小伙子打来电话——说他们是布莱克利家的孩子。你听说过有名的布莱克利·卡纳家族吧。嗨，我听说将近三个县的所有农场都属他们所有，而且他们的工厂遍布田纳西各地，一直扩展到南部，还有中西部地区——嗨，他们的资产有几百万呢。而且——嗨，他还只是个孩子，你知道的——他狡猾地说：'是迪丽莎吗？'——他拿你在书中给我起的名字来称呼我。哎，我只好跟他闹着玩，装作不懂——哎，我说：'我不太清楚，我的名字叫伊丽莎。虽然我也听说有人叫我迪丽莎，但你完全没必要相信书里的东西。尽管你也知道，我只是一个普通人，和其他人一样。那么，'我说，'我今天照镜子的时候发现自己一切正常，如果脑袋上长出角来，哎呀，那么我肯定会发现的，但是我什么都没有看见。

当然，我现在已经变老了，视力也许衰退了，'我说，'可是你还年轻，视力应该很好，所以你为什么不过来看看，然后把你的想法告诉我呢。'嘿，他在电话里爽朗地笑了起来，然后说，'哎呀，你说得对极了！我觉得你真是太有意思了！我想当作家——就连我父亲也开始种起西红柿了——我觉得你儿子是最好的作家之一了。嘿，我可没有说假话。我父亲经常教育我们，自我吹嘘是最粗俗、最没教养的行为，所以我只好说'哎呀，你听着，我不大清楚这些。但是你可以快点到这里来瞧瞧他。你可能会大吃一惊，也可能会发现他的头上并没有长什么犄角。'嗨，他听了之后爽快地大笑起来，然后说：'你说得对极了！我正打算说这件事呢。我和我哥哥准备明天下午开车上你那儿去——我们要把他带回来。'他说。'我听说他也想要一座别墅，如果这是真的，我们就送给他一座，都准备好了，所以我们要带他上这儿来。'他说。嗨，你可不能要啊，孩子，但是对他们的态度要好一点。他说起话来很有教养——布莱克利家族的人都是好人，这你应该知道……另外还有许多姑娘打来了电话，她们听说你需要打字员，所以都乐意干这个，都说很擅长打字。其中一位说她愿意无偿效劳——说她想成为作家，通过替你打字可以学到很多东西，还可以从中汲取灵感。哼！胡说八道！——我马上就挂断了电话，这是真的！想无偿效力，还装腔作势地说什么灵感，我觉得真有些可笑。我清楚她的目的何在，一点没错。你可要当心啊，孩子——别让任何一位愚蠢的女人把你勾引住了……是的，就是这么回事。卡什·霍普金斯上门询问过你。当然，他只是一个普通的工人。过去他一直帮你父亲干活，你父亲也很喜欢他，所以他一直是咱家的老朋友，对你们几个孩子都很好……希金森先生也来过这里了。他是圣公会的牧师，前些年到这里来疗养——你觉得还不错吧！——他从一开始就是你的朋友。当所有的传教士都指责你、说你令我们所有人蒙受耻辱的时候，当所有人心怀怨气、声称你再回家就杀了你的时候——他却替你作了辩解，孩子！他坚定地站在你的一边！他读过你写的全部东西，他说，'那个孩子应该去做传教士。他书中讲到的福音比我们所有牧师宣扬的加起来还要多！'噢，他旗帜鲜明地替你说话，你要知道。'连我们都没有做到这一点，'他说，'受责备的不该是他！'孩子，我希望你能对希金森先生好一点。他一开始就是你的朋友，正如那句谚语所讲，他是学者又是基督的绅士……啊，天哪，你觉得呢？真可惜你不在家，没有见到他。我告诉你，当时我一个劲地昂着头大笑。哎呀，奇怪的是，厄内斯特·佩格勒姆竟然坐在一辆大型轿车里——非常得意地坐在他那辆崭新的卡迪拉克座位上，肥得跟猪一样，嘴里叼着一支大雪茄。当然，他现在有钱了！手头也宽裕了——佩格勒姆家的每个人都有钱了！你知道，两年前威尔·佩格勒姆死在北方某处的时候，他可是真有钱，他当时是某个大公司的重要领导。你知道，他是佩格勒姆家唯一一位在外闯荡的人了。但是，可怜的威尔！我还能想起四十多年前他刚刚离开这里的情景呢——他在日后自己领导的那家公司里找了份工作，地点位于东部某个州。人们说，他当时连一件多余的衬衣都没有。两年前他死在这里了，身后留下近百万家产。所以他们都有钱了！当然，威尔没有孩子，所以他的兄弟姐妹们都继承了遗产。他留给厄内斯特几十万元——就是这么回事，一点儿没错，因为我是从报上读到的，而且厄内斯特本人也亲口这么说过。其它人也分得了相应的份额。我们这里的其他人都破了产，整个小城都遭了殃，每个人都有损失——正如《圣经》所说，"神力发威了！"但是厄内斯特家族的人从此用不着担心什么了。所以，今天下午厄内斯特开着他那辆巨大的新车停在咱家门口，抽着名贵的好烟。'喂，厄内斯特，'我说，'我觉得你的气色从来没有今天这么好过。你还在从事水管生意吗？'我问。我当然知道他已经不干那行了——我只是想听听他怎么说。'不，伊丽莎，'他说——噢，他说话的那副模样你可从没有见过，他吹了一口雪茄说：'不，我已经年纪大了，所以觉得应该退休了。'哼，退休！我赶忙转过头，防止笑出声来。'谁曾听说过水管工还需要退休的？要不是威尔，他退休了靠什么生活？——这是我想知道的。但是——噢，对了，你瞧这个，上面写着：'你告诉阿金，'他说，'我没有什么事可干，时间自由，'他说，'如果他想去什么地方的话，我可以带他去，我的车随时供他差遣。'你知道，他一贯是个热心肠。我想他能想起曾经在伍德森大街和我们为邻的那些日子，也能想起你们成长的过程。佩格勒姆家的人历来都是我们的好朋友，对你们的职业生涯很关心。

　　孩子，我希望你在家的这些日子能去拜访一下他们。他们很高兴见到你。但当我看见厄内斯特坐在他那辆大车里，身体肥胖，喷着雪茄烟，还趾高气扬地说他已经退休时——哎呀，我只得转过身子，觉得很好笑……

　　嗨，我这一生还从没有见过比他更滑稽的人了！今天上门拜访的人真是络绎不绝，电话一直响个不停。啊——今天似乎全城的人都登门而来或者打过了电话——噢，对了！外面的阳光会客厅里有两个人一直待在那里——他们是老船长菲茨杰拉德和受训护士摩根小姐。我不知道他们想干什么。他们已经等了一个小时，所以我希望你最好还是出去跟他们打个招呼……对了！在前面会客厅里还有三个人——一位自称来自查尔斯顿的女士曾经读过你的书，她路过这个小城时听说你正好在家，于是便赶来想跟你握一握手，还有你以前认识的那位年轻的蒂普顿，还有——噢，是的！一点没错！——来自报社的记者，也在那里。我想他准备写文章赞扬你，所以你最好马上过去……啊！电话又想了！稍等一下，儿子——我去接！

一个文学评论家的肖像

1

对小说家约瑟夫·多克斯来说，大名鼎鼎的特纳博士——或者叫雨果·特韦尔夫特里斯·特纳博士，这个读者大众广为熟知的名字——一点也不陌生。公众对声名显赫的特纳博士已经熟知十五年，甚至更久了。最近十年来，他始终是他所创办的那本有名的刊物《阅读·写作和相关艺术双周刊》的精神领袖。

正如一位评论家所言，《双周刊》的创办是"这个时代最重要的文学大事之一"；另一位评论家指出，若没有这本刊物，生活"简直不可想象"。《双周刊》是在评论界大致上分裂成两派的时候问世的。其中一派是主张散文体的保守的《星期六文学评论》；另一派是主张故作风雅文体的《日晷》。特纳博士和《双周刊》的观点介于这两个刊物之间，扮演着折中者的角色；《双周刊》这个刊物可以极其恰当地归入中间派一类；特纳博士本人可谓全国走中间道路的主要实践者。他最伟大的贡献就体现在这一点上。

事实上，有一些持怀疑态度的人固执地争论着特纳博士拥有这个称号的权利。那些评论家对博士开阔、睿智的自由主义观点并不信任，相反，他们还感到十分惊慌；他们公开声称在特纳博士的评论见解中看到了一种令人不安的——不对，应该是危险的——激进主义倾向。这种评价简直滑稽透顶。特纳博士既不过于"右倾"也不过于"左倾"，而是"有点中间偏左"。他本人对这个评语会马上表示赞同；这个措辞会使他高兴。

在特纳博士富有意义的生涯中，曾有一段时期，他的立场比现在保守得多，这是事实。但是，使他永远值得赞扬的是，不妨说，随着他年纪的不断增长，他的视野变得越来越开阔；岁月使他越来越有容忍心，学识越来越深邃，理解力越来越深刻；这个勇敢的人在各个方面都成熟了。

从前，在某个场合下，特纳博士曾把几个更倾向于现代派的作家的作品说成是"一群肮脏男孩"的作品。首次使用这个质朴却尖锐的措辞的人就是特纳博士本人，这样说是完全靠得住的，比肯希尔地区的人们读到这个措辞的时候会发出咯咯的笑声，深表赞赏；俱乐部里的绅士们用《双周刊》拍打着他们的大腿，一边高喊："好极了！"他们对那个家伙历来都有这种感觉，不过他们始终找不到合适的字眼来表达他们的感受；但是现在，这个人，这个叫什么来着，这个特纳——啊，棒极了，棒极了。很明显，一个无畏、有益的新生力量出现在国内文学界了！

然而，过了不久，特纳博士的那个肮脏的男孩却被人这样形容："他在户外厕所的墙上乱写脏话，想以此来震惊那些长辈们。"这就更棒了！一个令人开心、形象的比喻就这样深入透纳博士的《双周刊》读者的心灵，引起了他们浓厚的兴趣。因为对《双周刊》的忠实读者来说，还有什么比这更加爽快的呢：正当他们打算舒舒服服地解决不可避免的生理问题时，他们可以抬起头，用饶有兴趣、宽容的目光阅读那些为数众多的肮脏男孩涂写在墙上的某些字句。这些男孩包括：阿纳托尔·法朗士、乔治·伯纳德·肖、西奥多·德莱塞、舍伍德·安德森和戴·赫·劳伦斯，这样做的目的就是想使他们感到震惊。

即使特纳不再有别的贡献，他的地位也是稳固的。何况还会有，还会有许多贡献呢。因为即使在最初阶段，特纳博士已经显示出了突出的才华。他始终能领先于自己手下的评论者和追随者两大步。举例来说，特纳博士首先做出了这个惊人的发现：性是沉闷的。这个消息起先使《双周刊》的读者们大吃一惊，他们对这种事开始感到惊慌，震惊，全给吓住了，最后被迫发出一阵愤怒的、气急败坏的声音："这，这种事情，现在；如今，他们竟写这种东西了；这种，这种，哼，这种污秽的东西！这个劳伦斯，哼！"

特纳博士使这些心烦意乱的人得以平静下来。对这些热衷于性描写的作品，特纳博士既没有被吓住，感到震惊，也没有被激怒。他并不气愤。他的做法远比这些更加高明。特纳博士觉得很有意思。或者说会觉得有意思，也就是说，如果他没有觉得整部作品无聊透顶的话，他会有这种感受。甚至早在 1924 年，他在一篇评论戴·赫·劳伦斯最新作品的文章中如下写道：

这种对性的专注——同一个淘气的小男孩偷偷摸摸地在牲口棚一侧胡写乱涂毫无二致——①——一般情况下，都会使明智的成年人感兴趣，事实上，如果作者不是把整个作品写得那么沉闷的话，那些成年人都会认为所写的内容都是人们在少不更事的时期曾经经历过、然后忘掉的事情……

起初，《双周刊》的读者会感到吃惊，随后，几乎都被这个观点给迷住了。他们曾经感到沮丧、极其迷惑——但是现在！嗨，啊—哈—哈，那种事情的确很滑稽，不是吗？进入大学二年级之后，他们早就把"那种事情"忘掉了，然而那个家伙却对那种事情极端热衷——要是他把作品写得不那么沉闷的话，这的确很有意思。

2

但是还会有，还会有很多贡献呢。那个善良的特纳博士，20 年代五花八门、复杂的各种情况他都遇到了。一切都像万花筒似的迅速变化着，各地的人们都感到迷惑。这是一场考验，不具有特纳博士那种勇敢精神的人可能站立不稳，栽倒在地。几乎每个星期，都会有一位新的伟大诗人被发现。每一期《双周刊》出版，都会有一部足以同《战争与和平》相媲美的长篇新作推荐给世人。每个月，在令人迷惑的时尚潮流中总会有一个引起轰动的新运动出现：查理·卓别林起初根本不是作为一个喜剧演员，而是这个时代中最伟大的悲剧演员（学问高深的艺术家们力争使国人相信，他合适的角色应该是哈姆雷特）。美国真正的艺术表现形式是滑稽脱衣舞（科普利、惠斯勒、萨金特、贝洛斯加利之流的作品根本无法与之相比）。唯一真正属于本国并值得保存的戏剧是歌舞杂要表演。唯一真正的音乐是爵士乐，美国只有一位伟大的作家（他的名字叫吐温；他已经被挫败，只因为他是——美国人；但是——他如此优秀，只因为他是——美国人，不过，他若不是美国人的话，他原本可以做得——极其优秀的！），除此之外，国内唯一富有价值的作品就是那些广告作家的作品；这些作品才真正地反映了美国人——其他的都做不到这一

---

① 注意博士早先的丰富想象力是怎样巧妙地表达出来的

点，都是没用的垃圾。

一个星期接一个星期，这股狂热劲儿不断高涨。随着钟表的不停运转，文化变得越来越混乱。但是特纳博士在思想上站稳了脚跟。特纳的观点很明确，始终坚持走中间道路。对一切事物的发展及其重要性，他都采取了不偏不倚的态度。

诚然，他有一些不足之处。在文化领域，他并不总是站在战线的最前列。但是他能及时赶上。他总能及时赶上。如果有时候他的估计有一些误差的活，他总会及时加以更正；如果他犯了错误，他会像个男子汉似的勇敢地把错误忘掉。

看着他的成长会令人备受鼓舞。譬如说，1923 年，他把詹姆斯·乔伊斯的《尤利西斯》说成是"已经成为我们年轻知识分子的《圣经》，是一部乌七八糟的百科全书"；1925 年，他更加宽容地把该书说成是"我们年轻知识分子的《圣经》，该书不同于那一本真正的《圣经》，在于它自始至终写得非常沉闷"，1929 年（瞧这个人！），他把该书说成是"惊人的杰作，该书对我们年轻作家的影响超过了我们这一代中的任何其他作品；"1933 年，伍尔西法官宣布了那个著名的决议，允许在合众国内销售《尤利西斯》（决议收在占有《双周刊》整个头版上的一篇值得注意的编者评论之中），他把该书说成是"完整艺术性的一个辉煌证明……最伟大的一次胜利，它战胜了这个时代文学领域内一直受到严厉批评的各种顽固、褊狭的势力……"

同样地，当威廉·福克纳的一部早期作品刚一出版，特纳博士便发表了一篇编者评论，来阐明他对该作品的看法，标题为《低级趣味的派别》。他在文中写道：

既然脏话和腐败的言论几乎被使用殆尽，再在这方面花费气力只能使已经厌倦的读者失去兴趣。人们都非常希望我们的年轻作家逐渐对他们自己的畸形作品感到厌烦，转而将其才华运用在必要的实证基础上——我们敢于如此希望吗？——他们会不会把自己的才华运用在正常生活中呢？

然而，几年之后，福克纳先生的《圣殿》出版的时候，博士的观点已经发生了很大的变化。在把作者同坡①进行一番比较之后，他认为"他沉思的

---

① 指美国小说家，诗人埃德加·爱伦·坡。

想象力……他可怕的死亡意识……他那激起人恐惧和极端恐怖的创作力，没有一位同时代的作家能与之相提并论"，他在评论结束时，含糊其辞地告诉读者："此人还能走得更远。"

情况就是这样，虽然特纳博士偶尔也会步调不一致，但是他总会在军士长发现问题之前纠正步伐。此外，他一旦冲到前面，就会勇敢、令人激动地向读者宣布他的地位，就像在某个初见的、令人难忘的美洲大陆首次隐隐约约地出现在海岸的那个瞬间，他自己站在船桅的瞭望台上高喊"啊！陆地，"时一样。

这些作家都是博士更加大胆的发现；几位相对保守的追随者对他这样的大胆冒险行为感到不安；但是，他们用不着惊慌，因为博士在伸出脖子之前肯定已经安全地戴好了头盔：他对崭新、陌生的领域进行大胆出击之前，总会在两侧部署好防卫部队，始终把自己置于良好的保护之下。在比较熟悉的领域，博士会采用大胆的、激励人心的方式，勇往直前。他对乔伊斯、福克纳、艾略特和劳伦斯这类作家的赞扬往往会用稳妥的保留态度掩盖起来；甚至连德莱塞、刘易斯这类作家也给予了适度的抑制；在评价米莱、格拉斯哥、卡贝尔、内森、莫利这类作家时，他就会尽情发挥起来——用句俗话说，博士开始胡言乱语了。

奇怪的是，恰好在特纳博士自己热衷于划分的"安全"区域，他的判断往往很轻率，更容易出错。他的溢美之词往往使他陷入尴尬的境地：在他编者生涯的不同阶段，他曾这档评价过克里斯托弗·莫利："我可以说，这几乎是继他的匹敌者查尔斯·兰姆之后，最令人愉悦的散文作品了。自蒙田以来，除兰姆之外，没有哪位散文家堪与之相媲美。"至于埃伦·格拉斯哥，他说："他不仅是当今最伟大的小说家，而且是自小说问世以来最伟大的小说家之一"；在谈到那位女作家的诸多作品时，他说："……从整体来看，简直就是一幅描绘整个社会的画作，形式多样，范围广泛，除了《人间喜剧》之外，再没有什么文学作品可与之相提并论了。在其完美的形式和风格方面，这些作品达到了无可挑剔的艺术水准，巴尔扎克拙劣的才华无法做到这一点。"他把罗伯特·内森作品中的奇思妙想说成"……真正的才华所在。再没有别的字眼可以阐明这种才华了，就连巴里①也没有这种才华，这在我们的语言中是

---

① 詹姆斯·马修·巴里（James Matthew Barrie, 1860～1937）：苏格兰小说家。

无与伦比的，或许只有《仲夏夜之梦》中那些描述可爱精灵的蒂塔尼阿和奥伯朗①的场景除外；"就卡贝尔先生在他那个世外桃源之地的怪诞游历，他说："……我们最伟大的讽刺家……最伟大的散文家……或许是我们唯一的纯艺术家"；在谈到那位写了南美洲一座大桥的年轻作家时，他说："一位伟大的作家……肯定是年轻一代中涌现出来的最伟大的作家。那本书！啊，多好的书啊！一本值得收藏的书，一本值得珍爱的书，一本值得反复拜读的书；那是一部应该和《战争与和平》、《堂吉诃德》、《白鲸》、《天真汉》共同摆在书架上的书……此外，我们绝大多数年轻作家的作品被沉闷、可耻的现实主义所影响；而这本书却丝毫没有沾染这种习气，所以从本质上来看，它极具美国特色……就像华盛顿、林肯，或者落基山属于美国一样，因为这部作品包含了我们这个民族的两个基本特征：在爱情中求民主，在民主中求爱情……"

有时候，这个世界会变得冷酷无情，需要说明的是：就在这些溢美之词发表多年之后，它们仍原封不动地埋葬在《双周刊》的过刊中，它们和大多数引发这些言论的作品一样淹没在岁月之中。很多年后，它们却被一些存心不良的人怀着残酷的乐趣从尘封的刊物中挖掘出来，此事虽令人伤心，但并不会令人吃惊。于是，博士只好假装不知道那些言论，或者只好硬吞下去，在各种形式的食物中，这可是最难下咽、最难吃的了。

不过，总的说来，博士的经历是顺利的。有时候，海上会迎来狂风暴雨，大浪滔天，但是那艘坚固的特纳号却经受住了风雨。

3

在他的追随者中，有些人的审美趣味十分保守，因此，他们对博士宽泛的审美情趣深表痛惜。在那些反对他的人中，有些人十分刻薄地说他想扮演一个老好人的角色，还说特纳②这个姓对他来说不仅恰如其分，而且是必然的，还说他的经历好像一把螺旋形开塞钻，要是拐一下弯，它就会在返回时

---

① 蒂塔尼阿：莎士比亚喜剧《仲夏夜之梦》中的仙后，奥博朗是仙王。
② 特纳（Turner）：单调本身具有"旋转器"、"翻拌器"等意义，此处实指博士是个"反复无常的人"。

撞上自己。特纳博士对这两种人作了简单、威严、全面的回答："在文学这个共和国内，"他说，"我是个卑微的公民；我感到高兴的是，这里没有宗派，没有集团，或者说没有阶级差别。这才是真正的民主，或许是现存的唯一民主了。只要我荣幸地属于这个共和国，那么无论我的地位多么低微，我都希望能体现出自己的价值，使自己保持开阔的视野，看到事物的各个方面。"这番简洁、不失尊严的言论有效地回答了那些批评特纳博士的所有批评者，这要比任何措辞激烈、长篇谩骂有效得多。博士所在编辑部的同事彼得·比尔克——多年来，他用笔名凯尔内姆·迪格发表了自己每星期探索曼哈顿、布鲁克林和霍博肯①未知角落里的异想天开的经历，以博取《双周刊》读者的好感——人们称他为"老淘气鬼"，他的那些报道也因这个亲切的称呼变成了不朽之作；老淘气鬼根据博士的言论为他起了一个绰号——"臭老九"——这个绰号现在已经在他的熟人和那些最喜爱他的人中间广为流传。

　　从长相上看，"臭老九"根本引不起人们的注意。他的个头比平均身高矮一大截，所以乍一眼看上去，他就像辛格戏班子里的一位身材很高的侏儒。他可能有五英尺四英寸高；他的身体根本算不上魁梧，从肩膀到脚底，浑身上下瘦得出奇——他活像一个开衩的小萝卜，如果有这样的萝卜的话。他的身体就像面包壳，因为他的外表难免使人联想起一片烤得酥脆的烤面包，上面顶着一颗不大不小的脑袋，由于支撑脑袋的身体十分瘦小，所以相形之下，脑袋就显得特别大。从他外表的其他方面来看，他的相貌颇似人们经常在政治漫画中所见的小人物的脸，这种人的脸上透露出"普通人"的标记。人们每天在街头可以上百次见到这种脸，但是事后再也想不起来：那或许是某个银行职员的脸、某个簿记员的脸、某个保险公司代理人的脸，或者是一个在五点一刻正赶往普兰菲尔德家的人的脸。

　　作家多克斯是博士在耽搁了一段时期后才发现的。他的第一部著作《群山之家》不久前刚刚出版。特纳博士当时对它并没有特别好的印象。《双周刊》上的那篇书评是一篇语气温和的否定文章："毫无疑问，这部作品还说得过去，"特纳说，"不管怎么说，老拉伯雷的作品要好得多。"——这个结论是那个不幸的作家根本无意争辩的。

　　五年后，多克斯的第二部著作出版了，然而，善良的博士仍然没有下定

---

　　①　霍博肯：地名，位于纽约市对面，赫德森河畔。

主意该作怎样的评论。在这部作品全面出售三个星期前，博士的确碰到了多克斯的出版商；他承认已经收到了那部新书的样书，同时古板地补充了一句："我对多克斯还没有拿定主意。不过，"他用一种不祥的口吻说，"我会在一两个星期内拿定主意的。"然而，在随后的两个星期里，特纳博士感到了一种起缓和作用的心灵感应——"事情悬而未决的时候，你永远能做出断定"——感应达到了这种程度，所以，他的评论终于诞生了，它对该书的赞扬大大超过了多克斯和他的出版商的期望。并非博士被彻底折服了，相反，他采用了一种更加缓和的口吻。他明确指出，那本书"几乎不能算作一部小说"——他并没有费口舌去解释原因——那的确是"一部心灵的自传"；他得出这个响亮的定义之后，他就用心灵和自传的相关术语畅所欲言地谈论了该书，并对它给予了很高的评价，还特地为多克斯先生这只小鸟精心布置了一个小窝，却丝毫没有侵犯其他树枝上那些更加出色之鸟的警惕区域。

寻求和睦关系的行动就这样温文尔雅地开始了，几个月后，当作者见到博士时，他们相互间的招呼是友好的。

"亲爱的，"特纳博士对他的妻子说，"我想让你见一见多克斯先生。天啊！我的确不大习惯使用'先生'这个称呼，我就叫你乔吧！"透纳博士大声说着，语气直率而热情。"我认识很多你也认识的人；多年来，我一直听他们叫你乔，似乎没有叫过别的名字。"

多克斯低声说，他对这个称呼感到非常高兴；这时候，特纳夫人仍然握着他的手，面带慵懒、古怪的微笑，直勾勾地盯着他的眼睛，在这种具有催眠效果的注视下，他感到有点儿无助和困惑。

"你，"她终于开口了，语速很慢，语气很果断。"你！是你写了这本书，"她简单地说。

他对这几句话的确有些摸不着头脑，但是他仍然含含糊糊地重复了他刚才说过的话。这位夫人仍然握着作家的手，以此作为她的回答，她用一成不变的微笑紧盯着他，眼睛一眨也不眨，她的微笑中似乎包含了一种别人无法体会的、隐蔽的乐趣。

"你，"过了片刻，她又说道。"我不知道什么缘故，你总使我想发笑。我觉得你蛮有意思的。你颇像——颇像——一个小精灵！"

"没错，"特纳博士快速说道，他的目光和多克斯困惑的目光碰在了一起。随后，他明显用草率解释的语气继续说起来，仿佛在避开众所周知的暗礁：

“我妻子对你的这部书特别特别感兴趣。当然了，我们都很感兴趣，”他快速地说着。“事实上，我足足用三个专栏对该书作了评论，”他继续说，微微露出一丝紧张、拘谨的神色，好像他希望这样会使一切进展得更顺利些。“在那篇评论《美国的悲剧》的文章之后，我想这是最长的一篇。我对此书特别感兴趣，”博士说，他说话的语速快得像伊塞尔河的河水。“你有没有碰巧看过我的那篇评论呢？”他问道，还没等对方回答，他又继续说了起来，“我真的特别感兴趣，我把它称为心灵的自传，”他接着说。“我的意思是说，”就在对方张着嘴正欲开口时，他又快速说道，“它的确使我想到了《威廉·迈斯特》①，不对。”多克斯又张大了嘴，博士又猛地叫了起来，“那本书还无法反映这部书的全部面貌——当然，书中有一些片段很像《战争与和平》——我记得我曾对特纳夫人说过：‘你知道，他有时候非常像托尔斯泰。’”

“而且还像一个——小精灵，”特纳夫人这时插了一句，她抓着作家的那只手始终没有松开，始终用慵懒、古怪的眼神紧盯着他看，冲他微笑着——“多——像——一个——小精灵，”她说，然后泰然自若地大笑起来。

“当然了，”特纳博士快速附和道，“其中还有《白鲸》的影响。我记得，当时我对我妻子说，这部书的有些片断，有些极其精彩的片断，”特纳博士大声说，“非常像赫尔曼·麦尔维尔的作品——”

“还——像——一个——小精灵！”他的妻子说。

“也非常像《白鲸》！”博士肯定地说。

“还非常，”多克斯的脑筋终于慢慢地开动了，他心想：“啊，非常，非常，像一条鲸鱼！”

就在这时，那位评论家的妻子仍然紧握着他的手，眼睛死死地盯着他看，懒洋洋地微笑着。

这样，经过如此漫长而危险的旅程之后，多克斯先生，这个饱经风浪袭击的船只终于抵达了港口。他如果没有和那些巨大的轮船停泊在一起，此刻至少已经锚泊在特纳博士那片安全水域之中了，并且和一些相对较小的船只相邻为伍。

---

① 德国著名诗人、小说家歌德的作品。

晨　狮

　　五月的一个早晨，明媚的晨晖中悬浮着尘埃的颗粒，詹姆斯醒来了。他已经上了年纪，住在位于中央公园附近东七十号的一座大宅院的大卧室里。他这位身材矮小、瘦而结实、热情的男子是这间屋子的主人。四五十年前，有钱人常常会为他们的爱妻建造这种奢华的法式别墅，一种装嵌着石灰石和花岗岩、采用复折式屋顶的别墅。

　　他完全清醒过来了，清醒得干净利落，感到精神焕发，生机勃勃。他不会耽于睡眠。他一旦睡醒，决不再留恋它。他喜欢舒适，也喜欢一切美好的东西，但他却憎恶柔软、懒惰、优柔寡断。万物皆有恰当的时间——上班、从事体育运动、旅行、玩乐、从事社交活动等都是如此；享受美餐、畅饮白兰地、抽雪茄烟亦如此；当然还有睡觉。詹姆斯深谙万物的恰当时间。

　　因为当一件事情终结时，就应该让它彻底结束。对睡觉如此，对其他有益的、愉快的事情也是如此，他已经在睡眠和黑暗中度过了八个时辰，现在他该醒来了。他打发睡眠就像在支票上签字一样——干净利落、迅速有力。

　　"按睡觉的要求付出时间——八——小时，"

　　好吧，先生！我希望你对此感到满意！很好！此事就到这里为止！但是，如果你想打呵欠，想尽情地伸展四肢，转动身体，咕哝着再睡"五分钟"或者说一些别的内容！那么请听着！不要徒劳地从你的大脑里理出纷杂的头绪，使劲睁开你惺忪的睡眼，刷掉瞌睡的维丝，竭力唤醒自己。要摆脱这一切，记住自己身在何处！要立即醒来！干脆利落地摆脱睡眠！在眼睛睁开的一瞬间，就要醒过来！立即起床然后开始工作——一天已经开始，夜晚已经过去，睡觉的时间已经过了！

　　詹姆斯就这样醒来了。他是一个身体矮瘦但却结实的人，现在他已经七十四岁了，面容冷峻得就像一位斗士。他的面相并不凶恶，毫无粗俗野蛮，显得平静而和蔼。不，总的来说，他的神情非常快活，坚定且充满了斗志。

他的表情很乐观，带着轻松、冷淡的神情。他有一双湛蓝的眼睛，神情平静，如钢铁一般冰冷而率直。他花白的头发已经剪短，胡须也刮得干干净净。他的鼻子又高又直，整个面部微微有些凹陷，线条清晰的唇角带着一丝淡然的笑意——体现了他内心的快乐，同时也带着一份率真、坚定、冷淡和天生的蛮横。

只有那些憎恶恐惧、鄙视胆小者的人才会有这样的一张脸，他尊重那些敢于直面自己、无所畏惧的人；他蔑视那种浑身发抖、连自己手中的利刃都不敢直视的人；在他痛恨、鄙视的人面前，这张脸显得野蛮、残酷、无情。有时候这张脸会显得不耐烦、傲慢、冷漠，偶尔还缺乏公正，但绝不是一张卑鄙的脸。

詹姆斯静静地躺了一会儿，他冷漠的蓝眼睛睁得大大地，紧盯着天花板。然后看了看手表。

再过几分钟就八点了。在过去的五十年里，他一般都会在这个时间准时起床。在乡下，除了礼拜日，他会提前一小时零十五分钟起床。他把手伸进睡衣，在胸前摸索着，他一边搔着胸前的体毛，一边思索着什么。这样的长睡衣他已经穿了一辈子，他父亲也和他一样，其他睿智的人都是如此。

他对上班期间所穿的衣服感到非常不舒服。他上床睡觉时决不会穿一件布满鲜绿色条纹的晚礼服，不会把自己的肚子包裹得像个装满食物的大口袋，也不会让自己的腿套在长裤里。决不会！只有上街、上班时才会穿长裤。他睡觉时，只想让腿和肚子能有自由的空间。

他猛然坐起身，穿上拖鞋，站起来，走到屋子的另一端，站在窗前望着外面的街道。忽然，他觉得一阵头晕，清晰的头脑开始天旋地转起来，双膝也开始发软，他烦躁地摇了摇脑袋，深深地吸了一口气，然后用力拉开了沉重的、系着带子的窗帘，把窗户打得更开了一些。他的心开始剧烈地跳动着；嘴角边露出的淡然、冷峻的笑意更加明显了。七十四！哎，这又能怎么样？他静立在那里，他的手里依然抓着沉重的窗帘，手上的血管清晰可辨。他眺望着外面的大街，那里已经有行人来来往往地奔忙了。在街道对面，一幢同样镶嵌着石灰岩和大理石的大厦里，一位女仆正跪在地上擦着大理石台阶。一辆摇摇晃晃的货车在一匹瘦马的牵引下，嘎嘎吱吱地走了过去。在六个店铺之外的地方，一辆出租车穿过清晨的第五大街；远处，老詹姆斯看见中央公园里的树木已经在五月的天气里呈现出一片葱茏。在他面前的这条街上，在外观丑陋但却豪华的房子里，几株树木也泛出了新绿。清晨明亮的光芒斜照在街头的大楼上，在嫩绿、富有生机的树梢上，鸟儿欢唱的歌声开始响起。

詹姆斯心想，在这五月明媚的早晨，这条丑陋的大街显得如此舒适、迷人，这是一条典型的富人街——各种华丽的建筑物混杂在一起。在古板、黯淡、结实、丑陋的褐石房屋周围，坐落着许多豪华的法式建筑，就跟他本人现在居住的这幢大楼一样。在街区的中间位置，鲑鱼色的砖砌建筑、时尚的公寓，以及新公寓楼的绿色遮阳篷点缀其间。

他转过身，脸上依旧带着冷峻的微笑。门外走廊里老式的大钟，在清晨的静寂中沉闷地敲击了八下，随着最后一声的结束，巨大的胡桃木门开了，他的贴身男仆走了进来。

男仆用平静的声调说："早上好，先生。"詹姆斯低声咕噜了一声"早上好，"作为回答，然后一言不发地穿过房间走进浴室，经过一阵喧闹的冲厕声，他开始在陈旧的大理石洗手池里洗起手来。他放开水笼头，将翻滚的水注入老式象牙黄的浴缸里，当浴缸注满水后，他便站在镜子前，伸长了脖子，若有所思地抚摸着脸上金属般硬挺的胡子茬。他从橱柜里拿出剃须用具，一切准备就绪，并对锋利的剃刀颇感满意。然后他放下剃刀，关上了水龙头，脱下睡衣，跨进了浴缸，然后小心翼翼地躺在里面，并在水中舒服地哼哼了几声。

他洗澡、擦干身体总共花了四分钟时间，然后在脸上擦上肥皂又用了六分钟。他小心地探着脑袋，将自己硬挺的胡子刮得像纹木一样光滑。剃完胡须后，他自豪地擦洗了那个陈旧且磨损严重的刀具，等一切收拾完毕时，时间到了八点十分。

他身着晨衣再次走进卧室，这时候仆人刚刚把他的衣服摆放完毕。仆人从陈旧的核桃木梳妆柜里拿出袜子、干净的内衣、干净的衬衣、护腕、硬领；从一只巨大的胡桃木衣柜里拿出一套深色的衣服、一条黑领带和一双鞋。詹姆斯本人的卧室里没有这样的新式家具。这意味着他既没有现代风格的家具，也没有殖民地时期风格热情的家具。

他的卧室里摆放着维多利亚时期巨大的家具，这些都是多年前他父亲卧室里的东西。高大、难看、陈旧的梳妆柜或衣柜上镶嵌着一面大镜子，外面镶着饰有雕纹、类似檐口的木框，还有一块灰色斑纹的大理石，深嵌在几个盒状抽屉里（谁也不知道它们的用场，可能是用来放衣领扣子、衬衫纽扣、护腕、硬领以及他所谓的"杂物"的）下面是几个装着黄铜球状拉手的胡桃木抽屉，里面装着他的衬衫、袜子、内衣和长睡衣。那个巨大的胡桃木衣柜至少有十英尺高；一只巨大的胡桃木圆桌镶着弯曲的桌腿，桌面跟五斗柜一样，都是由难看的灰色条纹状大理石制成的。

詹姆斯穿过房间，走向床边的椅子，然后把晨衣扔在上面。他嘴里哼哼着，一边用手抓着仆人，以便保持身体的平衡，他首先伸出一条瘦腿，然后伸出另一条，等穿上法兰绒衬裤后，又在满是胸毛的位置扣上了淡色法兰绒背心的扣子，接着穿上了经过浆洗的白色衬衣，并系好了扣子。一切完毕后他环顾左右想找自己的长裤，仆人的手里正好拿着长裤，但是他却突然改变了主意，说道：

"稍等一下！那条灰裤子在哪里——就是去年买的那一条？今天我想穿那一件。"

男仆露出吃惊的神色，他平静的声音里带着一丝惊讶。

"灰色的那条吗，先生？"

"我是说灰色的，不对吗？"詹姆斯冷峻地说，然后紧紧地盯着他看，冷漠的蓝眼睛里流露出赤裸裸的挑战。

"好极了，先生，"男仆平静地回答；他们的眼神碰撞在一起，虽然都很严肃，但詹姆斯的眼神更加严厉、更加凶狠。两个人的眼睛里闪烁着火花，有些滑稽，但却难以说清，因为根本无需说清。

男仆镇静地走到巨大的胡桃木衣柜跟前，打开柜门，从中取出一件干净整洁、叠得整整齐齐的浅色裤子——这是一条颜色明快、风格活泼的裤子，而詹姆斯平常大都穿一些深色、沉稳的衣服。男仆仍然泰然自若地返回，放下外套，把裤子递给主人，神情严肃地拽着裤角，而詹姆斯则一边咕噜，一边小心翼翼地穿起来。直到詹姆斯在宽阔的肩膀上钩住勾子，系好背心扣子时，男仆才开口说话。

"还有领带，先生？"男仆问。"我想，你今天不会打深色的领带吧。"

"是的，"詹姆斯犹豫了片刻，然后挑衅似的盯着男仆的眼睛说："给我一条淡色的吧——要和衣服相配——色彩明快一些的。"

"好的，先生，"男仆冷静地回答，他们的眼神再次碰撞在一起。虽然二人的目光都很严肃，但同时也流露出一种相互的认可。

詹姆斯仔细地打好那条淡灰色的时尚领带，黑色的领带开始潇洒地飘动起来，这时男仆才找了一个时机慢慢地说：

"真是一个明媚的早晨，你说呢，先生？"

"是啊！一点没错！"詹姆斯坚定而冷淡地说，然后狠狠地看了一眼男仆；但他们的眼神里再次闪烁出火花。当詹姆斯穿戴整洁，潇洒地迈出房门时，男仆站在身后淡淡地微笑着。

在主人的卧室外面，走廊里又黑又阴沉，地上铺着地毯。在这静寂、酣眠的清晨，这里充满了胡桃木的光亮和时钟缓慢的滴答声。

詹姆斯朝他妻子卧室的房门望去。那扇巨大的胡桃木门似乎也沉浸在安静、神圣的休眠中。他冷冷地微笑了一下，然后坐在豪华的大理石椅子上。他们都被彻底地清扫过了：上面聚集着可怕的记忆和古老的事件——有绫罗绸缎的沙沙声、有赤裸肩膀闪出的微光，还有华丽的皇冠、腰垫、由坚硬钻石制成的项链、珍珠串。

他心中暗自冷笑着，感到十分不悦。该死的！他从底楼的大接待厅朝巨大、奢华、辉煌的沙龙望过去：他看见了红色的天鹅绒地毯；看见了肥大的红丝绒椅子，带着黄色的靠背和镀了金的扶手；看见了黄色的直背椅，这种椅子极易损坏、外观难看、小而不舒适，上面罩着丝绸坐垫；看见了镶有镀金边框的巨型镜子，边框有些褪色；看见了法式大钟，几个肥乎乎的镀金丘比特，以及一些便宜的杂物；看见了丑陋不堪的桌子、橱柜、玻璃橱，里面都装满了各种杂物、便宜货、瓷器人物、花瓶、肥乎乎的镀金丘比特。

垃圾！

嗯，这就是他们四十年前想要的东西——不管怎么说，他们觉得这就是自己想要的东西——女人想要的东西——她想要的东西。他总会满足她的要求！他历来厌恶这一点。他经常神情冷峻地说，在这个该死的家里只有浴室才令人感到舒适。一年前他们想改变这一切：但他不会让她们得逞的。

除此以外，其他的一切都没有家的感觉。对那些"善于社交"的人来说，它就像一座凄冷的陵墓。它建于四十年前，主要目的就是为人们提供社交场所，那时候人们都热衷于此类活动，人人都想比自己的邻居更加丑陋、更加粗俗、更加奢侈、更加虚荣——不在乎高昂的费用，盲目的浪费和肆意的开销。

　　毫无疑问，这个房子的确达到了它当初的目的！建筑费用高达二十五万美元，但如果要他明天再花几十万盖一间房子，他怀疑自己是否能拿得出手。你甚至无法让这该死的谷仓保持温暖！现在如何？未来又怎样？唉，她一定活得比他久。潘洛特家的人都比维曼家的人活得久。未来会如何？他没有必要等到寿终正寝、升入天堂时才弄清这个问题的答案！她会犹豫一段时间，然后豁然开朗！那时候一切都归她所有了——她会在这里举办演出，她会把一切弄得清清楚楚！她会举办一两次宴会，尝试举办聚会，神态老迈且高贵，她会设法重新戴上硬高领——但却发现硬高领时代已经永远过时了！

　　她会邀请一些老太婆，她们消瘦的脖子和骨瘦如柴的胳臂上佩戴着珠宝；几个摇摇晃晃的老傻瓜，走起路来关节吱吱作响，说话的时候气流穿过假牙，含糊不清——她们都想恢复阿斯特夫人的辉煌盛世！她还邀请了一些喧闹、无聊的年轻人，听从奶奶不容推托的吩咐，他们很想知道这可怕的任务何时才能结束，何时才能体面地摆脱这个颇似停尸间的房子，然后迅速回到有音乐、舞蹈、喧闹、烈酒的地方——她会明白一切的！

　　他神情阴沉，幻想当账单递到她的眼前时，她会看到实实在在的花销，明白她花的是她自己的钱。他已经听到了她痛苦的尖叫声，她知道那些钱不是树上长的，即便如此，那个长钱的树也属于她，是潘洛特家的树。

　　这是有区别的，不是吗？他阴沉地思索着，对于潘洛特，他们自己的树就意味着一种温存和牵挂——不管它是家庭树还是长钱的树。她父亲——该死的老笨蛋！——花了整整二十年写一本书。多么了不起的书！《新英格兰传统的开端：潘洛特家族史》。伟大的上帝，有史以来有谁曾听说过如此自负的言辞！而他——詹姆斯·维曼——还不得不找他出版界的熟人来出版这本无聊的书；于是他不得不忍受俱乐部里朋友们的嘲笑、奚落、挖苦——同时还要听潘洛特发出的尖叫声。他想，在他所受的两种麻烦中，这些都算不了什么。他的总结是：斯威夫特式的嘲笑要胜于缓慢的精神折磨；一本愚蠢的书很快就会被遗忘，但是一个女人的舌头是无法安静下来的。

　　嗯，她会明白的，他心想，然后阴沉地坐在客厅的大理石板上，紧盯着客厅里黯淡的华彩。他觉得自己已经预见了各种事件令人苦恼的发展过程：她看到账单时发出的痛苦、吃惊的尖叫声——只消看到燃煤费的单子，她就会如此——那些十吨重的卡车、汽车、驳船、火车运来的黑煤只需让这坟墓般的冰冷屋子保持半温半冷即可，从十月至来年五月始终如此。看门人、守夜人、女佣等等，都需要照顾、守护、修补它，抹去它的灰尘——从五月至十月——当一家人外出的时候，一直如此！好像人人都会顺手拿走这该死的东西似的！噢，要是真有人拿走就好了！——

如果由公德心强烈的人士、强盗、革命者、住在屋顶和地下室的人士，戴着丝绸礼帽的拉弗尔斯般的文雅之人、普通的花园夜贼所秘密组成的议会，在灵魂深处巨大的仁爱驱使下，趁他们一家人外出之际，达成一致共同进入这里，搜查、攫取、带走任何能带走的东西，那该有多好；要是他们驱车前来就更好了——不管是手推车，厢型卡车，还是有篷大货车——把一切能看见的无用之物全都带走——所有该死的舒适椅子、镀金的法式钟表；所有的花瓶、小雕像；所有的彩色瓷器、红色的地毯、恼人的椅子以及丑恶的桌子；所有的便宜货、杂物、大量未读的书籍、先人们的画像，包括凶恶的老潘洛特——《新英格兰传统的开端：潘洛特家族史》的作者——那个老笨蛋！——他们在屋子里横行无阻，显得盛气凌人、望而生畏，全然不顾看门人、佣人、守夜人的存在，也不顾——

"早餐备好了，先生！"

一听到这柔和、低声、优雅、有教养、舒服的声音，詹姆斯吃了一惊。浑身像被电击了一下，他转过身，冷冷地盯着管家沃伦先生胖乎乎的脸。

——嗯，是的！不管怎样，首先，要是某些心地善良的绑匪能把他的听觉、视觉、记忆以及这个自负的人搬走就好了，要是让这个讨厌的舒哥利普不要再露面就好了。

"端进来吧，"詹姆斯简短地说。

"好极了，先生，"舒哥利普油滑地说。然后他庄重地转过身沿走廊走去——他肥大的臀部和膨起的双腿傲慢地晃动着；他走开的样子就像一个令人厌恶的肥胖老女人，胖乎乎的脸庞和嘴唇带着一丝傻乎乎的神情。

噢，要是舒哥利普永远离开这里就好了！要是崇高、善良的绑匪能发发慈悲把他带走就好了！要是他——老詹姆斯·维曼能摆脱舒哥利普就好了，他的生活中要是没有这位来自海边的老肥妇就好了，这样他就可以免受打扰、在自己的房子里充分享受每一刻的清静，他再也听不到"好极了，先生，"这样的回答。没有"对不起，先生，"这样的干扰以后，他只会享受那份自在的清静和放松。没有舒哥利普该死、潮湿的呼吸，他就会坐在自己的桌前，想怎么吃就怎么吃。没有那双呆滞的目光，没有令人恼怒的"请允许我说，先生"这样话，他便可以随意用餐，按自己喜好的方式做出选择。

要是他——老詹姆斯·维曼——自由、充满激情，而且——已经七十四岁！——一个自由的美国公民，天哪！——能够自由做出决定，想坐在哪里就坐在哪里，想吃什么就吃什么，想干什么就干什么——让自己的私人生活免于那么多的规矩、约定、安排，不要让自己的生活一直处在笨蛋的监视之下就好了！他已经厌倦了；感到心烦意乱，他清楚这个；他的脾气越来越暴躁、越来越反复无常——是的，这些他都清楚——但是，我的老天！——他是一个老人，却想独处！如今他已经历过太多——他对所有的争论都已经厌倦，一切都有了答案，一切应该结束的都已经结束——他的时代、妻子、家庭、社会都对他有所期待——甚至这一切——我的老天！他为什么要这样做？这一切都值得吗？他再一次朝大客厅里黯淡的华彩望去，很快，他冷漠的蓝眼睛便被疑云笼罩了。

他想拥有一间供他生活的屋子，不是吗？——一个温暖、光明的地方，一个爱意浓浓、安全无虞的住处——他想尽办法实现自己的愿望，不是吗？——财富、勇气、品格、智慧——他实现愿望了吗？不知什么原因，他生活的某个环节并不完美，某种东西欺骗了他自己。但是在何处，以何方式被欺骗？他究竟如何、在哪里失败的？

他曾经是自己时代的重要人物之一——不仅因为其财富而显得重要，而是因为他出色的人品。他是一个诚实、正直、崇尚公平交易、豪爽、做事干脆利落的北方人。在那个时代，他首屈一指。如今在美国有太多的名人——因财富、权力、残忍、声望而闻名。他知道绝大多数名人都有为人不齿的污点，他们无情地压榨生活，摧残伙伴，背叛人类和他们自己的国家。他明白，在未来的子孙看来，那些人物都臭不可闻，对未来那些向他们表示致敬的不幸孩子们来说，这些人物只会让他们感到羞愧和耻辱。在这些羞耻和污点中，他明白自己的名声始终安全无虞。但有些事情还是出了问题！到底在哪里？怎么回事呢？

他并不是哀诉者；他是一个勇敢的人，是一个斗士；他知道不管在哪里出了问题，亲爱的布鲁图，都不会发生在他走运的阶段，而且是发生在他自己身上！——（詹姆斯冷冷地盯着大客厅里黯淡的华彩）他的生活到了这个田地！究竟为什么？为什么？为什么？

那么一切都走了吗？绝不会！只要有巨大的努力，就会有巨大的成就。

真正的友谊和根深蒂固的情感依然存在，与国王、总统、政治家、作家、工业家，以及其他重要的银行家、金融家的关系依然稳定可靠。

他从不会舍弃名誉而屈从于某人；为求交易公平，他曾屈从过、慷慨让步过、毫无保留地原谅过很多人。当形式对自己十分不利时，他曾奋力抗争过，可是一旦成功他就让一切和缓如初；他在争斗中从不手软，可是他却从来不会耻笑战败的对手。

不，石板是清洁的，镜子是明净的——然而，他落到这个地步。一位老人，同老妻共同生活在一个陈旧、毫无生气、坟墓一般的房子里——感到精神孤独。

老詹姆斯迷惑的眼睛凝望着清晨黯淡的光影。那么一切都到哪里去了——所有的感情和青春的烈火，还有自豪的歌唱；五十年前所有的信仰、希望、纯净的信念都去哪里了？一切都去哪里了——力量、信仰、智慧、健康，还有已经丧失了的美国本质？难道这一切只是一场梦吗？不，不是一场梦——"因为他躺在那里，眼睛睁得大大的"——如果是梦，那么也只是生活了百万年的人们所做的梦，所寄予的希望，要达到的梦想。可现在它又在何处呢？

远去了——一切都远去了——就像香烟的幻影，就像不灭梦境闪亮的现实淹没在废墟里。如今，在他周围的世界里，他看见黑暗的混乱突然迸发成漫无目的、喧嚣的力量；混乱在大地上漫延，数百万人都在大声地胡言乱语，彼此都不明白，人们不再交谈；愚蠢的堕落取代了荣耀，特权横行。在昔日因诚实而疑惑的地方、因坚定信念而产生担忧和不安的地方，如今都是被动接纳者发出的卑鄙假笑，是懦弱者嘴角露出的虚伪嘲笑，是卑贱的被征服者发出的无力嘲讽，他们嘲弄自己的叛逆和信仰的缺失，满是脂肪的心脏不再健康，无法进行战斗；大脑已被乌云笼罩，嗡嗡作响，已经无法寻求真理；模糊的眼睛因堕落的嘲弄而黑暗一片。轻薄、恶毒的舌头讥讽地说——"喂，你要拿它干什么？"——就这样迷失了，全都汇集在一起防备自己蒙上耻辱和怯懦的声名——全都卑贱地跪在叛逆者的脚下，在他们自己的妖魔面前躬身示敬，他们在金钱之神和嘲讽面前毕恭毕敬，屈身亲吻那双用自己的血做染料的手。他心中的美国就这样腐败了。现在一切都走了，信仰、青春、早晨、还有热情：黄金、歌唱、梦想——全都像香烟的幻影消失不见了，现在就是这个样子！

　　一切也都从中而起！难道他在任何时候都没有背叛什么吗？但是在何处？何处？危机究竟发生在几点几分——发生在何处？

　　五十年前，詹姆斯·维曼——一个年轻、勇敢、拥有信仰的美国人，劲头十足，耳畔响着歌声，曾见过平原、河流、高山，农场工人湛蓝的眼睛，曾经听过黑暗中说话的声音，知道大地伸展的方向，事物的形状，知道梦想不仅仅是梦想，伟大的希望不只是希望——詹姆斯·维曼，已经见过、听过、知道了所有这一切，这个国家的人都知道的——难道他在任何时候都没有背叛过什么吗？——没有接受过别人送的东西吗？——没有相信过别人说的话吗？——接受过别人的帮助吗？——这又怎么样？——戴着硬高领参加的聚会、粗俗的行为、空洞的演出，虚伪、小丑般贵族的尖声托辞，去年公猪的贪婪让位于今年的虚伪，无懈可击的赚钱哲学，高贵的就餐者轻蔑地嘲笑粗俗的餐桌礼仪，但却无法积极、恰当的评价一个无赖的巨额银行账户。

　　是的，他就这样接受了一切，就这样被人劝服，就这样相信了一切；或者说，他相信了他所信仰的东西，在年轻的时候他背叛过什么——如今成了这个样子：一位老人，和年迈的老妻同住在一所坟墓般的房子里——感到精神孤独。

　　詹姆斯冷漠地看着大客厅里黯淡的晨光，他怀疑那里是否迎来了早晨。没有，那里没有任何年轻、美好、新鲜、富有生机、闪亮的东西。甚至那光亮，那四月、五月的早晨里水晶般闪耀的光亮，此刻显得如此黯然，如此沉闷。光亮透过丝绒窗帘照耀过来，迎着光线望过去，灰尘乱舞。光线在照耀到这里之前，显得古老而沉闷——就跟丝绒窗帘、镀金物、地毯、椅子和桌子，各种小摆设、小古董、杂物一样——在晨光照耀到这些东西之前，样样东西都显得过时、陈腐、死气沉沉。

　　不，这并不像早晨，真的，在光亮强行进入屋子之前一点不像。相反，詹姆斯心中冷淡地认为，这倒像是早晨之后——这——这——嗯，这就像舞会结束后的场面。

　　他觉得，整幢房子就像舞会结束后的场面，历来如此。"舞会之后，"他心想，这倒是这该死场面的恰当描述了：这一切总会给他带来这种感受。这里从来都没有家的感觉，从来就不是夜幕时分赶去寻找休息、安宁、温暖、朴素、舒适的地方。不是，它一直是为那些终究会动身离去的客人们准备的冰冷陵墓；是一座为举办盛大、时尚的聚会而设立的宏伟、寒冷、辉煌、毫无生机的庙堂，这场聚会本应在昨晚举行，但也许并没有如期进行。所以，在这所房子里时刻都有酒足饭饱、身着衬衣、戴着硬高领的鬼影出没；但却从来没有生命的气息、熟悉的使用、家的亲切——从来没有！昨夜盛大的聚会上，绫罗绸缎沙沙作响，枝形吊灯光彩夺目，到处都是有教养的说话声和银铃般的笑声，还有香槟的泡沫，硬高领，珍珠项链，赤裸的脊背，浆挺的衬衫，光彩照人的肩膀，但曲终人散之后，清扫得干干净净的豪华大理石台阶、大理石铺砌的过道、大客厅看起来既凝固又哀伤，既忧郁又陈旧，散发着霉味，显得沉闷而孤独。

用来完善这一幻觉的便是聚会筹备者的下属——二三十名身着制服的黑人家佣一齐涌入室内，开始清理聚会留下的杂物——空香槟杯子、沙拉碟子、香烟头、地毯上的烟灰、还有悬挂在吊灯上的彩色纸——以及舞池里的其他杂物。

这间大餐厅，同样华丽辉煌——阴冷，阴冷，阴冷——就像在坟墓里一般。这间屋子位于房子的西侧：早晨的阳光还没有照到这里。巨大的餐桌是一块磨得光滑的石板，巨大的餐具柜就像棺材一样辉煌夺目，上面摆满了盘子。在这巨大的餐桌一端，摆着一张豪华的高背座椅，上面雕着花园，看起来色彩十分暗淡。桌子上放着一张大盘子，里面搁着沉重的刀叉和汤匙，还有一只外形瘦美的银制咖啡壶，一套易碎、色彩纯净的杯碟，另一个盘子上郑重其事地罩着一只巨大的银盖，此外还有一杯橙汁，僵硬、沉重、一尘不染的桌巾。

詹姆斯在那里坐下，他单薄的身影坐在大桌的一端——仔细查看着早餐。他首先看了看那杯橙汁，端起来放在唇边，浑身哆嗦了一下，然后又放下了。然后，他小心翼翼地掀开热乎乎的银盖，朝下面瞅了瞅：三片褐色的干面包清高地躺在大而洁白的盘子里。詹姆斯咣当一声放下银盖。这时，舒哥利普出现了。詹姆斯将咖啡壶里黑色的液体倒进杯子，尝了尝；他们的嘴巴微微地抽动了一下，说道：

"这是什么东西？"

"咖啡，先生，"舒哥利普说。

"咖啡？"詹姆斯问。

"是一种新咖啡，先生，"舒哥利普回答，"这种咖啡不含咖啡因。"

詹姆斯没有回答，但是他冷冰冰的蓝眼睛显得明亮而凶狠。他朝盖着的碟子点点了头，和先前一样冷淡、沉闷地说：

"那么这是什么？"

"你的烤面包，先生，"舒哥利普说，声音并不清晰。

"我的烤面包？"詹姆斯问道，声音一如先前冷淡而坚定。

"是的，先生，"舒哥利普说。"你的烤面包——干面包片，先生。"

"噢，不，"詹姆斯厉声厉气地说，"你弄错了。这不是我的烤面包——我从来不吃干面包片的！……这到底是什么东西？"他突然粗暴地问，一边猛地把头扭向那杯橙汁。

"你的果汁，先生，"舒哥利普回答。

"哦，不，"詹姆斯说，声音越来越冷酷而严厉了。"这不是我的果汁。你弄错了！我从来没有喝过这个！"他闪着光芒的蓝眼睛盯着管家看了片刻。怒火中烧。"喂，"他突然大声地说，"他妈的这到底是什么意思？我的早餐在哪里？你说已经准备好了！"

"请您原谅，先生——"舒哥利普张开湿润的嘴巴说。

"请求我的原谅，见鬼！"詹姆斯大声叫着，一边把餐巾丢在地板上。"我要的不是原谅——我要的是早餐！早餐在哪里？"

"是的，先生，"舒哥利普紧张地舔了一下嘴唇说——"但是，先生——这顿饭菜是按照医生的要求做的，先生……这也是夫人的嘱咐。"

"这究竟是谁的早餐？"詹姆斯问，"是我的还是夫人的？"

"当然是您的，先生，"舒哥利普匆忙附和。

"吃早餐的人到底是谁？"詹姆斯继续气呼呼地问。"是夫人还是我？"

"当然是您，先生，"舒哥利普说，"当然是您，先生！"

"那么就端上来吧！"詹姆斯大声嚷嚷着，"马上端来！要是我需要有人安排我的饮食，我会告诉你的！"

"好的，先生，"舒哥利普深吸了一口气，显得非常慌张。

"那么您想吃——"

"你知道我想吃什么，"詹姆斯大声喊起来。"我想吃我的早餐！快点！现在就端来！马上去！……我经常吃的早餐！我吃了四十年的早餐！我父亲一直吃的早餐！一个劳动者必须吃的早餐——一如既往，永远不变的早餐！阿门！"詹姆斯高声喊道。"也就是说，一碗燕麦粥，四片黄油面包，一盘火腿鸡蛋，一壶咖啡——浓浓的黑咖啡——真正的咖啡！"詹姆斯大声喊道。"你明白了吗?"

好的, 先生, 舒哥利普结结巴巴地说。"非——非——非常好, 先生。"

"那么快去端来! ……家里还有没有真正的咖啡了?"他尖声问。

"当然有, 先生。"

"那么就煮一些来!"詹姆斯大声喊着, 一边猛拍了一下桌子, "马上端来! ……动作要麻利点, 否则我去银行就太晚了!"他拿起盘子旁边折叠起来的《纽约时报》, 哗啦啦打了开来——"把这猪食收拾下去——你想怎么处理就怎么处理掉!"然后又开始翻起报纸来了。

咖啡端进来了, 舒哥利普把咖啡倒进了杯子。就在詹姆斯刚要喝的瞬间, 突然发生了一件事。詹姆斯弯腰向前, 嘴唇刚刚碰到他的纯正咖啡, 突然吃惊地大声哼哼起来, 于是迅速放下咖啡杯, 俯身向前, 双手紧紧攥着报纸, 专注地阅读起来。他所读的内容——令他吃惊且感兴趣的内容——如下:

女演员起诉主日学校校长寻求精神赔偿

昨天, 嘉斯蒂斯·麦高尼戈法官接到了一封起诉信, 年方三十七岁的玛格丽特·豪尔·黛维斯起诉五十八岁的维恩赖特·帕森先生擅自解除婚约。帕森先生是多本宗教主题书籍的作者, 在过去十五年里一直担任圣·巴尔哈泽地区时尚的美国新教圣公会主日学校校长。主要教区委员包括纽约的一些名流, 比如: 老詹姆斯·维曼先生, 银行家兼……

由于自己的名字也和这桩丑闻扯在了一起, 老詹姆斯轻轻地骂了一句, 他迅速扫了一眼其他教区委员的名字, 然后继续兴致勃勃地读了起来:

昨夜, 帕森先生在他的住处——大学俱乐部失踪了。俱乐部的负责人说他三天前还在那里, 离开时并未留下什么联系方式。俱乐部成员在回答提问时对黛维斯的起诉很吃惊。他们说:"帕森先生是一位生性安静的单身汉, 从未有人听说过他和这位女演员有染。"

黛维斯夫人在她的河畔卓芙公寓接受了采访, 她积极回答了各种提问。她是一位长相标志, 金黄头发的成熟女性。她说自己以前是一位时事讽刺剧演员, 后来从事音乐喜剧表演。两年前的一个周末, 她在大西洋城遇到了老帕森先生。她说，他们的关系发展得很快，一年前帕森先生曾经向她求过婚，但他却把婚期推迟到了新年，理由是他的生意和财务方面出现了困难，而且有一位家人生病了。对此，这位漂亮的离婚者表示同意。她说，在结婚之前，她对他热情的同居要求也表示了认可。于是自去年十月一日以来，他俩便同住在河畔卓芙公寓里，而房东和其他租户都认为他们是帕森夫妇。

这位女士说，随着他们婚期的临近，帕森先生继续以个人事务出现麻烦为由把婚期推迟到了复活节。对此，她又同意了，她相信他的所作所为是真诚的。然而，到了三月初，他却离开了公寓，说他要去波士顿出差，但过几天就会返回。她说，从那以后她就再也没见过他的面，所有与对方联络的努力也都无果而终。这位女士继续说，帕森先生为了回应她的一封封来信，终于在三星期前写了一封回信，信中说现在履行婚约是不可能了，还说这样对双方都有好处，就让一切都结束吧。

对此，黛维斯夫人声称自己决不答应。

"威利走了，"她边说边流眼泪。她说，"上帝可见，我深深地爱着他，我把一个女人最纯洁的爱都给了他。威利也爱我，他仍然爱着我。我知道他还爱我。这一点我敢肯定！如果你看了他写的信，你也会相信的——我这儿有很多——"边说边指了指桌上一大包用粉红色的丝带包扎的信。"这些都是情人用挚深情感写的浪漫情书——多么文雅、多么温柔，多么富有诗意——他总是风度翩翩！我怎能放弃他？"她充满感情地说。"决不能！虽然发生了这一切，但我仍然爱他。我愿意原谅他的所作所为，把一切都忘掉——只要他能回到我的身边。"

这位演员控告对方给自己的精神造成了伤害，要求赔偿十万元。百老汇的诸多律师事务所都是她的法定代理人，包括霍根海默、布劳斯坦、格鲁兹、列维等公司。

帕森先生因其在宗教领域的书籍而闻名于世。根据某个名人录的记载，他于1871年4月19日出生在俄亥俄州的利马市，他是德高望重的塞缪尔·阿伯纳·帕森和已故玛莎·伊丽莎白·布什米勒的儿子。他起初在德·邦大学受过教育，后来就读于联合神学院。他本人于1897年被任命为牧师，在随后的十年里他连续在韦恩堡、印第安纳、波茨敦、宾夕法尼亚、伊丽莎白、新泽西等地布道。1907年，他不再担任牧师职务，开始致力于文学创作。他是个多产的作家，写作速度惊人，很快就在文学界取得了巨大的成功。他的十几本书都是关于宗教主题的，多本书重印多次，其中还包括一本有关旅行的书，书名叫《穿行圣地》。这本书不仅在国内销量巨大，在国外也如此。根据名人录记载，他的部分作品如下：

《紧随我主》（1907 年）；《你就要将我劝服》（1908 年）；《落井下石的人》（1909 年）；《谁在追赶他的列车》（1910）；《因为他们即将见到上帝》（1912 年）；《乔丹和马恩》（1915 年）；《世界末日和凡尔登》（1917）；《基督教和充实的生活》（1921 年）；《诱惑之路》；（1927 年）；《所罗门之歌》（1927 年）；《瞧，他来了》（1928 年）。

正当詹姆斯俯身向前，啜饮咖啡时，他看到了维恩赖特·帕森的消息，顿时来了兴趣。他砰地一声放下咖啡，全神贯注地读了起来。他一口气读完了这个专栏，从中寻找着自己需要的只言片语！直到自己头脑渐渐清醒。接下来，他坐在那里一动不动，神情麻木。然后双手举起摊开的报纸，用力掷在餐桌上，朝后仰躺过去，眼睛直勾勾地盯着远方，目光穿过开阔、优美的街景，缓慢或强调地说道：

"我——的——天——哪，他妈的！"

就在这时，舒哥利普走了进来，手里端着燕片粥，正冒着热气，殷勤地摆在他面前。詹姆斯划开浮在上面的奶脂，洒了一大匙白糖，然后粗鲁地搅动起来。他吃了三口便停了下来，一只手拿起报纸，仔细盯着上面的消息，接着不耐烦地吼了一声，又丢在桌上了。他又吃了一口热燕麦粥，还是无法丢开该死的报纸——他又拿起报纸，靠在咖啡壶上，让那篇控告文章茫然地正对着他冷漠的眼睛。然后他又缓慢、仔细、精确地读了起来。他一字一句，连标点都不放过，边吃边低声地吼道：

"'我爱维利！'"

"哼，他妈的——"

"'维利是个了不起的情人——多么文雅、多么温柔、多么富有诗意——'"

"哼——那个说起话来甜言蜜语、拐弯抹角、两面三刀的狗东西！"

"帕森先生因他的多本宗教主题的书籍而闻名于世。"

詹姆斯狠狠地挖了一勺燕麦粥，吞了下去。"宗教主题！哼！"

"校长……主日学校……圣·巴尔哈泽地区时尚的新教圣公会……主要教

区委员包括……老詹姆斯·维曼先生……"

詹姆斯一边哼哼着，一边抓起那张令人厌恶的报纸，折叠起来，然后砰的一声掷在桌上，那则新闻则依然醒目。这时火腿和鸡蛋也端上来了，他便全神贯注、安静地大吃起来，偶尔愤怒地吼叫一声。当他吃完站起身走开时，情绪已经镇静了下来，但他明亮的蓝眼睛依然像冰川坚硬而冰冷，嘴角淡淡的微笑比以前更加明显、更加迷人、更加严厉了。

他看着报纸，烦躁地吼叫了一声便朝门口走去，接着又停了下来，转过身望了望。他又折了回来，一边大声咆哮一边拿起报纸，愤怒地塞进衣服口袋，朝着巨大的走廊走去。在门口他又停了下来，拿起一顶圆形礼帽，神情得意地戴在外形良好的头上，然后穿过走廊，打开前门，跨了出去，他迈着轻盈的步子走上街头，朝左拐弯走进了第五大道。

在他的一侧有一座公园，那里的树木正吐着新绿；在路上，车流量越来越大，到处都是行色匆匆的人群；在正前方矗立着这座伟大之城的高大建筑物，早晨，明媚的早晨，光芒倾泻在这些高塔之上——而一位老人神情冷峻、目光炯炯，他步履轻盈地穿行在这些峭壁之间，低声自语：

——《紧随我主》——哼！

——《你就要将我劝服》——哼！

——《诱惑之路》——哼！

突然，他猛地从口袋里掏出折起的报纸，翻过来，再一次专注地凝视着，对比着相关的日期。他嘴角的冷峻笑容缓和了一点。

——《所罗门之歌》——

他脸上的笑容更加灿烂了，脸色开始泛红。他冷峻的眼睛闪烁着神采，正专注地盯着报纸，他把最后的一行又读了一遍。

——《瞧，他来了》——

他兴高采烈地用报纸拍了一下膝盖，然后哈哈大笑起来，完全恢复了以前的良好心情。他低声说：

"天哪！我真不知道他的心里还有上帝！"

上帝的孤独者

　　没有人像我这样，一生都在孤独和漂泊中度过。为什么会这样，究竟何以如此，我说不清楚；然而事实就是这样。从我十五岁起——除了短暂的一段岁月之外——我始终形单影只地生活着，和大多数人一样，过着现代的生活。我的意思是，日复一日，月复一月，年复一年我都是孤身一人度过的，这样的日子实在太多了。因此，我要完全按照我对孤独的切身体会来描写人类的孤独。

　　促使我这样做的原因并非自认为对孤独的理解与众不同。恰恰相反。现在，我对生活的整体信念就是相信孤独绝非一种稀奇罕见的现象，绝非独属我和其他为数不多的孤独之人，而是人们生活中重要且不可规避的现实。如果我们仔细观察形形色色的人的生活状态、行为和言语——不仅伟大诗人有悲伤与狂喜，同样，普罗大众也有无休无止的忧苦。大街上熙熙攘攘的人群经过我们时，充满毁谤、仇恨、猜忌和鄙视的刺耳的言辞充斥着我们的耳膜，这就是证据——我们发现，我觉得，他们都经受着相同的折磨。他们抱怨的最终原因就是孤独。

　　但是，如果说我的孤独体验与别人的孤独有何不同的话，我想那就是：我的孤独感受更强烈一些。这使我成了世上最有权力描写孤独——这种人类的普遍痛苦——的人了，因为我相信自己比同时代的任何一个人更了解它。我这么说，仅仅是在陈述一个我了解的事实而已，尽管我意识到这听起来可能有些傲慢或自负。但在人们得出这样的结论之前，先让他思考一下直面一位经历过如此强烈孤独的人的自负将是多么奇怪的一件事。治疗自负最可靠的药方就是孤独。因为，身处孤独中心的我们，往往会陷入自我怀疑之中。在我们的孤独之中，那种令人羞耻、低人一等的感觉会突然涌起，像一阵恐惧、猜疑、恶毒的洪流，将我们淹没，使我们的健康和信心受到损害，使毒素蔓延至狂喜的根基处。若想体会辛勤创作带来的成功，就得长期屈从于孤独，饱受孤独之苦，任其剥夺创造性工作不可或缺的信心、信念和快乐。

若要像我这样孤独地生活，就应当笃信上帝，拥有修士圣徒般的淡定信念，拥有直布罗陀般的坚定。若无这些，任何事情、一切因素、最微不足道的小事、随意的几句话，都会在瞬间让我丢盔弃甲、双手痉挛、心惊肉跳，从而失去了奋斗的力量。有时候，孤独只是掠过太阳的一团阴云；有时只是八月里炽热朦胧的阳光，或者只是布鲁克林区光秃秃、密匝匝、丑陋而污秽的大街。在那朦胧、暗淡的光影中，布鲁克林显得影影重重，给无数呆板乏味、毫无活力的人们带来了强烈的苦闷。有时它仅仅是对光秃秃的混凝土森林产生的莫名恐惧，也可能是炙热的大街上形似甲壳虫、向前飞奔的汽车身上闪烁出的亮光，也可能是铺着煤渣的停车场带给人的那种沉闷；有时候，它可能是高架铁道旁传来噪音和喧闹声，还可能是大地上匆忙、奔波的人群，他们永不停息地盲目向前，但却不何去往何处。

此外，它也许只是一句话、一个眼神，一个动作。也许是派克大街上出身高贵，衣着讲究的青年斜着头，神情冷漠而倨傲，经人介绍之后，他似乎在说："你什么都不是"。它也可能是上流周刊中某位批评家的轻蔑介绍和不屑。它可能是一位女人的来信，说我堕落了、毁掉了、江郎才尽了，我的所有努力都是虚伪的、毫无价值——因为我背弃了属于她的真理、憧憬和现实。

有时候，它可能还不及这些——它是我无法触及、无法看到、无法听到、也无法确切记住的东西。它可能十分模糊，犹如灵魂中的某种恶劣境遇，由我此生从未体会过的渴望，狂怒和欲望巧妙地构成。有时候，它可能是剑桥寒冷的冬日里，某个周日下午暗淡、苍白的落日余晖留下的记忆，是剑桥的周日下午萦绕在脑海里的那张苍白、敏感、美丽的脸庞，她让我知道了所有的青春梦想都是可悲的幻觉，我的一生都将一事无成。三月里暗淡的阳光凄凉无力地映照在那张苍白的脸庞上，使我沸腾的热血变得冷寂。

在那样的光线和境遇之下，那些矫揉造作、鄙夷倨傲的人们所发出的冷漠、轻蔑的言辞，那天的所有欢乐与歌声就像蜡烛熄灭一样消逝不见了。我觉得，希望似乎永远破灭了，我追寻和发现的真理似乎全是虚假的。在这样的时刻，孤独的人会觉得所有能够证明这种感受的官能都已经背叛了他。在这个世界上，找不到真正富有生机和活力的生命，只有一息尚存的傀儡——

就是那些冷漠、褊狭、缺乏活力的行尸走肉，他们永远存在于三月的周日下午那暗淡的落日余晖中。

　　孤独的人必须了解灵魂中所有丑恶的猜忌、绝望和难解的迷茫，因为除了那副自己创造出的形象之外，他再无别的任何形象可以联结，除了以自己的眼光和头脑获取的知识以外，他再无任何别的知识可以支撑。他没有同党的支持、鼓励和帮助，没有任何宗教的安慰，除了相信自己之外，他再无任何别的信念。而且他的信念往往还会背弃他，让他处在犹豫动摇、无能为力的境地。对他而言，生活几乎毫无希望，他开始堕落，开始迷茫，无法救赎。那个早晨——那个晴朗、明媚、充满朝气的早晨——永远不会像以前那样重来了。

　　他知道黑暗的时间像河流一样从身边淌过。此刻，黑暗、巨大的孤独之墙已经包围了他。它紧紧地围着他、使他无法逃身。他记忆的毒瘤充满了他的五脏六腑，使他忆起了无数个早已忘却的面孔和逝去的岁月，直到整个生活变得像一场离奇而虚幻的梦境。时间像河流一样从身边淌过，他像一只鬼魔附体的动物在小屋里等待着。他会听到，大地在远方发出低沉的嗡嗡声，他感到自己被遗忘了，体力也随着河水的流淌一点点地耗尽，整个一生都归于虚无。他昏昏沉沉地坐在孤独的囚笼里，感到筋疲力尽，萎靡不振。

　　有一天，不知何故，他突然心血来潮，对生活恢复了信仰和信念。在他内心深处，重新涌起了一股欢欣鼓舞、难以抑制的力量，这股力量冲破了世上最厚墙壁上的窗户，让一切又恢复了永恒的光明。神奇的是，他的身体安然无恙，他再一次得意地投入到艰辛的创作之中。他又恢复了原有的体能：他又知晓了原本知晓的一切，他还是原来的他，他又找到了昔日的一切。尽管世人都不会相信这一切，但他仍将宣告自己内心的真实感受；尽管无数人高喊那是假的，但他仍然会坚持。

　　在这欢欣鼓舞、踌躇满志的时刻，我怀着这样的心情，敢于断言自己已经了解了孤独，了解了任何一个人，我要为他著书立说，仿佛他就是我的亲兄弟，他的确是的。我要为你描写出真实的他，以便日后孤独降临时，没有读者会有所置疑。

　　我所读过的对人类孤独最悲情、最庄严、最美妙的描写莫过于《约伯记》了；最出色、最富有哲理的作品是《传道书》。在此，我必须指出一个事实，它与我孩提时代听到的关于孤独和生活的悲惨境遇是有出入的，以至于当我初次发现它时，大为吃惊，甚至难以置信，并对呈现在自己面前的强大证据感到怀疑。但是它分明就在那儿，像岩石一样坚硬，无可动摇也不容否认；随着岁月的推移，这个发现成了我生活的一部分。

事实是这样的：孤独的人，即富于悲剧色彩的人几乎都是极其热爱生活的人——换言之，他们都是性情欢快的人。这样说无任何矛盾。一个条件寓于另一条件之中，并成为必要条件。人类悲剧的本质在于孤独，而不在于冲突，并不以人们持有的观点不同而变化。恰如那位伟大的悲剧性作家（没错，"悲剧性作家"在某些国家有别于"悲剧作家"，比如在罗马和法国就没有伟大的悲剧性作家，维吉尔和拉辛也算不上，他们只是伟大的悲剧作家）：伟大的悲剧性作家——如约伯、索福克里斯、但丁、弥尔顿、斯威夫特、陀思妥耶夫斯基——往往都是孤独的人。所以，他也是极其挚爱生活，并对快乐具有最深切体会的人。人类快乐的真正特性和实质就体现在这些伟大的悲剧性作家的作品之中，这一点在世界上关于人类生活的其他记载中是找不到的。为了证明这一点，我可以拿出真凭实据来说明：

在我童年时期，一提起《约伯记》就会立刻在我的脑海里引起一系列令人沮丧、忧郁和凄凉的联想。我认为，对我们大多数人而言都是如此。像"约伯的安慰者"、"约伯的耐心"、"约伯的苦恼"已经成了我们常见的习语，用来指那些经常遭遇不幸的人，长期默默地遭受痛苦的人，以及前路黑暗、看不到丝毫希望和快乐曙光的人。所有这些联想构成了一副《约伯记》的图景，阴郁、凄凉、永远不幸。我小时候第一次读到它的时候，觉得似乎只有一种忧郁、勉强的幽默才会减轻约伯的苦难——那种幽默并非作者的意图，而是我的恼怒所导致的结果，因为我幼稚的权衡与判断能力遭受了一波又一波沉闷、痛苦的洪流袭击，我只以笑声来表示抗议。

但是，任何一位聪明且有经验的读者在其成年后读到那本伟大的作品时，都会意识到这种图景是多么的虚假。因为《约伯记》一点也不沉闷、凄凉、忧郁，它是由伟大的诗篇中优美的、灿烂的、变化无穷且壮美的素材编织而成；在吟唱永恒哀伤的优美赞歌中，即永恒的欢歌中，它经久不衰。

在此之中没有任何怪异和新奇之物，只有必然与恰当之物。因为悲剧性作家深知快乐深深地植根于哀伤之中，极度的欢愉将会被突如其来的痛苦击穿，强烈的情欲和野蛮的、短暂的拥有所带来的荣耀感，就在人类获得最伟大胜利的那一瞬间，被迷惘与死亡的不祥预感狠狠地刺穿。正如所见所感的那样，人心只能辨别出的最好与最坏的事物只是同一事物的不同方面而已，两者相互交织在这张悲剧性的生活大网之中。

对死亡与孤独的感受，对生命短促的认识，对哀伤带来的巨大负担等往往都是在不断增加，而不是减轻，正是这一切才使约伯那样的人觉得欢乐具有了荣耀的、悲剧性的效果，所以才会弥足珍贵。美，来了又去了，在我们触及到它的那一瞬就消失了，无法挽留、无法阻止，恰如我们无法留住、无法阻止河水的流动一样。因此，在这种因失去而造成的痛苦之中，在这种短暂的拥有所带来的痛苦的喜悦之中，在这种瞬间拥有的强烈荣耀感之中，悲剧性作家会为欢乐创作出一首歌。至少，他会永远地保存和珍惜那首歌。他的歌声充满了痛苦，因为他明白欢乐稍纵即逝，在拥有欢乐的瞬间就已经失去了它，这恰是它弥足珍贵的原因，因为它恰恰从限制和毁灭它的事物中获得了全部的荣耀。

他知道欢乐从哀伤——痛楚的哀伤以及人类的孤独之中获得荣耀，他也知道荣耀时刻经受着不可避免的死亡——神秘的死亡的困扰，死亡令我们舌头、双眼、呼吸终止，湮没于尘土和虚无之中。因此，像约伯那样的人将会为哀伤谱写一曲赞歌，但那也将是一曲欢乐的颂歌，比人类吟诵过的任何一首曲子更加奇特和优美。

是你为骏马赐予了强大的力量吗？是你在它的颈上披上了威风的鬃吗？

是你让它跳跃像蝗虫吗？它的鼻孔透着威严与荣耀。

它穿过山谷，自喜其力；它前去迎接整装待发的战士。

它嘲笑恐惧，并不因它而胆怯，也不因刀剑而退缩。

它背上的箭袋咯嗒作响，还有闪亮的长矛和盾牌。

盛怒中它一吼长空；一听号角它就不耐站立。

号角声过，它连声应和；闻着远处的战斗气息，耳边传来指挥官雷鸣般的号令与士兵的呐喊。

这是欢乐——庄严和凯旋的欢乐；无情、孤独、永恒的欢乐，具有人类奇迹的深邃与谦卑，荣耀之感，以及在宇宙奥妙之前的敬畏之感。在读到描写那只马匹的优美诗句时，我们的唇间禁不住发出欢快的喊叫，我们的感受到的这种快乐狂野而奇特，就像死神一样孤独而隐秘，要比赫里克和里奥克利特斯笔下那种细腻、迷人的欢乐更加强烈，尽管他们都是伟大的诗人。

《约伯记》和《传道书》的说教以各自的方式记载了人类孤独的历史，《旧约》一书中的所有章节都提供了已知的关于人类孤独的最权威、最深刻的文献。令人惊叹的是，圣经所有的篇章连贯、统一地记录了精神、信仰和生命的孤独——以及它们是如何在赞美诗、颂歌、预言和使徒列传中用完美的词句来描述的。所有的描写都迥然不同，各具特色，各篇都展现出了人类神秘、孤独的内心世界的新形象，所有的章节联在一起构成了一副无可媲美、壮丽恢弘的画卷。

因此，在《旧约》的十几卷书中——《约伯记》、《传道书》、《雅歌》、《诗篇》、《箴言》和《以赛亚书》中；在赞美词和哀悼词中；在凯旋曲和哀伤、奴役、绝望的吟唱中；在骄傲的吹嘘和傲慢的论断中；在无力的忏悔、羞辱和恐惧中；在警告、承诺和预言中；在爱情、仇恨、痛苦、死亡、迷失、报复和屈从中；在疯狂、欢唱的庆贺与痛苦的哀伤中——那个孤独的人精心创作了一首声音渐强、气势宏大的合唱曲，这也是其生命的最终幻景。

在《旧约》一书中有关人类孤独这个概念的完整统一性，在我们阅读《新约》时甚至会变得更加令人惊叹。因为，恰如《旧约》成了孤独生命个体的历史记述，《新约》中的福音书则以一种不可思议、始终如一的统一性，成了爱的生命体的历史记述。耶稣始终宣讲的道理是："我是天父的儿子，你是我的弟兄。"他从未偏离过这个道理，尽管这个道理以各种方式讲过无数遍，相反，它始终与信仰保持着统一。这种统一性将我们紧紧地联系在一起，使整个世界成为一家，让所有的人成为兄弟和上帝的子民，这都是爱的功劳。

因此，耶稣一生的主要目的就是消灭孤独的生活，在世界上建立起充满爱的生活。支撑这一观点的证据很明确，无可辩驳。耶稣说："神贫的人是有福的，因为天国是他们的"，"哀恸的人是有福的，因为他们要受安慰"，"温良的人是有福的，因为他们要承受土地"，"饥渴慕义的人是有福的，因为他们要得饱饫"，"怜悯人的人是有福的，因为他们要受怜悯"，"心里洁净的人是有福的，因为他们要看见上主"——耶稣在这里并不是在赞颂谦卑、哀伤、温良、正义、怜悯和纯洁，把这些品质本身视为充分的美德，而是他向拥有这些美德的人许诺世人能够得到的最丰厚的奖赏。

这份奖赏是什么呢？它是一份许诺：不仅要承受土地，而且还要继承天国的奖赏。它告诉世人不应生于孤独死于孤苦，他们的哀伤不会得不到抚慰，祈祷不会得不到倾听，饥渴不会得不到饱饫，爱心不会得不到报偿；而且，通过爱，它们将永远摧毁孤独的围墙；即使世上的罪恶与邪恶会将它们碾碎、抛进尘埃，然而如果他们温良有爱地怀有这些，他们将会缔结快乐的友谊，兄弟般的情谊，这些是世人此前从未有过的。

这就是耶稣生命的终极用意和他教义的终极目的。其全部的重要意义在于：孤独的生活可以被有爱的生活摧毁。或者，这至少也是我认为他的生活所具有的意义。因为，在我孤身一人生活并深刻理解孤独的最近几年里，我数次回头去读耶稣说过的话和他生活的经历，想知道是否可以从中发现我生活的意义，找到一种比我曾经的生活方式更好的生活方式。我阅读了他所说的每一句话，并未怀着虔诚和神圣的心境，也不是源于某种负罪感和忏悔之情，也不是因为他许诺的天堂里的奖赏对我有多重要。相反，我是以一种非常淡然、简单的方式去阅读、理解他那些毫无修饰的话语的，我感到他吐露这些话的方式就跟我阅读其他作家时的感觉一样——比如，荷马、但丁、惠特曼和《传道书》的作者等——如果我对他的话语理解听起来愚蠢或荒谬，幼稚、简单或庸俗，独特或与其他亿万人理解的毫无两样的话，我就只把自己对它的理解和感受记在此处，而不做任何添加、删减和改动。

现在我明白了，即使耶稣的生活方式和意图远远地好于我自己的生活方式和意图，我也无法让其成为我自己的生活方式和意图；我觉得这对于我认识和熟知的孤独的人们——那些世界上无名无姓、无声无息、身份不明的微不足道的人以及约伯、艾弗雷曼和斯威夫特——也是这样的。耶稣本人宣扬有爱的生活，却与世人一样孤独。然而，我却不能说他错了，因为他宣扬有爱，充满友情的生活，生于孤独死于孤独；我也不敢断言他的生活方式就是错的，因为自此之后已有亿万人宣讲他的生活方式，却从未追随那种生活。

我只能说我无法让他的生活方式成为自己的生活方式。因为我已发现了人类生活持久永恒的境遇不是爱，而是孤独。爱本身不是我们生活的境遇。爱是稀有珍贵的花朵。有时，正是这花朵赋予我们生命，突破孤独的黑墙，使我们重新拥有了生活中的情谊、四海如一家、人人兄弟相亲。但有时，爱如那支给我们带来死神的花朵；我们从中经受痛苦和黑暗；也许在其中我们的灵魂变得残缺，心智变得癫狂。

这支爱的花朵因何故或以何种方式降临我们，给我们带来生命抑或丧亡、胜利抑或挫败、快乐抑或癫狂，世上没有人能说得清。但最后，我明白了，一直以来，最终对我们这些——居无定所、无家可归、前路无门、被逼无奈的、终生的流浪者而言——在那儿等着的，永远都是我们的同志，即孤独这张神秘的面孔。

虽然原来的声明还在，但是原来的拒绝却不复存在——曾经死去的我们已经复活，曾经迷失的我们已经找回了自我。我们曾经为了僵死的生活而出卖了才华、青春的激情和信念，直到我们的心灵堕落、才华荒废、希望丧失。我们在孤独和黑暗中拼命挣扎，现在已经赢回了生命；我们知道万事万物都将属于我们，就像以前那样，我们又见到了这座辉煌灿烂的城市图景。当我们行走在被高涨的潮汐包围的布鲁克林大桥上，巨大的轮船鸣着汽笛时，它永远在我们的幻想中燃烧，发出的光辉映照在远方，与一排排金碧辉煌的灯火交相辉映。我们走在大桥上，我们走在大桥上总是只有你相伴，无情的朋友，与之倾诉的朋友，从未爽约的朋友。你听：

"永恒的孤独和大地！神秘的兄弟和无情的朋友，黑暗与夜晚的永恒面孔，我与它们携手度过了半生，我要永远和它们在一起，直至死去——只要有你相伴，我还有什么可怕的？英雄般的朋友，我生命中的亲兄弟——黑暗的面孔——难道我们没有携手并肩走过万水千山？没有一起诅咒过夜晚繁华、喧嚣的大街？没有只身横渡汹涌澎湃的大海？没有认识陌生的土地，返回后重走在夜晚的大陆上，一边倾听大地的静默？难道我们在一起时不够勇敢和荣耀吗，朋友？难道我们没有经历过胜利、欢乐和世上的荣光吗？——如果你回来的话，难道不会像当初那样与我再次相聚吗？来吧，兄弟，趁着茫茫黑夜，在隐秘、静籁的黑暗中到我这儿来吧。像往常那样到我这儿来吧，再次赋予我昔日那不可战胜的力量、永恒的希望、胜利的欢乐和信心，再次征服整个世界吧。"

远　山

第一章　生者与死者

在北美洲大西洋海岸中段有一块叫做老卡托巴的狭长土地。它是这个亘古不变地球的古老部分，但是它的历史却十分短暂。关于它的记载最早出现在前人休·福蒂斯丘所著的编年史中。他的记述家喻户晓，若不是因它而来的古怪传说，这些记载也许很难被记录下来。

1593年9月，福蒂斯丘，当时最勇敢、最著名的海上探险者之一，从普利茅斯港扬帆起航，船上满载着食物和物资，除了他手下的水手以外还带了107名男女老幼。在他的建议下，他们打算在老卡托巴登陆，并在那里建立一个殖民地。众所周知，这个殖民地在四个月后的1594年1月建立了。据福蒂斯丘的记述，他在那儿逗留了两个月，帮助殖民地居民修建棚屋、用原木搭建房子。而后，等殖民地完全建立起来、一切都有条不紊地进行时，福蒂斯丘便乘船前往英国了。

根据他在编年史中的记述，这个老练水手此行的目的就是在来年伊始为殖民者带去更多的物资供应，当然，他的主要目的则是把新世界里种植的庄稼、果实以及发现的好东西都带回本国。然而，国内的动乱耽搁了他的行程，比他预计的迟了很多。等他再次站在不断起伏的山丘上，眺望大湾珍珠色的水面时，他已经足足晚了六个月。大家都知道他发现了什么。

殖民地依然在那儿，但是所有的居民都不见了踪影。人们很自然地认为他们被印第安人屠杀了。然而，令人奇怪的是，那些粗陋的棚屋和小木屋却完好无损。福蒂斯丘说这些房子里所有的用具、装饰物，以及有用的家具都被人掠走了，但是看不出任何暴力的痕迹。整个地方空荡荡地，彻底被遗弃了。另外，在这片空地边缘的一棵树上钉着一个做工粗糙的木牌，上面草草地写着"here"——又像是"heare"。在木牌下面有一个箭头，嵌在树皮里，闪着光芒，箭头的方向指着茫茫的荒原。仅此而已。

福蒂斯丘和他的手下认为这些线索很有价值，觉得它可能有所意指，于是花了好几个星期把该地区的荒原仔细查找了一遍。结果什么也没有找到——甚至连暗示那些殖民地居民发生不测的足印都没有找到。就这样，在所有希望和可能性破灭之后，福蒂斯丘只得再次扬帆驶往英国。

这就是整个事件的来龙去脉——人们知道的只有这么多。自此之后，关于这个神秘的事件再也没有任何新的线索。但是，人类的大脑生来就无法容忍一件神秘事件悬而不决。从福蒂斯丘在世起，人们一直都在琢磨，那个殖民地为何突遭不测而失踪，但是历史并没有给出答案，他们可以随心所欲地编造各种形形色色的解释。下面我们就会看到他们是如何猜测的。

随着时间的流逝，其他的殖民者先后来到了老卡托巴，他们到来的方式和所有英属殖民地最终人口遍地的方式一样。就像属于大英帝国的子民一样，老卡托巴也成了帝国的一部分。老卡托巴自东向西不断发展。地理和经济压力不可避免地要求它随之扩张。最早的殖民地建在沿岸受潮汐影响的地域，在 17 世纪 60 年代，殖民地的人口还不足一万人，他们零星地分散在方圆不到 75 英里或 100 英里的狭长地带。

一百年以后，也就是独立战争爆发前夕，这个地区的人口增长到了二十万，一直向西推进到了上皮德蒙特高原的丘陵地带，到了巍峨的山峦脚下，距离大海约 350 英里。事实上，无畏的拓荒者和勇敢的狩猎者早已跨越了通向西部的最后屏障，在茫茫的荒原里开辟了前进的道路，而且在当时被称为印第安人领地的土地上只身生活了数月，最终满载毛皮和其他猎获物资凯旋，并以此表明他们曾亲临彼地。随着独立战争的爆发，在山峦屏障背后、卡托巴西部茫茫的荒原中，出现了第一批定居区。这是战争直接导致的结果：这些定居者大多是大陆军士兵①，他们得到了政府赏赠的土地，作为他们参军入伍的报酬。

---

① 独立战争期间美国军队的士兵。

西进运动在缓慢、有条不紊地进行着，到了十九世纪二十年代，西部地区的人口不断发展壮大，它们扬言要从东部地区的手中夺取政府的控制权，东部随之声称其至高权利不容挑战。西部要求在立法方面拥有一定的发言权，而东部却态度高傲地断然拒绝了。由于东部在人口数量上依然占有优势，加之财力雄厚，他们毫不让步。因此，东部和西部之间一系列旷日持久的冲突开始了，数年来搅得举国上下动荡不安。

但是，这场较量是不平衡的，而时代偏向了西部。东部虽然拼命地镇压西部这个年轻的巨擘，这个名不见经传的乡巴佬、这个粗俗的山里人。但是，西部却甩开膀子，咧着嘴面带微笑，迈开瘦长的大腿阔步向前，拒绝言败。相反，在每次失败之后，他们都会把细长的头发从眼前拨开，从满是鲜血的嘴里轻蔑地吐出唾沫，然后继续前进。东部动用了所有能用的武器，每每在正当手段不奏效时，他们便会毫不犹豫地使用卑鄙的手段。他们使用的最卑鄙、最特别的武器就是傲慢地宣称东部比西部在身世和教养方面都要优越，因此天生就是统治者。

当前，家族谱系在美利坚大陆变得非常重要和稀罕，像许多年轻的国家一样，美国人对他们拥有的东西倒不那么得意，反倒对自己缺少的东西自命不凡。因此，美国人很少因为金钱而自鸣得意，而常常为自己的"家族背景"沾沾自喜。某些新英格兰人和南方人花在谈论他们"家族背景"方面的时间实在多得令人震惊。在南方尤其如此。人们对这方面的偏好似乎占用了女性的大多数精力，因为在南方社会有一条公理：一个女人要是没有"良好的家族背景"就会一无所有。女人可以受穷、可以无知至极（通常情况都是如此），可以大字不识一个、可以孤陋寡闻、可以没有任何阅历；她可以懒惰、肮脏、虚荣、傲慢、恶毒、满口谎言。她关于道德、政府以及正义的标准可能和滥用私刑的暴徒一样。但是，如果她大声地宣称自己"家族"比其他人的家族更加古老（因此更加优越），而且没有人为此提出质疑的话，那么她在社会中的地位就无可置疑了，她便是"南方文化"的娇艳之花，绝对不能与其"顶嘴辩驳"——简而言之，她就是淑女。

因此，就在东西部战争的最后阶段。作为最后的一招，东部声称他们统治西部是基于"家族背景"。在一个压根儿没有沾染贵族虚荣的土地上，这算是最奇特的一件事了。但是，其中原因倒不难找到。

当下，东部已经意识到它的理想毫无希望了。西部的势力日渐壮大，所以东部必须在新崛起的西部面前俯首称臣。东部已经看到了自己日益衰退的迹象，不愿再去想象未来。因此，差不多总是在这样的情况下，东部便会藏进虚构的历史荣耀中，以求在失去未来之前聊以安慰。

事情是这样的：

根据年迈的休·福蒂斯丘的记述，东部地区一些文化程度较高的人很多年前就知道了那些失踪殖民者的情况。第一批殖民者失踪的难解之谜历来是人们猜测的话题，围绕这个话题产生了许多离奇的传说。根据这些传说，那些殖民者并没有被人杀害，而是被一个印第安部落抓去当了俘虏，带到了荒原深处。随着时间的推移，他们习得了俘获者的语言和生活习俗，并和印第安人相互通婚生儿育女。所生的子女，反过来，又和后来殖民者的子女相互通婚。所以说，失踪的殖民者其实并没有失踪。传说中还说，那个殖民地的后裔不仅仍然活着，而且可以被称为新世界所有民族中最早的英国人先驱——先于詹姆斯敦十三年，早于普利茅斯二十六年。

这样的传说在民间已经存在了许多年，而且一直在好奇和闲聊中保持着鲜活的生命力。但是并没有人相信。直到内战前十年，在马萨诸塞和弗吉尼亚流传的传说已经成了受人敬重的传统，这样一来，卡托巴的传说便以一种庄严、神圣的形式开始固定下来，人们开始信以为真了。

后来，一位地方大学的历史教授出版了一本书，名为《失踪殖民者的历史》。在很大范围内轰动一时，引起了世界的关注，学术界普遍认为该书是实践推测可能性的有益尝试。作者对此并没有发表更多的意见。他是一位过于保守和审慎的历史学家，因此无法证明那些殖民者是通过与印第安人通婚而幸存下来的传说是否真实，这只不过是一个可能发生的理论推测。不过，他仍然摆出一副对当地历史十分通晓的姿态，有时候他的爱国热情会压倒学术判断力，所以用今天的话来说，就是"突破自我"。

毫无疑问，正是基于这个原因这本书才会在国内产生如此巨大的轰动。该书在老卡托巴地区相当巨大，它的影响不仅深远，而且令人震惊，连这位杰出的教授都始料未及。时机已经成熟了，东部的人们急切地扑向这本书，以"借题发挥"的方式，立即添油加醋，甚至生编硬造，俨然一副作家的风范。淑女们极尽其能，在智力创作方面尤为擅长。她们从头开始——真的，是从毫无头绪的开头开始的——她们开始建立起一个金碧辉煌、纯粹幻想的大厦，当然，所有这些幻想仅仅源自于某种好玩的想法，很快就发展得越来越有希望，最终成为不可动摇的信念：他们都是那些失踪殖民者的后裔。

几乎一眨眼工夫，一个全新、独一无二的社会组织建立起来了，自命为原住民子女协会。该协会的会员们露出贵族式的高傲，一夜之间，最初移居在弗吉尼亚的住户和五月花号的后裔们都显得黯然失色。这些原住民的子女刚刚发现他们自己的身份，也正是从这一刻起他们不再逊色于任何人了。毫无疑问，他们以施恩于人的样子谈起皇室的拨款、海边的种植园和普利茅斯早年的岁月。不过，这种琐碎的思考并不能使那些最早的英国殖民者和印第安酋长的嫡传子孙感到满意。看看这些原住民如何自豪地宣称他们的血管中流淌的纯正血统。淑女们会毫不犹豫地声明她们是两个半世纪以前、形象模糊的先人们的后裔；要是有谁对他们的血统有一丁点儿诋毁，她们的丈夫便会掏出手枪，准备决斗。

通过整出精心设计的闹剧，有些批评家一针见血地指出，需要是创造之母。把卡托巴的传说作为历史事实而欣然接受只说明人们长期以来对自己的低微出身苦恼不已、对家族血统采取漠视的态度。因此，弗吉尼亚一位"系出名门"的淑女，在得知她的侄子不为其他缘由，只因深爱对方娶了一位身份卑微的姑娘时，逢人便说："哎，你还能指望什么呢？他是在约翰维尔长大的，那个地方实际上是卡托巴的一个小镇。"这句精明的评论如实反映了老卡托巴在外地人眼里的受尊重程度。当然，这个国家辉煌的历史更多是因为其朴素和粗犷，而非贵族般的显赫，这是一个不容置疑的事实。

尽管受到众人的嘲笑和奚落，原住民子女协会却在整个东部地区逐渐发展壮大、繁荣兴旺起来。最初的社团组织很快发展成了国家政治生活中不可或缺的重要势力。这些原住民的孝子贤孙们架起"家族背景"的重炮，企图阻止西部日益增长的势力。在1858年的关键竞选中，他们提名了自己的候选人，与来自荒凉之地——泽布伦县的乡村律师们角逐州长职位。

这位乡村律师向全国发表演说，吁求民主理想，他告诉听众：拥有金钱、特权、善于骗诈的东部贵族阶层注定要灭亡，但是它自己却没有意识到这一点。就像斯威夫特宣告年鉴编写者——帕特里奇之死时一样，他的逻辑无可辩驳：因为，这和帕特里奇前来声称他还活着的时候，斯威夫特所进行的机敏反驳一样，如果帕特里奇还没有死的话，他其实已经死了——所以这位乡村律师坚称，东部注定是要灭亡的，或者应当灭亡。他的追随者们呼吁进行斗争，结果引发了"生者与死者的战争。"

　　在这面旗帜下，东部被击败了。西部最终获得了胜利。从那时起，凯旋的领袖和英雄们便成了西部的象征。

　　他的名字叫做萨加利亚·乔伊纳——每个生活在卡托巴的土地上、呼吸着卡托巴空气的人都知道这个名字。在他的一生中，他是一位精力旺盛、无畏勇敢、捍卫百姓利益的人。那些原住民的虚荣令他厌恶，他会抓住任何机会用近乎粗野、但却一针见血的嘲讽鞭挞他们。

　　乔伊纳州长竞选中的一个对手就是原住民的后裔，他能获享这份特别的权利是基于其母亲所说的贵族身份。他的母亲是一位魅力十足的女性，一并继承了财富和闲散。凭此天资，她首先声称自己是失踪殖民者的后裔。她的儿子不遗余力地参加选战，想把他所谓的"我们珍贵的遗产"和"卡托巴的生活方式"从西部胜利者的原始粗野状态中拯救出来。最后，他甚至爽快地接受了乔伊纳的挑战，与他同台、面对面进行辩论。在这种情况下，这位东部的绅士——捍卫者倾其所能全力以赴。在表现对母亲的孝心时他巧舌如簧——说什么"南方女性的娇艳之花，等等……为此我亏欠良多，等等……在家母膝下我学会了，等等"——而且他还屈尊就卑，想让自己亲近民众：他甚至坦言自己并没有继承父亲一方的贵族血统，按他的说法，他的父亲家族继承了善良本分的自由民血统。"

　　善良本分的自由民血统，我的天哪——！萨加利亚·乔伊纳大声地反驳："他们之所以来到这里是因为英国的监狱已经人满为患了，都是为了逃避绞刑"——这是对1683年东部沿海某一群流放罪犯的夸张说法。"他们唯一见过的自由民就是那些看管他们的卫兵！"

　　就这样，萨加利亚·乔伊纳赢得了竞选，他的胜利不仅仅是西部战胜了东部，而且具有更重大的意义。它是平民的胜利——所有卑微的、名不见传的人的胜利。这些人在这个国家的某个地方驾着车、或者挥动斧子砍柴、或者扶着铧犁耕地、或者在深山荒野里开辟道路，开辟良田。他的胜利是生于斯地、逝于斯地、葬于斯地的所有人的心声、言语和态度——是那些复活的、转世为鲜活生命的人。他们对所有妄自尊大、顽固的人，以及各类原住民说，在最后清算的时候，那些享有特权的典型代表必须在迫切的普世人权面前俯首。老卡托巴已经找到了自己的子孙。

第二章　部族的长者

萨加利亚·乔伊纳绝对不是一个沉湎于粉饰自己荣耀家谱的人。在他担任老卡托巴州长的时候，他经常说，如果东部的人少花些时间去琢磨他们的身份来历，多思考一下未来该如何奋斗的话，他们将会非常容易与人相处。

他对那些拔耀自己、使自己的宗族显得荣耀、显贵的一切做法都十分厌恶。后来，在他声名如日中天的时候，那些原住民为了拉拢取悦人心，提出要把卡托巴最杰出的一些公民吸收到贵族圈里去。他们没敢冒昧地提出，萨加完全有权利和其他人一样奉失踪的殖民者为自己的祖先。因为他们很清楚他会怎么说。但是，他们记述了乔伊纳家族在历史长河中的所有活动。他们把乔伊纳家族追溯到了中世纪。他们甚至还记述了狮心王理查德被一群撒拉逊暴徒包围在古老的耶路撒冷城墙外时，一位姓乔伊纳的人英勇地保卫了这位伟大君主的事件。他们还发现其他的乔伊纳都具有爵位和头衔，有些人甚至在玫瑰战争中来回拼杀。他们还发现了效忠于查理国王的乔伊纳，以及其他一些顽强的、追随克伦威尔的乔伊纳。如此算来，乔伊纳家族的最早移民可以回溯到弗吉尼亚地区，然后再到卡托巴州的沿岸地区，最后到西部地区的高山居住地。通过精心编制，所有事件就像链条一样串在了一起。

但是萨加利亚却不以为然。当这个文件呈送给他、由他审阅批准时，他的评论非常直率、非常简洁："我不知道我们来自哪里，而且我也毫不在乎。问题是我们现在就在这里。"

这句话不仅很好地体现了民主思想，而且也具有合理的真实性。乔伊纳部族的主要特点全部体现在这句话中。他们"现在就在这里"，卡托巴部族要是没有他们将会难以想象。事实上，他们才是一种天生的龙种。他们可能还有其他更多的古老先辈，但是在他们重要的"现在"特性上——因为他们身在此地，因而具有身在此刻的特性——他们天生便是西部卡托巴部族的一部分，其生活、语言、历史、甚至土壤，任何以前的存在，似乎都超然而孤立，可怕而不真实。

由于我们这些生于娘胎的子孙必定来自某处，那么毫无疑问，所有人的血统都可以追溯到祖先亚当，或者最初的原始人。因此，他们的祖先很可能就是某种史前的类人猿。但是如果有人想知道这个家族的创始人是谁，那么答案便是萨加利亚·乔伊纳之父威廉·乔伊纳，他是整个部落的祖先。即使时至今日老威廉的故事仍然传颂在群山之间，因为他以自己的方式获得了几乎和他大名鼎鼎的儿子不相上下的传奇声望。

关于威廉·乔伊纳的先辈还有一些尚不确定的地方，至于他从哪里来也不大确定。人们都知道他因为参战而获得了土地作为奖励，之后才来到泽布伦的。他前来该地的日期已经查明，是在1793年，当时他接受了那块位于南岔口的封地，即现在广为人知的萨姆托河。如果他不是该地区的首位居民，那也属于首批居民之一。从那以后，人们都开始蜂拥而至。1798年威廉·乔伊纳结婚了，他的妻子是刚刚搬进山里的一户人家的女儿。

她的名字叫玛莎·克里斯曼，她使这个家庭的人口变成了七人，但是在生育最后一个孩子的时候她不幸死了。后来，威廉再次结了婚，第二个妻子给他生了十四个或者十六个孩子——由于孩子众多，他们的命运也大相径庭，甚至连孩子的数量也产生了争议。不过，对这类事情以及所有的家族分支、各自的后裔，我们将在后面提到。现在我们还要再说一点与威廉·乔伊纳相关的事情。

在本世纪初还健在的一些老人仍然记得他，因为他活得岁数很大，也有一些在十九世纪四十年代还是孩子的人们见过或听过他的故事。即使在一百年以前那个时候，他几乎就是一个传奇式的人物了。例如，有关他体力旺盛的故事就有很多，而且明显不是虚构而来，而是建立在事实的基础之上的。

尤其在他年轻的时候，人们都说他是一个脾气暴躁、喜欢打架的人。有一个关于他和一个强壮铁匠打架的故事：他俩因为给马儿镶蹄铁的问题而争吵起来，那个铁匠抢起一块马蹄铁劈头盖脸把他砸倒在地。当威廉刚要站起身时，鲜血直流意识模糊，铁匠再次冲了过来，乔伊纳单膝跪地给了对方一拳。这一击打断了那个铁匠的几根肋骨，致使他的身体一侧塌陷了下去，就像砸破了一层硬壳似的。

在他那个年代，他是公认的出色猎手。有些老人还记得他过去常常提及的"一路追捕猎物直到田纳西州，经历四天四夜，自己也不知道离家有多远"的经历。

还有一则关于他勇斗一头灰熊的故事：灰熊从附近的居住地向猛扑而来，他别无选择只能迎战。两天以后，一支搜救队终于发现了他，他几乎奄奄一息——他们说"他彻底打败了那只熊，熊的尸体倒在那儿。搏斗过程中，他把熊的鼻子打掉了，咬烂了两只耳朵，熊被彻底打败了，场面令人惊奇。"

还有一则故事，说他当时背走了足以给一个团的人做鞋的皮革。乔伊纳第一任妻子的哥哥开了一家贸易行，或者叫乡村商店。养了一栏残酷凶猛的狗。这个店主非常得意，因为除了他以外谁也没法对付这些凶猛的动物，当然谁也没有尝试过。人们普遍害怕这些狗，一看见便躲得远远地。狗主人往往因它们未经驯化的野性而洋洋自得。有一次他正在店里和别人谈论这些狗，他夸下海口：如果谁能制服这些狗，就可以尽可能多地背走皮革了。

威廉·乔伊纳正好在场，他马上接受了挑战。尽管他的朋友们百般劝阻，但是他仍然走向畜栏，打开栏门走了进去，其他人都站在一旁观看着。那些狗冲着他狂吠起来，张开血盆大口、露出了锋利的獠牙，纵身腾跃着。按他们所说，"他只是啪啪地打了一两下响指"，这些狗便开始悲嗥起来，并像一群胆怯、低等的狗一样朝他爬了过去。为了使它们备受侮辱，据说他弯下腰抱起两只最大、最凶猛的狗，然后夹在双臂下，"这两条狗悬在那里，样子蠢得像两头猪。"他夹着它们围着畜栏走了一两圈，然后把它们扔了下来，又打了一下响指，打开栏门，安然无恙地走了出来。

那个店主虽然惊得目瞪口呆，只得认输，但他倒是个信守承诺的人。他指着店里那堆皮革对威廉说他能拿多少就拿多少。乔伊纳站在那里，他的同伴只顾往他背上摞皮革，最终他扛了八百磅重的皮革摇摇晃晃地走出了店门。

还有很多关于他的故事，但是以上这些已经足够说明他非凡的品质、超人的力量和无畏的勇气了。大凡见过他的人都说他是一位才华出众的人。事实上，人们无须通过探究他为那一大家族所做的事情来发现他的才华，他所有的才华都显而易见。虽然他当初来到泽布伦的时候只有一把手枪和赏赐给他的土地，但是在二十年的时间里，他通过自己在做生意方面的精明才华积累了相当的财富。他拥有一间磨坊，邻居们都把自己的谷物带到这里来碾磨。他不断扩展土地的面积，直到后来他在这个美丽的峡谷中拥有好几百亩肥沃的耕地，这个峡谷也因此得名乔伊纳峡谷。最终他成了整个地区最大、最繁荣商栈的老板。

整个部族就这样慢慢地开始形成。在他政治生涯的后来几年里，萨加利亚经常使用他极为擅长的华辞丽藻意味深长地提到"我出生的那个小木屋"，这是事实。萨加利亚经常着力宣扬的那个小木屋的确存在，并由国家历史委员会精心保护着，那里的植物修剪得整整齐齐，空气湿润，鲜花点缀在草地绿树之间。当年威廉·萨加利亚居住的时候环境肯定没有这样好。国家公路委员会同样用一些整洁的指示牌来纪念这块圣地，向那些现代的朝圣者们指明此地距"萨加利亚·乔伊纳的出生地还有四英里"。

萨加利亚其实并非出生在这里，或许对于那些富有情感、相信史实的人来说，这一事实有些令人遗憾。威廉·乔伊纳确实在这里居住了好几年，并在友善的切罗基族人的帮助下亲手搭建了这个小木屋；但是到了萨加利亚出生的时候，他父亲已经是一位家境殷实的人了，为了适应他的特殊地位以及庞大家族日益增长的需求，他只得在附近建造了更宽敞、更结实的住所，这些建筑物至今仍然存在。在萨加利亚的童年时期，"我出生的那个小木屋"只是户外的一间厨房；不管他在后来的著名演说中如何发挥自己的想象力，萨加利亚本人肯定对这一切很清楚。

在威廉·乔伊纳晚年时期，他成了当地社区举足轻重的人物。和其他成功人士的妻子一样，他的妻子竭力想帮他改掉陋习。传说她曾经努力让他在夏天的时候穿上鞋子——大家都清楚他是一个喜欢赤脚的人，如果天气和季节不错，他外出下地干活的时候总会光着脚。

在这些巨大的努力均告失败以后，这个贤良的女人开始说服他"至少在进屋的时候要穿上鞋。"即便如此，他也难以做到。虽然他竭力想取悦她，但是他却经常忘记她的话。一切努力都失败以后，她最终劝说他"看在上帝的份上，至少应该在朋友在场的时候穿上鞋"。但是对他来说，这个小小的要求也有些勉为其难。于是她经常失望地说："我对他真是无能为力了。我乞求过他，也恳求过他，他也答应要试一试的，可是每次有朋友在场——即使是牧师来了——他也会赤着脚大踏步从田地里走来。"

至于拜尔·乔伊纳①——自从他上次和那只灰熊遭遇之后，他就因此得名——他总对人说："我以为我娶了一个老婆，但是我倒觉得娶了一个铁匠。我给那些年轻人的建议就是：如果你要结婚，首先要确定那个女人会给你做饭还是在你进屋的时候会扔给你一双鞋。"

他是一个思维敏捷的人，凡是认识他的人都说他要是接受了正规教育，

---

①　原文中 Bear Joyner 与打熊英雄 Willam Joyner 系出一人，英语中 bear 是"熊"的意思，因此具有双关之意。此处采用 bear 的音译。

完全可以"大有作为"的。直到他四十多岁的时候他才学会阅读和书写自己的名字；但是他在后半生里既学会了阅读也学会了书写。事实上，他特别喜欢读书，尽管当时的条件有限，但是他仍然想方设法地阅读了相当广泛的信息。

和他有名的儿子一样，拜尔·乔伊纳并不是神话中虚构的人物，因为人们对他的故事深信不疑。我们援引的这些传说——不，更应该说成事实——比如斗熊、打猎、教训铁匠、制服狗群，还有他天生不穿鞋的轶事等，都有助于了解这个人。

这些轶事都成了人们传颂的内容，勾勒出一幅完整的画面。然而并非这些传说歪曲了人的真实身份（然而，那些揭露真相、阐明事实的人——在上帝面前却会自露马脚，反被揭穿），因为这些传说都是真实的。就让那些持怀疑态度的人去否认林肯喜欢说笑话、有天赋编笑话、撕裂铁轨、非常强壮、把 h 发成 l，把 d 发成 n 吧，据我们推测，没有人会反对他的——；人们会说他言语犀利，说他的腿长得足以够着地面（这当然意义非凡），抱着脏兮兮的猪，被妻子逐出家门——当然，他甚至在铁路站台上当着众多女士的面，不好意思地对一个手指其他孩子乱涂在墙上的单词的小孩说该词的意思是"车站，孩子……孩子，某个站台的名字……某个非常重要的站台……比在世界上其他任何站台上、下车的人都多的站台。"

那么，这是有关美食、女人、饮料的传说吗？是有关玉米棒子的用途的传说吗……？

能够把这些都讲述出来——并把它看做笑柄吗？……是关于一位声音高亢、吐字短促、然而却在葛底斯堡发表演说的律师吗？

哦，孩子们，过来，过来！

那么这些传说是如何形成的呢？

神话是建立在歪曲的事实上的：从将近三十年前的背景、布满车辙的路上、很久以前已经迷失的声音中、三月份那流着鼻涕的鼻子里、橡树冬天的哭嚎中、凄凉等待的不断重叠、已经忘却了的时间空虚中撷取而来的。

因为这并不是有无信念的问题，而是一个领会与否的简单问题。要是能领会这些，我们就能得到救赎；要是一知半解，倒不如完全不懂，肯定会出错的。

知道威廉·乔伊纳打败狗熊的事迹非常重要，但是知道他是一位会读书的人更加重要。

很可能到了人类历史的较晚时期，印刷品将不再需要，那些始自老古登堡①并不断积聚下来的读书、写书、印书等所有的辅助设备将会（通过某种心理语音装置、印刷器械、移情式声波，或者活字心灵感应术，或者某种古怪的、我们并不知晓的手段）像恐龙一样成为史前的化石。但是在威廉·乔伊纳时期，印刷品已经广为人知——不但如此，而且除了说话以外，它还是所有交流手段中最普遍、最快捷的交流方式之一；问题是他在四十岁的时候还是一个不能读书、写字甚至连自己的名字都不认识的文盲——但他最后全都学会了！

为什么呢？

我们不知道，也难以猜出其中的原因。我们只知道当年有人曾经乘坐小船寻找过印度，迎着惊涛骇浪穿越世界，彼此面面相觑、胡乱猜测。至于其他的先辈——可能是中世纪参与了玫瑰之战的乔伊纳，也可能是查理国王时期的乔伊纳——后人都在搜寻他们的蛛丝马迹：万物皆有自己的区域范围，我们的家园就是拜尔·乔伊纳所在的地区——老卡托巴州的那些群山。

不管他的父辈是什么样子，也不管他本人未知传统的精髓是什么，这个人就生长在"那里"——不仅打败了灰熊，而且还学会了读书。在所有可以证明的事实中，在所有与威廉·乔伊纳家族的子孙结合在一起的特点中，最奇怪的当属他对知识的崇尚了。

这些都是从何而来的呢？

老拜尔·乔伊纳时代以后，在这些崇山峻岭之中居住着好几千个名叫乔伊纳的人。有些是饱受贫困困扰、从不会书写也不认识自己名字的山民。有些是受过一点教育的半文盲。有些是接受过一些初步教育的人。还有一些人在商界谋得一席之地；有些人成了律师、医生、商人；有些成了各地的牧师；还有许许多多的"激进思想者"——"美学家和不可知论者"（也就是那些公开辩论耶稣·基督的神力，或者辩论人"死之后"灵魂存在问题的人）；还有那些"思想激进的人"（即那些对既定法律和财富标准持怀疑态度的人：其

---

① 1455 年，古登堡发明了铅活字凸版机械印刷机，沿用了 300 年之久。这种印刷工艺技术是用铅、锑、锡三种金属按比例配比熔合而成，机器印刷，也称之为凸版印刷技术。

中有一人作为尤金·德布斯①推选的候选人参与国会竞选，最终得到了八票——然而，据说他的儿子和兄弟都没有投他的票）。直至今日，乔伊纳家族仍以"古怪"而闻名于整个山区。该词在这里并无轻蔑之意，因为一般而言，不管他们地位如何，乔伊纳家族都会受到人们的尊敬。但是他们对任何标准的偏离都不会令人惊讶：人们对此已经欣然接受，并且认为是情理之中的事。如果有一位乔伊纳是"无神论者"、"不可知论者"、"社会主义者"、或是"激进分子"，人们都能接受，因为乔伊纳家族的人都很"古怪"。

不过，再问一次——为什么会如此？

所有这些"古怪"的品质都归结为他们的本质要素，一百多年来，他们的邻居认为这些本质要素造就了乔伊纳家族特有的"古怪"类型，而这些本质实际上只不过是一种夸张的好奇心而已，是他们的邻居所不具有的善于思考、探索、争论、调查的智慧。因此便产生了这个谜——如果这算一个谜的话，事实上它也是唯一的谜了。

乔伊纳一家都是"个人主义者"。但是所有的山里人都如此，只不过其他的山里人更容易召集到一起罢了。在他们既定的狭窄区域内，大多数的山里人都是个人主义者。一点不假，他们往往各行其是、按自己的规则行事，"自给自足"——但是所有人都会遵循一个类似的规则。他们都很团结、不相信陌生人、与世隔绝、对外部世界心存疑惑——在他们并不相容的个性中保持着统一。因为即使当他们各行其是、自相残杀的时候，他们仍对自我世界的特别规则坚信不疑。

从这个方面来看，乔伊纳家族的人同他们的邻居们截然不同，这种差异是由该部落的创建者流传下来的。在一个荒野四处无人识字的时代，在一个书本知识毫无用处的地方，读书成了年迈的拜尔·乔伊纳眼里唯一的重要活动。

再到后来，正如前面所讲到的，研究原住民的谱系学家曾经设法追溯到中世纪，企图解释萨加利亚·乔伊纳与众不同的原因，但是毫无结果。其实答案就在眼前，因为没有人真正了解他的先辈来自何处。不过这也毫无大碍。老拜尔·乔伊纳和这些大山深处的所有人一样，都来自同一个地方，属于同

---

① 尤金·维克托·德布斯（Eugene Victor Debs，1855～1926）：美国劳工组织和社会主义领袖，从1900年到1920年五次竞选社会党总统的职位，均失利。

一个种族。不过，他是一位会读书的人。这便是整个秘密的核心所在。

第三章　伟大的分裂

正如卡莱尔所言，如果世界史记录了伟人的生平，那么一个民族的精神便体现在它的英雄身上。萨加利亚·乔伊纳充分诠释了这一事实。从历史的角度来看，他的地位可靠无虞。没错，正如他自己所希望的，他在自己的家乡赢得了盛名。他的名气尚不及韦伯斯特和卡尔霍恩等名人；所以毫无疑问，他在卡托巴州以外的地区就鲜为人知了。但是历史学家仍会记得他的：他在卡托巴本州担任要职将近五十年；他是一位精明能干、足智多谋的州长；后来成了美国参议院中一位颇具威信、受人欢迎的领导者；总而言之，当他的人生记录被重新衡量和评价时，鉴于他的地位、年代和境遇，人们认为他是一位具有伟大天赋和非凡智慧的人。

在整个内战期间，他果敢干练地管理了全州的事务。在局势紧张的阶段，他临危不惧，也未受到处喧闹情绪的感染。在南部同盟即将被瓦解的那些日子里，同盟军急需战备物资，他毫不客气地拒绝了杰斐逊·戴维斯的援助请求，当时急需七万套军装、鞋子和大衣。该州拥有这么多的物资，但是他直率地、毫无歉意地回绝了他，说这些装备首先是用来保护本州民众的；虽然他不服从命令的行为遭到了各方的严厉谴责，但是他仍然坚持己见、拒绝让步。

此后，在战后重建、军事占领、盲目立法、午夜蒙面骑马犯罪猖獗的黑暗时期，他为自己的州做出了更大的贡献。1893 年，他身为国家参议院的一员，在克里夫兰最后一届任期内去世了，他满载着荣誉和功勋为自己的生命画上了圆满的句号。

所有这些事实足够使他名垂青史。但是对卡托巴州的人们来说，他的名字代表的意义远不止这些。他们对于他的故事耳熟能详，而他的政务记录全都清清楚楚。不过，尽管这些荣誉和功勋耀眼夺目，但都无法说明他在卡托巴人民心中的地位。因为他就是他们的英雄：从地域和特殊情感上来说，他们觉得他属于他们，是他们自己的一部分，决不属于他者。他就是他们的一份子，只属于他们。因此，他们爱戴他。

　　他不仅仅是当地人心中的林肯——是一个在偏远蛮荒之地长大、沿着圆木铺就的道路一路拼搏前行、载满荣誉的儿子——在当地人心中，他就是克罗格特①和保罗·班扬②合二为一的化身。他不仅是他们的英雄，而且也是他们的传说和神话，直到今日，他依然如此。他是当地人期望的真实预言；他是一个用当地的泥土塑造而成、呼吸着当地空气的神；他是一个会说话的舌头，既能明白他们的语言又能按他们的要求说话。

　　今天的人们仍然讲述着他的诸多故事。如果他们所描述的事情从未发生过，这又有什么关系呢？因为这些都是他原本要说的话，都是原本会发生在他身上的事情，所以都是真实的。因此，没有人能说清楚，他们以何种程度、以何种复杂的手段虚构出他的形象的。这个人铸就了神话还是神话铸就了这个人，萨加利亚·乔伊纳创造了自己的人民，还是他的人民创造了他——没有人清楚，但是这也没什么关系。

　　因为他是他们身体的一部分，是他们的肋骨；他们对于他就像身体和血肉之间的关系。在他们看来，他就和这片土地一样与生俱来，是他们生命的一部分，就像本土的地理以及特殊的气候一样。地球上除了老卡托巴州以外再没有别的地方能造就出他这样的人了。人们都清楚这一点，因此，他们很爱戴他。

　　在搜索这个伟人的历史过程中，我们已经收集了八百多则与他有关的故事、轶事和笑话，其中至少有六百多则是有据可查的——或者具有真实的因素。如果这些事情没有发生，那么它们原本也是应该发生的！这些故事专属于他：他们就跟旧鞋一样合脚。

　　学究们可能会狡猾地问："这些真的发生过吗？嗯，真的发生过吗？啊，是的，这些听起来蛮像他的风格——他可能说过这些——但是问题就在这里！他说过吗？"

　　嗯，我们对于这些反对倒是有充分的准备。在这六百个具有事实根据的故事里，我们其实已经验证了三百个确凿无疑的例子，并且随时准备按常规引用这些例子——向那些可能提问的人指出这些故事发生的地点、时间、事

---

　　①　大卫·克罗基特（Davy Crockett 1786~1836）：是美国 19 世纪的英雄，英勇善战。起初他以英国人和印弟安人为敌，其后，他改变了对印弟安人的看法。

　　②　保罗·班扬（Paul Bunyan）：美国传说中的伐木巨匠，具有超人的能力，住在美国西北的伐木营地里。他由于力大无穷，伐木快如割草，从而威震四方。

件和证据。这些故事都能体现出他的力量、幽默、粗野和土生土长的特性，这些特性反映在他的每一句话中。这一切直接来源于这片热土。

根据我们的调查研究，我们可以明确地表明以下这个故事实际上是没有根据的：有一次，为了满足一位女士的愿望，他在路边叫住了一位黑人小孩，他正赶着一辆满载花生的驴车：

"小孩！转过来——到这里来给这位姑娘看一下你的——！"

但是他肯定在美国议会做过演说（在反驳可敬的巴纳比·布尔温克时），人们普遍这样认为，即使在《国会记录》里也没有任何记载：

"总统先生，这位尊敬的绅士请求我们拨款两万美金在他的领地修建一座跨越库恩溪的桥——先生，我见过那条小溪，我敢肯定我能跨过去一半。"

副总统（敲了一下小槌儿）说："这位议员头脑不正常。"

议员乔伊纳说："总统先生，你说对了。我要是正常的话，就可以整个儿跨过去了！"

最后一个故事讲述的是萨加利亚·乔伊纳病入膏肓的最后几天（就像处在弥留之际的查理国王一样，他处于"不够清醒的状态"之中）他在昏迷中被一阵急促的马蹄声和车轮声惊醒，有气无力地朝窗外望去，他看到他弟弟鲁弗斯瘦削的身影正急匆匆地朝这个屋子走来。即便在这最后的时刻他仍然保持着幽默感，因为据说他当时一边微笑着，一边微弱地、用低沉沙哑的声音说：

"我的天呀！我想我快要彻底完了！瞧，鲁弗斯也来了！

人们后来常说起这个故事，尽管是个冷笑话，但他们仍然觉得很好笑，因为人尽皆知该故事所体现出来的乔伊纳家族的特点。

拜尔·乔伊纳搬到利比亚希尔之后，在他生命的最后几年里，当得知他第二位妻子生育的一个儿子夭折之后，他说：

"我想有些孩子可能会参加这个葬礼。"他认真地思考了片刻，然后肯定地点了点头。"这是毫无疑问的！"接着他又停顿了一下，和蔼地补充道："如果我去参加葬礼，我就亲自去见上帝！"说完这些话，他神情严肃地晃了一下脑袋，让人觉得他的态度是认真的。

当问及他家人的数量时，据说萨加利亚是这样回答的："天哪，我不知道！不过你要是在泽布伦地区扔一块石头肯定能打中一个！"他仔细回味了一下自己的回答，然后说："不过，第一块石头要由你们来扔，这是无罪的。我可不能扔!"说着便一脸正经地转过了身,用手使劲地挠着自己的后背。

还有一次,他在一个政治集会上做了演讲,之后有一位听众和他打招呼,据说他是这样作出回应的:"我的朋友,我很熟悉你的面孔,我是不是以前在哪里见过你?"

那个人回答:"是的,先生。我想你见过我。我是你爸爸第二次婚姻所生的第九个孩子,你是他第一次婚姻所生的第四个儿子。所以我想你完全可以认为你和我是同父异母的兄弟,只是有些疏远而已。"

在乔伊纳的整个事迹目录中,最严厉的一件事就是别人指责老拜尔·乔伊纳漠视自己的孩子。据说他是这样回答他的:

"我万能的上帝呀!一个人会播种,但是他却管不了天气呀!我播种生下了他们——现在,他妈的,就让他们自己成长吧!"

不管是威廉还是他的孩子,我们都没有理由相信他们都像这些故事讲述的那样彼此漠不关心,但是这些故事的确揭示了该部族的一个特点或者缺点。这个缺点——如果算是缺点的话——在卡托巴州人尽皆知,据说"唯一能使他们都聚集在一起的就是婚丧嫁娶的时候了,能使他们聚在一起倒也是件好事。"然而,这个特点很容易解释。很多人拿这些故事来证明乔伊纳家族缺乏家庭观念;但是事实却不是这样。

事实上,没有哪个家族能像他们那样具有强烈的同一性。很难用更加浅显易懂的言语来描述这个问题,因为整个部族违背了普通的评价标准。"情感"、"爱情"、"忠诚"、"团结"——这些词语虽然广为人们接受——但是该家族似乎并不具备多少。以下事例完全是事实:兄弟之间几年内没有见过面或者连话都没有说过,即使住在同一个镇上也是如此。还有这样的事情:有些人生活富裕之后对那些仍然处在贫困边缘的人熟视无睹;孩子们出生、长大、离开、几乎不知道堂兄长得什么样,不知道他的姓名和身份。

很多人已经发现了这一切,并对此迷惑不解,只好认为这个家族很"古怪"。然而,矛盾的是,正是在这种冷漠的基础上产生了他们的家族团结。正是在这种分离状态中出现了那种深奥、持久的同一性。在某种程度上,他们完全颠倒了古训,即人们要是拒绝团结,他们便会分离。而对于乔伊纳家族,他们之所以处于分离状态正是因为他们都知道他们是紧密团结在一起的。

要想找到他们产生"分离感"的原因,我们必须了解该家族的历史。

拜尔·乔伊纳两次婚姻所生的孩子——最少也有二十多个——他们成长

在一个自力更生的大环境下。至于老拜尔·乔伊纳本人，他小时候并没有人教会他做父亲的严格职责是什么。在他来到四周环山、偏远僻静的泽布伦之前，不管他做什么生活都非常艰苦。他曾经说过："如果一个小孩在十四岁之前没有学会脚踏实地，那么他永远都学不会。一只母鸡会为小鸡找虫子吃，但是小鸡必须在一定阶段亲自找虫子吃才行。"

尽管他在当时当地家境殷实，但若要让二十多个孩子都有一个舒适的生活，仍然不够宽裕。并且，就跟许多第一次婚姻失败而鳏居的男子一样，他冒险再次结了婚，因为这是解决他生活需要的最佳手段。之后他又生了十四个或十六个孩子——这是一个残酷的现实，同时又是一种盲目的生育。他们都降临人世了。他们只是来到了人世。仅此而已。

或许强调他第二次婚姻的分裂有些不太合适。但是，这种分离状态确实存在，这是不可避免的。一方面，拜尔·乔伊纳第二次结婚的时候，他前妻所生的孩子们已经成长起来了。另外，第一次婚姻存活下来的孩子——萨加利亚、罗伯特、哈蒂、西奥多、鲁福——即使种族相同，也是一个独立的群体。他们都清楚这一点。倒不是他们有意识地认为自己"更加优越"——人们后来都给予了不满的指责——不过他们似乎觉得自己更优越一些。而且——这一事实必须要坦率地说出来——鉴于他们的功勋和世人的尊敬，他们的确更加优越。

还有一个事实：乔伊纳家族的人，从第一个到最后一个，都是非常虚荣的人。即使是老威廉也具有这个缺点，甚至比其他人更加虚荣，因为三十年前那些仍然记得他、经常赞扬他的威猛和非凡天赋的老人们常常说："嗯，他很自负……他很了不起，他很自负，同时也很顽固。他或许有些顽固，但他也很傲慢……至于萨加利亚，"一提到这个名字，老人们总会面带微笑地说："嗯，萨加利亚也一样，他很自负。萨加很了不起……但是没有人说他不爱当众受到表扬。"

这些较早成长起来的乔伊纳们不仅知道"自己不错"而且对此毫不掩饰。很明显，除了罗伯特以外——没有一个人遮掩自己的优点。事实是，他们每个人——甚至西奥多也如此——都用自己独特的方式炫耀自己的优点。

原因是什么呢？嗨，原因很复杂，不过第一个原因或许就是意识到他们在遗传方面的特殊性。拜尔·乔伊纳的前妻是一位"特别的女人"：她是克里斯曼家族的人，而克里斯曼人都是"善良的人"。乔伊纳的第一次婚生子女都对自己的克里斯曼先辈感到自豪。玛莎·克里斯曼本人是个贤妻良母，是个长老派教徒，除此以外再没有什么记载了。第二个事实虽然看起来并不重要，但其实很重要：因为它表明了宗派的势利情绪，这种情绪甚至比他们了解的世界更加普遍，而第一位妻子生育的孩子们始终具有这种情绪。

而拜尔·乔伊纳的第二个妻子是一位浸信会教徒。第一次婚生的乔伊纳们——萨加以及所有其他的兄弟们——谈起她来总会小心翼翼、充满了尊敬，但却具有一丝自命不凡的气派，这会在不经意间激怒那些出身卑微的"乡下堂兄弟们"：

"嗯，她是一位特别出众的女性，仅此而已……当然"——有些犹豫和遗憾地说——"她是一位浸信会教徒……我想你可以把她称作宗教狂热分子……她怀有某种古怪的宗教观念……不过她是一位出众的女性……她具有某些古怪的想法，但是在那些孩子眼里，她是一位母亲……现在每个人都是这样认为的！"

很明显，这就是导致巨大分裂的根源所在。拜尔·乔伊纳本人好像也不经意地和他那些辈分较大的孩子们抱有同样的偏见。他显然对第一任妻子心存敬畏：她的家族广为人知，他相信自己与她的联姻明显使他朝前迈了一大步。而他对第二次婚姻就没有这种感觉：她是一位顽固的浸信会教徒，有人传言他当时和她是在一次信徒的野营集会上认识的。不管是否真实，他其实想"寻找一位持家的女人"；他与她结婚的主要原因就是这个。

她任劳任怨地工作着，这一点毋庸置疑；或者说她是一位富有耐心、身体结实、毅力持久的女性——"一位好母亲"，那些年长的乔伊纳们常常会在她所生的众多子女面前由衷地承认。

至于拜尔·乔伊纳第一次婚生的孩子们——萨加利亚、哈蒂、罗伯特、西奥多、鲁福（还有玛莎和乔治这两个早年夭折的孩子）——他们好像从一开始就不愿受到继母的控制。他们独具特色的个性在父亲第二次结婚之际便已成型。他们在很大程度上继承了父亲的刚毅品格、对自己力量的自负、良好的气质、独立、聪慧、粗俗而具感染力的幽默，以及敏锐的才思。

没有证据表明他们有意蔑视这个继母，但是毫无疑问，他们觉得自己比她更优越一些。即使在偏远僻静的乡下他们的亲娘仍是一位慷慨、勇敢、宽容、富有生活阅历的人，这些继母都不具备，而继母狭隘的视野、难懂的观点、刻板的道德准则（都是从遗传得来，她本人也无能为力）几乎成了他们调侃的话题、奚笑逗乐的对象。

尤其是萨加利亚，虽然在他晚年总会满含感情地谈论她出色的人品，尤其会语气诙谐地对她大加剖析。她的迷信和偏见使他觉得很有意思；她觉得她狭隘的道德观念既怪诞古怪又荒谬可笑；他粗鲁地责难她、取笑她、无情地测试她，按他自己的话说，就是为了"看一看她到底是怎样一个人。"

她的确是一个可怜的女人，一个古怪、矛盾的人。然而，由于这是她所知的唯一处世之道，她也就只好认了：对于她来说这一切都是天然形成的，她从来没有想过质问一下。

她坚守的严格标准是美国固有的。它不仅能规划我们的生活和历史，而且直到今天仍然继续保留着，它是美国患病的病根，是美国道德体系的根基。例如，她坚信残忍地杀人是错误的，但是却没有喝酒的罪大。她经常告诫她的孩子不要做邪恶的事情，不要过散漫的生活，也不要谈论那些"伤风败俗、放荡不羁"的人；但是如果她听说有人把谋杀看成不道德的事情就会觉得很奇怪。没错，那是"可怕的罪恶"——她能明白这些，因为圣经里有关于该隐①和亚伯的故事，所以她觉得剥夺人的生命是一件很糟糕的事情。但是，她私下里却认为杀人不及酗酒或者——和一位不是自己妻子的女人睡觉严重——后者是最不道德的行为了。

剥夺人的生命并让他流血，这是原始群落生活的一部分，没有什么大惊小怪的。诚然，她不会公然为杀人行径辩护，虽然在很多案件中她都乐于为之辩护。事实上，就在萨加利亚假装严肃地谈她的哥哥——她认为他的生活就是基督美德的一种典范——在他年轻气盛的时候经常拿着手枪，人们都知道他枪杀了三个人；

她总是气愤地大声说："听着萨加，难道你还想旧事重提吗？人无完人，孰能无过，里斯也犯过错误。我想他当时可能有些年轻气盛，不过他一直过着一种笃信基督、忠于上帝的生活。他从来不像我所知道的某些人那样喝酒、吸烟、说粗话或是在女人周围转悠。"她责难地紧盯着易犯错误的继子，而他却用一种冷漠、无辜的表情看着她。"所以难道你不想向他学习吗？他历来是一位品行正直、恪守道德的人。"

---

① 该隐（Cain）：在旧约全书中，是亚当和夏娃的长子，他出于忌妒而谋杀了他的弟弟亚伯并作为逃犯而被判罪。

萨加利亚总觉得这些话很有意思：他无意冒犯她，但是正如她所言，他一直在"折磨"她，在她混乱的道德意识里专注地搜寻着什么，想看看有没有更多的秘密可以揭露出来。

人们都记得他说过继母的嗅觉特别灵敏，灵敏到令人惊讶的地步了。她所有的孩子都继承了这个特点。（据说有一次她"闻到五英里以外的山上有烧树叶的味道，好长时间以后才有人发现着火了。"）

"她可以在更远的地方闻到某种气味。见鬼！如果我在利比亚希尔喝了一点酒，我还没有经过县郡的边界，他便从我的呼吸中闻出来了！"

还有一次，他刚走进屋子她便大声地喊他："萨加·乔伊纳！你又喝那些糟糕的、陈年、劣质的玉米酒了吧。我从你的呼吸中闻到了！"

"哎呀，我的妈呀，"他语气平和地说，"没有什么糟糕、陈年、劣质的玉米酒。是一些上等的好酒——"他以一种她很难接受的、明断的语气评论道——"是一些上等的酒，根本不是什么劣酒！"

还有一次，当拜尔·乔伊纳某天从利比亚希尔返回后，他宣布道：

"那个伯顿又去干了一件事！"

"去干什么事了？"萨加利亚抬起头问道。

"杀了一个人，"拜尔·乔伊纳回答。

"哦！"萨加利亚松了一口气，偷偷瞥了一眼继母，"我还以为你说他干了什么真正的坏事了，比如喝酒。"

在奚落他头脑迷惑的妻子方面，拜尔·乔伊纳并不见得比他的儿子们更拿手。据说他有一次和妻子从泽布伦出发去看望那些在利比亚希尔替他看管店铺的孩子们，他走进店里时发现萨加正在值班，下面就是他们二人的对话：

"你们兄弟几个都按照你母亲教导你们的，过着基督徒般的生活吗？"

"是的，爸爸。"萨加利亚说。

"今早你们做家务了吗？"

"做了，爸爸。"

"往牛奶中掺水了吗？"

"掺了，爸爸。"

"往糖里掺沙子了吗？"

"掺了，爸爸。"

"把秤调准了吗？"

"调准了，爸爸。"

拜尔·乔伊纳说："那么，你最好把特德和鲍勃叫来。你妈妈就在这里，我们都要做祷告了。"

最后有一件事是关于哈里特的——也就是年长的哈蒂小姐，因为她终身未嫁——她给威廉·乔伊纳的第二个妻子增添了无数麻烦和苦恼。在乔伊纳的所有孩子中，哈蒂最受宠爱。或许从她身上最能看到优秀的品质：思维敏捷、幽默十足、独立自主、聪明过人，而这些也正是他最为欣赏的品质。据说她是他的"私生女"——实际上就是对她不合法的委婉说法——这也许是他宠爱她的原因吧。不管怎样，虽然她的身世一直被遮掩着，无人知晓——因为老拜尔·乔伊纳从来没有提起过，也没有人敢问他——就这样，她便和第一任妻子生育的孩子们一起长大成人了。据说有一次他去南方待了好几个星期，他回来的时候带了一个孩子。她当时几乎有八岁大小了，而当时第一任妻子玛莎仍然健在。乔伊纳便把这个小孩带进了屋子——当时一家人正在吃饭，其余的孩子全都好奇地转过头来——他让她坐在桌旁——和其他人坐在一起。

他说"这是你们的新妹妹。从今往后，她就是这个家庭的成员之一了，你们也要按自家人来对待她。"

他当时就说了这么多。据说乔伊纳的第一任妻子玛莎把她当做自己的亲生孩子一样；到了第二任妻子，不管乔伊纳本人的这个私生女给这个困惑不解的女人精神上造成了何种额外的痛苦和烦恼，哈蒂发自内心颂扬了她的优秀品质，坦承她是一位好母亲。她把哈蒂一手抚养长大，就像抚养自己的亲生闺女一样。

从历史的角度来看，时期的界定往往最有意思：世界并非同步发展的。十八世纪的时候，迫使约翰逊在晚上单独外出伦敦时须带着棍棒防身的拦路贼最近几年在我们这里又开始活跃起来了。至于"人的生命"——这也是我们的社论作者们最为看重的东西——在我们自己的广阔土地上，人的生命安全——不管它有没有受到谋杀、暴力或者各种各样猝死的威胁——在当前的美国，它几乎可能与伊丽莎白时期的英国同样伟大，尽管我们的民众要远比当年的英国血腥得多。

至于我们自己的迪克·惠廷顿——我们这些进城的农村孩子——在那里我们也盲目模仿欧洲的模式；但是我们已经晚了。

人类名人的历史绝大部分都是城市的发展历史。在我们自己的土地上，尽管孩子们都知道大多数的名人均来自于农村，但是人们并没有足够地强调他大多数都去了城市。当然，在美国情况确实如此：国家的历史几乎可以从那些进城的人们生活中得到体现。

在他晚年的时候，萨加利亚·乔伊纳特别喜欢用他的木屋主题来搞政治。但是如果他更忠于事实的话，他应该承认自己职业生涯的转折点就是他放弃泽布伦的僻静住所来到利比亚希尔并在城市里安顿下来。一点不错，那里才是他事业的起点和开端，从此以后他一步步向前迈进，为民众生活和公共服务事业效力了五十年，发挥了巨大的作用。

他有三位血缘亲近的兄弟都以不同的形式经历了同样的过渡时期。从某种意义上来说，将乔伊纳家族成员划分出高低贵贱的独立命运和界线可以用一个短语来概述。这便是那些留守者和进城者的历史。

随着岁月的流逝，家族中两派人的分裂更为明显。团结的概念似乎既模糊又遥远。四面环山、与世隔绝、封闭在泽布伦的崇山峻岭之间，那些留守在家乡的乔伊纳成员和那些居住在利比亚希尔的成员几乎形同陌路，仿佛他们的家远在月球上的山里一样。事实上，他们相距只有五十英里，但是正如拜尔·乔伊纳本人在很多年前所说的，他们在"背道而驰"。恰恰是这两种不同的方向感迫使他们产生了分裂。住在利比亚希尔的乔伊纳们面向外面的世界，而住在泽布伦的人们却远离外面的世界；年复一年，这种趋势似乎越来越明显了——城里的乔伊纳们开始成了世界公民，而住在泽布伦的乔伊纳们却孤居一隅。

到了 1900 年，距当年威廉·乔伊纳带着手枪和封地穿过蓝岭来到这片荒野地带正好一百年，如果那些好奇的历史学家有幸依然健在，完全可以重返那里，他们可以看到令人震惊的变化。他会发现城里的乔伊纳们（因为此时利比亚希尔已经有一万两千人口了）变化得几乎认不出来了，而住在乡下的乔伊纳们几乎没有什么变化。

诚然，在过去的几百年里，泽布伦地区的确发生了一些变化，但是大部分变化都令人心酸。秀美的山坡和森林都遭到了破坏性的砍伐；山侧的农田土壤遭到了严重的腐蚀、水土流失非常严重；山顶上，到处都是人工挖掘的云母矿坑和废弃了的矿井。很明显，这里曾经进行过破坏性极强的采掘工作。如果某位来访者经过一百年再次重返这里，他会为这里发生的破坏性变化而感到震惊。很明显，这里有过贪婪的开采工作：整个地区被吸食、摧毁、榨干、剥夺了原有的丰富资源。这里发生的事实既无情又残酷，掠夺完一切后便离开了，徒留下山上那些黑乎乎的伤疤、裸露的山坡和空空如也的云母矿坑。

一点没错，这里只留下那些伤痕累累的山峦；高大的屏障绵延在四周，高大、荒凉、壮美的群山以及他们很久以前翻越的蓝岭将他们隔绝在世界之外。

只剩下这片大地的古老形态：岩涧溪水的潺潺声，以及倾斜山谷的清冷和黑暗。不知什么原因，泽布伦地区特有的粗野、与世隔绝的状态和诗情画意全部保留了下来：清澈见底的流水声、鸟儿的啼叫声，以及树林里快速疾驰的声音；晃来晃去的光芒、掠过山巅的云影、拂过山草的微风，以及各种光线——某种被遗忘、遥远的、难以忘怀的东西（此地特有，就像此处的土壤和气候）；依山或者依洞而立的小屋，小巧地深嵌在裂缝之间；从山间小屋里袅袅升入空中的烟雾发出刺鼻的气味，这也有力地说明人们依靠矿山为生并且从一片片土地上攫取生活的资本——因为他们已经在这里待得太久了，所以他们热爱这里，赶也赶不走；他们和那些很久以前便失去音信的亲戚们在一起——所有这一切都保留了下来，但是他们却没有遗留下任何东西。某种东西已经深入这片荒野之中，徒留下一片光秃秃的土地。

这些人——啊，这些人！——是的，这些人！——

他们都留了下来！他们留下来"高唱和伊丽莎白时代祖先们同样的歌曲"，（大学哲学博士会得意洋洋地告诉我们）——这是荒谬的，毫无荣耀可言——他们本应为自己创作出更新、更好的歌曲。他们和伊丽莎白时代的祖先说着同样的语言——这也是荒谬的，他们本应为自己创造出一门新的语言。他们和一百年前的祖先过着同样的生活——这更加荒谬，他们的祖先过着一种粗劣而陌生的生活，仍然不断地寻求和探索着；而他们自己的生活真是太悲惨了，他们原本可以过得更好的。

还留下什么了？有人说，"大地长存。"但这是错误的。大地已经改变了，大地遭到了侵蚀；地表上冲出了成千上万条红土的水槽；地表的土壤不见了。

但是这些人——啊，这些人！——是的，这些人！他们仍然在那里！

现在回首瞧一瞧在那片昔日新生的土地上迷失的世界！瞧瞧他们的先辈，他们的眼睛里充满了蓝色的追忆，他们孤独地身在印第安人的土地上，搜寻着什么！瞧那些人，整个部族都完全一致，全都近亲通婚（因此现在人人都是彼此血缘相近的兄弟；他们的所作所为就如同该隐的罪行）

这些人！——啊，这些人！萨加·乔伊纳和老拜尔·乔伊纳的子孙开始找寻整个世界，最终真的找到了，但是最终可能会葬送在自己人的手里；他们四处游走想要把这些东西保留下来，他们曾经搜寻过广袤的西部，就是为了让这些东西能保留下来——

这些人！狂喜的博士贪婪地盯着（他在山间木屋里找到了带有伊丽莎白口音的人）；寻找稀少美景的旅游者（现在路况更好了）傻傻地望着；"来自于北方"神职学校的女教师们对此心驰神往；那些喜欢肮脏、无知、贫穷的社会公益人员会着力提高他们的生活水平；他们对这些人的堕落十分遗憾，他们勇敢地贡献出自己微薄的力量（上帝保佑他们卑微的灵魂！）——用他们的称赞——来帮助这些人、教育这些人、支持这些人、医治这些人（并非完全如此，否则何谈称赞和社会公益活动）——他们因此（尽管要面对污垢、污物、软骨病、谋杀、斜坡房屋、孩子、梅毒）热爱这些人、敬慕这些人、看到他们的"缺点"、"机会的缺乏"和所有的"优点"——因为这些生活在社会底层的人"如此杰出。"

这是谎言！……我的上帝呀！……亲爱的上帝啊，请保护我们这些活着的人，让我们远离这些东西吧！

这些人一点都不"杰出"——他们并不独特——这些人——

经历了一百多年的折腾——剥夺、开采、抢劫、近亲通婚、杀戮、死亡、生育、生活以后——剩下的这些人——尽管偷木贼斯迈克偷了他们的矿山；他的儿子斯尼德偷了他们的民谣；格里普带走了他们的云母和铁矿石，并使他们患上了肺病；格里普的女儿格雷丝带来了塑胶避孕套和结核菌苗；他的妻子格特鲁德教会他们手工编织——尽管格里普、斯迈克、格蕾丝，以及所有个性突出的人——尽管患有软骨病，有过乱伦行为，患过梅毒，欺骗过人——这些人啊！——啊，这些人！——嗯，这些人——

"哎呀，他妈的！"萨加利亚·乔伊纳大声咆哮起来——"我要告诉你他们都是怎样的人！……这些人……这些人！……这些人……哎，他妈的，先生，他们就是普通的人！"

他们的确如此！——斯迈克、格里普，患有软骨病，而格蕾丝和斯尼德在各个方面都与众不同。

这些人都是普通人。

乔伊纳家族的人——所有第二次婚生的乔伊纳们；地位卑微、生活在与世隔绝的泽布伦的人们——他们就是这样的人！

第四章　乔伊纳进城

拜尔·乔伊纳在当今被称作"远见卓识的人"。他在泽布伦没待多长时间就开始后悔当初来这里了，他说："这里实在太偏僻、太原始了！但是你却没法走出去！"

这是一种帝国创立者的精神。用他本人的话说，他并不是一个"甘守寂寞的人。"如果他能"进"来就一定能"出"去——他刚来泽布伦不久便开始寻找出路了。

在接下来的二十年里，他的生活中时常会有一些探索经历，虽然这些活动相对来说比较短暂但却非常重要。在那二十年里，他毫不停歇、不断地寻找、永不满足，他一直在"寻找合适的地方。"在他成年的早期阶段，泽布伦的邻居们，尤其是那些年纪较大、更加保守的人对他深感焦虑和不安。他良好的品质——精力、技能、力量、智慧——都是有目共睹、备受尊崇的，但是人们强烈地怀疑他是一个不安分的人，他永远不可能积累到大量的财富，因为他从来都不会在家里待较长的时间，以便扎下根来。

最开始时，他过着一种伐木和打猎的生活。他有时捕鱼，有时打猎，并按照自己的需要在那块土地上种植粮食。他的打猎对象包括熊和鹿，数量非常多。即使在他初次完婚之后，他的生活方式仍然如此，仍然住在南部尽头的那个小木屋里。

但是，正如人们后来讲述的，在那些年月里他经常"北上然后便消失了。"他会长途跋涉去打猎，或者到周边县区进行神秘的探险活动。有时他会来到田纳西州或者南下到南卡罗来纳州，或者向东穿过蓝岭来到皮德蒙特高原，或者到更北面的弗吉尼亚州。他一走就是好几天，有时候甚至好几个星期，"把那个女人单独留在家里"。虽然会有一些不祥的预感和思想的动摇，但是正当其他人全部赋闲在家的时候，拜尔·乔伊纳已经找到了新的领地。

人们坦率地承认他比住在这儿的任何人"更加了解这个地方"。这些频繁的探索活动无疑会带来结果。他的脑海中逐渐对方圆几百英里的整个地区有了一个巨大的蓝图，直到熟悉了这片荒野中的每一条小溪、河流、山谷、洞穴。渐渐地，他的知识体系越来越清晰地引导着他的行进路线，最终把他带到了利比亚希尔。

利比亚希尔类似一个巨大的山间营地，营盘就在蓝岭。它位于高原之上，东面封闭，北面和南面由低山构成了半圆形，西面视野开阔，高耸的山峦和狭长的景色绵延四十英里。这些巨大的山脉绵延而去，与利比亚希尔起伏的山峦相接，犹如水坑边饮水的狮子；向西、向北、向南、向东，这些烟雾迷蒙的群山高耸入云。当拜尔·乔伊纳第一次见到这片土地的时候，就像杨百翰①后来见到另一处地点时所说的话一样，他说："这就是我要找的地方了。"

在西部整个山区，这里的确是最好的地方了。它是群山的天然汇聚点，是地图四个方向的交汇点——是被指定的、必然的绝佳之地。一条比泽布伦地区任何一条溪水都要宽阔的河流蜿蜒流过群山的峡口，向西流去。沿着另一条小溪流经的曲折河谷，有一条通往东方的小路。这里就是他要找的地方，这里不仅是走向世界的起点，也是接纳世界的入口。

拜尔·乔伊纳发现了这些，至此，他终于找到了旅行的终点。从这一刻起，他生命的故事便是他离开泽布伦来到这个精挑细选之地的故事。最后他带上首次婚姻生育的四个儿子来到了这里；而把其余的人全都留在了泽布伦。乔伊纳们最终来到了城里。自此标志着这个家族的最终分裂，同时也是这个家族伟大历史的开端。

到1828年的时候，拜尔·乔伊纳拥有利比亚希尔整个地区最大的店铺，从那时起，他的财富开始得到了保证。在随后的几年里，就在漫长生命的晚期，他买了一块块各不相同的土地，而这些土地最终分给了他的后嗣——"方圆四镇的乔伊纳"。

事实上，就在六十年前，当利比亚希尔地区的人口增长到两千的时候，乔伊纳的后嗣们仍然掌握着大片的土地。即使在本世纪，孩子们仍然时常听到他们的长辈们的唏嘘后悔声，他们回忆起当时"鲁弗斯·乔伊纳只花两百美元便把那块地整个买了下来，并送给了我，而那块地从巴莱皇家酒店一直

---

① 杨百翰（Brigham Young, 1801～1877）：又译为布里根姆·杨，摩门教领袖，为躲避宗教迫害，他率领摩门教徒长途跋涉，定居在盐湖城。

延伸到邮局的角落里！而我傻得竟然没有要！如果我当时要了的话，现在肯定是个富翁。现在即使花一百万元也买不到了！可在当时，我还嘲笑他呢。那只是一块古老的田地，山谷处有一个猪栏，过去猪儿经常在泥地里打滚，那个地方现在已经变成主大街了。两百美元买一块脏兮兮的荒地？我想鲁弗斯·乔伊纳肯定发疯了，要么就是他把我当成傻子了。'那好，'他说，'你等着瞧吧。'嗯，我等待着，果然看到了！"

到内战爆发的时候乔伊纳家族成了屈指可数的有钱人，成了整个地区的"大户人家"。即使在此之前，他们的地位已经得到了整个西部山区的公认，孩子们也开始崭露头角了，所以这并没什么可惊奇的。

当萨加·乔伊纳成为该州州长，后来又当上美国参议员时，由于政治方面的目的，他喜欢说自己是"吃着猪食般的稀粥长大的。"

"我很了解当时的状况，"他会这样说，情绪开始激动起来，为了取悦那些情绪愉快的追随者他不自觉地使用了一句山里人的方言："各位，我了解孩子们上床前吃熏肉、醒来时吃粗玉米粉的滋味。一点没错，我也了解上床前、醒来后两者都吃不着的滋味。我曾经多次爬上柿子树就是想勒紧裤腰带节省口粮，所以别说我没有经历过困难时期。我可以马上跑进玉米地或者烟草地同今晚在座的任何一位比试一下。如果我再年轻二十岁，我会一马当先，超过你们的。"

和其他许多典型的政治性自传一样，这些言论有些偏离实际。他并没有出生在小木屋里，根本没有赤着脚、吃得半饱——这是他最愿意让人想到的情景了——其实萨加出生的时候，家境在当时、当地都算得上非常殷实。在他少年时期，其父已经是小镇上相当成功的人士之一了。萨加在公众面前所作的自我陈述只不过是他创造的神话的一部分而已——这个神话也有助于塑造他自己——成为荒野的救星、乡村的摩西，在穷苦、艰难、孤独中接受教育，接受了严格的处世原则和质朴的美德，直到最后他决意离开这篇荒野，带领他的后人们走进一片新的乐土。

在木屋主题的刻画中，萨加总会说："我上的学总共加起来还不足三个月，即使在那个时候，我还必须到六英里外的地方去上学。"这也是萨加利亚生命神话的一部分。他私底下会坦言，他来利比亚希尔之前就已经知道"读书、写字、做算术"了。有证据表明，他当年和西奥多、罗伯特一起在利比亚希尔的学校里上过学，在一位后来常被尊称为"老科尔曼教授"的膝下学习。此外，萨加还学会了一点儿拉丁语，因为即使在他老年时期他仍能引用《恺撒的高卢战记》。

在和他和密友聊天的时候，他会承认一些事实并且和善地说："嗨，没有多少，不过倒有一些。鲍勃、特德和我都学会了怎么书写、阅读和计算。还有尤赖亚！"——当哥哥鲁弗斯不在场时，他便这么称呼他——萨加轻轻地笑一笑，然后说："尤赖亚从未读过书，也没有写过字，不过，老天爷明鉴！"他耸了耸肩膀说，"尤赖亚的算术很不错！"

鲁弗斯是这四个人中年纪最长的，通过大家的推举和自荐他成了店主。这里所讲的与他的事业相关的内容都是不加修饰的事实。对鲁弗斯而言，这些不加修饰的事实极其恰当，因为他自始至终过着一种不加修饰的生活、一种快活的生活、一种毫不屈服、稳定而安静的生活。当然只有一次是例外，那就是在内战的时候。当时他响应召唤入伍参军，经历了整个战争，战争结束后返回了家乡，这是他在实现自己梦想道路上的唯一一次中断。他的梦想就是生意和金钱。这是他当年所做、所想的全部。他终身未婚。他接管了父亲的店铺，逐渐把它发展成一个真正的大企业，成了一个有钱人。他去世时，人们很有可能会说一句真话："他生活过，痛苦过，然后去世了。"后来人们同样简洁地总结鲁弗斯的一生："他赚了钱，然后去世了。"

其间，他住在学院街父亲的老房子里。后来，他那个身体健壮、雷厉风行、终身未婚的妹妹哈蒂从泽布伦赶来，帮他看家。他的智慧、气质、无法抑制的喜悦往往令哈蒂·乔伊纳小姐心情愉快，生活在快乐之中，但是这些并没有使他偏离原来不屈的目标。即使在他年轻的时候，他的悭吝就已经远近闻名了，在他年老的时候，他同样年迈干瘦的弟弟萨加利亚会毫不犹豫地说：

"嗨，他实在太吝啬了，"萨加大声地说，"即使他的内脏着了火，他也不会去找牧师的！你要是摔倒在地跌断了腿，他也不会穿过马路跑过来帮助你，因为这会磨损他的鞋子。他会在晚上让钟表停下来，目的是防止钟表齿轮过早用坏；他去教堂的时候会在捐献盘里放入两美分，然后再找回一便士的零钱！"

在表现粗俗幽默方面，哈蒂和萨加利亚一样，更胜别人一筹。她也是家族中最为长寿的一位，她总会高兴地说："就等那个老吝啬鬼翘辫子了！我一定要活得比他长一些——即使活到一百岁也无所谓。等他完蛋以后我会打开他的钱袋子,把所有的钱都抖出来!我跟你说啊,我就等着他完蛋以后好好狂欢一番呢!"

在这个漫长的历史中,我们已经提到了拜尔·乔伊纳在第二次婚姻中生育了十四至十六个孩子,当他来到利比亚希尔以后他所有的这些孩子都留在了泽布伦。他并非完全抛弃他们,因为他仍然经常返回看望他们——主要的原因是他并不想带他们一起离开,而他们也不敢主动跟着去。虽然这些家庭地位较低的孩子和其他人一样,都有一个基督徒的名字,但是到目前为止,我们还没有谈过他们。度过艰难的婴儿和孩提时期存活下来的女孩有:贝齐、艾丽丝、梅利莎、弗洛拉贝丽,男孩有:拉斐特、萨姆、约翰、克劳迪亚斯、锡德、兰斯。既然他们已经进入我们的小说中,每个人将会依次登场。现在暂不谈他们,等到后文讲到僻静的泽布伦县时,我们会提到他们的。他们身上并不具备乔伊纳家族伟大的意志、崇高的精神和坚毅的决心。因此我们要把他们留到后文,在讲到那些荣耀的、未被记录下来的历史时再谈。暂且先不管他们,等情节发展到不得不提及他们时再说吧。

只需说他们长大、结婚、生子、儿子再生孙子就已经足够了。他们耕田种地,种植了很多玉米和烟草;由于盗木贼斯麦克的缘故,泽布伦山上的树木被砍伐殆尽;斯麦克的弟弟格里普开采长石和云母矿赚取一点可怜的工资,直到他们唯一继承的荒野变得满目疮痍、贫瘠不堪。他们破坏了这片土地,结果自己也身受其害。不过,他们终竟还是一些为人称道的老实人。他们中间只出了不多几个偷马贼,只有两三个人被绞死。同样,我们不得不承认他们只是一些名不见经传的小人物。他们无法和乔伊纳家族中血统优良的后裔相提并论。他们从来没有进过城——除了拉斐特以外。后来他终于进城了,但是他此次进城和几年前那些同父异母的兄弟截然不同。至于其原因,作者并不清楚。顺其自然,我们的故事现在只谈那些先来利比亚希尔的乔伊纳们。

诚然,乔伊纳们最初定居于此的时候,这里实际上连镇子也算不上——无非就是一个村庄、一间木质结构的法院办公室、一座木质结构的教堂、一家日用杂货铺、一根系留柱、一家为来往司机提供方便的破烂酒馆,这些就是全部建筑了。但是事实表明——这里从其核心开始不断变化、不断发展,慢慢变成了小镇。当时利比亚希尔是整个山区唯一可以称为城镇的地方了。

当拜尔·乔伊纳成为那家综合商铺的老板时,他的财富开始迅速积累起来,他开始让四个心爱的儿子接受正规教育。鲁弗斯就像一位天生的生意人,专门负责打理店铺，萨加利亚、罗伯特和西奥多均被依次送去读大学。

就在萨加利亚思想渐渐成熟之际，他开始萌生了从事法律的念头，但是并未说出来；这种想法来得太早了，不可避免地需要做出恰当的选择。他十八岁那年帮助鲁弗斯替父亲打理店铺，当时就因为过人的才智、质朴的气质、巧妙的应答闻名于众。人们经常到店里来"就是想听一听萨加·乔伊纳的言论"。

即使在边远的山区，人们从一开始便对他作了机敏的评价。人们已经对他的虚构故事产生了怀疑，并发现了一些吹牛的痕迹。有人说："他往往讲得头头是道，让你心服口服。"还有一些人注意到他是个拈轻怕重的人。拜尔·乔伊纳对此也心知肚明，因为他曾说过："在让他做律师之前，我也拿他没办法。他不愿意工作——这是肯定的。"停了一会儿，他笑了一下然后补充道："不过他是饿不死的。萨加绝不会。"

通过观察那些喜欢出风头的人，不难得出"人们喜欢被愚弄"的至理名言。不管怎样，萨加·乔伊纳的生活经历便验证了这一点。因为他在政治方面取得的巨大成功本身就建立在人们对他的认识过程中：人们不仅特别了解他，而且还因为他就是他们中的一员，从某种特别的意义上来说，他们觉得他就像他们自己。人们特别欣赏并引以为豪之处便是萨加的自我吹嘘和圆滑的处世之道。他们喜欢通过讲故事来说明萨加的机敏、老练、出众的灵敏和诡诈，人们经常摇摇头，并且羡慕地笑一笑以示认同，好像他们也希望自己能够如此处事似的，但是他们知道自己只是个普通人，根本做不到。

因此萨加被送往松石学院进行了一年的法律培训（一年在当时已被认为相当长了）。随后鲍勃也被送去培训了一年。然后两个孩子重返故乡，开始获准开业，成了律师，并开创了自己的乔伊纳—乔伊纳律师事务所。到1840年的时候，他们生意已经很红火了。在当时，这两位乔伊纳兄弟——镇上的每个人都认识、喜爱、看着长大的萨加和鲍勃——已经成了老练的律师——这的确是一件令人惊奇、引以为豪的事情。

当然了，律师——这个伶牙俐齿的群体会在下个世纪以惊人的速度繁衍增长——对于这个小镇来说，这个群体一点都不陌生。从一开始，利比亚希尔便是该县的县城所在地，它在三十年前就已经拥有自己的法院、自己的法官、自己的审讯制度了。但是乔伊纳兄弟是该地区土生土长的首批律师，其他的都来自外地。

其他的律师都是从蓝岭以外的更古老、人口更稠密的地区来到法院的——从老木寨、米勒顿、洛克斯特盖普——偶然也有人来自一些大型的、东至皮德蒙特的城市。他们分批乘坐马车或骑马而来。他们来时穿着长而肥大的斗篷，骑着大马，两条细长腿轻松地搭在油亮的马肚子上。他们的下巴瘦长，神态博学，双唇紧闭，冷峻的双目若有所思地眯成一条缝，鞍囊里装着令人生厌、冗长的法律文书。他们到来后下了马，把马拴在法院前面的系留柱上，然后从上衣后摆下面伸出瘦骨嶙峋的双手，放进鞍囊里取出文书，然后说了一些奇怪的话——其他人无法明白、颇有深度和学问的怪话。无助的当地人全都张口结舌地呆望着，而这些了不起的大人物清了清嗓子，又讲了一些奇怪、神秘的话，然后用他们羊皮纸般的手指拨弄着这些令人生厌的文书。然后就这样边说边忙碌着，拿着当地人发的酬金离开了，身后只留下那些神色敬畏的当地人。

现在这一切都改变了。乔伊纳兄弟已经走出了蓝岭，比其他任何人走得都更远，他们见过陌生的人，到过陌生的城市，长了许多见识——深层次的知识，法律方面的知识——现在他们所写、所说的东西只有乔伊纳兄弟才能明白，除了他们兄弟，再没有人能明白这些神秘词汇所表达的意义了。所有人都承认萨加和鲍勃非常聪明——历来如此——既然他们几乎已经掌握了所有需要了解的知识，他们便可以返回并同其他律师平分秋色——事实上，他们也能像世界上其他的律师那样讲一些高深、难懂的语言。人们对自己的乔伊纳律师感到惊叹。他们自己造就了乔伊纳律师。因此，他们不仅感受到了敬畏的谦卑，而且还产生了一种充实的自豪感和屈从的狂喜。每个人都认为，要是自己将来被一只生活在当地海域、由自己选择的鲨鱼所食，他一定会感到满足的。

因此，萨加与鲍勃现在飞黄腾达了。他们具有相当大的优势，不仅在财产方面，而且在开创事业方面也如此。不久，他们便成了律师行业的垄断者，负责受理整个山区的大多数司法案件。

但是这实在有些矛盾：这两个具有相同血缘、几乎以相同方式抚养长大、接受相同教育、几乎在同一时间有着相同生活经历的兄弟竟然会有如此截然不同的职业生涯。开始的时候，他们的性格驱使他们寻求不同的目标。

基本事实如下：罗伯特曾经对法律颇感兴趣，而且学习也很深入透彻，他能透过每个字母把事情的来龙去脉搞清楚，并把法律看成为公众谋取利益的良好手段。他曾经下定决心要成为一名律师，还一度调动自己的良好品质和智慧，紧紧围绕成为最佳律师这个唯一的目标。从那时候起，他没有再考虑过别的职业。

然而萨加从来没有对法律真正产生过兴趣。他确实想要做一名出色的律师，成为一名最佳的辩护律师，想要在大量证据都不利于他的时候通过超群的律师魅力扭转陪审团的看法。是的，他想成为一名律师，但是并非出于对法律的热爱，而是因为他喜欢通过法律手段来获得更多的东西。萨加一生都特别想成为一名政治家，他天生就适合干这一行。他所有的才华都表明他成为一名政客再合适不过了。所以，法律只不过是他的一块垫脚石而已，而且唾手可得。

即使回溯他们在一起从业的那段日子，总的来说，罗伯特更加受人尊敬、值得信赖，而萨加利亚更受人欢迎、更受人爱戴。萨加的双足已经在政治的云梯上踩下了坚实的脚步。即使有人说："要想战胜萨加·乔伊纳，必须早起晚睡才行。"而这并没有阻碍他成功的步伐。在他的一生中，他一直是人们心中的英雄。

而罗伯特却不同，他从来都不会投其所好。他的性格安静、直率、需要直言时决不拐弯抹角，他完全是一位直率、诚实的人。他人生的目标永远只有一个，那些了解他的人都预测他会从事一个有用且高贵的职业。他的职业到底多么有用，多么高贵，他们都难以预估，但是事实表明，像罗伯特这样的人身在一个很容易被卑鄙、阴暗之人利用的职业里肯定会崭露头角的。而事实上，他也正如我们预料的那样出色。

与此同时，兄弟二人先后都结婚了，他们各自的妻子都是精挑细选的。罗伯特结婚迟一些，膝下只有一子。他继承了父亲的品格和他母亲的细心、敏感的特点。尽管萨加利亚偏好漂亮女性，但是他结婚很早并对妻子忠心不二，一直到老，这一点令许多人大感意外。他是三个漂亮女儿和一个引以为豪儿子的慈父。

随着时间的推移，两位兄弟的区别日益明显起来。说来奇怪，他们二人之间从来没有过冲突。他们的天赋互补，彼此相互尊重。至于萨加，尽管他的言语和神态中带有一种深思熟虑、人人都觉得亲切的夸张。但是他内在的真诚使一向特别正直的罗伯特都不得不敬他几分。因此他们两个人都具备实现各自目标的能力，但是在他们晚年的时候，即使当萨加利亚已经登上该国最高的荣誉之位时，人们仍然常说："如果萨加·乔伊纳答应给你西瓜，你若得到芝麻就算幸运了。鲍勃·乔伊纳甚至连芝麻也不会向你许诺，但是最终你却能得到点什么。"

那些肆无忌惮违反法律的社会往往也极为尊敬法律。这一点在南方地区再恰当不过了。几乎从一开始，不管是穷人还是富人，法律这一职业就受到所有人的尊敬。对于有钱人来说，它比其他行业更加得到人们的认可，也更加荣耀；当然也比那些在孤注一掷中毫不光彩地从事生意的人更有发展前途。对那些穷人家的孩子、佃户的后代、山里白人的子孙来说，法律代表了一种更高的目标——他们能够达到的最高目标。因为，对于像萨加·乔伊纳这样的人，对于老拜尔家族中能力较强、更加幸运、更加聪明的孩子来说，法律几乎成了摆脱那种在孤独的荒野环境里生活、到头来却一无所有的唯一手段。

这样，山民们都确信无疑地一致公认，如果有可能，就让他们最具才华的儿子去当律师。对于社会来说，律师就是治疗师。在那些粗暴、简单、缺乏才华的同龄人眼里，律师就是一位有知识、有观点、有理智、能言善辩的人。他是一位衣着华丽、衣食无忧、享有权力、受到地位卑下者尊崇的人，因为他的天赋和成就使他有资格享有这一切。

这个体制的弊病——一个源于该民族生活的基础、并广泛传播的弊病——马上就显现出来。那些受权势保护的无耻之徒可以借此来掠夺他们的邻居——这些邻居都是一些缺乏机智、圆滑、口才、没有受过正式培训的人。在这种体制下，他们被迫向那些掠夺者寻求援助，以求摆脱麻烦。并不是说律师本人必须永远诚实，只是这个体制非常注重欺诈。那些诚实正直得可以抵抗住诱惑而不去掠夺他们邻居的律师至多只会在源头已经受到污染的社会中抑郁而终。

不幸的是，法律这个职业在美国生活的开始便被普遍看成达到目的的一种手段，尽管它自身并不是目的。法律所提供的手段的最终目的几乎和商业目的一模一样——也就是说，个人利益和私人利润。对于商业，这并没什么太大的关系，因为直到最近，还没有人认为商业既有社会目的又有私人目的。这也就是为什么在整个人类的历史长河中，商业贸易一直被人瞧不起的原因，商人常常受到那些自视清高者的指责，认为他们都是一群令人讨厌、只知道辛苦劳动的人。而法律则不然，至少从理论上讲是不同的。它是社会功能中最重要的因素之一，即使在操作过程中涉及了私人利润，人们只会把它看成个别情况，因为律师也要吃饭呀。其实，在实践中情况并非如此。法律所提供的手段的最终目的就是私人利润，一个人通常会采取政治、政党冲突、候选资格、公职选举等方法来达到这个目的。

在萨加·乔伊纳时代，在他所处的社会里，这种手段被认为是合情合理的，任何改变似乎都不太正常。一个不插手政治，或者不具党派性、没有政治兴趣的人便是古怪的人。所以当罗伯特·乔伊纳决定从事法律并拒绝与政客有任何瓜葛时，人们开始对此疑惑、不解起来；当他对自己的怪异行为找不到任何令人满意的解释时，他们便会摇着脑袋说他是个好人，这一点毫无疑问，不过有些古怪。而萨加却没有什么古怪的举动。当他投身政治时，他的所作所为正是每个人意料之中的事。人们不仅能够理解而且还热心地支持他，他们从一开始便把选票投给了他，以示对他的拥护。

萨加所走的是一条全国大部分地区公认的途径，也是一条标准路线。这一事实的社会意义相当巨大。因为在美国社会的初期，大多数民众似乎普遍认为法律和司法的职能是截然不同的，或许是水火不容、相互敌视的。下面的事实可以解释这个滑稽的悖论：在萨加利亚·乔伊纳所处的社会里人们目无法纪、个人暴行、草菅人命等现象肆虐而盛行，所以人们对法律的尊崇便深深地扎根下来，并且深入人心。生活在这种社会的人们本能地认为司法是一个个人事务，司法的最终目的只是确保个人的安全；而法律是一个政治性的、公共的事务，它的目的和关注的对象牵涉到对自身神秘的手段所作的不可预知的实施。

因此，一个人可能为了正义杀死另一个人，但是为了不被处死他会来到法院。在这个山区，任何一个参加过凶杀案审讯的人——萨加·乔伊纳参加过类似的审讯达上百次，而且担任过法律顾问或辩护律师；实际上，这样的审讯在今天的泽布伦仍然存在——肯定早已发现了解释这种悖论的惊人例证。

某人杀了另一个和自己结怨已久的人；此刻，他正因为这桩命案接受审判，全体民众都来作证，他们都站在一侧。在一张简陋的桌子旁边坐着该地区的律师们，以及原告为起诉对方雇用的私人辩护律师。在另一侧的另一张相似的桌子旁边坐着被告的家人请来的辩护律师，如果可能，他们要确保陪审团最终宣判被告无罪。

在这两派严阵以待的法律天才之间横着一个很低的木栅栏，他们的身后摆着一排破破烂烂的座位，原告、被告双方前来声援的证人们——妻子们、朋友们、兄弟们、孩子们、亲戚们，以及那些能提供证词的邻居们都坐在那里。在他们身后的破旧座位上、走廊里都挤满了人，他们身穿蓝色的衬衫或者褪了色的衣服，头戴条纹或方格纹帽子，把这个脏兮兮的、用白色涂料粉刷过的屋子挤得水泄不通，在七月中旬的天气里令人窒息。

在中间一块突起的高台上，审判长坐在方桌前——有时候坐在圆桌前。在他的左侧是证人席和法庭工作人员的位置。在右侧是法庭速记员的位置，身后的墙上钉着美国国旗。再回到左侧，经过三天精心挑选、从一百人中选出的十二名陪审员坐在前两排椅子上，这些人和泽布伦地区的人一样——一个个留着胡子，身穿宽松的裤子和蓝色的衬衫——他们都是从另一个县召集而来的，因为泽布伦地区的每个人都多少有些亲戚关系。就连这个被害人和在座的被告都是远房的堂兄弟。感受至深、情感至真——偏见、家庭荣耀、家族情绪，一百多年来内部联姻带来的复杂关系之网、虽已过去但仍耿耿于怀的冲突之网、尘封已久但却从未消亡的怨恨之网——这一切太复杂、太危险了，在这里根本找不到一个能秉公裁决的陪审员。

和世界上任何一件事情一样，整件事情在社会力量的直接作用下显得势不两立、惊心动魄。紧张的气氛就像带了电一样，一场舌战一触即发。因为一切都体现在这里——不仅该地区的生活显得紧张而拥挤，最终在这场赤裸裸的审讯面前被一一褪去外衣——而且人们的整个历史就体现在这里：人们自己的生活，邻居的生活，父辈和亲戚的生活，以及所有逝者的生活。

尽管如此，在这最后的紧要关头，人们会有一种奇怪的平静感，他们身处两派人员之外，站在所有党派和党派人士之间。压抑的情感得到释放，有一种无法宽恕的杀人欲望和再次杀人的欲望，想尽一切办法实施报复——以眼还眼、以牙还牙——然而，尽管如此，却有一种古怪、重要的、死一般的平静判断。因为激情属于正义，激情即将到来——伸张正义和实施报复的时刻、为被杀者雪恨的时刻即将到来。

但是现在面临的是法律问题。根据所有法律的实施手段，以及法律的特殊方法，法律必须在法庭上完全体现出来。所有这些男女老幼都令人惊讶地理解、尊重法律，在对法律的理解和个人判断方面有所差异。这样看来，世界上没有别的民族能像他们这样深刻地理解法律了；因为法律已经在他们的生活中根深蒂固，成为他们呼吸的空气和谈话的一部分——是的！法律成了他们接受和执行的正义、成了他们实施报复的手段。

　　审讯开始了，在这种场面——这是萨加利亚·乔伊纳懂事以来没有丝毫改变的场面——尽管古怪、矛盾重重，但仍然令人怀念、感动、兴奋；因为在审讯中我们整个充满暴力、饱受折磨的生活之谜所以展现：美国错综复杂之谜充满了无辜和罪行、正义和残酷、非法和守法。

　　法官坐在圆桌前，头发花白，打着领带，穿着熨烫过的衬衫和昭显威严的黑色外套。他对这些人的血缘和亲属关系——众多积怨的来龙去脉，所有的情感和罪行，以及他们每个人的名字都了如指掌，就像熟悉自己儿子的名字一样。他坐在审判席上，下面是拥挤却安静的人群——他不仅属于自己的家族，而且在审讯的过程中，他也是一位有胆有谋的人，是法律公正无私的具体化身。在这里，法官的形象并未因岁月而变化——因为这个法官和六十年前坐在这里审讯案件的罗伯特·乔伊纳一模一样。

　　现在指控开始了，法官提出了一些重要的问题，有人一一作了回答。审讯首先从法庭的左侧开始。证人被传上法庭。他们站在证人席上心神不安、手足无措、在木制栅栏跟前挪来挪去——一个长着暴牙兔唇的山里妇人，面带迷惑不解的表情；一位蓬头垢面的小伙子表情麻木不仁；有一个人身材小巧、性格内敛、声音温柔，眼神却鬼鬼祟祟；有一个人心神不安、举棋不定；还有一个人神色严峻、态度坚定；还有一些诸如此类的人；然后就是这个被害人的妻子，她身怀六甲、眼神谄媚、体态臃肿——他们站在一起，把右手放在三本破烂的旧书上，开始集体发誓。第一个证人被传唤到证人席，控方律师站起身来，审讯正式开始。

　　"五月十四日晚上八点左右你在哪里？"自萨加·乔伊纳时代以来这些词汇几乎没有太大的变化。同样，律师也没有什么变化。这就是摆在萨加·乔伊纳面前的工作：审讯就这样开始了。

　　眼前的这个律师三十五六岁，身材匀称，个头中等偏高——大约五英尺十一寸，体重估计有一百八十镑，头发浓密而卷曲，是红棕色的自来卷发。这也是一张健康的脸，棱角分明，高高的颧骨；下颌结实有力，微微突出；长长的嘴唇带着一丝幽默和挑衅的意味——纯粹的苏格兰—爱尔兰血统，他的上嘴唇像爱尔兰人。他已经接受过正规的训练，具有乡村律师、乡村政治家的派头，而且还带着中学生辩论时、毕业演讲时的神态。他已经能够娴熟地提起"我出生的那个小木屋"——或者，用更现代一点的说法就是："我赖以成长的那个农场。"

他要公开"合理定罪"。他承认这一点。正义问题先不考虑。谋杀已经成为事实——他清楚这一点,对方和在场的每个人都清楚这一点。大家对此毫无异议、一致赞同。现在唯一的问题是:"要判多少年?"

最重的程度就是处死。但是在泽布伦地区,人们不会浪费时间去谈论极刑。内战之前在泽布伦地区,所有的定罪中还没有极刑。萨加·乔伊纳做律师的时候只对一名强奸犯实施过极刑。在泽布伦地区,杀人是不会被判处极刑的——问题在于:"要判多少年?"

律师承认他的对手很强大。这个凶手大名鼎鼎,他的家人在全县都是屈指可数的大人物;他的父亲在年轻时曾当着他的面杀了一个仆人,他的父亲是一位备受尊敬的公民。这个家族地位显赫,有广泛的社会关系;想要定他的罪恐怕非常困难。

况且,他们已经聘请了西部地区最好的几位律师——有杀手克星之称的马丁老头,他是一位相当出色的律师、浸信会教友、教会的中坚,他对法律了如指掌;西勃·彭德格拉夫特是当地最好的辩护律师;还有来自米勒顿的惠特·加德纳,以及其他几位律师。

但是这个律师的长嘴唇、脸上的笑容、愉快却挑衅的神情表明他坚信自己还是有机会的。这会是一场艰苦的斗争,但是他相信他能判处该凶手十二到二十年的有期徒刑——如果他做到了,帽子上将会再增加一根羽毛①。在泽布伦县判处杀人凶手十二年徒刑将是史无前例的。他已经做好了打算:再过一段时间他将涉足立法;那之后嘛,到时候再说吧。

这一志向丝毫未曾动摇过。这个人很可能是萨加·乔伊纳的孪生兄弟。自从乔伊纳时代之后,就连判刑等级、实施阶段、必要的程序都没有任何改变。

现在,辩护方开始提出问题了,"我反对"的声音就像一道电光忽闪而过。证人步步紧逼,然后转过身,看着对方充满渴望的帮凶。人们的目光转过去,看见西勃·彭德格拉夫特在摇椅上来回摇晃着,脸色在酒精的作用下变得通红。他将双腿伸开,身体向后倒去,透过发黄的牙齿吐出一口烟汁,然后再次朝前摇去,接着停下来,突然又把涨红的脸伸向前,声音像锯子一样又粗又哑。在法庭上威逼凶手是他的分内之事——这是他赖以生存的差

---

① 几百年前,在西方国家,人们也通过在帽子上插羽毛来表示其获得的成就或荣誉。

事——他干这份差事时总会一成不变——这也是他拿手的专长。

"你清楚，"他用粗哑的嗓门傲慢地问道——"你清楚你身在那里的原因！告诉本庭，你为什么在那里，你为什么要听他的话！……你是不是因为酗酒才被关在那里的？……你不想说吗？……那么，你想要说什么？……你甚至连自己醉到什么程度都不清楚了，是不是？难道你不想告诉本庭你是在哪里被捕的，是不是？……你喝得酩酊大醉，根本就想不起当时在哪里了，对不对？……你和那帮囚犯聚众闹了多少次事了？告诉本庭你已经聚众闹事多少次了……你甚至都不清楚有多少次了，是不是？……你不想说吗？……好吧，那么请告诉本庭你认为是多少次……四次？……还是六次？……你不想说吗？那好，我来说吧。你聚众闹了六次，对不对？……人们都说你加入该团伙已经有十二个月了——而你却在这里充当证人指证别人杀人！……哎呀，尊贵的……"

"反对！"……"反对有效！"或是"反对无效！"……口水战你来我往、异常激烈，律师顽强、好战、似笑非笑；彭德格拉夫特则盛气凌人、言语粗鲁而犀利，通红的面颊向前伸着，偶尔会停顿一下，斜着身子，嚼一嚼嘴里的烟叶然后在双膝之间吐一口烟汁……同时人群中会传来一阵骚动和低语声，还有人们紧张、饶有兴味的关注声，法官便会用木槌发出警告——这些可怜的人顿时沉默下来，目瞪口呆、头发蓬乱、在自己的椅子上无助地扭动着身体，活像上了钩的鱼。

审讯仍在继续；双方你来我往、争论不休——控方律师现在机警地精简了刚才被质问的证词：

"好吧，告诉本庭……告诉本庭你为什么要多次聚众闹事。"

最后，这个可怜的、饱受折磨的、自作聪明的人得意地说：

"为了喝醉酒——"他猛地伸出拇指，指向彭德格拉夫特——"就跟他常喝酒一个样。"

这时，法庭立刻就像炸了锅一样，人们发出赞同的叫喊声、哄笑声和鼓掌声、还有那些身穿宽松长裤、蓝色衬衫的人们发出的同情的笑声，这些朴实、饱受折磨的人似乎得到了某种支持——这是一种战胜法律强权和精明智慧而获得的温暖。但是此刻老法官马上镇静了下来，他把小槌在桌子上一敲，震惊的表情下隐隐透出红润，他愤怒地说：

"如果再发生类似的情况，我就让旁听者退出法庭！……要是我知道谁对此事负责，我就会以藐视法庭罪把你们全部逮捕……警官先生，如果再发生捣乱法庭的事，我认为你应该负起责任来！……我命令你逮捕任何一个捣乱的人，如果你没有足够的人手，我授权你任命一些代表！"停顿了片刻之后，他就像校长面对一班不听话的孩子们发表训话一样，神情严厉、语气稍微平和了一些："这是法庭，今天正在审讯一名杀人犯！……这是庄严的场合……你们要是把这里当成马戏团，那简直太可耻了！"

此刻，法庭里开始鸦雀无声：当这个满头白发的老人看着那些身穿宽松长裤、蓝色衬衫的旁听者时，他们几乎屏住了呼吸。过了片刻，当他看到他们已经变乖、服服帖帖的时候，他又重新坐到自己的位子上，扶了扶眼镜，语气平静地说：

"律师先生，你可以继续你的提问了。"

一切都保持原样——同样伟大而惊心动魄的暴力、犯罪和人类情感的戏剧；在有序的运行过程中，同样的人类戏剧和"法律"的伟大光景——锐利的智慧之剑、思考不周的快速反驳、全力以赴的辩论，在这个乡下法院尘土飞扬的大厅里争斗着，这一切都是为了一个人的生命和自由——而全地区的人都在观看。

现在的情形和萨加利亚·乔伊纳的时代并无差别。学校一开始就是这样教他的。

第五章　荣耀的骑士

西奥多·乔伊纳是老威廉·乔伊纳的小儿子。正如所有自力更生之人的幼子一样，他比其他的兄弟姊妹接受了更多的教育。每次提到这件事的时候，他的哥哥萨加利亚便会说："瞧他的样儿"！乔伊纳家族对知识怀有一种敬畏情绪，他们同样也鄙视那些不把知识用于实践的人。

跟他两位能干的哥哥一样，西奥多的天资宜于学习法律。他紧随二位兄长进入了松石学院学习法律。之后他参加了"律师资格考试，"但却毫不光彩地失败了；再考再败；"见鬼！"老威廉愤愤地说——"看来他什么事儿都干不成，干脆再打发他去上学吧！"

结果，西奥多又重返松石学院，又读了三年书，最终成功地拿到了毕业证书和学士学位。

　　现在他转行当老师了，由于利比亚希尔经济的发展，人们对高等教育也开始有所需求，于是他自封"教授"开办了一所学校，并在熟人中间——当然，也就是在所有人中"搜罗"学生——最后收来了二三十个学生。学费为每学期十五美元，每个学期上五个月的课。授课地点在一座木质结构的教堂里。

　　此后不久，"乔伊纳教授的学校"便发展壮大了起来，西奥多不得不搬到大一点儿的地方去了。他父亲就让他把小镇以西河对岸两英里的一座小山当作校址，西奥多在这里修建了一座用于居住的简易木屋，又修了一幢木制建筑作为学生宿舍和教室。新学校所在的那个山包通常被人们称作霍格瓦特山庄。西奥多不大喜欢这个名字的粗俗发音，给它重新取了个名字，叫做乔伊纳山庄，而那所学校，为了和这个伟大的名字相称，现在也被命名为乔伊纳山庄学院了。然而，这个小镇的人们和以前一样，仍然把这个小山包叫做霍格瓦特山庄，更令西奥多懊恼的是，他们竟然把这所学校也称作霍格瓦特了。

　　尽管面临这样一些不利因素，这所学校还是慢慢地发展起来了。虽然它绝对称不上一所蒸蒸日上的学校，但是正如人们所说，它对于西奥多来说的确是一个不错的事业。他不用再靠其他手段来安身立命了，这所学校至少为他提供了一份生计。好几年波澜不惊地过去了，西奥多似乎要在这个地方安安稳稳地生活下去。

　　后来，也就是南北战争爆发的前三年，发生了令人吃惊的变化。那时，即将迫近的冲突引发的狂热已经横扫整个南方，而这也给西奥多提供了重大的机遇。他急切地攫住了这个机会，一夜之间就将他的学校转变成了乔伊纳山庄军事学院。这么一个简单的权宜之计使该学院的入学人数从六十人跃升到了八十人，而且——更重要的是——他从一个乡下教书匠摇身一变成了一名军界人士。

　　这可是千真万确、毋庸置疑的——尽管萨加利亚一直以粗俗的手段贬低西奥多和他做出的成就。从萨加利亚的角度来看，有一点必须承认：西奥多爱军装远甚于他穿军装，而且西奥多作为一校之长，在全校唯一一位教师的帮助下，承担起军事培训、训练、管教等工作，他做起事来从容而自信，这种从容和自信即使不令人崇敬，也会令人惊愕的。但是，萨加利亚有失公正。

　　萨加利亚在随后的几年里，经常在他的朋友圈中摆出沉闷、庄严的架势说："我听说，"以此来开始他的话题，让他的朋友们兴高采烈地期待他的下文——"我听说天使畏惧处，愚人敢闯入，但是说起我弟弟西奥多，要说他跳进了连全能的上帝都爬着走的地方会更确切一些！……我见过许多乱得一塌糊涂的军队实例，"他接着说，"尤其在战争爆发之初，当他们想在两个星期内教会那些农夫和山里娃一些基本的打仗要领时，情况就更糟了。不过，我还从来没见过谁会像西奥多那样管理手下的。他的一位助手是个罗圈腿，身上还长着疥疮，每次在指导那二十七位长满粉刺的小伙子站好复杂的队形时，他都会被随身佩戴的军刀绊倒，趴在地上。"

这些与事实并不符合。可以肯定，他们并非全长着粉刺，而且人数也比二十七人多。

"西奥多，"萨加继续滔滔不绝地说起来，语气里带着幽默和饶舌的意味——"西奥多个子那么矮，他每次——每次呼吸都会把土吹进自己的眼睛；而那个罗圈腿、长着疥疮的家伙身材又那么高，只有爬下来才能让月亮从他的头顶移过去。不知怎地，他们把军装搞混了，以至于西奥多穿上了本该属于罗圈腿家伙的军装，罗圈腿又穿上了西奥多的。西奥多穿的那条裤子肥得好像一窝袋鼠在裤腿里待了半年似的，罗圈腿的裤子绷得紧紧的，就像两根香肠。除此以外，西奥多的脑袋就像气球——大小也跟气球差不多。罗圈腿的脑袋小得似乎是用一粒花生米做成的。拿错军装的人连帽子也弄错了。于是乎，每当西奥多站直身体、背着手、声嘶力竭地发出口令时，他头上戴的那顶小帽子就会从他的头顶上方蹦起来，好像从枪筒里射出来一样。而那个罗圈腿重复口令时，他戴的那顶帽子就会跌落下来遮住耳朵和眼睛，好像一只大箩筐罩在他的头上，他连忙用手抓起帽子，一脸茫然地挣脱出来，似乎在说：'见鬼，我到底在哪里啊？'……他们俩花了很大的气力才能让那二十七个小伙子站直身体——也就是说，直得像一排歪萝卜。接着，他们身体立正排成一排，准备齐步走的时候，罗圈腿的疥疮便犯了，开始扭动肩膀，好像有人在他的脊背上扔了一条凉丝丝的小虫；他身体连抽搐带扭动，突然伸出手直挠后背。"

事情的真相是这些"小伙子"们训练得非常刻苦、非常认真，以至于把平静的霍格瓦特山庄上的草地都踩得光秃秃地了。小伙子们都给配发了军装和应付突发事件的火枪，这还不够，西奥多和他那位全副武装的罗圈腿助手还虔诚地为他们诵读训练手册，以及枯燥乏味的拿破仑战略史。1861 年 4 月正式宣战以后，这所军校的全体学生便在西奥多的带领下开赴战场了。

后来在萨加利亚和西奥多之间的产生了矛盾：这次战争最终成了西奥多一生中的伟大事件，他怎么也摆脱不掉。在战争之前，他的生活既空洞又毫无意义，可是此后，他明白生活中再也没有比自己的光荣经历更有意义的事了，他很快成了一名职业战士、经常津津乐道于过去的丰功伟绩。随着时间的推移，萨加利亚对此越来越恼火，所以他绝不会放过任何一个贬低西奥多高大光辉形象的机会，给他的头上泼一泼冷水。

应该分开描写这个著名家族的每个成员。应该用普卢塔克①般的风格撰写罗伯特的自传——他值得这样做。应该用活泼、富有活力、拉伯雷式的风格展现老姑娘哈蒂的优良品德。应该用巴尔扎克式的风格描绘鲁弗斯的冷峻形象。如果萨加利亚愿意把他本人意义非凡的回忆记录下来，那将再好不过了，因为他对每个人都了如指掌，包括他自己在内；如果他至死守口如瓶，那么他的政治生涯也就不会受到影响，他所讲的那些事实既赤裸又令人捧腹不已，令那些坏人自惭形秽。至于西奥多——嗨，我们会设法在这本书里谈到他，但是我们提前就已经知道，这对他本人来说并不是什么好事。没有哪本书、哪种风格可以真正展现他的真实自我。

西奥多本应该为自己绘制一些肖像的，他应当让鲁本斯②画个素描图，再让鲁本斯的十四个年轻学徒用基本的颜料着一下色，让范·戴克③为其画胡子，让伦勃朗④处理明暗色差、让瓦拉斯奎⑤画制服，然后如果再让多米尔⑥把全作把一下关，让乔治·贝尔彻那支挑剔的铅笔再润一润色，也许最终你会获得一幅活灵活现展示陆军参谋长西奥多·乔伊纳上校威严风度的画像。

西奥多很快就成了典型的“南方上校”——凯旋的勇士之类的人物。1870 年时，他已经拥有了一整套关于这次战争的语汇和神话——“阴云之

---

① 普卢塔克（Plutarch，A. D. 46？~120？）：古希腊传记作家和哲学家，著有《希腊罗马名人比较列传》。

② 彼得·保罗·鲁本斯（PeterPaul Rubens，1577~1640）：弗兰德斯画家，巴罗克艺术的代表性人物。他绘制了许多肖像画和以寓言、历史、宗教为主题的作品，包括《基督下十字架》等。

③ 范·戴克（Van Dyke，1599~1641）：十七世纪弗兰德斯著名画家。

④ 伦布朗（Rembrandt van Rijn，1609~1669）：荷兰画家。

⑤ 维拉斯奎兹（Velasquez，1599~1660）：十七世纪西班牙著名画家。

⑥ 奥诺·杜米埃（Honoré Daumier，1808~1879）：法国艺术家，以其对资产阶级社会进行辛辣讽刺的石版画著称。

战"，萨加利亚这样命名。如果能够找到一个稀奇的词汇，西奥多绝对想不起来会用这样一个普通、常见的词汇的。人们一提到战争中的南方，总会用含混不清、又似虔诚的嘶哑腔调低声称之为"我们的事业。"南方同盟军的旗帜变成了"我们的圣旗"——被瓦拉斯奎英雄的鲜血染成了深紫色。听西奥多讲述战争，你就会联想到战争是在成千上万类似格拉海德①的骑士之间进行的。他们同数万阴险的恶棍进行殊死的搏斗，而战争的目的是保护"我们心灵中最为神圣的——南方女性的贞洁。"

西奥多就是南方陆军上校的浪漫化身，这一形象越完美，他的身份就越真实。他长着一头勇士才有的、长而浓密的头发，随着岁月的流逝越发灰白、越发引人注目了；他的眉毛很浓，胡须以及其他部位的毛发均已花白。他的言谈、声调和举止颇像狮子。他晃动脑袋时太像一头年迈的雄狮了，一说起他傲人的情感时，他便像一头雄狮吼叫起来：

"我的抱负并不大，先生，"他常常这样开始——"我的抱负并不大，当我身先士卒、带领乔伊纳军事学院的全体学员向前挺进时，先生——全体学员都志愿成为一名战士——虽然年龄各不相同，但是每个人的胸膛里都跳动着一颗英雄般的心——一百三十七位优秀的男儿，先生——他们是南方之花——都不满十九岁——想想吧，先生！"他的吼声令人难忘——"一百三十七位，还不满十九岁！——"

"稍等一下，西奥多，"萨加利亚诡异、平静地插嘴道，"我并不想质疑你的诚实，但是如果我的记性没有开玩笑的话，你所说的那些事实和数据恐怕有些偏差了。"

"你这话是什么意思，嗯？"西奥多低声吼起来，怀疑地凝视着他，"哪些方面出错了？"

萨加利亚平静地说"嗯，我记得这个学院的注册人数，在战争爆发之前还没有达到你所说的那个数目。是一百三十七个不满十九岁的学生吗？如果你说十九个不满一百三十七岁的学生，不是更接近事实吗？"

"嗯——嗯——"西奥多喘着粗气，身体微微前倾，语无伦次地说："嗨，你——！"，说完后狠狠地瞪着他的哥哥，什么也说不出来了。

---

① 格拉海德（Galahad）：在亚瑟王传说中，他是圆桌骑士中最纯洁的一位且独自一人找到了圣杯。

为了西奥多那些少年学员们的荣誉，为了时代的荣誉和乔伊纳上校个人的诚实，暂且不管到底是十九个、五十个还是一百三十七个人，但他们的确"无一例外地"开赴前线了，其中很多人再也没有回来。四年多过去了，霍格瓦特山庄上的草长得又浓又密：这所学校关闭了，大门上了栓，窗户也关上了。

战争结束以后，西奥多再次返回家乡，这个小山包和山上的那几幢建筑物显得一片凄凉。这个地方就像沼泽中的杂草。几头离群的牛身上带着的铃铛发出忧伤的响声，给紧锁的大门前、老橡树下的那片粗糙、静谧的草地平添了几多哀愁。就这样，这块古老的地方又在那里闲置了三年多，比以前更加破败了一些。

现在，南方既感到震惊又感到沮丧，而西奥多本人也比大多数战后归来的人更加震惊和沮丧。他从生活中找到的那丁点儿意义已经被这次失败吞没了，再也没有任何别的东西可以取而代之了。他自己也不知道该何去何从。他参加了一次"律师资格考试"，态度并不认真。这是第三次了，但他仍然没有通过。到了 1869 年，他又开始振作起来，用他哥哥借给他的钱修缮了校舍，重新开学了。

实际上，这的确是个徒劳的举动——是整个南方在那个贫穷、重建、前景黯淡的十年中所发生的一切的缩影。南方办一切大事都很缺钱，但是，不知怎地，像其他饱受战争创伤和蹂躏之前的社会一样，它却可以找到资金并投入到培养锡兵①上去。像皮格姆西点军校之类的学校如雪后春笋般地在各地建立了起来，其他的学校纷纷放出噱头"送毛孩子给我们，还真汉子给你们。"看到这个伟大的地区及其勇敢的人民被他们推崇、致敬的恶魔拖垮、消耗得精疲力竭时，开始用上述华而不实的俗气手段和愚蠢行为粉饰自己，这个场面真叫人又怜悯又反感。他们就像一群精疲力竭、胡子燎焦、眼神黯淡无光的农夫步履蹒跚地从烧毁他们的房屋、谷仓和庄稼的大火中走出来一样，然后用奇装异服把自己打扮起来，使劲地敲着乡村特有的铜锣高声喊道："兄弟们，我们最终成了消防队员了!"

随着乔伊纳军事学院的重新复课，西奥多的生活翻开了新的一页。在他最初决定重新修建这个地方时，他以为可以重新恢复战争爆发前的事业，而

---

① 锡兵（Tin Soldier）：是一种流行于 19 世纪的金属玩偶。

且一切都会顺顺当当地，一如什么事情都没有发生过。之后，随着他的计划渐渐成形，他的进取精神也越来越强，他的态度和感觉也发生了微妙的变化。随着学校重新复课的重大时刻日益临近，他清楚这不仅仅是重新恢复一度中断的事业。现实应该比理想更加美好，因为战争是一桩无法否认的英雄事件，从某种奇怪、超验的角度来看，西奥多觉得即使南方在战争中吃了败仗也是光荣、胜利的。而他本人曾在这种超验的胜利中发挥了举足轻重的作用。

西奥多和数以万计、同时也得出相同结论的其他南方人一样，清醒地意识到得出这种结论的心理过程。这种心态一旦形成并且被接受，它就成了一种全新生活理念的开端。从中可以得出有关战争的巨大神话来——这一神话受到人们的广泛信仰，以至于质疑其真实性比叛国还要糟糕。奇怪的是，战争已经不再是一件业已结束、完毕的事实，不再是一件属于过去、被搁置在一旁、被人遗忘的事情，反倒成了一个已经死去但却重新焕发生机的事实，成了比生命更受人珍惜的事实。由此产生的神话最终获得了近乎超自然的约束力，成了一种民众信仰的宗教。在其宽慰人心、超脱尘世的魔力下，南方不再关注日常生活中那些艰难、丑恶的现实，而是逃进已经逝去的光荣梦想之中，这是虚构的荣耀、从未有过的荣耀。

所有这一切在西奥多身上的具体体现就是：在乔伊纳军事学院重新复课的那个大好日子的前一天晚上，他躺在床上，突然来了灵感。他躺在那里，半睡半醒，任由思绪在战场和次日的安排之间来回驰骋。这两个兴致盎然的主题融为一体：他觉得这两件事其实就是一件事，他认为这所军事学院本身就属于战争，是战争的一部分，是战争延续和扩展到了现在、并将继续沿着漫长而模糊的未来延展下去。想到这里，一系列振奋人心的语汇源源不断地涌入他的大脑，使他清醒得像叮当作响的铃儿一般，他马上意识到自己已经为这所学校创造了一个完美的口号。第二天他便在正式的集会上宣布了这个口号。

事实上，当萨加利亚对这个口号作了诸多评论以后，全城人开始到处重复，因此该口号一时成了人们的笑料。西奥多的学生中有一人的父亲正好是萨加利亚的好友，这位仁兄正好参加了那天的开学典礼，随后便把一切告诉了萨加利亚。

"西奥多，"这位仁兄说，"给孩子们提出了一个全新的、令人振奋的格言——他说，这是战场上那些荣耀的先辈们挣来的。西奥多就这个格言所做的演讲的确感人至深，他把所有在场的妈妈们都感动得热泪直流。这一辈子都没有听过那种哭泣声了。抽鼻子的声音，哽咽的声音、擤鼻涕的声音几乎压过了西奥多的声音，太感人了。"

"我并不怀疑这个，"萨加说，"西奥多做事的方式总令人难忘。他要是智力正常的话，一定会成为奇迹的。不过，他到底说了些什么？什么格言？"

"起初在马纳萨斯——"

"他的意思是先要吃点东西！"萨加利亚说。

"血战安提塔姆河——"

"是的，血拼看看谁在返回时首先越过这条河！"

"迄今为止最遥远的荒野之战。"

"天哪！他说得太对了！"萨加利亚大嚷道："事实上，遥远得对谁都没有好处！他们胡乱折腾了一夜，像一群牛似的狂喊怪叫。他们相互持枪乱射，以为突然遇到了格兰特的步兵团。他们被迫聚在一起从前线撤退，以免彻底被自我摧毁。我的弟弟西奥多，"萨加利亚饶有兴趣地继续说，"是我所知唯一一位在开阔的战场上迷失方位、并命令士兵向自己的阵地开火的指挥官……当然了，他身负重伤值得钦佩，只要稍有刺激，他便会向你炫耀——不过，他是被人在背后打中的。据我所知，他是南方同盟军历史上唯一一位被自己的神枪手打中屁股的指挥官了，而当时他正偷偷地、狡猾地侦察自己修筑的工事，寻找远在九英里之外，朝相反的方向行军的敌人！"

从这一刻起，最好把西奥多描述成他与这所军校"同生共长"。这个学院首先是在一种再次复兴的乡愁气氛中兴旺了起来，而西奥多本人成了战后传统的个人化身，一种对反叛的浪漫性反抗，一群凯旋骑士的自我化身。毫无疑问，他越来越坚信自己了。

根据当时人们的记述，他在去打仗之前，毫无吸引人之处，如果人们相信萨加利亚夸张、离奇的故事，那么唯有西奥多荷枪实弹在战场上指挥作战这一点不足为信。但是，随着时间的推移，西奥多开始扮演着独特的角色，直到最后，在他年迈之时，他看起来就像一位满头银发的完美勇士。

后来人们不再嘲笑他了。除了萨加利亚以外，再没有人敢当着众人的面质疑西奥多的观点了，萨加利亚的无礼之所以能被容忍，唯一的原因是他被公认为享有特权的人，不同于普通民众。现在西奥多得到了普遍的景仰，因此，"乔伊纳家的孩子"中年纪最小的那一位——也就是人们最不看好的那一位——最终获得了应有的荣誉，成了某种神圣的象征。

在随后的几年里，每逢星期———军校学生在镇上度假的那天，利比亚希尔就会出现一个熟悉的场面：一位戴着白色手套、头顶丝绸帽的老迈黑人驾驶着四轮折篷马车，载着年事以高的乔伊纳上校，穿街过巷。老上校总是穿着他那一身南方同盟军的灰色军服，戴着那顶已经破烂不堪的同盟军旧军帽，无论夏天还是冬天，他的肩头总披着那件南方同盟军的灰色破斗篷，他从来都不会懒洋洋地倚靠在四轮折篷马车的褪色皮垫上，他历来都坐得笔挺——当他年纪过大无法再坐得端正时，他便依靠拐杖支撑着自己。

他乘着马车穿过大街小巷的时候，总会坐得像卫兵一样端正，那双颤颤巍巍、布满老年斑的手紧紧地握着拐杖头，灰白色的浓眉下那双恶狠狠的眼睛来回扫视着，迸发出炯炯的目光，与此同时，他的下颌咬得紧紧地，浓密、花白胡子下的嘴唇严肃地抿着。可能是因为他的假牙使然，但在那些敬畏他的小伙子们看来，他似乎正在咕哝某种与战争相关的代码。这就是他浑身上下传达出来的效果，其实，他只不过在对他的老车夫发出"前进！你这个混蛋！前进！"之类的命令而已，要么就是在他看到自己军校的学生懒洋洋地躺在杂货店门口时，嘴里咕哝着自己强烈的鄙视。

这些年轻人中连一个真正的汉子都没有！你瞧瞧现在他们的那副德性！一群懦夫、胸无大志、弓腰驼背——根本就不像他们的父辈——根本不像我们当年开赴战场的那些人——勇者中的勇者、男子汉大丈夫中的杰出楷模！137 位还不满十九岁的人！嗯哼！嗯哼！——前进！你这个混蛋！前进！

第六章　霍格瓦特山庄之战

西奥多在他的乔伊纳军事学院复课一年后便结婚了，当时人们都认为他和他的妻子是绝配。他为了妻子来到了弗吉尼亚。她的名字叫艾米丽·德拉蒙古尔小姐，是南方同盟军军官的女儿，其父也是一位退伍的荣誉老兵，和西奥多一样，也在温彻斯特开了一家军校。因此，她也算得上是谢南多厄河谷①的女儿，谢南多厄河谷以富丽堂皇的住宅、典雅的庄园、绿色的良田著称。当切罗基人的鹿皮靴踩破泽布伦地区的荒凉城堡时，人们开始流行在头发上扑香粉、戴假发了。

毫无疑问，西奥多做得非常好。他的妻子不仅是弗吉尼亚州德拉蒙古尔家族的一位德拉蒙古尔，同时也是一位相当漂亮的女人，但美中不足的是她那只不大友好、高傲的长鼻子。她是以一位高傲的入侵者的角色来到卡托巴州的，并且在她的余生中从未放弃过这个角色。

然而，由于她相当自信、精力充沛，所以她从来不会花费太多时间慨叹逝去的韶华。她的思想关注的不是那些失去的东西，而是着力思考当前乐于接纳的东西。她处事冷静而果断，因此她对自己将会接纳什么、拒绝什么往往有很明确的判断。正是在这种冷淡的心态指引下她来到霍格瓦特山庄，成了西奥多的新娘，并在那里定居下来，像一位冷酷的君王处理所有感兴趣的事。

她对什么事感兴趣呢？嗯，当然了，在利比亚希尔这个小地方很少有什么事会引起她的关注。

在她精挑细选的亲友圈中，罗伯特·乔伊纳及其家人是比较受她欢迎的，因为他曾在内战期间当过旅长，而且还是朱贝尔·厄利将军的挚友——朱贝尔·厄利和她本人一样，也来自弗吉尼亚州。因此，当朱贝尔·厄利或其他了不起的人物前来拜访罗伯特·乔伊纳时，她总会邀请他前来，并让他打电话约那些朋友一起前来。

萨加利亚这个人实在令她难以忍受。她努力想要容忍他，但却做不到。因此，她只好冷淡地不予理睬。她无法忍受他的下流和粗俗。她警觉地发现，他当着她的面肆无忌惮就是想博得她的好感。他的确是一位著名人士——但仅在卡托巴州如此。他成了州长——但也仅是卡托巴州的州长。现在他已经是国会议员了——不过是从卡托巴州出去的。他嚼着烟丝吐着烟汁，说着粗鄙的笑话，说一些别的绅士都不可能说的话——这一切都是当着一位女士的面完成的。尽管他可能更清楚这些，并且在适当的时候尽力说出一些优雅、漂亮的话来，但是一谈起"猪食般的稀粥"等令人作呕的食物时，他往往会

---

①　又译为雪南多亚河谷，美国阿巴拉契亚大山谷的一部分，大部分位于弗吉尼亚境内。从波多马克河畔西维吉尼亚州的哈帕斯费里（Harpers Ferry）附近向西南延伸，东连蓝岭，西接阿利根尼山脉。

使用那些偏僻山区的土话，还会大谈他父亲如何光着脚走路、直到四十岁才学会读书写字等事情——所有这些也是当着一位女士和她的朋友的面说的。

在性格和直率的言谈方面，哈蒂·乔伊纳小姐特别像她大名鼎鼎的哥哥，因此很难得到山里人的热情欢迎。艾米丽小姐认为鲁弗斯身上有种强烈的杂货店味道——她高傲、冷酷的鼻子告诉她，这个杂货店是日用商品、各种干货、食品杂货的混合体，在她看来，就像干酪和印花布一样普通无奇。

因此，她对乔伊纳家族的大多数成员都心存厌恶，最后经过她的选择可以与之交往的所剩无几。她对伯利先生、他的妻子，以及他们那三位男孩气质十足、尚未结婚的女儿表示认同。他是一位牙医，事实上相当愚钝，不过他来自查尔斯顿，而且交际甚广。伦道夫一家人也博得了她的认同。他们都是弗吉尼亚人，即使在弗吉尼亚，其家族也算得上名门望族。

她选择朋友的标准同米底人、波斯人的法律一样苛刻，她大多数的邻居都难以理解；不过她本人却很清楚，她恪守这些标准一直到老。才智对她来说并不重要，男人天生就被赋予的智慧、魅力、优雅、聪明、品格或其他必要的天资也不重要。她唯一的标准就是"家族背景"。如果有人说她根本不在意金钱，便是对她莫大的褒奖。老伯利医生就特别地穷。伦道夫的家境也非常寒酸。但他们二人都有不错的"家族背景"——属于她对该词所做的定义和限定的意义范围之内，因此她便接纳了他们。

西奥多·乔伊纳夫人给她好战的丈夫生了三个后人，他们以自然所允许的最快速度一个挨一个地降临人世。女儿名叫艾玛琳，他们结婚后一年便出生了。十一个月以后，她又为欣喜若狂的丈夫生下了一位男性继承人，她马上起名为德拉蒙古尔，以体现母亲家族引以为荣的口音。第二年她又生下了第三个孩子，也是个男孩。上校因妻子为第一个儿子起了名字有些耿耿于怀，所以他提出自己要为这个孩子取名；于是，经过一番深思熟虑、翻阅军事历史典籍——他只读过那几本书——他最终排除了汉尼拔①和昆塔斯·费比乌

---

① 汉尼拔（Hannibal，前247～前183）：北非古国迦太基著名军事家。他在公元前218年率大约35,000人穿越阿尔卑斯山并且在特拉西梅诺湖（公元前217年）和坎尼（公元前216年）彻底击溃罗马军队。后来在扎马战役（公元前202年）被击败。

斯①而取名古斯塔夫·阿道夫②。乔伊纳夫人表示反对，认为别的孩子可能会叫他格斯，但是西奥多坚持己见，并指出道夫的发音听起来很舒服，和格斯一样容易上口，所以如果家里人这么叫他，名字便会固定下来。就这样，他的名字总算定了下来。很快表明，这些孩子无论从智力还是从身体的魅力方面都不及最后一个小儿子出众。

艾玛琳在她母亲的精心照料下长成一位举止笨拙、不讨人喜爱的姑娘了，由于封闭在孤高、偏僻的霍格瓦特山庄，她受到了某种说不清的坏影响。她并没有继承母亲的美貌、品格和性格，倒是继承了她过分的势利，她长而冷酷的鼻子便是最佳明证。后来，她被送往弗吉尼亚女子学校学习，这所学校和现在一样，是专为南方少女开办的优雅乡村俱乐部——实际上是少女们的圣殿，在这里她们可以一直待到结婚或者成年，同时还可以充实她们的头脑，不是用那些支离破碎的实用知识，而是用那些不道德的琐事、流言蜚语以及她们自己认同的怪异礼仪和褊狭的世界观。这所学校除了像艾玛琳这样天生势利的人来就读以外，再没有别人会来。但是在沉闷的胡言乱语方面，其余大多数人都比她更有魅力，也更灵活，那些南方的精英代表们非常看重这一点。

在这里待了四年之后，艾玛琳被宣布"毕业"了，她又返回了家乡，虽然学到了标准口音和词汇，但是这些却没有改变她的长鼻子、平坦的胸部和狭隘、愚钝的头脑。二十二岁的时候，她已经被认定会独身过一生，尽管她对此并不认同。

年轻的德拉蒙古尔或德拉蒙（大家都这么叫他）也是在他母亲处心积虑向他姐姐灌输狭隘思想的影响下长大的。从一开始，他父亲曾天真地希望他能继承自己的尚武血统，并幻想有朝一日他能投考西点军校。这个令人自豪的日子终于到来了，德拉蒙带着父亲的嘱托和告诫来到了异乡的核心之地，但是徒劳无益。他在哈得逊河畔的这所伟大院校连第一学期都没有上完；他根本理解不了三角函数；第一次冲锋他就被打垮了；他以前甚至连微积分的

---

① 费比乌斯（Fabius，公元前275～前203）：古罗马政治家、将军，以避免与敌直接作战和采取拖延的战略使敌师疲于奔命，终于战胜迦太基军队）

② 古斯塔夫·阿道夫（Gustavus Adolphus）：瑞典瓦萨王朝国王，生于斯德哥尔摩。1611年即位，当政后励精图治使瑞典军队成为训练有素，能征惯战的劲旅。1632年在指挥吕岑战役中，作战身亡。

概念都没有听说过。

当然此后，他已经无路可走了，只能到夏洛特维尔和那些纨绔子弟们一起上弗吉尼亚大学了。很显然，他不大可能再做别的选择。一个人要是没有不良记录还可以上美国军事学院，因为李将军本人就是西点军校的学员，但是要让自己的儿子到北方佬创办的低劣大学——哈佛大学、耶鲁大学或者普林斯顿大学就读，在这位上校和他的妻子看来简直难以想象。

因此，德拉蒙的父亲退而求其次把他送到了夏洛特维尔。他在那里的生活并没有太多的记录，除了他最终勉强通过考试、学会"像绅士一样握着酒杯"以外——很显然，这是那所著名大学课程中最严厉的要求之一。最后，德拉蒙留着一小撮金黄色的胡子返回了家乡，很快便在父亲声名赫赫的学校里担任少校和副指挥了，他同时担任学校的讲师，负责讲授数学、三角函数和微积分。

如果说德拉蒙·乔伊纳的生活是其母在他的思想里密封、鉴字并用腊盖印，由他父亲在表面上按自己的意愿铸模，那么他弟弟道夫从一开始便是一个很有主见的孩子。如果他愿意，他完全可以获得到西点军校接受教育的殊荣，但是他没有这么做。他选择跟随哥哥德拉蒙到夏洛特维尔读书。他的大学生涯将他的优秀品质淋漓尽致地展现了出来，这些品质是他在日后职业生涯脱颖而出的主要原因。

事实上，他在学业方面并没有什么耀眼之处。他实际上并不用功。只要及格他便心满意足了，而他轻而易举便能做到这一点，他把深入学习的成就让给了那位做事更认真的哥哥。倒不是说道夫做事不认真：要是他那些表面一本正经的同龄人能明白他脑海深处思考的事情，他们肯定会为他的独特处事方式大吃一惊的。他只不过认为还有很多事情比在学业上取得成就更加荣耀罢了。他把自己的目光锁定在更加远大的目标上。这个世界和一切虚无都是这个年轻的古斯塔夫·阿道夫眼里最美好的东西——这个拥有中世纪人名的年轻美国人——从童年时起便渴望了解整个世界。

卡托巴州西部的地貌特征尤其能激起人们对地球的遐想。很多作家都提到过这些与世隔绝、富有魔幻色彩的山峦，提到过这些思想狭隘的山民们所过的与世隔绝的生活，提到过该地的偏僻，以及与外面的大千世界隔离所造成的闭塞。所有这些说法都是真实的。但是大山把人们封闭在其中，可能会产生另外一种结果。在泽布伦山区僻静的山谷和低洼处，在克林曼山的狭谷里，沿着岩石丛生的溪流，人们会看见某个小木屋里住着一家从未走出利比亚希尔的人。在他们看来，背后这些大山之外的世界就像廷巴克图①一样陌生，同他们的想法和梦想格格不入。但是假设橡子落在某块合适的土壤里，闪电击在某块选定的石头上，那么橡树就会在那里茂盛生长，石头就会像摩西时代那样汩汩地喷出水来，而且某个预言家会看到一片光彩夺目、充满荣耀和诱惑的乐土，就跟摩西当年看到的一样。

古斯塔夫·阿道夫·乔伊纳就是合适的土壤，就是那块选定的石头。当闪电袭来的时候，古斯塔夫·阿道夫·乔伊纳已经等在那里做好了接受的准备。他小时候常会眺望霍格瓦特山庄以外的地方，他看见远处层峦叠嶂的群山，很快就想起那里的山谷和洼地，或者会想起被外面世界遗忘的人们，他们仍然在那里拼命劳作、摸索着，而他本人的血液和肉体曾经部分来源于他们。他凝望着那些山峦，在闪光的幻想中自己已经跃过了那些群山。他的眼睛穿过那些大山的屏障，开始遐想平原上光芒四射的城市。

在特别迷人的天气里，在远处蓝色的雾霭中，这些巍峨的群山就像时代造就的幻景，也像地球上虚幻的王国。霍格瓦特山庄是远眺世界的绝佳之地，无处堪与之相比。从山巅眺望远方，你会看到壮丽、朴实的景象惊人而奇特地融为一体，而远与近、陌生与熟悉的感受则融入现在与永恒的全景中。在右侧几英里远的地方，雾蒙蒙的巨大山体从利比亚希尔所在的高原边缘开始，层层叠叠、绵延向西，最后消失在视力所极之处，使人充满了无限的遐想。更为亲切、友好、熟悉的蓝岭群峰和层峦叠嶂的山体屹立在北部、东部和南部。

利比亚希尔位于一座大山脚下，小镇零零散散地分布在广阔的高原上，近看毫无吸引人之处，可是从霍格瓦特山庄远眺倒很美丽。这个小镇的中心也是该镇的"商业区"，在袅袅升起的煤烟下，这里如同鬼魂聚集之地，显得虚无缥缈。但就在这个朦胧的小镇中心，有一条闪闪发亮、湍急清澈的水流，在夏日的阳光照耀下如同一条光亮的银色条带。它弯弯曲曲地从小城流出来，沿着乔伊纳上校家族所在的山脚朝西盘绕而去，虽然曲曲折折，但却一直向西，直至消失在迷雾缭绕的群山之中。然而在卡托巴州，河流往往跟小溪一

---

① 廷巴克图（Timbuktu）：马里中部一城市，靠近尼日乐河，位于巴马科东北部。始建于11世纪，在14世纪成为主要贸易中心（以金和盐贸易为主），1593年被摩洛哥人洗劫，从此不再有昔日的辉煌。

样，所以相对而言，这条河的水量要大得多。与它最终流入的田纳西河相比，它就跟细丝一样；所以这条河就尤为引人注目了。一到八月，气候变得炎热而干燥，所有的山涧河流都会变小，流淌在霍格瓦特山庄之下的这条河也不例外，干裂的河床中间只剩涓涓细流了。但是每逢春天河水上涨、六月末洪水季节到来之际，这条河的水位便会快速抬高，几乎接近那座木桥的桥面了。只有在此刻，人们才会理解为什么最初的居民给它取了一个令人难以忘怀的名字——开阔的卡托巴。

就在这座小山的山顶，道夫·乔伊纳在童年时期曾经无数次躺在这片松软的草地上，凝望着这条流经小城并蜿蜒向前、闪着光芒、消失在远方的河水；他坚定地追随着河水，越过高山峡谷和郁郁葱葱的山岭，直至沿小河来到另一个想象中的世界，看见它在金色的土地上召唤着他。

如果有人明白这个小孩为何在这个孤独的山顶上花那么多的时间遐想，他们可能会猜到利比亚希尔这个小世界和霍格瓦特军事学院对他来说实在是太小了。他的父亲当然希望他能够追求"该家族尚武的传统"。要是他的两个儿子能够在他离开人世之后能携手共同继承他开办的学校，那么对上校来说将是莫大的安慰。因为，德拉蒙虽然对其父言听计从，道夫却截然不同。

道夫的身材矮小，像根棍子似的直挺、优雅，但是他的头脑和身体反映都很灵活。不过，这种敏捷和刚毅从孩童时代起便悄然、出人意料地萌生起来。他继承了上校的恳挚谦恭，但却不具上校的高傲和自我欺骗。他看起来温文尔雅，从来不高声大喊或者怒吼，他的声音听起来安静而舒适，疲惫、紧张的人听起来就像镇静剂一般奏效。他在夏洛特维尔大学上学的时候得到了一个陪伴他一生的绰号"丝尔克"。"丝尔克"对于他来说再合适不过了。这个词似乎总结了他的全部个性。但是，它是绕在铁棍上的丝，是小心翼翼搁在打火石上的丝。

丝尔克·乔伊纳①最本质的一个特点是：他不仅能在看见某事的一瞬间立刻了解它，而且能在其他人怀疑某事之前做出恰当的判断。对于丝尔克·乔伊纳来说，正确的事情就是有利的事情。这一点是他最为在乎的。他的人生观就是彻底的实用主义，只有对他本人有利的实用性才能被接受。他只对事物的实用方面，以及那些有助于达到自己目的人感兴趣。那些温文尔雅、声

---

① 斯尔克·乔伊纳就是阿道夫·乔伊纳，人送其绰号"silk"，故此得名。

音柔和的人一般不会冒犯别人，除非他不得已那样做，可是他从不会在那些无用、无利的熟人身上浪费时间。对他没有帮助、在某些方面不能给他带来好处的人，他都会无情地抛弃；但是他抛弃的手段特别有礼、富有风度，那些不幸被弃的人甚至感觉不到自己已经被踢出门外，直到冰冷的寒风袭来时才恍然觉醒。

在大学，丝尔克精确地找到了对自己有用的人，准确地加入了对自己有利的组织，恰当地建立了对自己有用的人际网络。他孜孜不倦地汲取了整个大学生活赋予他的全部养分，那些非常了解他的人都知道他是一个愉快、优雅、魅力十足、和善友好、有些懒散的人，但是他却从未向他们透露过自己的处事之道。两年后，他大学毕业，并在夏洛特维尔取得了法学学位，之后他在海德堡度过了一个愉快、有益的时期。

然后，他出人意料地做了一件事，这件事谁也想象不出来。不过，他其实一直在盘算这件事，而且他坚定的本能告诉他这是极为正确的事，因此他做了。他返回家乡——结束了旅行，从海德堡回来了——比他想象得要顺利得多。他宣称自己要去西部，去俄克拉荷马地区。他说自己不仅打算去那里而且还打算在那里定居，开拓自己的事业，和那个地方共同成长——她母亲惊恐地认为，那个原始野蛮的边远地区似乎就像某个苏族印第安人的营地，荒凉而怪异，根本不适合于绅士在那里居住。

对他来说，母亲的泪水和父亲的恳求、斥责就像雨水打在悬崖的表面，无济于事。他下定决心执意要走，而且真的走了。所以，他的故事先讲到这里，后文还会再次提到他。在这个过渡阶段，我们确信一件事：丝尔克·乔伊纳在俄克拉荷马没有拈花惹草。虽然我们现在不谈他了，但是不论俄克拉荷马州发生了什么事，他仍会在那里充分利用所有对自己有利的人、做有利于自己的事情。他会想尽办法为自己谋取好处，偶然也会做出一件了不起的事来。

当西奥多的孩子们慢慢长大时，利比亚希尔发生了一件特别重要的事情，这件事最终表明这位生育他们的女人有多么了不起。这件事对全镇产生了迅速而巨大的影响，当地人听说此事以后，好几个星期甚至几个月都一直围绕它发表感想和看法。每个人都激情澎湃地谈论着此事；大家对此事背后的含义抱有极大的热情；人人都说这是有史以来最棒的事了——每个人，也就是说，除西奥多·乔伊纳夫人以外。她从一开始就对此事置若罔闻。

快八十岁的时候，乔治·威利茨，这位掠夺美国资源长达两百多年的掠夺者中最富有、最慈善的人来到了利比亚希尔。在考察了周围所有的群山之后，他买下周边三个县的所有山峦，作为自己的领地。他引进了上百名艺术家、工匠和建筑师，从意大利以及东部的大城市带来了技艺最精湛、最聪明的匠人——真正的石工、木工、石匠、园林工——让他们在这片面积多达两万英亩的土地上建造全美有史以来最宏伟的私人宅邸——据说在全世界也首屈一指。

当小镇的每个人都在为这项雄伟的工程而赞叹不已时，西奥多·乔伊纳夫人却神色泰然地稳坐在霍格瓦特山庄。在某个夏日，她坐在走廊里远眺工程的进展。穿过绵延数英里的绿色高原，她能看见威利茨家的宅邸拔地而起。在远处群山的迷蒙背景下，一座由上等大理石砌成的仙界城堡犹如雪花石膏一样洁白明亮，在郁郁葱葱的树林掩映下显得高大而宏伟。与之相比，霍格瓦特山庄和乔伊纳夫人所在的这座老木屋已经饱经风霜、破旧不堪了。但是乔伊纳夫人坐在走廊里，不动声色。如果说她真的做过比较，那她肯定也满怀豪情；不过她把一切都埋在心底，从未向他人吐露过一字。

即使乔治·威利茨拥有六个县的领地、建成一座拥有四百个房间而不是现在正在筹建的两百六十二个房间的大理石宫殿，她也毫不在乎；即使他花费四千万美元，而不是目前计划的两千万美元，她也毫不在乎。她对他的感觉始终不变。也就是说，她对他没有任何感觉。因为她听说他的祖父曾是个摆渡船的。这就决定了一切。他没有"好的家族背景"，他不属于名门望族。在乔伊纳夫人眼里，他毫不起眼。

那个小世界里的其他人一听到威利茨的名字便显得十分谦卑。当人们在小镇熟悉的道路上看见他神圣的身影时，他们都争先恐后地想一睹这个归隐乡间的传奇人物：他们用手掐一下自己的身体看看是不是在做梦，这样他们便可以在随后的六十年里给瞪着大眼睛的孙子们讲述这位奇人的真实故事了。乔治·威利茨和他迷人的庄园开始像魔咒一样操纵了这个小镇的生活。但是在整个过程中，西奥多·乔伊纳夫人一直坐在霍格瓦特山庄，不露任何声色。

威利茨家族刚开始并没有在乎。但是光阴荏苒，这座宅邸很快就竣工了，威利茨一家搬了进去。除霍格瓦特山庄的乔伊纳夫人以外，整个地区的所有人都表现得谦卑而忠顺。她的这种狂妄行为令他们入迷和眩晕，最终征服了他们。随着时光的流逝，有人开始悄悄地告诉威利茨，说山庄上的乔伊纳夫人根本瞧不起他们，对他们声势浩大的建设工程毫无兴趣，她还说威利茨先生没有良好的"家族背景"，而且她还——上帝宽恕吧！——作为霍格瓦特山庄上那幢破旧房子的女主人、那所简陋军事学校的女当家——竟然不愿意接受他们！

这真是太滑稽了。这简直难以置信。真是太荒唐了。这真是太……太……天哪！简直太可怕了，就是这么回事！真是令人难以忍受！威利茨家族的成员以前还从没有碰到过这样的事情，可不能再这样下去了！

终于有一天——一个值得怀念、无法忘记的日子——威利茨家族做了一件以前从未做过的事情。这个家族竟然放下面子前去拜访一个素不相识的人——更令人难以置信的是，这位素不相识的人竟然冷酷无情地怠慢了威利茨一家。

史书并没有记载那个难忘的日子。那一天，威利茨夫人乘车穿过小镇前往霍格瓦特山庄，这时候钟声开始回响，利比亚希尔的旗子下降了一半，大街上挤满了沉默的人群，他们的头上都没有戴帽子。有人甚至谣传那天有日偏食的天象，不过科学研究并没有证实这一点。而且，所有能记起当天那一幕的人都一致认为那是个极为普通的日子。

平民百姓都可以观看国王的加冕典礼，皇家长袍的庄严授予仪式一般仅限于精选的皇室和贵族成员。由此可见，那个特殊日子里所发生的一切将会完整而令人满意地记录下来，将会像谜一样永远地隐藏起来。然而，谣言就像一缕轻烟能够穿透坚实的墙壁。有人传言威利茨夫人那天黎明时分就起床了——她以前从未这么早起过床——只吃了一点儿早餐。诸如贴身随从、狩猎监督官、护林员、法国女佣一类的人物在事后谨慎地暗示威利茨夫人当天有些魂不守舍。她照镜子的时候发现自己脸色苍白、面容憔悴，当她把杯子放回盘子里的时候，那只佩戴首饰的瘦弱小手微微地颤抖着。据说她要来了熏香深深地嗅了两下，比平时多嗅了一下。

马车沿着那条美丽的、从宅邸蜿蜒至大庄园宅门的八英里道路一路前行，在一对疾行的红棕色大马之后，两个身穿制服的车夫端坐在那里，其后面还有两个人交叉着双臂。马车本身显得雍容华贵，马具上镶嵌着银制的饰扣。据说威利茨夫人神情紧张、情绪焦躁，因为她那只戴着手套的手不停地转动着太阳伞的手柄，另一只手则局促不安地握紧又松开。她快步穿过拱门，那个年迈的看门人向她躬身施礼，而她却没有亲切地点一下头并报以微笑，这是她生平第一次没有回礼。

当威利茨夫人从镇里经过的时候，她内心的紧张也被平民们觉察出来了。这辆豪华马车一路小跑穿过大街，轮子平稳地转动着。明媚的阳光下，银制的马具犹如少女的梦想闪闪发亮。时值五月，鲜花绽放，空气中弥漫着孩子和情人们的欢笑。那一天万物皆欢，唯独威利茨夫人没有笑容。她一脸凝重、眼睛无神。要是她被雕刻成石像，也不至于如此专注，不至于连别人的眼睛、帽子、面容，以及他们兴致勃勃地给自己打招呼时流露出的微笑都视而不见。

马车轻快地朝大街驶去，转过拐角驶进位于广场的军事学院，从学院旁边驶出后来到了蒙哥马利大街，然后沿蒙哥马利漫长、下倾的路面一路疾驶，然后爬上山路出了城。在那些闪闪发亮的马蹄下、耀眼的马车周围，以及车夫、脚夫和仆人的周围都扬起了灰尘，并在乔治·威利茨夫人时尚的身影周围打着转儿，模糊了她的计划和目的，使她的希望蒙上了一层阴影，罩住了她一直思索的心事。最后，马车穿过那座横跨在霍格瓦特山庄谷底河流的老木桥，当马车一侧的轮子辗过一块小土包时车身猛地颠簸了一下。马车驶进一条布满车辙、崎岖不平的公路，东倒西歪地向上行驶在这条环绕群山、弯弯曲曲通往军事学院的大路上，然后在一个拐弯处消失了。

威利茨夫人终于到了目的地，她走出马车，登上通往走廊的木制台阶。就在那里，在此次旅途的终点，西奥多·乔伊纳夫人笔直、冷峻地站着。他们一起走进屋子——周围寂静无声。只有谣言清楚接下来发生的事，而且谣言传播得很快。

人们猜测她们会在一起喝茶，而且据说她们好长时间都没有说话。经过漫长、痛苦的沉默之后，威利茨夫人终于开口了。她说她本人久闻乔伊纳夫人的大名，并且早就期盼能见她一面了。

乔伊纳夫人明显停顿了一下，然后说："我想你是刚来这个地方的人吧？"

威利茨夫人竭力想弄明白这个问题的意思，据说她喘了一口气然后说："是——是——是的，我想是这样的。我们到这里才六年时间。"

这句话结束后又是一阵漫长而专注的沉默。

最后，威利茨夫人说："我真的很希望你能尽快回访我们。"

乔伊纳夫人微微地偏了一下脑袋，这个姿势并不传达任何意义，她也没有直接回答威利茨夫人的邀请。据说她是这样回答的："我想你和你丈夫都是北方人吧，对不对？"

"是的——"威利茨夫人脱口而出——"不过我祖母是南方人。"

"哪个家族?"乔伊纳夫人语气锐利地问。

"马斯登家族——"威利茨夫人快速回答——"弗吉尼亚的马斯登家族。""是哪一个分支?"乔伊纳夫人态度冷峻而严厉地问。

"是西南部的那一支还是潮水滩的那一支?"

"是潮水滩的那一支,"威利茨夫人满含希望地大声说。

乔伊纳夫人再次微微地偏了一下脑袋,同时"啊"了一声。

此刻的"啊"并不像人们认为的那样饱含了热情、充满了友好,完全没有。据说这一声"啊"仅仅传达出一种由心平气和到饶有兴趣的明显变化,是一种僵局有所缓解的迹象,说明有些东西终于被对方认真地予以考虑、审视了。

"那你母亲呢?"乔伊纳夫人边问边放下了手中的茶杯。"她也是南方人吗?"

"不是,"威利茨夫人有些沮丧地回答,"她——她是北方人。"据说乔伊纳夫人听后脸色再次变得凝固起来,而威利茨夫人赶忙补充:

"不过她是荷兰人——一个纽约的荷兰人。"

"她来自某个荷兰家族吗?"乔伊纳夫人语气尖锐地问。

"是的,是最初定居于此的荷兰家族之一。我向你保证,是最古老的荷兰家族之一。"

乔伊纳夫人沉默了片刻,然后再次端起茶托和茶杯,声音里首次带着一丝殷勤的口吻说:"我听说那儿有几个不错的荷兰家族。"

这时候乔伊纳夫人呷了一口茶,然后小心翼翼地放下茶托和茶杯。据说威利茨夫人这时候终于长长地、缓缓地、大声舒了一口气。

最后,乔伊纳夫人又开口了。"我很乐意,"她一边措辞一边客气地微笑着,"下次进城时能去拜访你们。"

第七章　笃信砖块的陌生人

五十年前,利比亚希尔城里最著名的一个人物是一位叫做韦伯的人。奇怪而有趣的是,竟然没有一个人能够预见到,他命中注定要影响到全城的生活。约翰·韦伯是在 1883 年来到利比亚希尔的，自从他到来之后，家喻户晓的知名人物萨加利亚便和他有了交情，所以，此事在当地传得沸沸扬扬。

那是 1881 年十月初的秋日，法官罗伯特·乔伊纳，也就是萨加利亚的兄长，启程去了 24 英里之外的米勒顿，去处理巡回法庭的庭审工作，当时巡回法庭要在米勒顿开庭办案。萨加利亚当时正在华盛顿，在返回的路上，他暂停行程想前去看望一下正在米勒顿办案的哥哥。

当时，火车走到米勒顿就到头了。铁道线还没有延伸至利比亚希尔，不过已经在修筑了。在当时的情况下，修建这样一段特殊的铁路的确是一个浩大的工程技术难题。今天任何一个乘火车途经此路段的人都会看到，从山脚下的米勒顿到山顶的里奇堡隘口之间八英里的路段，全是像螺丝和发卡一样弯弯曲曲的险弯，落差约达 1400 英尺。这是一次美妙刺激的旅程——美国最美的旅程之一——在这里，你可以看到这条盘山铁路绕来绕去多达七次。

1881 年间，所有这一切都还在建设之中。工作人员刚刚完成道路的施工进度安排，钢轨已经铺好，施工车辆和各种机动车已经开始来回奔忙了，但是却没有固定的列车。如果要去利比亚希尔，人们就得乘坐公共马车。这趟马车每天下午一点钟从米勒顿出发，六点钟才能到达利比亚希尔，考虑到极其吃力地拉着车子攀爬那一段八英里长的路，这个时间并不算长。

从浪漫的角度或狂野西部人的标准来看，这辆马车根本算不上设计精巧。这只不过是一辆双马牵拉的六座马车而已。天一下雨，这条蜿蜒而上、直通里奇堡隘口的盘山土路便成了湿滑的泥潭。通常在这种情况下，乘客们只好下车步行上山了。

那天，萨加·乔伊纳乘火车从华盛顿一路南下，在中午的时候到了米勒顿。他们哥俩在一个叫做克兰多的客栈吃了饭，这家乡村小客栈便是公共马车的始发地。韦伯也是乘同一趟火车来到这里的。萨加利亚早就看到他了，当他们哥俩在小客栈里吃饭的时候，他向哥哥描述了一番那位陌生人的奇特相貌。后来，韦伯和他们一起上了这辆公共马车，刚一坐定，萨加便开始和他搭讪了，这是他的习惯，谁的相貌引起他的注意他就想跟他聊天。

这辆马车有三排座位。前面是车夫的位子，旁边还能坐一位乘客；后面与之背靠背的是第二排座位，第三排与第二排面对面。那趟车上只坐了五个人。法官罗伯特·乔伊纳坐在最前边，紧挨着车夫，萨加坐在车夫的背后，与坐在车厢左侧的韦伯面对面而坐；另外还有两位女性，一位母亲和她的女儿，她们前往里奇堡隘口。

儿，她们前往里奇堡隘口。

萨加跟往常一样马上就开腔了。韦伯不知道他是何方人士，但是其他人都认识他。没过几分钟，他的笑语便逗得大家大笑起来，韦伯迷惑地笑着，一边盯着他看。

没过多久，萨加便问韦伯前往何处，是否初来乍到，把他的情况弄了个明明白白。韦伯说他以前从未来过老卡托巴，他正前往利比亚希尔。萨加又好奇地问他是不是北方人。韦伯说他是，并且来自宾夕法尼亚。

这个陌生人欣然回答了许多问题，但却没有主动透露出自己的任何个人信息，萨加又问他是不是前去探亲访友。对此，韦伯予以否定，他是个泥瓦匠，是个普通的建筑工人，他前往利比亚希尔是负责可可拉家族在贝尔蒙特山上兴建一家崭新宾馆的建筑工程，该宾馆就位于城区中心，其地基已经开裂了。萨加已经得出结论，此人是做某种体力活的，因为他的手掌又厚又结实，看起来曾经干过很重的活；而且萨加注意到他的右手食指上有一层老茧，所以他认为那是长期使用泥铲的标记。即使到了后来，韦伯发达了，只做些监督他人干活的差事时，这一层老茧依然存在，和他握手时便能感觉到。

每个人都饶有兴趣、心满意足地倾听着他自己的职业和此行的目的。可可拉家族很有钱，他们最近刚到这个地方，大批地买进地产，为开创一番事业做好准备，那家宾馆便是一项重要的投资。仅仅在几年前，乔治·威利茨，那个了不起的北方阔佬在附近修建了豪华得难以置信的乡村别墅，一家人都搬了进去。新来者不断移居到城里，新面孔在大街上随处可见。现在铁路马上就要开通了，空气中到处弥漫着相同的感受——这一重大的时刻即将到来，利比亚希尔即将发生重大的命运转折。

已经到了他们破壳而出的时候了。这个地方正从一个闭塞、与世隔绝、只有几千本地人口的山村，转变成蓬勃发展的现代化城镇，铁路网四通八达，越来越多的有钱人听说这里的美景之后纷纷前来定居于此。事实上，这只是其"蓬勃发展"的开始——在五十年后爆炸式的发展之前，它有时会倒退，有时会停滞不前，但却从来没有完全消亡过。人们开始学习当地的方言，并且熟练地和别人交谈。即使是在当时，人们也会听到许多关于这个地方绝美的景色、宜人的气候、晶莹剔透的清水。所有那些描述旅游景点的词汇只等着被翻译成职业朗诵诗人和商会指南中的华丽辞藻。

萨加利亚·乔伊纳向这个陌生人保证说，他来到了"世界上最美丽的地方，"他还绘声绘色地详细品评了一番，这是他擅长的拿手绝活了。虽然韦伯的话并没有记录下来，但是从他的性格来看，他的评价肯定是模棱两可、不温不火、简明扼要的。

话题又转到了出远门和坐火车上。跟现在比起来，出远门、坐火车要麻烦、困难得多。韦伯说，他从巴尔的摩远道而来，旅程漫长而耗人，需要转几次车。他还说，如果旅行结束了他就会非常高兴，因为他实在太疲惫了。萨加又讲了一个"滑头"维利的故事，他是泽布伦县城外的一位乡村律师，乔伊纳担任该州首任州长期间，曾任命他为巡回法庭的法官。滑头维利从来没有出过远门。在他接到远赴四百英里以外的哈里顿，并在该地设立法庭的命令以后，他非常开心，因为这下有机会看到外面的大千世界了。他立即对这个公务的召唤作出了回应。他骑马启程前往利比亚希尔，然后乘坐公共马车赶往米勒顿，之后又沿埃克斯特—西卡托巴铁路赶到了埃克斯特，此后又沿着贝尔蒙特—弗莱彻—中西铁路到达桑德森；随后，又沿桑德森—东北铁路到达多佛；然后，又沿多佛—亚瑟山铁路赶往雷德芬；再后来，沿雷德芬—东海岸的铁路到达了贝拉米。下车后他开始寻找那条等待的船，此刻他已经因三天三夜的行程精疲力竭了。滑头维利马上登上了船，倒头就睡。第二天早晨醒来时，他发现船已经停靠在目的地了。他看见码头上有一大群黑人，然后上了岸，雇了一辆马车，载着他来到一家旅馆，并且命令那位惊惶失措的店员赶快去找县治安官。十五分钟以后，他在自己的房间里接见了同样惊惶失措的县治安官，他说："我是泽布伦县的法官维利，我受差遣来此地，并在哈里顿开庭判案。"县治安官一时无语，随后答道："该死的，这里可不是什么哈里顿，而是巴尔的摩！"

这是萨加利亚最爱讲故事之一了，他讲得眉飞色舞。现在，他又开始新的故事了，马车在山坡上艰难地跋涉着，他的故事也滔滔不绝地涌了出来。就在马车到达里奇堡隘口之前，在最后一段弯路上，整队人马向峰顶攀爬着。突然，车轮陷进一个深深的车辙里。那两位女士差点从座位上被抛了出来。他们大声地尖叫着，等把车子从车辙里面拖出来后，其中一位女士转身看着萨加利亚，神情不安地微笑着说：

"哦，参议员！我敢说！似乎所有的坑都在我们这一侧！"

"是的，夫人，"萨加利亚没有半点犹豫地脱口而出，"所有的根都在我们这一侧。"

说这些话的时候，他的表情没有一丝变化，蓝色的眼睛里充满了无邪。不过，罗伯特·乔伊纳却不得不动作麻利地掏出手绢，大声地擤了擤鼻子，擦了好长时间。最后等他回头看的时候，萨加利亚正平静地俯瞰着风景。而韦伯则在马车的一侧神情严肃地凝视着，粗壮的脖颈和红润的脸庞红得发紫。

两位女士在里奇堡隘口下了车，从那一刻起，萨加·乔伊纳便开始肆意放纵他好色的天性了。他问韦伯进城后打算住在什么地方。韦伯说他并不清楚，但认为可能会找一家寄宿公寓或者旅馆。

"喔，"萨加利亚一本正经地说，"我常住在乔伊纳家里。"

韦伯先生一脸天真地问："那里怎么样?"

萨加利亚说："不错! 总体而言，那里很适合我。那里的床很好，膳宿也很不错，而且乔伊纳夫人是这一带饭做得最好的一位了。还有——"说到这儿，萨加狡黠地四下看了看，然后向前俯下身子，拍了拍韦伯的膝盖，很机密地告诉他——"她的模样长得也不赖，一点不假——"他又狡黠地往四周看了看，继续说——"我每次去那儿都要和她睡上一觉。"

这可是见不得人的丑事了，但是萨加也一样，恬不知耻。然而，他看了一眼约翰·韦伯那副惊讶的表情之后开始忍俊不禁，突然爆笑起来，车夫和法官罗伯特·乔伊纳也跟着哄笑起来，这一下他让大家了解了他。

接下来发生了一件事。马车来到了一个小小的斜坡处，这条盘山公路和新修的铁路恰好在此处交叉。工人们正在这里施工。马车刚刚在交叉路口停下来，一辆牵引机车拖着一串卸料车驶了过来。两匹马受到了惊吓，开始直立起来，并打着响鼻，车夫用鞭子抽打着它们。火车咔哒咔哒地开走了，而受惊的马儿拉着马车穿过了铁轨，火车汽笛长鸣——马儿跑开了。

马车以极快的速度冲下山路，情况非常危险。车夫紧紧地踩着刹车，制动杆突然咔嚓一声断了。马上快到转弯处时，法官罗伯特·乔伊纳伸出手一把抓住了缰绳，然后赶紧把马车调转方向。马车滑到了一侧，几乎快要侧翻了。萨加利亚被抛了出去，脑袋着地。法官罗伯特·乔伊纳和约翰·韦伯弯腰看着萨加，而车夫在一侧使劲拖着马车。他的脑袋撞到石头上了，额头上鼓起一个淤血的肿包。他们解开他的领口和衬衣、揉搓着他的胳膊、冲他喊话。他一动不动。罗伯特说他以为萨加死了，因为他的眼睑半张着，眼球滞钝无神。

随后韦伯站起身来，走到马车跟前，对车夫说些什么，然后又把手伸到座位下面，取出了一瓶格拉夫兽疥癣口服液。他走过来，打开瓶盖，蹲下身子，把瓶嘴塞到萨加的嘴里，把里面的药水灌进了他的嗓子。

罗伯特后来说，要不是韦伯给萨加的背后放一只喷灯的话，效果恐怕不会如此立竿见影。他不是坐起来的，这个虎背熊腰的爷们——一骨碌站了起来，好像挨了一枪似的弹了起来。

他大声吼道，"天啊！你们要把我烧死了！"

韦伯就是这样进城的。

萨加利亚把这个故事讲得绘声绘色，分毫不差。就这样，人们很快便知道约翰·韦伯就是"把萨加烧起来的人。"这个故事突出了他的典型特点：粗暴的治疗手段和直截了当、二话不说就下手的样子便是他做事的典型风格。正如萨加最初所承认的，最显著的特点是"这样做效果很好。"这是萨加·乔伊纳和他的兄弟罗伯特在他们下半辈子对韦伯先生敬重有加的开始。

尽管他的相貌无疑有些怪异，但见过一面后很快就忘记这一点了，因为他有一种天生的威严——纯粹如动物般的威严——男人的威严。一方面，在他的生活中，约翰·韦伯从未因自己的长相而产生片刻的不自在。他肯定也不会因自己的相貌而自负：他是世界上最不可能欺骗自己的人。他甚至常常心平气和地开玩笑说："在乡村集市上，没有人会因为你的漂亮面孔而给你颁奖，不管你长得多么漂亮——不管怎样，我只能通过劳动来维持生计。"不过，他也从不觉得丢人。他和别人一样，对任何侮辱、侵犯他自尊的行为很恼火，但完全不是那种病态的神经过敏。他会接受同伴们善意的、但有时极为粗俗的玩笑，并平静地报以微笑，甚至会反过来捉弄一下对方。

他的态度之所以睿智就在于他理智地、完全不自觉地接受了自己的相貌。"我长得不怎么样，"他常常这样说，"不过，我也没什么好抱怨的。我的身体一直很棒，这已经很幸运了，因为自从十二岁起，我就一直辛苦地干活了。我遭受过沉重的打击，我可以向你保证，我干过很苦的活；因此，即使我没有俊美的外表，但我仍然感谢自己结实的身体，遇到艰苦和挫折，我都能承受并且轻易克服。"此人先天的高贵使他一直保持着别人有时候会丧失的东西——人的自尊。

法官罗伯特·乔伊纳过去常说，如果韦伯是个"受过良好教育的人"，他将"在这个社会中大展宏图"——他经常这样强调说："他也许会成为一名出色的律师。"法官乔伊纳的独生子——爱德华，在他十二岁的时候就老听父亲这么说过。他永远也忘不了这几句话，直到后来自己也觉得奇怪，因为他居然全都记着。通常情况下，这个年纪的小孩子不会对那些从事法律或有可能从事法律的绅士们感兴趣的——即使他的父亲就是律师或者巡回法庭的法官。从这方面来看，年幼的爱德华·乔伊纳和其他大多数的孩子并没有什么区别。当时，他感兴趣的东西很多，而法律绝不在其中。

在年幼的爱德华·乔伊纳感兴趣的诸多事物中，马戏表演便是其一。他首次观赏马戏表演是在韦伯先生进城后半年才实现的，同时，他也首次瞥见了韦伯先生。也许这便是他记住韦伯先生和父亲对韦伯的评价的原因了——嗨，一点没错，自此以后，韦伯先生和马戏表演便永远定格在自己的脑海中——因为他永远忘不了韦伯先生帮助马戏团进城的经过。从那时起，年幼的爱德华·乔伊纳像他父亲一样，非常坚信约翰·韦伯能完成他想做的任何事情，而且能够做好。

这件事和巴纽姆大型马戏团以及联合剧团的一次普通演出有关。由于新铁路的最后一段还在建设之中，因此，所有的演出物资都用四轮马车翻山越岭从米勒顿运来。他们甚至还赶着一头名叫"珍宝"的大象翻越蓝岭——就像汉尼拔翻越阿尔卑斯山一样。据爱德华·乔伊纳后来回忆，当时以及后来很长一段时间，他最想做的一件事就是成为那个坐在大象的脑袋上，骑着它翻山越岭的那个人。如果成不了那个人，他也愿意做那个人的手下——他的儿子或者徒弟——或者男仆——或者那个高贵的指挥所能提供的任何角色，不管多么卑贱——当然，接下来就从那里开始一路爬山了。

当年的春天，山上的冰雪开始融化，山脚被泛滥的河水淹没了。

马戏团的大篷车，在进城的途中陷进了离城一两英里、被河水冲坏的路上，泥泞没及轮轴。马戏团的人想尽各种办法想把车子从泥泞中拉出来。但是并不容易，他们根本无能为力，只好派人去找些牲口来牵拉。韦伯先生养着两群铁灰色的骡子，专门用来拉车的。当天早上，他把这些骡子租给了马戏团，而且随着牲口一起前来，看看他们能否很好地使唤它们。

当时是星期天的早上，下了一个星期的雨，天终于放晴了，那是四月初最好的一天了。法官乔伊纳和他的儿子套好自家的轻便小马车外出兜风。在途中，这个小孩子发现几乎全城的人都出来迎接马戏团了。他们发现马戏团的一部分队伍已经顺利抵达，但还有一部分深陷在泥泞中，马戏团的人全都站在大篷车的边上，诅咒着、拿鞭子抽打那些体型健硕、筋疲力尽的马儿，但是马车却纹丝不动。也许他们曾经设法从艾弗格雷德大沼泽中拖出笨重的货车。就像茂丘西奥①的伤口一样，路上的这个泥坑并没有水井那么深，也没有仓库的门那么宽，但是却具有这样的效果。那些已经成功穿过的货车和大篷车把这个泥坑碾压、搅拌成一个黏糊糊的泥潭。

马匹使劲地拉着，已经精疲力竭了，马戏团的人叭叭地甩着鞭子，嘴里不停咒骂着，全镇的人都围观着、惊叹着——这天的阳光和群山跟平时没什么两样——而笨重的大篷车依然纹丝不动。就在这时，韦伯先生从镇上赶来了，他的四匹灰骡子拉着两车木料。

这一次是这个孩子第一次见到他。我们小时候对某个人的最初印象极有可能影响我们余生对他的感受。当然，正是在那个明媚的早晨，爱德华·乔伊纳使韦伯先生激动无比。这个奇怪的场面——在这个孩子看来，一切都是那么新奇而陌生——马戏团那几辆漆刷得色彩夺目的大篷车、沿着马路排成一排的健硕大马、阳光明媚、迷人的日子、挂着雨珠闪着光芒的树叶，还有岩石丛生的河流。河水冲刷过的泥泞边缘是他从未见过的，河水浩浩荡荡、悄无声息地奔流而去，夹带着浓重、潮湿、腐败、新鲜、刺鼻的植物气味——所有这一切为这一刻带来了奇怪而美妙的刺激和兴奋感，就像匕首一样锋利而具穿透力。

韦伯先生首次在现场露面的时候，是年幼的爱德华·乔伊纳有生以来见过的相貌最为奇特的人了。显然，这也是那一大群人得出的结论。他出现的时候，人群中不经意爆发出鼻息声和上气不接下气的大笑——这是一种纯粹的震惊情绪——飘散在周日清晨的空气里。小孩子们都咯咯地笑着，爱德华听见身后有人惊讶地悄声说道：真见鬼，我知道他们赶来了一头大象——不过肯定有人把猴子笼也打开了！

人们一听到这话，几乎都对他的幽默感到意外，于是不约而同高声哄笑起来，整个人群的笑声一浪高过一浪。

约翰·韦伯正好站在装满木料的大车上，其他人都抬头望着他，而他也从车上向下俯视着人群，他的模样的确和那个人所说的相符。尽管他的个头比一般人高，大约五英尺十英寸，但奇怪的是，给人的感觉要矮好几英寸。

---

① 茂丘西奥（Mercutio）：莎士比亚名剧《罗密欧与朱丽叶》中的人物，是罗密欧的朋友。他生性乐观，在决斗中受伤后但仍然开玩笑地谈论自己的伤口："它没有一口井那么深，也没有一扇门那么宽。"

这是由诸多原因造成的，其中一个主要原因就是他的身材略微有些"驼背"。第一眼见到他，他的模样的确很像猿猴，双腿短而略弯，双脚又大又平，结实而酷似水桶的躯干，像大猩猩一样的长胳臂，巨大的手掌下垂至膝盖。他的脖子又粗又短，好像塌缩进粗壮的肩膀里去了。沙红色的头发一直长到了颊骨处，距眼睛大约只有一英寸的距离。他的眉毛极其浓密，他还具有透过眉毛、眯着眼睛窥视物体的诀窍，这时候他的脑袋向外探出，神态安静而专注。他的鼻子又短又尖，到了鼻尖处猛地向外翻过来，所以他的鼻孔几乎向外大张着。可想而知，他的上唇长得很长，颇似猿猴的嘴巴。与他孔武有力的躯干相比，或许最令人惊讶的就是他奇小的五官了——异乎寻常地精巧。

在那个阳光灿烂的早晨，他的穿着同样引人注目。他当时穿着"高档的盛装。"那是一套黑色的精制棉布西服，面料厚实、裁剪得体，上衣的下摆裁成了圆角，笔挺的衬衫、坚挺的袖口，领口上还系着一条黑色的丝质领结，戴着一顶相当惹眼的珍珠灰色圆顶礼帽。他站在载满木料的大车上，脱下帽子若有所思地挠着头，这个动作可揭露了他的老底。原来他的头顶只剩寥寥几根沙红色的毛发，脑袋中央秃了一大片。

就在这一刻，人群开始哄笑起来。约翰·韦伯并没有理会。你或许认为他没有听见笑声，所以才显得高贵而自然，但几乎在一瞬间，人群中的笑声嘎然而止。他又专注、平静地观察了一下情况，然后从车子上跳下来并对马戏团的一个人说：

"把你们的马从车辕上解开来。"

这一点很快就照做了。人们解开了高头大马，然后它们当啷当啷地拖着沉重的步子沿路走了。

"现在，"韦伯先生对自己的随从说，"把那些骡子也解开。"

这一点也很快照做了。

"你最好让我们用马拉吧，"马戏团的一个人说，"我们知道怎么使唤马。"

韦伯先生说："我知道怎么使唤骡子，你们来六个人帮助把木料从车上卸下来吧。"

木料卸下来了。没过几分钟，韦伯先生便把一些结实的木料斜撑在泥潭中，然后又把他的两队骡子套在领头的那两辆大篷车上。骡子绷紧肌肉，开始发力，笨重的货车从泥坑里拉了起来，然后摇摇晃晃地移到前面坚实的地面上。

接着，韦伯先生把剩下的木料也都派上用场了。在他的指挥下，人们一眨眼工夫便在那个险恶的泥坑上搭起了一座桥，马戏团的大篷车一辆接一辆从上面驶了过去，来到了安全地点。

稍后，韦伯先生走到爱德华和他父亲乘坐的那辆轻便马车跟前，跟法官乔伊纳聊了一会儿。爱德华注意到此人的高档盛装上溅满了泥点，那只搭在马车座位的大手也沾了一层污泥。但是韦伯先生似乎根本没有注意到这些。他只是站在那里平静地说着话，好像这些事只是他平时的工作似的，只要碰上就得完成。正如前文所说，这个孩子后来记得不是很清楚了，但他记得法官乔伊纳当时观察了一下那条糟糕的路面，而韦伯先生再次看了看那个泥沼之后，短促、有力地摇了摇头并直率地说：

"我们已经给宾夕法尼亚州交了一百年的过路费了。"

说完便转身离开了。法官罗伯特·乔伊纳勒紧缰绳，悄悄地对他的儿子说：

"刚走的是一位相当了不起的人物。"

在这件事结束后一两个月，年幼的爱德华再次见到了这个人。当然，两次都在同一年中。因为法官罗伯特·乔伊纳那个陈旧律师事务所的奠基石上刻着"1882年，"所以很容易确定时间。

某个早晨的九点钟，爱德华从家里走出来，看见韦伯先生正和父亲站在院子里聊天。

"对了，韦伯先生，"他听见父亲说，"我脑子里一直在盘算着修建一栋具有两个大屋子的房子，其中一间屋子供我的职员办公，同时供那些等待的顾客使用，另一间供我个人私用。我打算把它修建在这里——"说着，他用手指了指院子北面的那个角落。"我看，那可能会有，有二十英尺宽，长度嘛——"他跨着步子去量自己想象中的房子可能会延伸到的距离。"哎，我并不打算盖多漂亮的房子，我甚至不想请建筑师设计图纸了。我自己画了一个草图，而且我觉着能行。不过我设想的一切都很简单、也很实际，所以我想听听你对造价的估计。"

"你打算用什么材料?"韦伯先生问。

"这个——"法官罗伯特·乔伊纳一时有些迷惑，然后，他回头瞧了瞧那座房子毫不规则的山墙结构，并说——"我想，就用那幢房子使用的材料吧。

你是不是想用松木？"

"不，先生。"韦伯先生肯定地说，"我会使用砖。"

他说这句话的时候，年幼的爱德华正看着他，此刻，这个孩子第一次觉得韦伯先生自己有点像砖头：弯腰弓背的身材、强壮有力的肩膀、粗壮的脖颈、历经风雨的红色脸庞、光秃秃的脑袋，一切都显得致密而结实，他浑身的颜色表明他可能就是用他自己整天摆弄的那种材料制成的。对小孩子来说，这个想法既刺激又了不起。韦伯先生的话也令孩子的父亲大吃一惊，因为他从来没有想过使用砖块。韦伯先生不动声色地等待着法官乔伊纳的回答。而他却沉默了很久，然后才十分疑惑地开口了，好像不太肯定对方的话似的。

"用砖头？"

"是的，先生，"韦伯先生坚决地说，"用砖头。但是完工后的花费并不比你现在要用的木料贵多少，而且，"他继续平静地、肯定地说，"那是盖房的唯一途径了。砖房不会腐朽、不会咯吱咯吱作响也不会摇晃，踢上一脚也踢不出洞来。它还有冬暖夏凉的效果。而且在使用五十年或一百年后，它仍然会矗立在这儿。我不喜欢木料，"韦伯先生固执己见，"我不喜欢木制房子，我来自宾夕法尼亚，"——啊，又开始提这个了！——"那里的人盖房子很有一手，嗨，"韦伯先生带着少有的得意表情说，"我们在那里用石头修砌了很多大畜棚，比你们这一带盖的房子都更加耐用。依我看，盖房子有两种材料最好——石头和砖块。如果说我有所偏好的话，"他又严肃地补充道，"我盖房子都用这两种材料。"

这个想法一旦植入法官乔伊纳的头脑，便会牢牢地扎下根来。那就用砖吧。不出一个月律师事务所的大楼便开始破土动工了，夏季结束之前大楼已经建成，法官也搬了进去。

那所大楼至今仍在那儿，矗立在街角的加油站和年久失修的老木屋之间，现在被凄惨地当成了"游客之家。"那座陈旧的事务所仍然在那儿，低矮迟钝、污迹斑斑，当然算不上成功的建筑佳作，但是从各个方面来看，都达到了约翰·韦伯在差不多六十年前设定的技术规范。利比亚·希尔最近开始蓬勃发展起来，在所有废弃的建筑物中，这所房子矗立在那里，就像一位早期建筑的真实幸存者，象征着某位笃信事物永恒的人曾经到过这里。

从那一刻起，年幼的爱德华关于约翰·韦伯的记忆就和砖块紧紧相连了。也正是从那一刻起，这个小镇的面貌发生了改变，到处呈现出繁荣和生机。

而约翰·韦伯就是这些变化的主要肇始者和推动者，如果用十三个字书写他的一生和墓志铭的话，也许再没有比这更好的了：

"此地安息着一位笃信砖块的人。"

第八章　重生的世界

年幼的爱德华·乔伊纳看待事物的观点大概就是在这个时候开始发生变化的。或许，在生活的过程中这种观点或许总要发生一些变化，不过人的个性对童年时期的印象影响颇大，而后来发生的一切变化总会使人把他跟约翰·韦伯联系在一起。韦伯初到这个小镇的时候正值旧秩序"向新事物妥协让步"之时——当时，各种新生力量和陌生面孔涌入这座小镇，小市民原有的思维和幻想逐渐过时，这个小镇正在与外面的大千世界建立各种联系。因为，韦伯与这个进程不谋而合——的确，他本人竭尽所能适应这个历史进程——在爱德华·乔伊纳的记忆中，他一直都是这一历史进程的化身。

后来，在他回顾童年的时候，总有那么一条地理分界线将他对世界的概念分成两个阶段。即前韦伯时代和后韦伯时代。在他看来，后韦伯时代的生活开始有了变化。在这个时代，整个世界也融入进来了。不仅事物的外观，而且他对整个历时事件的感知——对时代的感知，对整个世界的感受方式——开始变化了。从这个角度来看，前韦伯时代就显得出奇地失落而孤寂，就像记忆中飘浮在山上的云影一样。或许，这也就是说，他以前是一位迷失在群山之中的孩子；而现在成了一位心怀天下的少年。

由于更早时期——前韦伯时期——已经很难再现，我们先设法描述一下当时的情景吧。

六十年前，在爱德华·乔伊纳的童年时期，利比亚希尔还只是一个偏僻的小村庄。人口也不多，大多数居民都是最近才搬来的。"老居民"只有寥寥几个；比爱德华·乔伊纳家族生活在这里更久的没有几户人家。可能只有五六户人家和乔伊纳家族居住得一样长久——他们是布兰兹、肯尼迪、邓肯、欧文比、麦克泰尔和谢泼顿家族——下文即将提到他们。

这并非说他们都是真正的外地人，或者像人们常说的"外来者。"他们中的大多数人虽然不是这个小镇的当地人，但却是这个地区的当地人。其中百分之九十都是生于方圆四十英里之内的人。

爱德华年幼的时候，内战的印记在市民们的记忆里还非常明晰，随着爱德华逐渐成长起来，他也慢慢熟悉了他父亲的许多战友。他们经常到家里来坐客。他们跟大多数人一样，都喜欢和父亲交往，尽管法官乔伊纳对战争有着本能的、根深蒂固的抵触，并且几乎绝口不提他本人在战争中的角色，但是他深深地挚爱着那些熟识的战友。无论是普通人还是士兵，他的儿子从未听过他批评他们的字眼。有时候，其他一些曾和他并肩作战过的士兵会批评某个将军，因为他们认为某件事是一个战略性的或者致命的错误——如长塞勒威尔战役中的胡克、葛底斯堡战役中的尤厄尔、在宾夕法尼亚境内突袭的斯图亚特等。一点没错！甚至有时候，连李将军的英名也被骂骂咧咧地提起来，他的决策能力也受到了质疑。在诸如此类的评论中，乔伊纳只是静静地倾听着，但是绝不参与其中。

他的儿子只记得有一次，他对战争发表了一个激进的看法。那是他的一位朋友——戈登将军在谈论葛底斯堡战役时，他讲完话后，大家都沉默了好一阵子。随后，罗伯特·乔伊纳转过头看着他，四方形的脸涨得通红，突然脱口而出："我们本来能赢的！我们本来能赢的！"然后，他又转过头喃喃地说："事实是，我们其实并没有全力以赴！……我们并没有全力以赴！"

戈登盯着他看了片刻，脸上露出诧异的表情，欲言又止。但这是这个孩子唯一一次听见父亲对战争发表意见了。

然而，在他的童年中，他听过诸如此类的讨论不下几百次；那些战友们经常来他们家造访其父。曾经还有不少将军留宿过他家：皮特格鲁、麦卡劳斯、艾弗森、赫斯、杰金斯、胡德以及约翰 B·戈登。在这个孩子充满景仰的想象中，这些豪爽、勇敢的军人就是男人和军人的理想典范。对小孩子来说，在这些英勇的军人们畅所欲言、推杯换盏之时，屏住呼吸、静坐一旁便是一种光荣的体验。他们的畅所欲言便是他的美食、他们的畅所欲言就是他的佳饮、他们的畅所欲言就是他闪闪发亮的美酒！他触到了它的脉动、呼吸着它荣耀的气息、感受了它的歌声与快乐！

到处都是馨香的气味、美妙的声音和景象……尤贝·厄利骑着马摇头晃脑地在华盛顿郊区招摇过市。到处都是美味和荣耀的战争，跟香水一样……斯图亚特的骑兵沉重地踏过宾夕法尼亚的大道。是骏马冒着热气的腰窝和大汗淋漓的肩隆散发出的怡人气味、是发过汗的皮革散发出的荣耀气息、是破旧的马鞍散发出的气味、是骑兵部队散发出的马臭味！是苹果花夹杂着骑兵部队的气味；是篝火的气味；是原味咖啡的气味；是宾夕法尼亚麦田的气味；是马里兰玉米地的气味；是南、北弗吉尼亚干草棚和战马的气味，是谢南多厄峡谷山茱萸和月桂树的气味！最令人难忘的是残酷战争的气味，枪弹火药的气味，雷鸣般炮火的气味，弹药筒、榴霰弹、葡萄弹、追击炮弹和霰弹的气味！

这些人高谈阔论的时候，他都看在眼里、记在心里、呼吸着、品味着一切——战争的荣耀、快乐以及芬芳——没有丝毫的恶臭、肮脏和惨烈。将军们高谈阔论时流露出的伤感和痛苦在这个孩子的内心是无法理解的。因为他从来都不明白战争的失败和挫折、强烈的懊悔，以及不断重复、痛苦地追问"为什么？"

为什么，他们会热切地追问，他应该对汉考克手下那些躲在树林后面、朝他们逼来的步兵有足够的警惕，但为什么却让右翼处于毫无防备的境地？为什么有人会把一排尖桩篱栅误认为一队士兵呢？为什么在他的阵地和支援部队之间竟有一英里的间隔？为什么有人从早上十一点半一直等到下午两点半才让他的队伍追击并全歼一支精疲力竭的敌军？为什么有人在明知那个山头毫无防守的情况下，竟然没有立即占领它？

戈登情绪激动地质问，为什么尤贝·厄利没有一鼓作气、乘胜追击，将辛达·克里克的败军彻底击溃？为什么在汉考克的部队几乎完全溃败、各部离散、军力无法集结、全军仅有一支部队完整的情况下——我的上帝啊！厄利却没有下达俘获或者歼敌的命令呢，为什么不把它打得支离破碎呢？这本来只需要几门重炮就可以做到。为什么，在光荣的胜利属于我们的时候，他却阻止我们大获全胜，让一只已经溃败的敌军重整残部卷土重来，进而让辉煌的胜利变成了可怕的挫败？

一连串的"为什么？"和满怀渴望的"如果"——都是败者的两首挽歌！如果他没有那样做；如果他没有去那里，也没有驻扎在那里；如果他看到了别人都看到的情况，相信了别人的劝告、知道了别人知道的真相；如果他没有等待，毫不拖延地采取本该采取的行动——"是的，如果，"萨加利亚·乔伊纳挖苦地说，"如果军人们是上帝而不是年轻的小伙子；如果他们是具有先知能力的预言家；如果战场是合乎逻辑的棋盘而不是把握时机的地方；如果他不在当时当地的话——简而言之，如果血肉之躯不是血肉之躯，头脑不是头脑，人的本性、情感、思想和错误不是他们自己的话——也就绝对不会有什么失败和胜利，只会有无懈可击的逻辑，但是战争却完全不同。"

至于这个孩子，他在这些将军们的对话中看到了战争的刺激，也看到了战争的荣耀——但他绝对看不到受挫的希望和强烈的懊悔。因为，不论他们有多么痛苦、也不论他们有多深、多么难以平息的绝望情绪，这些将军们都是伟大的人。野蛮的战争在他们身上培养了睿智、深沉的仁爱；战场上毫无缘由的死亡滋养了一种深厚、强大的父爱；可怕的责任滋养了一种沉着、泰然自若的宁静；对生死的全然无惧滋养了大人对孩子和一切生灵的慈爱；他听过他们谈起别人的错误，承认自己的过失。听过他们质疑别人的判断，但却对自己的勇气毫不怀疑；他们曾激烈地争执并公开地批评，但却不会反唇相讥。这些将军们都是正人君子。他们绝不是那种猜忌、伺机报复、卑鄙、吝啬、尖酸刻薄的人；他们因痛苦的失败而痛苦，因永远无法挽回的失败而悲伤；他们因惨痛的过去而难过，都因失落而喜悦、欢唱——但是他们却没有仇恨。

对于这个孩子而言，当时——六十年前，他们的生活似乎是幸福的。他看着他们、听着他们的谈话，曾屏住呼吸倾听他们所说的一切，贪婪地阅读他们所写的所有零碎文字——回忆录、自传、个人作战经历，以及关于战斗、战役、战术错误以及战略调遣方面复杂的、高度专业化的讨论。到头来，他的学业成绩却遭殃了。他的语法学得一塌糊涂，代数差得几乎不用再提。他的父亲经常态度生硬、毫无保留地嫌弃他，对此，他热衷于采取"侧面攻击"的手段，同时也会毫不惧色地采取各种"防守行动"。他只懂一丁点拉丁语、希腊语就更少了，但是他对后方、侧翼、右翼、左翼、中心以及支援部队的位置却像百科辞典一样透彻。

后来他承认自己当时的确着迷于此了。他有时候一连好几天全然不知自己周围发生的一切，深深地陷入战争的梦幻世界中了。在幻想的战争中，他是一位出类拔萃的人物，他的战略、战术、战斗、战役以及最后决定性的胜利都是举世无双的——因为，尽管他只是一位年仅十二岁的勇士，但他的胜利却总是彻底的、决定性的。在浴血奋战中，他从未吃过一次败仗，也未曾犯过一个战术性的错误。

在他的心目中，以及在他迷恋战火的内心和意志中，他书写了全部历史，这是由十几种不同风格编织而成的超凡文献，巧妙地融合了所有文学巨匠最激动人心的特点——冷静而不加渲染的精准，北方将领道布尔迪所做的专业分析、约翰·戈登热情、冲动的言辞，就像莫里哀和莎士比亚的戏剧。而且跟这两位杰出的前辈一样，他有时候还会在借鉴之处稍加润色。

我军左翼的情形混乱得难以言表。而厄利由于没有注意到汉考克在当天早晨的军队调遣，而且由于错误的预见，错误地把他右翼和后方的尖桩篱栅当成了前来增援的部队，于是，轻率地把自己的左翼派了出去，来到了那片树林的边缘——这时候战斗打响了。此刻，我军的南线仍然怀抱武器正在休息，而一阵密集的炮火从树林里喷射而出。与此同时，汉考克的右翼部队，在海斯的指挥下，在厄利侧翼的树林掩护下席卷而出。在纵深推进的激烈炮火和哈泽德部队的顽强火力下，我军整个左翼部队就像一张纸似的被揉成了一团，和力量大大削弱的中心部队扎成了一堆。在普莱曾顿的指挥下，联邦军队的骑兵部队从树林中冲杀出来，铁骑踏过薄弱的、七零八落的战线，我军彻底溃败了。

就在这一刻，李将军才向那个年轻、出众的军官求助，这位军官并没有和其他将军们待在一起，战争一开始他就准确地判断出汉考克的部队在树林里活动。

"乔伊纳将军，"他严肃地说——因为正和他说话的不是别人，而是大名鼎鼎的爱德华·泽布伦·乔伊纳，同盟军军队中最年轻的将官，赫赫有名的铁墙劲旅的指挥官，虽然从年龄和长相上来看，他还是个年轻小伙子，但是抛开年龄不说，他已然成了一名饱经战火的老兵了。在战术决策和战略技能方面，他也许是整个弗吉尼亚军队中最出色的军官了——他是'乔伊纳将军'。李将军指着那片带来毁灭灾难的树林神情冷峻地说，"你觉得那块阵地能守得住吗，我军能不能攻下来呢？"

这位年轻的军官沉默了片刻。一种深深的悲伤和绝望的表情在他英俊的脸上显现出来。对他来说，他比其他所有人都更加清楚，要使战斗取得成功，那将会有多大的伤亡代价啊——他麾下那些勇敢、至亲至爱的士兵——。他和众人一样，都意识到曾经因鲁莽犯过类似的灾难性大错——那天早上，厄利断然拒绝听取他的劝诫，最终造成了灾难性的后果——但是不管他有什么样的感受和想法，他还是勇敢地隐藏了自己的感受，他只是稍稍犹豫了一下。他的眼睛直直地盯着李将军，斩钉截铁地说：

"能，李将军，我觉得林中的阵地能够守得住，可以攻下来！"

192

"那么，将军，"李平静地说，'我还有另外一个问题。你觉得那是不是我们的唯一的出路？'

这一次，这位年轻的英雄丝毫没有迟疑，干脆利落地回答：

"报告长官，我觉得是！"

"李将军迟疑了片刻，他说话的时候声音变得非常悲伤。"

他说："那么，老兄，你就突击吧。"

一刻也容不得耽搁，这位年轻的长官即刻下达了命令；他久经沙场的军队向前猛扑而去，伟大的战斗打响了。

就是这么一回事，据爱德华·乔伊纳后来承认，他已有八十岁高龄，因此对这次战役的回忆已经不牢靠了。他不仅在心里、在脑海里思考着，梦想着一幕幕战争的场面——事实上他把这些全都写了下来，写成的稿纸已有整卷整捆了；他一生中最惨痛的经历之一发生在一天下午回家之后，他发现父亲坐在他的拉盖书桌旁，正在阅读一大堆手稿。这个孩子原本想保守自己的秘密，于是很随意地把手稿塞进了一个从来不用的抽屉中，而法官乔伊纳在翻抽屉寻找一些信件的时候，不经意中发现了这些手稿。

他抬起头，表情严厉地扫视了一眼儿子，然后连声招呼也没有打，便又埋头继续阅读那些该死的潦草文字了，也就是那些彻底暴露了他痛苦灵魂的东西。

爱德华可怜巴巴地坐在那儿，看着他的父亲一页又一页地读他的手稿。他父亲坐在书桌边，宽阔的后背正对着他，落日的余晖照在他油光发亮的秃顶上，隐隐地泛着微光，爱德华只能看到他粗壮的脖颈、红润的下巴颏的一角和红色方脸的一小部分。

虽然他看不见红色方脸的表情，但他很容易就能想象出那张脸多么严厉、多么专注。爱德华坐在那儿，可怜兮兮地望着父亲，他看见他的红脖颈变得更加通红、下颏处堆起了一层肉，颜色因愤怒而发紫。跟他做每件事情一样，他极为细心地通读了一遍——在这个孩子看来，完整得近乎可怕。他眼睁睁地看着他从头至尾慢慢地、字斟句酌地看着每一页，每读完一页便用厚而多毛的大手小心翼翼地翻过页面。在认真细读行将结束的时候，他开始发表意见了，嗓音尖锐而刺耳，犹如炸药爆炸的声音，这说明他的呼吸有些困难，那几句零碎的言语可以被翻译成如下几句话：

"从侧翼采取行动？……呸！"

嘭！一巴掌拍下去，拍在那张令人恼火的可怜页面上。

密集的枪林弹雨把我军的左翼逼退至阵形的中央——就像揉皱一张卫生纸似的！……该死的，这到底是什么垃圾玩意儿？

嘭！又一巴掌拍在那张令人恼火的可怜页面上。

"那位聪明、勇敢、年轻的指挥官，同盟骑兵的精英，因为他是他们克敌制胜的骄傲，仅仅靠他对战略的完美驾驭便足以扭转败局了，如果——？"

他简直难以忍受！他的拳头重重地打在令他恼火的那一页上，他抬起红色的方脸，像一位困惑不解的人正在祈求上苍一样，他吼叫起来：

"伟大的上帝啊！自古以来还有谁读过这种该死的东西？"

然后他再次调整了一下情绪，重新开始阅读起来。他缓慢、仔细、极其彻底地读着整部手稿令人心痛、悲惨的结局。读完以后，他沉默了片刻，握紧厚实的拳头，然后放在桌子上。他结实的双肩向前倾着，呼吸缓慢，发出打鼾一般的声音，他苦苦地思索，竭力想从某个问题中得出一个结论。

最后，他收起手稿，握在粗壮的手中，小心翼翼地整理了一下，又把它放回了原来存放它们的那个小抽屉里——这个孩子原以为那个地方很安全——他又从背心口袋里摸出一把小钥匙，锁上了那个抽屉。然后，他坐在陈旧的转椅上转了一圈，面对着他的儿子，一脸严肃，好一会儿沉默不语。之后，他从口袋里掏出一张纸——一张明显被狠狠地揉过的纸。看见他满是警告、憎恶的表情，孩子的心几乎停止了跳动——父亲用自己粗壮的手指小心地抚平那张纸，然后递给了他的儿子。

"这是你的成绩单，我刚刚收到。在你的其他学习结果中，我发现你的历史得了四十二分。"

然后他站起身来，仍然大声地喘着气，拖着沉重的脚步，慢吞吞地走出了那间屋子。

爱德华的父亲再也没有跟他说起过这个令人羞辱的小插曲。这位直率、不善言辞、极为腼腆的人最了不起的人性特点就是宽宏大度、待人热忱、善解人意。他的言辞就像拳击一样直截了当，甚至让人有些受不了，但是他一定会言许必践。往事已然成为往事，他绝不会心怀怨恨，也不会通过重复自己的观点、私下里争吵等做法来说服他人，让他们接受自己的判断和信念。

然而，他却对儿子痴迷的韧劲和毒害深感不安。快到十四岁的时候，爱德华一直公开地、充满热情地声称，如果有机会他一定要去上西点军校。尽管他父亲对此想法的评价历来都是轻蔑地咕哝几句，或者直截了当地说："你最好还是做个本分的老百姓，想一想别的谋生手段吧，"但是这一次他的确十分震惊。事实上，法官乔伊纳允许他儿子选择世界上的任何一种职业，也不想让他去当兵；他天生的直觉、品格的各个方面都对他的想法和军队生活深恶痛绝。

他说："无论如何，那也不能算作一种生活方式，那就是死路一条。说真的，我认识那些最了不起的人物，因为我打过仗。不过我打仗是因为我别无选择——这也是其他人上战场的原因。可是你想在战争中遇到英雄人物是因为你觉得那些别无选择去打仗的人就是了不起的英雄。实际上，并不是战争使他们了不起，战争是人类和魔鬼发明的最肮脏、最恶心、最堕落，也是最该受人诅咒的社会弊病。因为它是最丑恶、最恶心、最堕落，也是最该受人诅咒的社会弊病，所以造就了人类最值得歌颂、最崇高的品质。但是，别欺骗你自己了，战争之所以能造就这些品质并非因为战争有多好，而是因为它糟糕透顶。这些品质之所以能在奔赴沙场的人身上得到体现，是因为如若没有这些品质，他们就熬不下去，难以忍受。谢尔曼曾经说过，战争就是地狱，但是，他错了。战争不是地狱，战争比地狱还要恶劣，战争就是死亡！"

他沉默了片刻，就在他试图说话的时候，那张方脸涨得通红。

"自寻死路！"他反对地说。

他的儿子以年轻人特有的热情和游说功夫向父亲指出到西点军校接受免费"优质教育"的种种好处，而且还说，即使他上了西点军校，当了军官，"我也不可能去打战，因为绝对不会再有战争了。"

"那会是一种不错的生活，不是吗？"法官乔伊纳说。"如果那觉得你的人生价值就是这么回事，那你为何不从米歇尔山顶跳下，结束你的生命呢？"

这个问题把孩子难住了，他一脸困惑地问："为什么？怎么理解你这句话的意思呢？"

"我的意思是你最好做些有意义的事情，为你自己也为你的祖国——并不需要付出多大的代价。不需要！"他固执地摇着头说："和平时期的军人根本没有什么用处。他就是寄生虫、傻瓜，他的脑袋对于他本人和社会而言，无异于门把手……不！在战争时期的军队中，你能找到优秀的军人，不过在和平年代，你只能找到小锡兵。"

他非常瞧不起"小锡兵。"一说起自己的战友，没有人比他更公正，更加不吝赞美之词了，但是，和萨加利亚一样，他对西奥多之流的人吹嘘炫耀军功的蔑视是毫不掩饰、不留情面的。

罗伯特·乔伊纳尤为生气的是，他看到战争的可怕经历没有教会广大民众任何东西。他质朴的秉性厌恶那些虚伪的溢美之词。在观察众生百态方面，他是一位睿智、老练的人。他对南方人气质中的致命缺点相当熟悉———一种自欺欺人和异想天开的粉饰能力。他具有的这种注重实际经验、给人带来希望的品质根源于那种丝毫不屈从失败的精神。他就是那种人：当自己的房子被烧为平地，冒烟的灰烬还没有冷却便会重建房子的人，而且，如果他有所需要，他还会从冒烟的余烬中拔出那些钉子。

毫无疑问，李将军投降的那一刻他已经胸有成竹，知道自己该做什么，而且立即着手实施。复员回家以后，他立即动手重建自己的生活。从那时起，他从未在自己的工作面前踌躇过——对于面前的任务和手头的工作，他历来如此。

"如果有事可干，"他告诉儿子——"随着年龄的增长，你会发现总会有事可做——看在上帝的分上，要把握住它，然后一鼓作气完成它。不要犹豫不决，也不要虚度光阴！这都是我们周围很多人面临的问题！这也是南方历来存在的问题！我曾希望那场战争能把我们的一些愚昧彻底打掉，但是你自己也看到了真实的情况，不是吗？天晓得，战争开始之前事情已经够糟糕了——沃特·司各特先生，虚假的骑士精神、冒牌的王侯和贵妇、捏造的光荣理想，仿造的房屋立柱——除了抽水马桶，一切都是假冒的，抽水马桶不是假的，因为它根本就不存在。好了，现在瞧一瞧发生在我们身上的事情吧。我曾希望战争能把所有的腐朽之物打到三角帽里去，我希望我们不得不接受的彻底失败会使我们清醒一些，也希望我们回家以后能够重新开始自己清白的历史。就这么回事，爱德！"

乔伊纳用他的大手狠狠地拍着桌子，大声地喊道："从头开始！难道你没有意识到让我们在南方饱受折磨的东西不正是这个吗？不是战争。毁了我们的不是战争，我们大多数人，"他继续严厉地说，"早在战争开始之前就已经毁掉了。在我们大多数人看来，谈论我们失去的东西简直就是在说废话，因为我们从一开始就一无所有。事情的真相是，我们从一开始就很不顺利——出师不利，为什么，"罗伯特·乔伊纳再次用他的大手重重地拍了一下桌子，认真地大声说，"从一方面来看，那次战争也许是发生在我们身上的最棒的事了——如果我们从恰当的角度来看待它的话。因为，它为我们提供了一个重新开始清白历史的机遇——彻底摆脱所有虚假、不诚实的生活方式——重新开始！——那么，你就瞧瞧目前发生的事情吧！"他向前倾斜着身子，用一根手指叩着他儿子的膝头，神情认真地说："战争之前我们拥有以上四种虚伪，而现在已经有十种了，每一种都比以前的糟糕十倍！战争结束之前返回的那些人的确具有炫耀战功的资本。如果他们住在由仿造的立柱建成的房子里，那至少说明他们的确拥有自己的房子，尽管黑鬼奴隶已经把他们吃得倾家荡产，但他们至少还的确拥有过黑奴。但是，你瞧瞧眼前遇到的这些形形色色的人。你也见过那些整天吹嘘自己失去豪华房产和宅邸的人，他们就出生在小窝棚里，靠猪餐狗食长大。你会发现还有像——卢奇·塔那样的人！"他轻蔑地大声说。他提到的这个人是一位当地人，萨加给他起了这样一个古怪的名字。他很快就会出场。——他现在总把自己称作"少校"，其实他连下士的军衔都没有。没错！他会给所有人谈起他曾经拥有的土地、财产和所有损失掉的黑奴！你听说过他，对不对？"

"不，先生！"说到这儿，萨加利亚突然停了下来，开始惟妙惟肖地模仿起老卢奇·塔尖锐、嘶哑、慢吞吞的嗓音来，声调和音色简直一模一样。"我们可不需要那些普通的社会垃圾。我们曾经拥有过黑奴，这是真的！——我们拥有过大型房产和庞大的种植园，这是真的！——我告诉你，我们可是十里八乡的大户人家！——哎，我到二十二岁时还从来没有自己系过鞋带呢。我们有黑奴专干这些活儿！……鞋子！"萨加利亚的大手重重地捶在桌子上，大声地吼道，"哎，去他妈的，那个山里来的蠢猪，他二十二岁之前连一双鞋子都没有见过，更别说拥有了！至于黑奴，我很清楚，他在来利比亚希尔之前，也就是恰好在战争爆发之前，根本连一个黑鬼的影子都没有见过，因为他出生并成长于泽布伦萨姆托小河一带，那个鬼地方根本连什么是黑奴都不清楚。众所周知，山里人讨厌黑奴。至于大型地产和房子——哎，吹他妈的牛皮！"萨加大声吼起来，"他是在一间随时都会倒塌的茅屋里长大的——他要是见过一只玉米棒子的话，都算他走运了——要是他外出到树林里去，也会随身带上一只打蛇的棍子！这就是优雅的南方老绅士——卢奇·塔！"

"这种人还不止卢奇·塔一个，我的孩子，"法官罗伯特·乔伊纳继续充满热情地说。"在所有人中，有些人会有所作为，还有些人却毫无作为——就是那些整天坐在那里、无所事事、为失去自己子虚乌有的东西而感伤、悲恸的人。你有没有听过一个科学家把一位盲人哲学家描绘成在一间黑暗的房子里摸索、寻找根本不存在的黑猫的事？哎，整个南方到处都充斥着这一类人——那些成天无所事事，为失去自己从来不曾拥有的东西而感伤、悲恸的人，或者那些认为战争的失利使他们丧失了一切的人——需要直面现实，做点实事！要建立一个全新的社会、开创全新的生活、比我们以前拥有的一切更好！……而且……我们应该积极行动起来。我们应该把握这个机遇，马上去做——什么都无法阻挡我们。正如已故的萨罗曼 P. 切斯所说：'重新恢复的唯一方式就是东山再起！'"

"那么，"年幼的爱德华说，"你为什么老取笑西奥多叔叔和他的学校呢？他又重整旗鼓了，对不对？他从战场回来后马上着手让自己的学校复课。"

"是的，他是这么做了，"他父亲回答道，"不过，你不应该让自己一傻再傻。不应该重新开办你的锡兵王国。也不应该重新为这个世界培养小锡兵。也不应该重新为一场已经开始的战争培养小锡兵！这和马被人偷走以后才锁上马厩之门有什么区别？"

"顺便说一下，"这时萨加利亚又插了一句，"你的西奥多叔叔在这一行可是出类拔萃的！"

"不应该继续那种愚蠢、虚假和谎言了，因为首先毁掉的是你自己，"他的父亲继续说，"你应该重新按照上帝的安排行事——按照确定的目标去做。"

"这是什么意思？"孩子问。

父亲圆溜溜的蓝眼睛盯着他看了片刻，眼睛里流露出孩子般古怪、认真的神情。

"成为男子汉！"他说。"成为一个不为过去满腹牢骚，也不因无助而唉声叹气的人！做一个乐于工作的人——处事利落的人——而且——要做个真正的男子汉！"

"比如像谁？"年幼的爱德华直截了当地问。

"嗯——嗯——他的父亲喘着粗气，伸长了粗壮的脖子，环顾左右，突然找到了答案——像约翰·韦伯！就是他！他就是你的榜样！"他硕大的拳头狠狠地捶在桌子上。

"啊，"年幼的爱德华笑着叫了一声，"他也许算一个吧。不过有些人觉得他像一只猴子。"

"我才不在乎别人说什么，"法官固执地说。"他是一个真正的汉子！他勇往直前，脚踏实地地做事。那才是我们需要学习的榜样！"

　　说到这里，法院的铃声响了，似乎在提醒他需要干活了，于是他便站起身走了。

第九章　钟声三响

　　后来，在爱德华·乔伊纳看来，法院的钟声似乎一直回荡在他的童年时光里。这钟声已经渗入他少年时期的每一个记忆中。钟声很响，在疾风暴雨的秋日里，阵阵钟声如同汹涌的潮水奔腾而来，悄然而去。在乍暖还寒、温馨宜人的春天，在繁花似锦的四月和绿意盈盈的五月，这钟声依然如故：它第一声浑厚的回音将难以挥去的孤寂传达给了六月，与树叶的沙沙声，与家附近山峦上空浮过的云影融为一体，并对清晨熟睡的人们说"开庭，"又在昏沉困倦的午后对人们说"复庭。"

　　那是一种急促、浑厚的呼喊，是鞋跟发出的快速敲击声。粗糙洪亮的音调、沉重而急促的节奏，总是一成不变，但又似乎从不一样。没完没了、不停敲击的节奏激荡着他的内心、思想和灵魂，带着人们对其命运和错误的全部激情和强烈冲动，他从这钟声里明白了自己臆想的意义。

　　小时候，每每听见这钟声，他都会心跳加速，喉咙变得干涩，心情激动而快活。在清晨、阳光明媚的清晨，它似乎在对他说，该上学了，告诉他全世界的人都该起来工作了，整个世界都生机勃勃地迈向中午时分喧嚣的车流。到了下午，它又用另一种口吻，打破沉寂与困倦，要求人们振作起来。它会用温暖的口吻同那些无精打采的人讲话，告诉他们必须干脆利落地结束怠惰的午睡。它会同他们的肚子讲话，那里装满了各种食物：有青萝卜、玉米、有青豆、猪肉、有热饼干、苹果派，它告诉他们吃饭的时间已经结束，工作的时间已经开始，一个人的意志和品格必须战胜自己的口腹之欲，工作是要务，收工的时间还未来到。

　　早晨再次来临，它又会讲起民事诉讼，讲起法官和诉状争执。它的声音里满是文书和传票，出庭和辩护；有时候它有力、迅速的声音会高声喊道："出庭！"

　　"出庭、出庭、出庭、出庭、出庭、出庭、出庭、出庭！"

有时候会说：

"你的财产是我的——是我的——是我的——是我的！"

有时候却粗暴、专横、顽固、莫名其妙地说：

"你必须出庭——出庭——出庭——出庭——出庭——出庭！"

有时候更加粗暴无礼、颐指气使地说：

"法庭——法庭——法庭——法庭——法庭——法庭——法庭！"

到了下午，那只钟便会讲起更加严厉的裁决——讲起正在审判的谋杀案、讲起正在闷热的空气里进行的死刑判决、讲起那个神情木讷、智力迟钝的山民，他可怜兮兮地坐在被告席上，一百多双眼睛热切地盯着他，而他仍然对自己所犯的罪行半明不白。突然，这个杀人犯号啕大哭起来，他的哭声就像呛在嗓子里的鲜血。转瞬间，太阳在他的眼里好像涂上了一层血，到处都能闻到、感受到鲜血：在热乎乎的空气中，在舌头和嘴巴里，在太阳的影子里，白天的光亮全部消失。当唧当唧的钟声再次敲响，一团浮云轻轻掠过葱茏的山边，金黄的太阳重又出现，

突然间，树林里响起一种类似鸟儿振翅高飞的声音，轻快而神秘，三点的沉闷和嗡嗡声穿过粗糙却生机勃勃的草场，就像一粒子弹穿透长满菊花、散发着馨香的野草丛。在他的脚下，这个孩子看着那位被谋杀者的鲜血汩汩地渗入这位陌生者身下的熟悉土地——虽然一切发生得突然、迅速而随意，但却像林中的鸟儿振翅高飞时那样柔和。

洪亮的钟声不停地响着，他又瞧了一眼被告席上的那个囚徒，他浑然不知自己为什么站在那里，就像一只被法律的铁夹牢牢夹住、惊恐失措的动物，数百双贪婪的眼睛直勾勾地盯着他，法院的钟声重重地敲打着炎热、迟钝的下午，一遍又一遍发出刻板、蛮横的命令：

"杀了——杀了——杀了——杀了——杀了——杀了！"

然后在炎热的空气里慢慢地消失，只变成：

"杀——杀——杀杀杀杀杀杀杀杀……"

有一点值得怀疑，即那些更年轻、更加城市化的一代人能否意识到，在大约六十年前的整个美国，县级法院曾如何影响过人们的生活方式和命运。在利比亚希尔，这个法院就是这个地区的中心，因为利比亚希尔先有法院，然后才有镇子本身。这个县城围绕着法院逐渐发展起来，建成了广场，沿着通向四面八方的道路蔓延开来。

对于周边各县的乡民来说，法院与其说是为镇上的民众服务的，还不如说是他们生活和休闲的中心。乡民们来到镇里做各种生意，买进卖出。可是生意一旦结束，他们就会来到法院。开庭的时候，你准会发现他们在那儿。在外面广场上，拴着他们的骡子、马儿、牛群，停着掩盖得严严实实的马车。

在法院里面，是他们社会交往和罪恶生活的揭露。对他们的审判、控告、宣判都在这里进行。他们的亲戚被人起诉，朋友和敌人被宣告无罪或者宣判有罪，他们慢悠悠地闲谈着强奸、肉欲和谋杀——这就是他们生活、面貌、感情、品味和气味的全部形态与模式。

一言以蔽之，这里就是美国的整体框架——是说教、行动之间巨大鸿沟之所在，此处有正义的颗粒，也有堆积如山的罪行。他们生活的形态与本质不仅体现在这些坐在法院台阶上、或吐痰或虚度光阴的粗鲁山里人身上，而且还体现在法院大楼的设计、外观和结构中。在仿古希腊式的建筑物正面，支撑着粗壮的大柱子，在高大、正方形的庭审室里，有法官的坐榻、囚犯席、目击证人席、律师席、用栏杆隔开的参审人员专区，后面有旁听人员的长条凳、交叉的州旗和国旗，还有乔治·华盛顿的钢质雕像——室内所有的陈设都强烈地体现出一种权威，体现出法律的威严和执法的公正。但是，唉，跟法院本身的设计和结构一样，法律的执行并非完美无缺，并不总是尽如人意。外观辉煌的陶立克式、科林斯式巨柱其实只是由板条、砖块和石膏砌成，外观颇像石柱。不管法院自身如何竭力显出古典与庄严，它高大、阴沉的窗户一般情况下都脏兮兮的；不管这酷似古希腊风格的建筑外墙对乡下人影响如何，它又宽又暗的走廊里空气相当流通，到处都黑乎乎地，还有嘎吱作响的木板桌和楼梯，以及某个没有关紧的水龙头正不祥地滴着水。

法院的气味颇像某种恐惧、罪行、美国正义的味道——我们生命的某种本质、我们身体散出的某种汗液，我们自身的某种物质，这一点确定无误。美国法院正义的气味如何？在这片伟大的土地上，恐怖、法制和罪恶的气味又如何？这是一种单调却浓重、微妙的复合性恶臭：由多种物质构成，然而，和产生它的这个联盟一样，一种气味就是一种独立的气味——一种无法分开的气味。

从其基本的元素来看，它首先具有某种汗液、烟草汁和尿味——是一种酸肉味、脚臭味、密塞的尿壶味、下水道堵塞的公共厕所味。这些味道混杂、精妙地交织在一起，类似某种滞留的消毒剂味，某种石灰和明矾的味道，某种强烈的氨水味。这是某种古老、黑暗的走廊和破旧的楼道所发出的气味，是阴暗、潮湿、发霉的地下室发出的气味。是底部咯吱作响的破旧椅子发出的气味；是潮湿、表面粗糙的木料散发出的气味；是某种磨得光滑的扶手，包括长凳扶手、椅子扶手、柜台扶手、工作台支座散发出的气味；这种气味犹如建筑物中的所有的木制物件全都浸过油、经过炖煮，并在人的汗水下变脏，然后在身体的不断摩擦下形成的气味。

除此以外，这还是一种因久坐而散发出的皮革气味、因久戴而散发出的牛皮手套气味、黄纸和墨汁的气味；这是一种臭鞋、短袖衫、套头衫的气味，带着汗液、干草、黄油的气味；是某种干燥、令人兴奋的石灰味、某种硬挺、哗啦作响的衬衫味，某处哗啦啦不停作响的文件味，还有干巴巴的关节和手指、不停揉搓的洁白双手发出的气味；此外也是乡下律师古板、宽大的衣服发出的气味。

哦，更有甚者——所有这一切——混合成一种令人着迷的、恐怖的气味，是一种令人心跳加剧的气味，是一种令喉咙干涩的气味。这种气味由各种仇恨、惊骇、恐惧、狡辩，以及世上的一切嫌恶构成，由人身上痛苦难耐的神经、心脏、大脑、肌肉构成；由人的汗水、人的虚伪和欺骗的疯狂构成——由暴力、犯罪、谋杀、奸诈的欺骗、背信弃义等强烈的气味构成——在谬误、激情、罪恶、渎职、冤案构成的巨大臭水沟旁，仅有微不足道的一点正义、公平、真理和希望。

简言之，这个法院就是美国——荒蛮的美国，广袤、巨大、混乱、充满罪恶的美国。它就是浸满被谋杀者的鲜血、受尽折磨、漫无目的美国，是野蛮、盲目、疯狂的美国，它正通过其微不足道的法律制度，及其可怜兮兮、有名无实的借口爆炸式地发展起来。它就是美国，有着几乎没有什么希望的希望和几乎没有信念的信念——因为她自己的错讹、未践行的诺言、失落的梦想和未实现的心愿而严重凄萎的美国。它就是美国，拥有未曾说出口的预言、未曾找到的语言，还有未曾吟唱的歌。因为所有这些原因，它便是我们自己完整的美国——她虽然也有恐惧、美丽、温柔和恐怖——虽然我们了解她的一切尚未得到证实，也未曾说出口——这是我们知道的唯一方面，唯一存在的方面。

年幼的爱德华·乔伊纳对法院和法院钟声的兴趣是双重的：铜钟的响声

不仅贯穿他幼年时的每一次经历，而且也贯穿在他对父亲的每个记忆里。因为他父亲是巡回法庭的法官，所以这个孩子一生中有关这一段岁月的记录和这大钟的回响相伴相随。钟声响起，法院便会开庭，他父亲就在镇上；钟声不响，法院便不会开庭，他父亲就在其他镇上。

此外，若钟声响起，父亲肯定还在家里；钟声未止，他便已经启程前往法院。他出发前的仪式总一成不变；他的儿子差不多见证过上千次了吧，而且不会有一点儿变化。他会在一点钟到家，全神贯注、安静地吃午饭——在那个年代他们叫做"正餐"。吃饭的时候，他全神贯注，几乎一声不吭，也许是在思考他正在审理的案件吧。

饭毕，他会走进办公室或者"书房"，伸展四肢躺在他陈旧的皮沙发上，小睡四十五分钟。当他午间小憩的时候，儿子常常会注视他的样子；他睡觉的时候会在脸上盖一块手帕，光秃秃的头顶露在外面。这样的小睡往往会产生如雷的鼾声，而那块巨大的手帕会在呼吸的作用下鼓起来，就像迎风的船帆一样。

不管他睡得有多深多熟，法院的钟声一旦敲响，他总会自己醒来，一把从脸上取下手帕，猛然坐起身，红润的脸庞和蓝色的眼睛里顿时显出紧张、吃惊的神色。

"钟声响了！"他会叫喊一声，好像这是他唯一期待的事情似的。然后他站起身，跛着腿走到桌边，将报纸、辩护状、各类文件塞进陈旧的公文包中，然后戴上破旧的帽子，跛着腿、沉重地朝走廊走去，而母亲则坐在起居室里忙着做针线活儿。

"我走了！"他用既突然、又令人吃惊的警告口吻说道。他的妻子对此不作任何回答，继续平静地做她的针线活，好像她一直在期待这个令人吃惊的消息似的。

接着，爱德华的父亲用迷惑、犹豫的眼神看了看她，跛行到走廊里，中途停了下来，又跛行到敞开的门边，清楚地吼了一声：

"喂，我走了！"

"好的，爱德华，我听到了。"母亲平静地回答，手里依然忙着针线活。

于是父亲会再次盯着她，显得吃惊又迷惑，随即大声说：

"你需要买什么东西吗？"

母亲听后好一阵子不作回答，但微微抬高手中的针线活，迎着亮光，眯着眼穿针引线。

"喂,"父亲会大声地吼起来,好像在冲某个山顶上的人叫喊,"需——要——买——什——么——东——西——吗?"

"不用了,罗伯特,"她快速地回答,神情依旧平静。"我想没什么要买的,我们不缺什么。"

听到这话,父亲会紧紧地盯着她,呼吸加重,带着困惑、犹豫、吃惊的表情。然后他会突然转过身,口里咕哝道:"嗯,那么再见吧,"然后跛行穿过走廊,朝台阶走去,接着沉重、快速地穿过院子。只等夜幕降临,爱德华才能再次见到父亲:他身体健壮结实,面色红润,秃顶,手臂下常夹着一只破烂的公文包,跛行在六十多年前修建的破旧大街上,而法院的大钟正急促、有力地敲打着。

法官乔伊纳经常说,在战场之外,法庭可能是世界上最激动人心的地方了,因为那里是一个观察芸芸众生和个性的绝佳场所。对他的儿子来说,这话一点不假。

当有趣的案件开庭审理的时候,他有时候和他儿子一同前往。年幼的爱德华耳闻目睹了许多精彩有趣的事情,当然也有不少残忍、厌恶的事情。

到了十五岁的时候,他不仅对法庭的庭审程序了如指掌,而且见过不少死刑犯的审判场面。他观看过追击、逮捕犯人的惊险与刺激,见过缉捕人员毁灭证据的巧妙手段,见过刑讯逼供,见过圈套与陷阱——猎犬紧追不舍,狐狸走投无路。他也听说过各种各样的案件——盗窃、袭击、抢劫、勒索、纵火、强奸或小偷小摸,罪大恶极以及为指控清白者而作的伪证——所有的激情、内疚和诡诈,所有的幽默、爱情和忠实,所有的猥亵和无知,胜利和失败,痛苦和满足,世间所有的一切,或者人类生活中所见到的一切。

的确,当时的法院就是一个观察人生和品行的绝佳之处:不仅从庭审过程,而且从所有参加庭审的人员身上看出来——还有那一群时时聚集在法院周围的"法院流浪汉"。全镇的生活可以从这里体现出来——即使不能反映出小镇的诸多"特点",至少可以反映出小镇的大部分"人物"来。

虽然他父亲位于学院街上的住所距广场上的法院只有几个街区的距离——事实上,两者之间非常近,近到黄色铜钟的声音还未落下他有可能已经走到法院了——在那些日子里,从住所到法院的那段短路上,他们几乎可以遇到该镇的大部分人，每走一步都会听到别人的招呼声，如"你好，法官，"或"早上好，法官，"或"下午好"——他父亲一边沿街一瘸一拐地走着，一边简短地咕哝着回礼：

"好，萨姆。"

"早安，吉姆"

"日安，汤姆。"

尽管他的腿有点瘸，但却是个走路的好手，在匆忙的时候，他走起路来很快——的确很快，快得这个孩子必须"加紧步伐"才能赶上他。

到了法院，总会有一大堆人跟他们打招呼，他们都是一群毫不起眼、有气无力的乡下人、嘴里嚼着烟草的山里人，还有无所事事、游手好闲的流浪汉。他们把走廊、台阶，以及这座破旧法院的墙头当成了他们的俱乐部、身体的靠背、临时的落脚点，或者永久的居所——在这个孩子看来，这个地方几乎成了他们最后的安息之地了。按父亲的话来说，他们中的有些人"和上帝一样年长"，他们坐在法院的台阶上、或者背靠着法院墙壁的时间要远远超过我们大多数人的记忆。

在这帮年迈安逸的成员里，有一位头目——我想人们都默认他是这帮人的头目——他是一位德高望重的无赖。只要他不在跟前，人们都会称他为卢奇·塔。这个绰号是我父亲给起的，之后便一直沿用了下来，主要因为这个绰号实在太恰当了。老卢奇·塔的真名叫波特老头；虽然他自称波特少校，而且密友、朋友、熟人都叫他"少校"，但是这个头衔只是他自封得来，并无别的依据可寻。

老卢奇·塔在当年内战期间曾经当过兵，并且失去了一条腿。他饱受了巨大的精神之痛，而这却为他赢来了一个毫无尊重可言、带有挖苦意味的绰号——卢奇·塔。他的上颚部位受了伤，从而留下了一个洞。按卢奇·塔自己的话来讲，洞口"大得足以容下整个拳头"。这是当年在作战过程中遭到特制榴霰弹袭击而致，而他却奇迹般地活了下来，但是他的言语表达能力却未能幸免。我认为他是我见过、听过的最好色、最污秽、最下流的糟老头了。而且，他的淫秽体现在他咯咯的假笑里，体现在高声、嘶哑的大笑中，即使在一百码外也听得真切。

如果说他有什么值得自豪的东西，那么他嘴里的大洞要比他的木制假腿更使他荣耀了；他觉得此洞比自己当选荣誉军团、授予维多利亚十字勋章更令他满意。他上颚的大洞不仅成了他生命中最重要的东西，而且也成了他生存下去的充分理由；这个大洞成了他虚度光阴的资本。此外，该洞不仅可以证明他所想、所感、所作的正确性，而且还可以明显地让他从自己的行动、言语中感到神圣、权威的力量，感受到某种非凡、无可辩驳的正确性。如果有人胆敢——或自命不凡——质问卢奇·塔的任何观点（他的观点源源不断，内容包罗万象），不论是有关历史、政治、宗教、数学、养猪、种花生，还是占星术，他都希望别人能够立刻、完全、彻底地屈从、俯首称臣——直至被摧垮——然后在适当时刻迅速地调用他本人的主要"杀手锏"——上颚的大洞。

谈话的主题、谈话的时机、争论的内容都无关紧要；老卢奇·塔可能会把黑说成白，把上说成下，把地球说成扁的，而非圆的——不论他的观点如何，不管他的话是对是错，只要他说出来就是正确的，因为一个上颚长着大洞的人是不可能说错什么的。

在任何情况下，只要有人对他的观点提出疑问或反对，他的神态马上就会发生改变。他尽管安装了木制的假腿，但却像个猴子似的从那把破旧的椅子上猛地跃起身来。他气急败坏，每说一个字都不停地跺着那只木制假腿。接着，他会张大那只可怕的嘴巴，露出几只发黄的老牙，人们不禁疑惑那张嘴还能否再合得上。他会伸出一只哆嗦的手指着那个洞，然后高声嘶哑、激动地尖叫起来：

"卢奇·塔！"

"我知道，少校，可是——"

"你知道什么？"老卢奇·塔往往会嘲笑地问。"你知道什么，呃？一个可怜、自命不凡、什么都不懂的人竟敢反驳一位曾在弗吉尼亚打过仗、上腭的伤口大得能放下一个拳头的人……你知道什么！"他尖叫着，"你知道什么……卢奇·塔！"

"没错，我能瞧见那个洞，没错，但我们争论的是地球究竟是圆是方，我认为它是圆的！"

接着，他把嘴巴张得大大地，直到别人都能听见他下颏的开裂声了，然后他会哆哆嗦嗦地伸出一只指头，指着那个能说明一切的大窟窿。

"我知道，上校——我能清楚地瞧见那个洞，可是我们争论的是地球究竟是圆是方，我认为它是圆的！"

"你认为它是圆的，"卢奇·塔嘲笑地说。"你怎么知道的，呃——一个乳
臭未干、自命不凡、什么都不懂的人……你怎么知道它是圆是方？……你什
么地方都没去过……什么都没有见识过……你连离家五英里外的地方都没有
去过！……竟敢跟一位曾在弗吉尼亚打过仗、上腭的伤口大得能放下一个拳
头的人争论问题——卢奇·塔！"说完这些，他就会使劲地踩那只木腿，张大
嘴巴，用颤抖、但却洋洋得意的手指着那个能说明一切的洞。

别的时候，如果没人反对他，老卢奇·塔就会变得很和蔼，他会滔滔不
绝地同任何处于听力范围的人交谈。这些人都愿意倾听他没完没了地讲述战
争期间、和平年代的各种奇闻轶事，以及有关骑马、喝酒、黑人、男女之间
的风流韵事——他们尤其爱听他讲述女人的事，他讲起与女性的关系时，总
会扯高嗓门，带着淫荡的意味，偶尔还会发出阵阵尖锐的淫笑来，几百码外
都听得清。

我父亲对他很反感；他代表父亲憎恶的一切事物——懒惰无能、无知、
肮脏、好色、职业退伍军人；但是憎恨、关爱、反感、愤怒或者嘲笑都无法
影响到老卢奇·塔；他是祸根、是负担、是无数痛苦的根源，但他却依然坐
在那把破旧的椅子里，面对着法院的门廊，永远是一个令人痛苦、饱受折磨
的负担。

每次乔伊纳到法院的时候，总会在上台阶之前飞快地扫一眼，看看老卢
奇·塔在不在那儿——似乎希望上苍能施以仁慈，把他弄走。但是，老卢奇
·塔总会待在那儿。火灾、饥荒、洪水还有瘟疫也许能毁掉整个地球——但
是，老卢奇·塔却总会在那儿。

虽然老卢奇·塔在生气时或者遇到某人反对他观点的时候，会像猴子一
样迅速、敏捷地从自己的椅子里一跃而起，但是他跟法官打招呼的时候，总
会变成一位年迈、虚弱的退伍老兵。他因伤而残废，但却努力用恰当、敬重
的方式同他尊贵的长官打招呼。

尽管受了伤腿瘸了，但他却忽视自己的身体痛苦，坚决要向他尊敬的长
官行一个标准、充满敬意的军礼。要不是这种拙劣的洋相每次都让法官极为
尴尬和气愤的话，这个无赖上演的荒谬走秀也许会非常有意思。事实上，这
的确是一个很特别的表演，甚至连那些不了解他虚伪情感的人都觉得如此。

老卢奇·塔一个劲地向那帮嚼着烟叶的听众吹嘘自己在弗吉尼亚如何英
勇作战，但当法官乔伊纳走近时，他会突然住口，微微前倾座椅，用颤抖的

手扶着椅子的扶手，然后狂乱、徒劳地用木制假腿蹬着地面想要站起来，但无济于事，嘴里不停地哼哼着，呼吸困难，就像人使完最后一点力气，但却拼命、不惜一切地做垂死挣扎。

然后他会暂停一下，急促地喘着气，用虚伪、假装的谦卑上气不接下气地说道：

"孩子们，我不好意思请求你们帮一下忙，但我不得不求你们了！将军来了，我得站起来才行；你们有谁可以扶我一把？"

当然，会有许多双富有同情心的手向他伸过来，连拉带拽让老卢奇·塔站了起来。他摇摇晃晃地挪了挪身子，然后使劲用木制假腿蹬着地面，想让身子保持平衡——然后，他神情崇高、慢慢地行了一个军礼——你所见过的最夸张、最庄严的敬礼，这是老警卫员向滑铁卢君主行的礼。

有时候，小爱德华担心父亲会上去扼死他。因为老乔伊纳盯着卢奇·塔的时候，他的脸就会变得通红，就像一只大而熟透的西红柿，他脖子、额头上的血管膨胀得跟缰绳一样，他粗大的手指攥在手心里，痉挛地抖动着。然后，他一言不发地转过身，朝法院跛行而去。

然而，有一次他所说的一句话，听起来虽然简短，但却像猛烈的炸弹一样。

"还有一位著名的老兵，"他发牢骚地说。"作战四年，幕后四十年。在你眼里，他是一位了不起的退伍老兵。"

然而，在儿子面前，他的这种情绪变会缓和很多。虽然表达得很简单，但却异常激烈。

"那位就是你们常说的著名老兵了，"他气鼓鼓地说，"打了四年仗，然后就可以悠闲四十年！这就是你们常说的杰出老兵！"

"是的，爸爸，"这个孩子坚定地回答，"但是他有一条木制假腿。"

他父亲突然停了下来看着他，宽阔的脸庞变得通红，蓝色的眼睛里露出严肃、奇怪、年轻的神色，显得很痛苦。

"听我说，孩子，"他非常平静地说，一边轻轻抓着他的肩膀，动作透出一种古怪而特别的肯定。"听我说，他的木头腿与这个毫无关系。他只是战争的牺牲品，打过仗的人，十有八九都是他那副样子。别再提那条假腿的事了，否则，伪善的同情就会使你盲目，你就再也看不清事情的真相了。到那时，你就跟他一样变成感情用事的傻子了。"

我看着他，惊得一句话也说不出来；对这句意义非凡却毫无意义的话，我不知如何作答。

"记住我说的话，"他说。"一条木腿说明不了一切！"

然后，他满面通红地转过身，沉重、快速地跛着腿走进了法院，只留下儿子静静地待在原处，目瞪口呆地注视着他宽阔的背影，思忖着父亲这句含意深刻的话。

他很快就会明白的。

第十章　逝去的日子

小爱德华生活在史学家们通常所谓的"重建的黑暗时期，"然而他记忆中的童年却过得很快乐。

他在八十年代的时候一直过得很舒服。后来，当他重温那段时光的时候，似乎觉得那个小小的世界、小小的镇子充满了活力、希望和发展。这一切几乎完全摆脱了人情的冷漠和凄凉，而南方的大部分地方都深受其害。

利比亚希尔的百姓并未感受到战争的悲哀。正如法官乔伊纳所言，他们在战争之前本来就没有多少东西，所以战后也就没什么可后悔的。这些山民从未富裕过。他们从未蓄养过奴隶，他们都生活在人烟稀少的深山老林——只拥有一片薄田，靠打猎、砍柴、伐树、诱捕野物为生，是一群住在小木屋里的人。在许多地区，人们在战争之前根本不知道黑奴为何物，许多山民在战前也从未见过一个黑人。

即使在利比亚希尔，真正蓄养过奴隶的人也不过半打。老上尉邓肯拥有的黑奴最多——约有四十到五十个：他拥有大片良产和一家锯木厂，他的黑奴都在那里干活。布兰德家族拥有过几个奴隶。萨加·乔伊纳一家可能拥有五六个，而罗伯特一家有三个。还有一些散居在各处的人家也拥有过一两个奴隶，不过这样的人家很少。

由于西卡托巴并不属于以种植棉花、烟草、蓄养黑奴为主的富裕南方，因此，它在战争中的损失比其他方面的损失要小得多。事实上，利比亚希尔仍然是一个尚未开发、有待开拓的地方。蛮荒的蓝岭山脉将这个地方团团包围，把它与蓬勃发展的南方各地隔绝开来。它的发展还未开始。

因此，就年幼的爱德华及其家人所知，八十年代的生活是一次有趣而有希望的经历。他们的生活虽然算不上富裕，但是跟他们的左邻右舍相比，他们的境况要安逸、稳定得多。因为爱德华的父亲还拿着法官的薪水———一份并不高的薪水———还有一小部分房租收入。此外，他还在学院街拥有一座老房子，房子所在的那块地产是从他父亲那儿继承而来的，在城外六英里处也有一块属于拜尔·乔伊纳的房产。当时这里住着一位佃户，不过夏天的时候他们一家搬了过去。总的算下来，除了拥有这两处地产之外，他们一家每年大约有三千元的收入。虽然算不上富足，但在十九世纪八十年代的南方，这也是一小笔钱了。

比以上这些更为重要的是，法官乔伊纳和约翰·韦伯一样，被人们称为"具有远见卓识的人"（这或许是他们友谊的真正基础），家庭周围的气氛和爱德华之父相关的一切气氛，都显得忙碌、愉悦、好客。总会有人来造访他家，总会有人待在他家，总会有许多人来来往往。

这给他们的生活带来一种永久准备、热切期待的氛围，带给人一种迎来送往的忙碌，相逢的喜悦和离别的惆怅。

我们知道，就在这个时期，该镇开始飞速地、爆炸式地发展起来，呈现出活跃的景象。爱德华·乔伊纳和其他人一样，都觉得心情激动、兴高采烈，感觉到前景一片光明。

铁路一直向大山深处修去，成为该地区辉煌未来的标志和象征。人们热切地、喜悦地、迫不及待地期待着铁路的到来。这个伟大的日子终于来到了。最后一段铁轨铺好了，最后一颗铆钉打进去了，爱德华·乔伊纳永远也不会忘记1884年4月的那个狂欢日，当老列车长比利·尤斯林开着他的机车"喘气的比利"从拐弯处转过来、沿铁轨开进车站的时候，鼓笙齐鸣、张灯结彩，全镇的男女老幼夹道欢迎，孩子们高声欢呼、喝彩。

小爱德华站在父亲身边，当时并不太懂事，但是后来他才逐渐意识到，随着那个喘气机车的到来，外面的世界也引了进来。

这件事过后不久，也就是他父亲神秘地给他讲过老卢奇·塔故事之后的几个月，某天午后，这个孩子正在书房里看书，鼻子都快埋进书页里去了。他当时正在读汉考克麾下的一位将军所撰写的波茨凡尼亚战役纪实，那位将军亲历了那次战役。他读完了那次血战的前两章——即汉考克指挥麾下向同盟军发起冲锋的一章，以及同盟军发动反击的一章——目前正在阅读最后一章——他对军队双方在掩体里进行的白刃战进行了详细描述——按这位军官的话来说，这可是一场残酷、漫长的战斗，"每一英寸阵地都几乎被鲜血染红。"突然他读到了下面一段内容：

此次战役还打响了其他几次战斗，双方调用了更多的兵力，伤亡更加残重，作战范围更大，但据我个人判断，在现代，还没有哪次战斗比波茨凡尼亚战役最后几个小时双方进行白刃战时更加残酷、更具破坏性的了。双方势均力敌，都躲在掩体里向对方猛烈射击，战士们不断从倒下的战友手里接过步枪。一位士兵刚刚倒下，另一位便跃起来取代他的位置。人人皆如此——从列兵到上尉，从上尉到旅长；我亲眼看见将军在交火最激烈的地方与士兵并肩作战；我亲眼看见梅森将军和他的山民士兵一起射击、装弹，直至自己中弹被部下抬走。他的右腿被小型炮弹炸得皮开肉绽，必须要做截肢手术——

孩子的眼睛被什么东西模糊了，这一天的金色和欢唱突然间消逝了。他站起身，走出书房，沿着走廊走去，手里拿着摊开的书。

当他走进客厅，朝里面望了望，看见母亲正在那里；她平静地抬起头，然后迅速看了看他，吃惊之余站起身来，一边把手中的针线放在桌子上。

"那是什么？你怎么啦？"

他朝她走过去，步子虽然坚定，但是他的双腿却像软木塞一样轻飘飘、空落落地。

"这本书，"他边说边把书摊开递给了她，用手指了指地方——"你读一读这里——"

她一把接过书，读了起来。很快就把书交还给了他；她的手指在微微地颤抖，但却语气平静地说：

"原来如此？"

"书上讲的——是我父亲吗？"

"是的，"她说。

"那么，"他说，缓缓地盯着她，一边使劲地清了清喉咙——"这么说父亲——"

这时，他看见她哭了起来；她搂着他的肩头说：

"孩子，你父亲的自尊心太强了——他不愿告诉你。他无法接受自己的儿子知道他是个跛子这一事实。"

突然间，这个孩子想起他父亲曾经对他说过的话，明白那句话的意思了。

跛子！

一晃五十年过去了，但是罗伯特·乔伊纳的儿子每次想起这一幕，他的视线便会模糊不清，喉咙里好像有个东西堵在那里，金色的阳光和歌唱就会跟很久以前那个春日一样消逝而去。

跛子——他是个跛子！

他看着他的秃顶和红彤彤的面庞，看着他矮胖的身子沉重地朝法院走去……听到了坚实、快速的钟声……想起了卢奇·塔、法院门前的流浪汉以及来往的行人……还有审讯、律师、被告……以及去他家的那些将军们，还有八十年来他们一贯的模样……他们谈及的事情、他们带来的神奇……他的心如同孩子一般充满了战争的梦想和荣耀……那些了不起的将军和他印象中并不尚武的父亲……还有他对事实过分疑惑的毫无价值……他看见父亲魁伟、平凡的身子朝法院跛行而去……把他幻想成戈登，正身在荒野……或者在弹痕累累的战场，或者在葛底斯堡树林里冲锋陷阵……或者身负重伤，跪倒在斯波茨凡尼亚溪边……看不清自己的悲惨模样；而且，他就跟孩子一样，想象不出多年前在弗吉尼亚谷地，究竟有多少疯狂或神奇的事情发生，甚至想象不出有多少熟悉的砖红色面庞和秃顶……

可是，他是一个瘸子吗？——不！绝不是瘸子。相反却是最强壮、最正直、最普通、最正常的人！……五十年过去了，但每每想起那个失落的日子，一切便会涌上心头……每一份记忆、每一片叶子、每一朵鲜花……树叶的沙沙声、阳光下的每束光亮和阴影……落满灰尘的广场、拴马桩、骡子、牛队、还有马儿、铺着干草的四轮马车、香气四溢堆得高高的西瓜……法院前的流浪者……老卢奇·塔——还有韦伯的骡队正小跑着穿过广场……每一扇敞开的门……每一扇紧闭的大门……那天经过小镇的各种事物——在黑人区角落的妓院里女人们坐在饰有格子的门廊里……她们在温暖的午后尽情休息，只肯定一件事——夜晚定会来临！……所有已知的、未见的事情——都只是他全部意识的一部分……五十年前五月天的某个下午，在南方某个山区小镇……时间像蜜蜂嗡嗡不止，像林中的声响漫弹不歇，像云影穿过葱茏的山腰，或者像从法院里传来的有力、快速的钟声……

现在，他的父亲已经故去，早已埋葬了。他曾经一瘸一拐地走向法院，也到过葛底斯堡……另一位长胳膊、颇似大猩猩的人也早已死去，埋葬了。

时光仍然在流逝……像树叶一样飘过……时光流逝……像鲜花一样枯萎……时光流逝……像河流一样淌过……时光流逝……突然间回想起来，就像已被遗忘的马蹄和车轮。

物是人非，永不再来了……离我们远去了，伟大的上帝，只有伟大的上帝……才知道这个世界、这个时代、这个人生远比一场梦境还要奇怪。

后　记

托马斯·沃尔夫于 1938 年 9 月 15 日逝世，享年仅 38 岁。九年前，也就是 1929 年，他出版了自己的第一部作品，被广泛誉为当代最有前途的作家之一。J. B. 普利斯特里（Priestley）曾说过，他认为沃尔夫肯定知道自己的生命十分短暂，所以他才如此狂热地生活和工作。虽然这种说法或许有一定的道理，但他只有九年的时间实现他的愿景。在这短暂的时间里，他不辞辛劳地创作着，最终的劳动成果令大多数作家都难以望其项背。

随着《远山》一书的出版，他的作品就算出版完毕了。在他有生之年，共出版了两部长篇小说：《天使，望故乡》（1929 年）、《时间与河流》（1935 年）；一本或多或少相互关联的短篇小说集《从死亡到早晨》（1935 年）；还有一本真挚袒露自己写作方法的小书《一本小说的故事》（1936 年）。到他去世之际，他尚未出版的手稿已经堆积如山了，保守估计有一百多万字——在篇幅上相当于十到十二本普通的长篇小说。这些遗稿被编辑成了三本书。从某种程度上来讲，这些作品与他生前的作品一样，具有大致相同的模式。其中有两部长篇小说《网与石》（1939 年）、《你不能再回家》（1940 年），以及这部《远山》，本书收录了他的一些篇幅较短的作品。要想一窥他真实的写作方法再没有比这些作品更能说明问题的了。如果他还活着，他肯定会将自己的文学秘密毫无保留地袒露出来，因为他是世上最开诚布公、毫无保留的人；由于他在尚未完成这件事之前就英年早逝了，所以这篇文章的意图就是想尽量弥补这一缺憾。

尽管《一本小说的故事》已经闪现出熠熠的光辉，然而关于托马斯·沃尔夫与众不同的写作手法仍然值得讨论一番。我认为，再也没有人会像他那样进行创作了。他的写作手法几乎完全包含了他的优势和劣势，包含了他在探究人性根源方面取得的辉煌成就，含蓄地展示了美国的风貌、声音、气味和感受，同时也表明了他对神秘、复杂的人际交往和社会百态的恒久关注。他常说，只有通过亲身体验、亲自尝试和犯错、探究自我才能了解事情的真相。的确，他所做的一切都是孜孜以求。他的写作习惯，以及其他诸多方面都是如此。他阅读过很多书籍和文章，都是关于其他作家如何写作的，但他发现这些书籍和文章对于自己的文学创作并无裨益。他常常与同辈作家们讨论这个问题。当某个他认识的通俗杂志的作者顺便到他居住的切尔西旅馆拜访他时，他甚至会耐心地听他讲话，尽管不抱什么希望。虽然在汤姆为某一部作品绞尽脑汁之时，那人却宣称自己已经写出了十篇作品，并因此赚了大钱。汤姆听后，会若有所思地摇摇头，脸上露出忧伤的神情。如果他具有那位通俗杂志撰稿人的粗制滥造的能力就太好了，但是他决不会去写同行作家们的那种低俗作品，只会写那种属于自己的东西。不过，有时候他的确会受到这种荒谬幻想的折磨，每逢这样的时刻他就会耸耸肩，大笑一声，然后继续埋头于自己的创作中。他很早就清楚，即使最出色的作家向他面授机宜也毫无助益。他必须走自己的创作之路。最终，他总会回到老路上去。因此，他从别人那儿没有借鉴到任何东西。自始至终，他的创作方法都是自己的，是他自己独创的——因为他不得不这样去做。

"我的写作素材太多了，"乔治·韦伯在《你不能再回家》中如是说，"这些素材一直支撑着我，以至于有时候我不知该如何处理这些素材——我如何为这些素材找到一个架构、一种模式、一条方法，一种让它顺畅奔流的方式！……我一直在费力寻找的就是呈现这些素材的方法！"乔治·韦伯这样绝望地喊道，他打算投身于布鲁克林的都市丛林，然后独自生活、工作，直到他找出摆脱困境的"出路"，在此之前他刚刚出版了他的第一本书。这句引述并不一定反映出汤姆在《天使，望故乡》出版后的内心状态。

直到他去世，他一直都坦诚地说自己无法用一种明确的方式表达自己知道的事情，总是怀疑自己。因此，结局就是这样，我成了他遗稿的编辑，成了他生命最后一段时间里最方便的倾诉者，承载着他对自己已经创作完成、正在创作以及创作方法的长久且真挚的信念。在那一年当中，也许我见到他的次数比其他任何人都要频繁，在此，我想要说的内容在很大程度上都是以他讲给我的事实为基础的。在他逝世之后，编纂那些尚未付梓出版的手稿就成了我的责任。那些手稿捆起来堆成了一摞，放在地上足有齐胸高。在过去的三年里，我的大部分时间都花在研究和编纂这些书稿上了。这是一种难得的经历，这个过程为了解托马斯·沃尔夫的写作手法带来了极大的帮助。因此，尽管我不能直接断言他是如何创作最初三部极富创意的著作，但是，我相信我非常清楚他的最后三部作品是如何写成的。

随着他年龄的增长和自信的不断增加，他对某些重要细节的观点发生了一些变化。在此之前，他一直在尝试、摸索属于自己的写作风格。虽然直到生命的尽头，他依然在尝试，但更重要的是，我认为，他以前对他人的模仿教会了他很多东西，引导他修正了之前的某些习惯，而那些习惯是他与生俱来的。即便在一些肤浅的细节上也是如此。例如，他把《天使，望故乡》的初稿写在了一些账本上，这些账本在一些关于他的轶事中被屡次提到，但是这些账本早已废弃不用了。除了普通的稿纸之外，我从未见过他在别的东西上面写过什么。的确，在他最后一次周游全国的旅途中，他携带了一个账本，而且在他去世之后，在他的行李箱中找到了这个账本。里面有一半内容是笔记和简短的略记①。但是，在他生命的最后一段时期，他只会在旅途中使用账本。而这也只是因为它们便于携带，便于查找。这也许就是他最初使用账本的原因吧。这些账本是他年轻时游历生涯的写照，直到生活逐渐安定下来后才逐渐被搁置起来。

此外，汤姆曾经开玩笑地说起他写作《时间与河流》时的情形：他站在冰箱前面，伏在冰箱上，把它当作写字台来用。如果这是真的，我也不会怀疑，站着写作是他年轻时的又一个习惯，之后他也抛弃了。我认识他之后，他的习惯是：仰着头在地上踱来踱去，一边思考某个故事情节或者人物，一边不安地挦着凌乱的头发。一旦灵感突现，他就会冲向书桌，立刻坐下来把想到的内容记在稿纸上。

他的这些外在习惯的变化也许表明了他在应对某些写作问题时的内心变化。这也是我想要强调的。这篇文章的意图并非对托马斯·沃尔夫做出什么批评式的评价，而是一个解释性的综述，其中包含的一些信息有助于那些比我更有资格的人士判断沃尔夫在美国文学界的终极地位。应当记住，我所提到的内容完全与他生命中的最后几年相关。这一段时期可能是他一生中最重要的时光。不管怎么说，这几年代表了他生命的最后阶段，是他作为一名艺

---

① 这些笔记已经于 1939 年夏发表于《弗吉尼亚评论季刊》。标题是"西行记"。

术家最成熟的时期。

许多评论家发现，他身后的著作与其早期著作的风格有很大不同。从作品的基调来看，许多作品更加客观，原有的大段抒情明显收敛。这种变化首先体现在《网与石》的前半部分（其原因稍后解释）。作品内容的客观性在《你不能再回家》全书中都有明显的反映，在本集作品的标题篇目"远山"中，这一点也是显而易见的。该如何解释这一变化呢？背后到底隐藏着什么？就沃尔夫作为一位艺术家的成长来说，它又表明了什么呢？

这些问题可以通过我对他的写作意图和写作手法的了解而得到最佳的解释。诚然，至于他的写作意图并无什么神秘之处。促使他写作的动力，以及他处理每一个细小事物时的一丝不苟，在他的著作中是无法完全解读清楚的。但是，他的写作手法是比较隐晦的，通常无法从印刷文字中推理得出。他的写作方法，如果在文学界不是独一无二，那也是极其特别的。没有几个人能够真正地理解他的写作方法。或许，这正是很多人对托马斯·沃尔夫存在诸多误解的原因吧。

例如，有的读者似乎认为，汤姆在痛苦地写作时，他只是打开了思想的闸门，任由文字恣意奔流，一如阻隔已久的巨浪被突然释放。这话不假，他创作起来的确就像一个着了魔的人。他的初稿总是用一根铅笔写就，在他去世的前一年他请了一位秘书，但她的日常工作之一就是准备好一打削好的铅笔供他所需。他会以令人惊叹的速度把数不胜数的纸张填得满满当当。他会把这些铅笔一股脑地仍在地上，让秘书捡起来，摆放整齐，然后再把手稿誊写下来。他才思奔涌的时候从来不会因为某一个词儿而犹豫：对他来说，合适的词汇会源源不断地涌出来，为了想办法跟上词汇涌来的节奏，他常常只写第一个和最后一个字母，中间的字母只用一个波浪线代表，因此，只有对他的语言极为熟悉的人才能读懂他的句子。

但是，如果不加条件限定，把他的这种写作过程喻为打开泄洪闸显然会误导人。要理解汤姆的写作情形，我们必须明白：这一切源于他长年累月的经历和观察。同样，我们也需要记住：他对于自己体验和观察到的一切都极其敏感。他会把自己的所见所闻在记忆中反复回忆上千遍，仔细地回顾每一个细节，直至把握了每件事的核心，并从各个层面上凝练出最终的意义。只有经过了这样一个过程，他才会按照自己的直觉把发生在身边的事情付诸笔端。读者也需要知道他是如何用各种不同的方式，极富创见地尝试着把自己想要说的话宣泄出来的。有时候他只是在头脑中构想，有时候他会草草地拟在纸上。所有这一切都发生在他洪水般奔涌的正式写作之前，而且只有这样才能使他下笔千言。

除此之外，我们还需知道——也许这一事实会让人感到惊讶——汤姆一直在孜孜不倦地修改，重写。他年轻时是否如此我不能贸然断言，但是他后来的确是这样的。虽然在他最后的几年当中，我对此耳濡目染良多，但是当我着手处理他的遗稿时，我才意识到重写在他的整个写作过程中有多么重要。我经常会发现，同样的情节至少会有两个不同的版本，有时候甚至多达四五个版本。有些初稿是匆匆地草拟的，然后再把细节添加进去，看着故事在他的笔下不断发展变化的确令人兴奋不已。当他对某个情节或人物不甚满意时，他通常会把稿子重新修订一番，然后再让人重新誊写：他会把稿子搁在一边，然后从头至尾用另一种不同的方法重写。他常常在地上来回踱步，翻来覆去地思考，然后把修改的内容直接口述给他的打字员——这样一来，那位秘书为了赶上他的节奏，不得不精疲力竭地忙上一整天。在编辑、整理这些手稿的时候，遇到那些不同的修改稿的确是一件令人困惑的事情，因为这些手稿上面没有做任何标记（这些稿件常常不按顺序排列，甚至没有编号），只有仔细地比较里面的内容方可确定定稿是哪一个以及哪个版本最能完整地体现他的写作意图。

关于托马斯·沃尔夫的另一个误解是人们反复地说他是一位"自传作家"。这样的评论无疑令他怒火。所说，要成为自传作家有许多方式，而且这句话并没什么。当然，他是一位"自传作家。"但这并非像这个词语本身所指的那样，认为他只是一个受人尊崇的新闻记者，具有非凡的记忆力，只是把从他出生以来发生在他身边的所有事情一五一十地记录下来。这样的观念忽视了想象力在他所有作品中所扮演的角色。他从生活中提炼出写作的素材，并将其运用于作品之中，这是事实。但是，其他任何一位知名的作家也是这样做的。"一位作家，就像其他任何一个人一样，"汤姆说，"必须得利用他必须利用的。他不可能利用那些自己不知道的东西。"[1] 在汤姆利用自己知道的一切时，他把那些经历融入自己炽热的想象中，凡是他的作品中出现的东西，都与他的实际生活记录截然不同，尽管那些素材直接而完整地来自于他的

---

[1] 见《你不能再回家》326 页。——原注

生活。

但是，他在利用自己生活素材方面是否比大多数作家更加直接呢？毫无疑问，他的确利用了自己的生活素材，但并非完全如此。最直接地利用自己生活素材的作品就是《天使，望故乡》。在这本书中，他以一种赤裸裸的直白和作品中少有的写实方式，记述了他所知道的生活经历。我不清楚这本书中是否有哪个人物不是来源于他所认识的人。阿什维尔的当地人肯定能非常容易地认出其中的人物，所以汤姆也曾讲述过他所经历的那些暴风雨般的责难。他从那次经历中获益匪浅，学到了不少。另外，他也自称明白了一个道理：如果你想写一个偷马贼，那没什么关系，只是没有必要写出他的地址和电话号码。但他的第一部作品就是这样做的，正因为如此，他的读者可能会认为此后的书也会是那个模式。毫无疑问，书中的部分章节的确是这样，但并非全部。不久之后，情况就会发生变化。汤姆本人具有一种奇特的时间感，他需要比一般人更长的时间来承受和摆脱不愉快的经历。虽然他的生活沉闷而漫长，但他还是逐渐从以前的经历和体验中学到了很多，开始学着放弃那种对生活经验的直接阐述。令人惊奇的是，他最终彻底抛弃了那种方法，有些例子显而易见地证明他对个人生活素材的运用几乎和通常情况下所谓的纯粹创作没有任何区别了。

在沃尔夫生机勃勃、活力无限的世界中，最令人满意的人物之一就是内布拉斯加·克兰了，这位切洛基人小时候与乔治·韦伯一起长大，后来成了一名一流的棒球手。如果说汤姆的作品只是纯粹的自传的话，那么人们很可能会认为内布拉斯加就是汤姆童年时期结识的某个人的再现。但事实决非如此。我曾就此问过汤姆的家人，他们的回答明确而肯定。他的母亲、他的姐姐拉尔夫·威顿夫人，以及兄长弗莱德——他们的记忆力都非常好，对自己生活中接触过的人物了熟于胸，甚至连那些极其微不足道的人也记得清清楚楚。如果有人像内布拉斯加·克兰那样是沃尔夫儿时挚友的话，他们肯定也会知道的。但是，他们每个人都告诉我汤姆儿时的熟人里面并没有一个像内布拉斯加的人。

那么，这个令人难忘的人物是以谁为原型的呢？答案就是：汤姆通过想象力塑造了这个人物。那么他是如何塑造出这个人物的呢？这个过程是怎样的呢？其实这个过程与那些不善于运用个人生活素材的原创作家们的创作过程是一样的——就是观察许多某种特定类型的人物，从他们的言谈举止中找到那些引人注意的东西，然后利用这些观察结果塑造出一个人物。这个人物可以真实地反映这一类人，但又没有一个现实的人物原型。汤姆热爱棒球，喜欢和那些棒球手打交道。那些一流的棒球手们每每在赛季之后都要在纽约举办年度宴会，多年来他一直是他们邀请的嘉宾。汤姆去世后，他的母亲还在其衣服口袋里发现了一张当年棒球队宴会的邀请函。汤姆认识其中很多的球员，喜欢与他们为伍，喜欢在一起谈天说地。由于对他们的近距离了解，他熟悉与那些出色球员们相处的"感觉"，所以他虚构了内布拉斯加·克兰这个人物形象。他在《你不能再回家》的几个章节中首次写到了这个人物，讲述了一个已经过了运动黄金期，但仍然希望继续参加一两个赛季的本垒打高手。后来，他又让时光倒流，通过想象在《网与石》的前几章虚构了内布拉斯加的童年生活，然后又让他成为乔治·韦伯的最好朋友——确切地说，那正是年轻的汤姆·沃尔夫梦寐以求但永远也未曾拥有过的一种友谊。

内布拉斯加·克兰是一个自由创作的完美范例——许多评论家都希望汤姆利用他的才华向这种创作方向转移。内布拉斯加的例子并不是孤立的。在其后来的作品中，还有几个人物也是将现实生活中的真人真事与虚构想象结合的例子，这表明沃尔夫的创作方式正朝着这个方面迈进。在这些人物之中，兰迪·谢泼顿是其中之一，他是乔治·韦伯儿时的伙伴，在乔治的小说出版之后，正当别人都反对他的时候，只有兰迪始终支持着他。虽然兰迪的某些职业经历的确来源于现实生活，但我深信：这个重要的人物兰迪代表了另一个亲密伙伴的影子——富于同情心、善解人意、忠诚——在他饱受煎熬的那些日子里，汤姆非常渴望拥有这样的一位朋友，但是他没有遇到。虽然他的第一位编辑朋友具有这样的品格，但是他比汤姆年长，属于另一代人，所以还是有所不同。

另一个自由创作的例子是法官拉姆福德·布拉德，他是一个品行恶劣的盲眼老头，他经营着一家不可思议的旧货店，而且利用这家店为那些可怜的黑人发放高利贷。虽然拉姆福德·布拉德法官的形象真实而可怕，但是令人欣慰的是，现实中并不存在这样一个人。汤姆以诸多熟人，以及某位恶名昭著的南方人为原型，凭空想象出了那样一个人。不过，汤姆最初塑造此人的动机是什么，他又是如何了解到那个人投放高利贷的细节呢？弗莱德·沃尔夫，汤姆的哥哥，为我们提供了答案。他们的父亲，生前曾幼稚、草率地买下了一家小型家具店，后来才发现那家店铺与他们预想的差得太远了；等他发现真相后，一怒之下立刻处理掉了那家店。至于别的内容，基本上无需指出了——对于读过《天使，望故乡》的人来说——汤姆父亲的面容是不会隐藏在法官拉姆福德·布拉德的面具之后的。汤姆杜撰了那个险恶的角色，把那种利用高利贷谋生的人士刻画得入木三分。

汤姆对"传记作家"的问题有过深入的思考，同时也知道利用个人的经历进行文学创作有很多不同的途径。在他去世前的几个月，他曾给我写过一封信。他在信中承认了这样一个事实：他的故事叙述采用了一种新的方式，这些例子就是明证。他把那封信称为"写作意图的陈述，"那封信的内容很长。他还提到了近期写的作品，信中频繁地提到了"那本书，"他所说的那本书就是他去世后出版的那三本书的全部手稿。他写道：

以下就是作者的想法：

他打算完全利用自己的亲身经历，把那些经历倾吐出来，把其中富有价值的东西经过提炼、抽取出来。他打算把它写成一部更加客观的作品，同时也打算让它具有以往作品的特征，因为它最具有自传色彩……他从亲身经历中创造了一些崭新的人物，这些人物与其说是由具体的回忆构成，还不如说是他对许许多多人士的观察、感受、思考、相处、了解而得出的一个和谐的综合体。

正如作者本人对他的编辑所讲的，那本书不仅标志着他过去创作的转折，而且也表明了他在思想和艺术上的变化。也就是说，他感到自己已经与摆脱了原来那种抒情式、独具个人特点的自传体写作手法；他不仅在寻觅，而且也希望通过自由创作能让他的创造力得到释放，而他原来的那种独特的自传体写作手法显然制约着他，使他难以拓展自己的创作方法。①

他把自己的写作目的陈述出来并不意味着他已经在最后的那部书稿中采用了全新的写作手法。绝对不能这样说。到目前为止，那部书稿的绝大部分都是在他得出这个结论之前写成的——有些内容甚至是在数年前完成的，这一点我会在下文中说明。他的意思是想说明自己已经用这种更加自由的方式

---

① 这封信表明了南方人在礼仪方面的一个有趣特点。汤姆和我都是南方人，我们在交往之初都非常客套，直到我们相互熟悉之后，才用小名相称，也就是说我们用"先生"称呼彼此约有一个月。正是在这一个月里他写了这封信：因此会有用单数第三人称的那种客套用语。

写出了某些崭新的东西——想看看自己能否做得到，而他也乐于尝试。他后来对我讲，他对这种尝试颇为满意。

在对他做任何评价的时候，记住这一点是非常重要的，因为它表明，在他去世之前他的文学创作技巧已经有了新的提高。对于托马斯·沃尔夫有一个最常见的误解，有些评论家认为他的作品缺乏形式。持这种观点的人大多数是一些"学者型"的人物。（并非所有的教授都具有学术头脑；具有学术头脑的人也并非都是教授。）他们的推理过程是这样的：

沃尔夫是写小说的。小说应该是这样，这样的，这个定义是从文学史中得出的。换言之，菲尔丁、狄更斯、萨克雷、威拉·卡瑟是都写小说的，在他们的所有作品中都可以找到某种共同的东西——即具有一个故事情节，还有故事的开端、发展和结局等等，这样的作品才算得上小说，而沃尔夫的作品并不是这样的。因此，他的作品就算不上小说。那么，看在上帝的分上，他的作品应该算作什么呢？

汤姆对那些自以为能够读懂艺术作品的人无话可说，那些人把艺术作品放进精美的盒子里，贴上标签，然后束之高阁。他的作品不是为这些人而写，所以他除了把这些人看做人类的异类之外，对他们毫无兴趣，研究一下他们还算有趣，但是倾听他们说话就毫无益处了。他不知道自己写的东西算不算小说，也不知道那些作品是否应该起个目前还没有问世的名字。如果非要给出答案的话，他可能会说第二种称谓要比第一种更恰当些。但事实上他根本不在乎这些。这样的问题提不起他的兴趣，似乎与他毫无关系。真正能够引起他兴趣、他本人也十分关心的问题应该是：这些作品到底好不好，它们是否真诚、直率和真实；是否说出了作家想要说的内容；他的读者能否理解作品的意图，是否会因作品而感动，从而在读完书后自言自语地说："没错，生活就是这个样子。"他不知道，对于一本书还有什么别的要求。

有时候，正如他在《一本小说的故事》中那样，他也会把自己的作品称为小说，但是他这样说的次数并不多。他往往都简单地把它们称为书。所以，如果我没记错的话，他也从未自称过小说家。在《名人录》的个人简介中，他自称为"作者。""作者"或"笔者"是他常用的一个字眼。这个问题似乎并不重要，但它涉及到了托马斯·沃尔夫作品的形式问题。因为，如果有人要以众所周知的那种传统小说的标准和各种各样的定义来评价其作品的话，他就会受到打击。在他大多数的作品中都难觅那种传统的小说形式，而且即使搜遍他所有的作品，也看不到某种具体的形式。

　　他的作品没有大多数作品所具有的那种造作的情节，人物形象也绝对不会受到作者意愿的操纵和塑造。在处理这些人物的时候，他没有安排他们此后过上了幸福的生活，也没有让他们掉进井里或者以别的方式结束自己。他们都有自己的生活方式，像平常一样处理自己的日常事务，或者生老病死或者淡出视野被人遗忘。这才是现实生活中的真实情况，但是那些学者们却坚持认为，艺术家应当在生活的基础上有所提升。他们喜欢作者把所有的线索在大结局时串在一起，然后打一个漂亮的结，以此为前文提出的问题给出答案。托马斯·沃尔夫没有什么具体的问题需要解决。不过，他和詹姆斯·乔伊斯，以及其他许多伟大的作家一样，都拥有新奇的理念，为生活本身没有提供答案的问题求解并非他的职责所在。

　　他深深地融入了生活，这为他的写作提供了真实的形态。因为他的作品具有一种自然的、基本的形式，是其他各种形式必不可少的形式，而非对某个主题的多种变形——那就是生活本身的形式。汤姆十分坚信，对于一个作家或者任何领域的艺术家的最大期望就是他能够密切地观察生活，并且看到它的真实面貌——而不是仅仅看到它的表面，相反，要看到它真实的内部——然后他才能按照自己看到的样子描绘出它的方方面面，这应该是一种忠实而精确的描绘，甚至连我们这些从摇篮到坟墓都对生活视而不见的人（指我们大多数人）也能看得明白。也许有人会认为，科学家和艺术家都具有这样的理念，但是一旦我们对照其伟大，这种语言上的区别就丧失了意义。富有人性的科学家就是艺术家。他是唯一一个将目光着眼于全人类的人。

　　托马斯·沃尔夫既是科学家又是艺术家。跟科学家一样，他永远都在做笔记记录自己观察到的一切。前面提到的"西行记"几乎就是一系列记录现实的笔记。又如一位画家，他总是拿着一个写生本，一次次地组合和再组合他观察到的一切，以此来考量实现自己幻想的"精确度"。恰如一位画家为了精准地抓住肘部的曲线，他也许会勾画出十来张胳膊的素描图。因此，在找到最恰当的"感觉"之前，汤姆也会写出十来篇文章描述第三大街上那些污迹斑斑的高大建筑物。他曾经这样描述过这个过程：

　　在他努力搜索自己的经验、提取完整而重要的事实、找到写作方式的时候，他也设法重新捕捉生活中每个细小的微粒。他花了数周或数月时间将无数的生活片断记录下来。他把这些称为："干巴巴、蛋糕一般的美国色"。比如地铁入口的样子，高层建筑的设计与装饰，铁栏杆的外形与感觉，色泽不够明快的绿色形成的暗影，美国到处都涂着这种颜色。然后他试图确定伦敦大部分建筑都采用的砖块的模糊色彩，还有伦敦门廊、法国窗户、巴黎的屋顶和烟囱、慕尼黑街道的外观。他所搜寻到的每一样外国事物都与美国的对等物形成了对比。①

这些话并非出自一个漠视形式的人之手。相反，它们是一个极其关注生活，并以敏锐、细致的态度耐心地观察生活的人的肺腑之言。难怪他在作品中融入了那么多的生活内容。

所以说，这就是他所具有的一种形式。当然，他还有其他的写作形式。

他始终在关注每一行文字的形式。如果你想找出证明反驳我的这个说法，请试着找出他写的某些句子吧。如果你愿意，不妨找出重复性强、充斥着形容词的冗长句子，然后删掉那些你认为多余的、无足轻重的词汇，然后再大声读出来，这时候你就会对沃尔夫有一个更深的理解了。如果你对音乐在行，他的句子很少会让人听着不舒服。可是，如果有人自作聪明地做一点点改动，那些原本圆润优美、抑扬顿挫的句子就会变得杂乱而刺耳。

不过，他用词的啰唆和语言的冗长又是怎么回事呢？他经常在一段文字中使用十几个相同的词，往往把十几个形容词连在一起使用，而一般人使用三个就算多了。汤姆对自己的这个习惯十分清楚，他本人也有意识地控制自己，尽量避免这种情况的发生。在他后期的作品中，这种情况有了很大的改观。他的这个习惯之所一直存在，并不是因为他对形式不重视。相反，正是因为他对形式太敏感了，才导致了这种情况的发生。身为南方人，他也具有南方人擅长语言修辞的特点，他本人往往会沉浸在自己语言的节奏中。有时候，尤其在他早期的作品中，他非常关注句子的节奏感，甚至为了顾全节奏之优美而牺牲了句子之语义。在很多情况下，读者会发现他在重复某个词或者短语，或者让自己沉浸在形容词的回响之中时，他的所有安排都是为了获得优美的节奏。

这就是简单的删减并不能解决根本问题的原因。不过，这并不是说沃尔

---

① 参见《你不能再回家》，刘积源译，敦煌文艺出版社，2008年，第292页。

夫的作品不能删减。他的作品都有过删减，每部作品都是如此，而且删减的内容还很多。有时候为了使其更加出色，大段大段的内容会被剪切掉。我只是说，细节末节的修剪往往行不通，因为这样反倒会损害了他的写作风格。他的大部分作品都要经过删减——不过要从全局上考虑。

　　只有从全局的眼光评价托马斯·沃尔夫的作品，才能发现其作品具有的另一种形式。有些想要从其作品中找到古典形式的学者仔细阅读了他的作品，发现如果把他的作品作为整体来看，可以从中窥见某种类似古典的形式。从整体来看，这些作品讲述的是一个故事——尤金·甘特的故事，但是在中途他又换成了乔治·韦伯（汤姆自认为有充分的理由这样做，这个问题姑且留到后文再详述。）这个故事总体上有一个开端，发展，结局。当然，对于一个注重纯粹形式的人来说，这个故事可以看成是一个轮回，《天使，望故乡》算作开端，《你不能再回家》结束。这就构成了整个故事的两个部分。

　　现在，既然这本《远山》已经为托马斯·沃尔夫的全部作品画上了句号，那么其所有作品联结在一起的那种整体性也就愈加清晰了。任何一位读完沃尔夫全部作品的人都会明白，这些作品并不是独立的，它们并不是一般意义上的那种"书"。汤姆实际上就写了一本书，此书包含了所有已经出版的书，总计有4000多页。那些印着托马斯·沃尔夫姓名的作品只是构成这本巨著的某一本书，它们可以看做是为了阅读的方便而从那本巨著中抽取的部分片断而已。

　　他将自己丰富多彩的人生画卷完整地连接了起来，这是我所知的最伟大的文学成就之一。在这一点上，他与乔伊斯十分相像，其作品比较容易理解。沃尔夫在创作中尝试了诸多新的写作手法，叙事角度也时常转换，在整个创作过程中他一直沿袭着那种看似盲目的写作计划，如若考虑到这些因素，他的成就似乎更为突出。

　　在他极富想象力的作品中，最终的作品与创作之初的构思没有一部是一致的，这一点很奇怪，但却是事实。只有《天使，望故乡》最接近写作伊始的构思。汤姆曾说"那本书是自然写成的"，他的意思是说从一开始，他就对小说的情节脉络胸有成竹，写作时也相当自如，甚至没有意识到后来创作中令他烦恼的那些问题。然而，尽管如此，斯克里布纳出版公司的麦克斯威尔·E·珀金斯，即汤姆的第一位编辑曾经告诉我，在《天使，望故乡》的手稿中，开篇的一大部分被删减了，因为那部分详细地讲述了老甘特的早期生活，那部分内容缺乏温情和现实感，而这种温情与现实感在写到尤金及其家庭的背景时立刻就能感受到。后来的作品，不论从何种意义上来说都不是"自然写成"的，也不是按照独立的作品构思的。《一本小说的故事》证实了《时间与河流》的写作过程，那些遗作亦是如此。汤姆总是提起那一大堆手稿，后来的作品都是从那一大堆手稿中甄选出来的，那些书稿被简单地称作"那本书"。他不知道这些手稿最终会成为一本书还是一打书，他并不十分在乎。他似乎觉得这是出版社的事情，而且他这样认为也无可厚非。因为编辑而成的第一本书主要是为了阅读方便与实用而考虑的。

这似乎与我对沃尔夫创作形式的描述有所冲突，但事实上并无矛盾。因为，虽然汤姆并未对其作品的各个段落进行过细致的谋划，就像我们熟悉的小说作品那样，但是他的确对各个段落进行过构思，并对段落之间的关系有过酝酿。此外，他对作品的整体进行过构思。在动笔之前，他对整体已经成竹在胸了。这倒不是说，那时他就可以向任何人展示出即将面世的作品蓝图。他对作品的整体把握更加重要，对自己的意图非常清楚。他知道自己要写怎样的书，知道该书的内容是什么，他也很清楚要在读者身上产生怎样的效果。

这种观点需要得到证明，不过幸运的是，我要拿出的证据比我和汤姆的谈话记录以及从他的手稿研究中得出的推论更加令人信服。1929 年 4 月，汤姆给他母亲写了一封信，当时他年仅 22 岁，正在哈佛大学的 47 戏剧班师从贝克尔教授。在那个时期，他想成为一名剧作家，因此他构思的作品都是按戏剧的形式酝酿的。除了对创作手法的估计有出入之外，他的书信精准地预言了他日后的成就，那些作品成了文学史上的重要档案。他曾经到过贝克教授位于新罕布什尔的乡间寓所，谈到那次拜访时，他说贝克尔教授对他信心十足。随后他接着说：

现在我很清楚这些，这都是必然的，我由衷地坚信。唯一能使我停下来的就是患了精神病或者死去。

我要写的剧作可能不太合那些老处女、漂亮的小姑娘和浸礼会牧师们的优雅品味，但它们却是真实、可靠、富有勇气的，其他的无关紧要。如果我的剧作继续下去，我想请你做好诅咒我的准备。我处处小心翼翼——比起我热爱但却猛烈抨击过的南方，我已对波士顿那些社会下层的感伤主义者留了不少情面。我没有兴趣写那些大腹便便的罗特利 & 基瓦尼俱乐部会员们称道的"优秀剧目"。我想了解生活，公正、公平地理解并阐释它。我认为，这是作家的职责，值得放下尊严去做。因为，生活并不是由那种甜腻的、黏糊糊的、令人作呕的埃德加·A·盖斯特式的感伤构成，也不是由虚伪的乐观主义构成。上帝并非总在他的天堂里，也不是总是对这个世界保持公正。它并不全是坏的，也不全是好的；它不全是丑陋的，也不全是美好的；这就是生活、生活、生活——这才是唯一重要的。它野蛮、残忍、善良、高贵、热情、慷慨、愚蠢、丑陋、美好、痛苦、喜悦——是这一切又不尽如此——这一切就是我想知道的，上帝助佑，我也应该知道，即便世人因此要将我钉在十字架上。我也要走到世界的尽头去寻找它，了解它。当我行将就木之时，我将会对这个国家了如指掌，我要把它付诸纸笔，让它变得真实而美丽。

我会小心翼翼。我会毫不犹豫地对那些大喊"前进、前进、前进"的人说出我的想法——他们想要更多的福特汽车、更多的扶轮社、更多的浸礼会女士社交协会。我会说"大阿什维尔地区"并不一定意味着到1930年时达到十万人，并不意味着我们坐在汽车里会快上四倍，住的房子会高出四倍，我们会比祖辈们文明四倍。我想让他们稀里糊涂、思维狭隘的脑袋记住的是，大腹便便、豪华汽车、柏油马路等等，并不会让他们好上一点点——世界上存在着美——甚至存在于我们眼下这个野蛮、丑陋和粗俗的国家。美和精神让我们成为人，而不是同业公会那些可鄙的吹鼓手和编造小册子的无耻之徒。

我要让他们的小脑袋记住，不一定非要成为一个"有高度文化修养的人"，也不需要变得"神经不正常"或"不切实际"方能了解这些事情、爱上它们并且意识到这是我们的共同遗产——为我们所有人拥有，成为我们的一部分。因上帝之名，我们成了人，没有变成猴子。

说到美，我并不是指苏西和乔尼最终相聚、拥吻的电影特写镜头，也不是嚼着口香糖的太太们回到家里，心里寻思着丈夫不及情人瓦伦丁。这一切低劣而粗俗！我的意思是，美就是一切迷人的、高贵的、真实的东西，它不一定香甜，也许有些苦涩；它不一定欢愉，也许有些忧郁。

春天来临时，我想起北卡罗来纳州那个凉爽、窄小的后院，院子里长了青苔，湿漉漉的，还有盛开的樱桃树。想起了树梢上那个瘦削的小男孩，被芬芳绽放的花朵包围着，空气中散发着树液特有的气味，看着后院幻想着什么。这就是美！——这就是浪漫。我想起了一位病魔缠身的老人，他觉得自己对死亡很恐惧，但他死去时却像一位史诗中的勇士。这就是美。我想起了一位二十六岁即将撒手人寰的小伙子，他大口喘息着想要恢复气息，我想起他惊恐的眼神和抓住我双手并大喊的样子，"你回家干什么？"——我想起了我的喉咙里颤抖的那个谎言，想起了那个脸色煞白的妇女，她的十指紧紧地扣着他的手，呆坐在那里，犹如大理石雕像一般。

那个十八岁的小伙子平生第一次看到，知道现在死去的不只是一个儿子，而是一位母亲身体的一部分正在她面前被埋葬——那个垂死的生命——是她哺育过、爱过的人，他是从自己身上脱离的骨肉，源于她的生命，现在被掠走了。这一幕虽然可怖，但却充满了美。

我想起了一位身体孱弱的姑娘对父亲的孝心，想起了通往克雷格山的路上长满雏菊的草地，想起了新罕布什尔的白桦林，想起了孟菲斯的密西西比河——想起了造就我的一切——我知道再无什么东西如此平淡，如此乏味，不因高贵和神圣而受到影响。

我想对人畅所欲言，彻底袒露我的心声。对我而言这就是生命的意义：这就是我的生命所系，我要这么做，否则就去死。

我永远都不会忘记：我至今也没有忘记，放在篮子中的那个婴儿第一次感知到门廊上温暖的阳光，看到姐姐爬上小山到拐角处的女子学校上学（这是我记忆的第一件事），自此之后我就努力让自己感知整个生活。

慢慢地，从婴儿蒙昧的世界中，万事万物具体化了：那张令人恐惧的大脸变得熟悉了起来——通过刚硬的胡须，我认识了父亲。后来是动物大观之类的书，还没识字我就都记住了，为了博得街坊们的赞慕，我每天晚上还倒拿着书背诵诗文。我知道了圣诞老人，还把乱涂乱画的信投到了烟囱里。后来知道了圣路易斯，记住了辛辛那提火车站的一段楼梯——那个车站肯定已被兴建起来了——世界博览会、弗雷斯大转轮、因萨德旅馆的葛罗夫、德尔玛花园，在那儿你让我尝啤酒我却吐了出来，和艾菲一起坐公交车去露天交易市场——雨下啊，下啊——瀑布一样的雨啊——在那个风景如画的车站乘车——害怕黑夜和那些恐怖的面孔——在后院（圣路易斯）吃桃子——我吞下了一只苍蝇感到恶心极了——我的一个兄弟嘲笑我——两个小男孩骑着三轮车在街上来来去去——他们身着白衣长得很像——他们的父亲在一场电梯事故中受伤或是死了（不是吗？）——我在院子一侧狭小的台阶上胡闹，警察看到了还告发了我——东印度公司茶叶的味道——我永远都无法忘记——葛罗夫生病死亡的那一幕——半夜我被梅布尔叫醒，她说"葛罗夫在冰床上了"。我不知道冰床是什么样儿，但急切地想看一看。

我不清楚死亡是什么，但隐隐约约、有些恐惧地感到发生了可怕的事情
——随后，她把我带到了楼上的走廊里——冰床令我大失所望——只是一张
桌子而已——他的脖子上还有褐色的痣——在回家的路上——客厅里前来吊
唁的宾客——诺拉·以色列也在那儿——接下来，我的记忆就变得非常清晰
了，我能一步一步地回溯到过去。

所以我认为自己会成为艺术家。真正重要的事儿我已经理解了，并在我
的脑海中留下了印记——有时是某个人的微笑——有时是某个人的死亡——
有时是春季里蒲公英的芬芳——曾经的爱。

我要到处走走看看，见见所有能见到的人，思考所有的思想，感受所有
的情感，我能够、也会一直不停地写、写、写……

这是《天使，望故乡》问世的六年前写的话。从那时起，他就在一直不
停地写、写、写，一直设法写下去。那些内容都是一气呵成的，因为他成竹
在胸。

他究竟是如何做到的？他的方法是什么？

我说过这些方法都是他独有的，没有借鉴任何人。如果不了解这些作品
的诞生过程，我是不会相信会有人能以这种方式进行创作，如果换了别人，
只会导致绝望和混乱。这些作品看起来根本没有任何目标和方向，但事实并
非如此。创作的目的一直存在于他的脑海里，这就是他的写作方法。

研究他大量的手稿就像发掘特洛伊古城的遗址。就像偶然遇到了特洛伊
文明被埋葬和遗忘在不同地层的证据。有些手稿是在他离世之前四个月才完
成的，有些则可以追溯到撰写《天使，望故乡》的时期。事实上，部分内容
正是从该书中删减下来的；还有些手稿是在那些年月里交替完成的。这些手
稿不仅涵盖了那三部遗作中的全部，而且还包括更多的其他内容。题材形式
多种多样。有的仅仅是笔记，提纲，其中有些还没有完成，有些句子写到中
间就戛然而止了。

有些片段是从更早的作品中删减下来的。其中一个很长的片段正是汤姆
第二本作品开篇和中间缺失的那一部分——那本书名叫"K19"，从未出版
过。那是一部关于火车的书，作品以阿尔泰蒙到纽约的一列夜间列车的包厢
开篇，用倒叙的手法讲述了包厢里乘客们的生活经历，以及他们在车厢里邂

逅的过程。珀金斯先生和汤姆都认为那本书不及《天使，望故乡》好，所以汤姆最终放弃了它。但他并没有把手稿扔掉，他从来不会丢弃手稿，不会丢弃任何东西——如果在这种情况下用不了的东西，他会设法用在其他情况下，而且经常做得很好。

例如，"K19"中的一部分内容经过删减、压缩后变成了《时间与河流》开篇章节。其余部分经过重写和编排成了该书的收尾章节。但是剪裁余下的那些内容仍然存于汤姆交付给我的大堆手稿中。那些余下的手稿在形式上都与遗著不相符合，因此一直处于尚未出版的片段状态。但实际上，汤姆将他那些貌似败笔的创作变成了优势，他把那节名为 K19 的车厢再次写进了《你不能再回家》之中，让一些背景相关联的角色碰了面。虽然再没有更多的相似性，但这就是那部被遗弃的小说的最基本的创作思路——重新撰写，以完全不同的人物进行成功的组合。①

这一切似乎并未使这些手稿显得复杂而混乱，在写作的不同阶段，汤姆的创作观点经常发生变化，他也会通过改换人物的名字来表明这种转变。当他放弃尤金·甘特这个名字后，一直犹豫了好几个月，最终决定启用乔治·韦伯这个名字。他为何要抛弃甘特和彭特兰这两个姓而青睐韦伯和乔伊纳尔呢？这有几个原因。首先，正如他所言，让他的家庭与甘特家族紧紧地联系在一起，无意中给他的家庭带来了难堪与痛苦，他不想让家人进一步遭受这样的难堪。其次，在《天使，望故乡》中，他忘了叙说童年时期一些更为重要的往事，所以以一个新的角色进行叙述是唯一的办法。最后，他逐渐形成了一种针对自我及其作品更为客观的态度。正如他所说，他早就不是尤金·甘特了，他越来越厌恶尤金这个名字。他想取一个新的名字挂出新的旗号，以此宣告与先前自我的解脱。在前面提及的那封写给我的信中，汤姆写道：

作品的主角——中心人物——现在更加重要，因为作者希望他将，或者能够用自己的经历说明我们每个人，尤金·甘特型的人物所具有的重要价值

① 关于该列车，倒有一个十分有趣、令人印象深刻的偶然插曲。在汤姆病故前的最后一个星期，我在巴尔的摩，他离世后我留在那儿帮助他的家人料理后事。他的家人前去阿什维尔时，我去车站为他们送行。在站台的尽头那只长长的柏木箱被装上了行李车。他的家人在开往阿什维尔的火车包厢里落座后，我向他们道别。就在车窗缓缓地从我眼前滑过时，我注意到洗手间的车窗上有一个铭牌，上面写着 K19。

就在于其独特的个性和浪漫色彩，最终导致他与周围的世界格格不入；从此种意义上来讲，尤金·甘特型的人物成了一种浪漫主义的自我辩白，而尤金·甘特型人物的最大弱点就在于这个事实。因此，主人公的性格特征没有了尤金·甘特的痕迹，这对本书的成功与否具有极大的意义。由于创作者的头脑和灵魂之中再没有了尤金·甘特的痕迹，所以这个问题就是技术性的，而非精神和情感方面的问题了。这是一部探索人生的书，因此它与生活紧密结合在一起；它不是一部个人的抗争史，所以不能与生活割裂开来。主人公不仅是各种环境的悲惨受害者，是与其环境格格不入的浪漫式英雄，而且作为一种参照物，将生活中的各种事件分门别类，并依此触及、解释和领会这些事件，依此审视和整理这些事件。

所以尤金·甘特就被弃之不用了。有一段时间，汤姆将新主人公称作乔·多克斯，而后又称作乔治·斯班格勒。后来，他又让主人公姓乔伊纳尔了。当他沉浸于《网与石》的象征意义时，他竟然又放弃了乔伊纳尔这个姓，把主人公的姓改成了韦伯。由于手稿的撰写时间跨越多年，所以这些名字都出现在其中。尤金·甘特这个名字出现在更早的篇目中。从写作的视角来看，最早的篇目都是用单数第一人称叙事的，《天使，望故乡》一书最初就是用这种方式叙事的。

尽管这一切令人一筹莫展，但是手稿的真正了不起之处——这是真正难以置信的——体现在如果把那些细枝末节的内容删掉，把未完成的片段和大量不属于那部小说的东西去除，然后像七巧板拼图那样把剩下的部分依序排列组合起来，往往显得十分契合。这简直太奇妙了，但事实的确如此。我也发现《网与石》、《你不能再回家》中有很多连续的章节并非按顺序写成的，有些章节间隔几周、几个月、甚至几年才写完。然而，把它们放在一起时却具有珠联璧合的效果。

这个秘密该如何解释呢？答案在于汤姆离奇的写作计划，他不得不创造出这种独特的方法以满足他独特的要求。

因为在他的脑海中早已形成了完整、清晰的概念，所以他不必凭直觉摸索前进。他创作过程中的主要事件与他个人的成长经历十分吻合，因此他很清楚各个段落在什么地方接合，不需要写完第六章，第七章后，才着手写第八章，第九章。这种方法可以使他每天的写作进行得十分自由，每天写的都是当天最有兴致写的场景。

昨天，他可能一直写在布鲁克林区的生活经历，但是到了晚上，他的思绪碰巧会回溯到30年前，忆起了童年的趣事，第二天起床后他会写下那段趣事，而把布鲁克林的篇章搁置一旁，直到他再次想回起这个话题时才会继续。就这样，他也许会在一个月内涉及到各种各样不相关的事件和林林总总、分散在小说各处的人物。也就是这样，他在写作单独章节的同时，也一直在统筹整体。

当你进入他在切尔西的三居室套房的前厅时，首先映入眼帘的便是两个巨大的木箱，搁在地板的正中央，显得很不协调。那就是他的宝藏，收藏者他的手稿。每写完一些东西，他都会打印出来，收藏在这两个箱子里。他所写的东西全在箱子里，昨天写的提纲，多年来一直未能出版的资料——刚从打字机上下来的崭新的纸张、因时间久而泛黄的稿件以及因经常使用而破损和卷了角的旧手稿等，全部混在一起。这个箱子就像一个什锦包，根本无法整理清楚，但他对其中的内容清清楚楚，能迅速找到想要的东西。

有时，他会停笔几天，翻腾这两个大箱子，挑出一部分稿子并把它们放在一起。如果有些六年前写成的片段与新近写成的属于一类，他就会将其编排成一篇，必要时还会重写。因此，零星的小片段就变成了大篇幅不可或缺的一部分。然后，他再把这些手稿放回箱子，等待某一天再被翻腾出来放进更大的篇幅中去。我把这个过程想象成了拼图的过程：首先，需要打磨每一粒珍珠或宝石；然后，等有了足够多的珍珠或宝石时，再把它们挑选出来放在一起，按设计好的图案拼在一起。

汤姆在离开纽约的当天交付给我的那些成堆的手稿，其实并不是他按自己的模式排列有序的部分，而是他所有作品的集合和累积——即他已经写成但尚未出版的全部手稿。在那两大箱待处理的东西中，只是没有了早期的笔记和已经出版的部分，也没有了他曾经放在这些箱子里、跟文学无关的杂物，如炊具、旧鞋子、一沓沓的信件和收据、不戴了的帽子、别人送给他的一些没用的小玩意、熨斗等，简言之，就是那些他没有地方放、本应丢弃但出于某种原因不忍舍弃的东西。汤姆把所有的手稿都给了我，不是因为他觉得这些东西都属于他所谓的那部"著作"，而是因为他想让我熟悉其中的每一个细节，以便我们两人决定哪些内容该归入这部"著作"。其余的再放回大箱子里，为以后的作品作储备。一旦对下一部或几部书的内容达成共识，汤姆就会估算好时间，也许他得花上一年时间把那部分手稿整理成符合出版的形式。

当然，这里所说的下一本书就是《网与石》。在把所有不相关的内容去掉之后，就呈现出读者现在见到的样子。但汤姆想再用一年时间重写后半部分——那段爱情故事——但非常遗憾的是，他未能如愿。从某些方面来看，那是他主要作品中最令人失望的部分。它被分成了两部分，两者之间缺乏衔接。同时，那两部分的写作风格也不一致。原因是那两部分的写作时间相隔了好几年。前半部分至爱情故事展开时，太过于客观和拘谨了。这代表了沃尔夫态度转变之后的写作特点。抛弃了尤金·甘特之后，他又回过头为乔治·韦伯重新创作了童年时期的情节，并把写作《天使，望故乡》时遗漏掉的情节以及从中删除的部分插了进去。比如，名为"屠夫"的那一章最初是在《天使，望故乡》里的，被砍去之后，汤姆把它保留下来并进行了彻底的改造。《网与石》的后半部分以及那段爱情故事的章节可以追溯到《时间与河流》的创作时期。在《时间与河流》出版前，绝大部分内容仍然都在手稿里。后来打算放在《时间与河流》之后的书中，并为其起了"十月集市"的名称。当尤金·甘特被作者弃用时，这个计划也就必须做出变动了。总之，汤姆从未对那段爱情故事的内容满意过，而且一直打算重写。但是最终拖了很久，也未能重写。然而，汤姆的确从头至尾仔细地看过并做了一些修改，而且还把其中的一小部分重写了一遍。这些段落的两个版本都在，把两个版本做一番对比，就会觉得非常有趣。汤姆原本想为那场疯狂的感情纠葛中的尤金·甘特做一番辩护，但后来他做了巨大的转变，没有像对待尤金·甘特那样和善地对待乔治·韦伯，而是给予了猛烈地抨击。毋庸置疑，此举部分诠释了汤姆的说法：在他的头脑和灵魂中"再也没有尤金·甘特的痕迹了"。

汤姆的写作计划大体上与他的个人经历同步，直到《你不能再回家》的结尾，他都一直在思考和努力改进他的创作风格。他是否把它看成独立的一本书，这我说不准。但他的确把乔治·韦伯的全部故事视为构成《网与石》的内容，并为不同的章节加上了小标题。第一个小标题是《远山》，另一段落也沿用了这样一个笼统的标题，最后一篇是《你不能再回家》。为了出版的方便和需要，这些手稿该如何分割他不知道，也不大在乎。这个系列中的每一册入往往是任意分割的，在拟定每册的纲要之后，他会把各册所需的段落编结在一起、填空补缺、回头再去翻箱寻找那些原先不属于一类的东西，整个过程就是这样子的。

他的创作理念就是这样，但是死神插手了。可以出版的东西都保留了原样，而有些内容则根本没法按原样出版。没有人能够代笔重写那段爱情故事，只得保持汤姆遗稿的原貌。《网与石》和《你不能再回家》在文本的连贯性上处处存在断口。本打算要填补这些断口的内容只写了一部分，且残缺不全无法使用。有些断口只是用提纲式的笔记弥补了一下。还有一些根本没有弥补，完全空白。汤姆曾告诉我大部分空白处需要填补什么。例如，他本打算花费更多笔墨描写詹姆斯·罗德尼出版公司的，但除了《你不能再回家》中出现的那些文字之外，他只写了一点点，就连那一点点也与乔治·韦伯的故事没什么关联，很大程度上都是支离破碎的。总体来说，《你不能再回家》比前面的那本书更令人满意些，因为它更完整，更接近于成品，包含更多最新的作品，甚至连那些更早时期写成的段落在很多情况下也被修改和彻底重写了，文风更加客观。但是在这两本书中，断口依然存在，无论如何都得弥补一下以保证情节连贯。为此，我竭尽所能地写了几段，凡是能用的地方都利用汤姆本人的措辞，这些段落均用斜体字印刷，目的是把它与汤姆本人的文字区别开来。

我们可以肯定一点：如果他还活着，他最终的著作将会与现在的面目多少有些不同。由于未能写完，手稿中必须整体删除的许多部分应当补充完整，再放到恰当的地方。空白处要按他的意图填补。那段爱情故事与早先写成的其他资料需要一并重新改写。最终，从这些手稿中脱胎而出的书可能不是三本，有可能是四、五本，甚至六本。

在从汤姆交给我的堆积如山的稿件中挑选出《网与石》和《你不能再回家》的部分之后，剩下的一些手稿仍未出版，本册就是我们那部分手稿中精挑细选的代表作，但绝不是那两部大制作之后剩余的全部，因为那根本不可能。我们的目标，也是唯一的目标就是颉取精华。作为指定的遗嘱执行人，珀金斯先生在本书的编纂过程中，自始至终都给予了全力的支持，对我的观点表示认可，认为那（编纂遗作）是分内之事。把汤姆写的每个词奉若神圣、试图出版他的全部遗稿的想法即使现实可行，也只会对他的名声造成损害。因为正如我之前所说，这些手稿中有许多部分都是支离破碎的。有些部分是汤姆从未打算出版的草稿。有些章节是很久以前写成的，如果未经大刀阔斧的修订，恐怕连汤姆本人也不赞同将它们以书籍的形式保留下来。还有一些段落是试验性的草稿，并没有多大价值。所有这些都被排除在外了。如果剩下未出版的那些手稿付梓出版的话，至少可以凑齐与这本书同样厚的三本书来，这也足够说明本书是精挑细选的了。

这本书之外的剩余手稿最终有可能进入某个大学图书馆，成为学者和博士生们的饕餮盛宴。可以预见，届时会有很多学位论文源源不断地从中而来。

本书中出现的资料在以前从未以书籍的形式出现过。现在将其整理出版，是因为它应当独立于沃尔夫的其他著作而存在。他最优秀的短篇小说都收录在这里，其中有些篇幅同样具有巨大的传记价值。其中，很多段落会在某处构成统一的整体。在下文中我将竭力说明这些精选片段应该归属于沃尔夫作品构思的哪个环节，尽力告诉诸位每一部分的创作时间，并把偶然获得的有趣信息补充进去。

"失去的孩子"写于 1937 年初，并于同年发表在一份杂志上。汤姆过去常说他写书是为了忘记书中的内容。《天使，望故乡》简要地记述了葛罗夫的离世。汤姆后来觉得他对那件自己还是婴儿时发生的不幸事件描写得不够，因此一直在思索这件事，最后才有了这个出色而感人的小说。其中有趣的一点是，它表明汤姆想同时从四个层面讲述那次经历。顺便提一下，在本书后面的两篇小说中葛罗夫和本恩再次短暂地露面，事实上，它们是汤姆已经离世的双胞胎兄弟的名字。

"无需医治"的手稿已经泛黄、残损了，我猜测应该在 1929 年初就写成了，也许就在《天使，望故乡》出版之后不久。可以肯定，这一篇起初就属于那本书。

之所以把它收录进来是因为它提供了一个非常有趣的文学构想。有几个人问我，汤姆为何要给乔治·韦伯一副有些畸形的身子骨。原因在于汤姆想让乔治和他产生一种精神上的共鸣，而不是身体特征上的完全相像。普通人平均身高 5 尺 8，而汤姆则是个身高 6 尺 6 的汉子，他总是说"这不仅使他难以适应别人，而且还使他在观察所谓的正常人时显得特别敏感"。他想让乔治·韦伯具有同样的特点。尤金·甘特身高 6 尺 6，因此，乔治不得不有所差异。汤姆因此让他具有了一副稍微有些畸形的身体，这个程度刚好能把他从正常的普通人中区分出来，而没有把他弄成个怪人。

在上文我已经提及的那封信中，汤姆谈到了他塑造的崭新人物。真正重要的方面——真正具有自传体性质的方面——就是身体上的变化：创造一个人物，让他表现出这种变化以及这种变化所反映出的伟大的人类体验。但这种变化应该是什么呢？我认为，关于尤金小时候的那段故事也许表明了汤姆偶然发现的解决办法。那段情节是这样的：那个处于长个儿阶段的男孩，四肢以极快的速度疯长，但他的其余部位却停滞生长。于是，汤姆只是把瘦高个儿的小尤金倒了个个儿，让乔治长了一副庞大的躯干，而双腿不合比例地短小。

"出版界的绅士"很有可能写于1930或1931年间，属于沃尔夫的写作实验期，即他在《你不能再回家》中致力于描写布鲁克林生活的那个阶段。那正是他出版第一部作品之后尝试新的写作方法、尝试一切的时候。有一段时间，他打算写一部关于美国夜生活的书，并取名叫"黑暗中的猎犬"，后来汤姆在《网与石》中把那个题名用作了副标题，除此之外便再无下文了。这个构思本身渐渐地和他另外的计划融合在一起，并在后来的不同作品中有所体现。但在准备让它独立成书时，他又开始计划写一个完整的系列，来描述美国人的夜生活。他觉得美国人是一个喜欢在夜里活动的民族，在我们的血液之中有某种化学元素，使我们在夜间比在白天更活跃。他想知道这种化学元素究竟是什么样子，并着手撰写这个系列，总共写了十二、三个片断。"出版界的绅士"便是其中之一，是其中写得最好的，也是该系列在本书中的唯一篇目。

"一位亲戚"作于1934或1935年。很显然，该篇最初属于《时间与河流》，它要么是汤姆从《时间与河流》的原稿中砍下来的，要么是他在意识到该篇因遗漏而未能放进那本长篇小说时而重新改写而成的。

"奇克莫加河"是汤姆写得最棒的短篇小说之一。这篇文章直到1937年才写完，当时，甘特家和彭特兰家已经不是汤姆作品的主要关注对象了，但是作品仍然以尤金·甘特的母亲娘家人——彭特兰家族作为背景。那年春天，汤姆回到了阿什维尔的家乡，整个夏天都待在那儿。在此期间，他重返了群山深处的亲戚家，拜会了一些以前素未谋面的亲戚。其中有一位大舅公——约翰·彭特兰，他是一位精力充沛的老者，后来汤姆还充满温情地谈起过他，并声称那位老者讲的故事几乎一字未改地出现在了他的作品中。

"奇克莫加河"发表的过程非常有趣。在快要写完这篇小说时，汤姆向《星期六晚邮报》出售了一个短篇——《虎仔》，后来该篇成了《网与石》中的一章。邮报的编辑此前从未刊用过他的稿子。邮报付给他的稿酬令他又惊又喜。他觉得如果编辑们还需要这种稿子的话，他是绝不会吝惜提供的。而且料定会赚到丰厚的稿酬，而不是像以前的那些杂志，它们的稿酬只有《晚邮报》的四分之一或五分之一。因此，他满心欢喜、怀着突然暴富的憧憬，把"奇克莫加河"投寄到了费城，但是很快就被退了回来。他转而又试着向其他发行量较大、稿酬丰厚的杂志投寄，结果也一样。后来又把它投寄给老主顾，但也没有人肯要。这份稿子就这样经历了无数次的投寄，他发财致富的梦想也一步步地熄灭了。正如他所言，他最后沦落到了每次稿件被退回时他不得不把裤腰带勒紧一圈的地步。投寄到各处的回应都是一样的：南北战争的话题已经不时兴了——我们再不做战争主题了！最后，他无可奈何地把它寄给了《耶鲁评论》，这家杂志很快就采用了，并支付给他一百二十五美元，他们的稿酬标准可比他以往在别处得到的稿酬少多了。他再也没有向邮报售出过任何稿件，那次被刊用只是一次侥幸——一份诱惑，一个圈套。他用"奇克莫加河"换来的那些钱为自己买了一件急需的上好大衣，他总是充满深情地称之为"耶鲁评论大衣"。

"游子还乡"的前后两部分写作时间有较大的差异——第一部分"幻想"写于约 1934 年，第二部分"现实"则写于 1937 年。有趣的是，这两部分的纯粹想象和近乎直接的叙事构成了极大的反差。从文学层面来看，这两部分包含了《你不能再回家》中的精华。无独有偶，汤姆亲眼目睹了他在第二部分中写到的那场谋杀，并且被传唤至法庭作证。那次经历对他的影响很大。曾经有很长一段时间，他一直在思索法律和律师的相关问题，打算写一本关于律师的书。谈到与形形色色的法律人士打交道的经历时，他往往会令人开怀不已。如果他还活着，并能够遂其所愿撰写那样的一部作品的话，他肯定会得心应手的。

"妖精"一文尽管属于乔治·韦伯系列，但它最初完成时应该在 1931 年或 1932 年，后来做过一定的修改。该篇是汤姆在布鲁克林生活期间写成的。

"一位文学评论家的肖像"一文写作日期虽然不详，但应该是 1935 年之后的作品，是《你不能再回家》创作时期完成的篇目，该文的写作动机与他对功名的幻灭有关。

据我推测，"晨狮"一文写于 1936 年前后。从作品的基调和情感来说，该篇与《你不能再回家》中描写大萧条前夕的那部分章节吻合。该文对人物的性格做了绝佳的分析，有力地说明了汤姆的信条：要想了解一个人，必须得看看他早晨起床、准备上班的样子。在《你不能再回家》中，他以相同的写作手法对杰克先生、伊斯特·杰克和福克斯·爱德华兹进行了描写。

"上帝的孤独者"几易其稿，初稿可能在 1930 年初就写成了，题为"二十二岁的孤独"。后续的版本抛弃了这个题目，这无疑问，这是因为汤姆当时已经注意到孤独并非年轻人的专利。该篇不属于他写作生涯的任何一个时期，但却属于他的整个人生。小说是以第一人称写成的，是标准的自传体。

该篇文笔凄美。我认为，如果除了他本人的作品之外，还需要更多证据的话，该篇也能证明汤姆是一位非同寻常的、正直的、极为虔诚的宗教人士。了解他的人没有一个会怀疑他极度的孤独。但最终那是一种充满智慧和友善的孤独，一种自我克制的孤独，一种早已被他接受了的孤独，孤独是他生命中无法规避的状态。

在他离世前的最后一段时期，他所具有的这些特质更加明确了。在他生命的最后一年，他一直在努力地写作着，或许比他以前更加努力，比我见过的任何人都要卖力。他几乎不再出去和人打交道，在我看来，整个那一年，他经常见面的人不超过六个。由于我们是合作关系，他每周见我一、两次。出于同样的原因，还因为是老友的缘故，他定期和他的代理人伊丽莎白·诺维尔小姐见面。此外，不算那些偶然遇到的人，大多数情况下他只和三四个人见面，不会再多了。他有很多东西要写，但是时间却不多了。

他的敌人就是时间，也可能是朋友，没有人知道[①]。

他经常在上午 11 点左右起床，然后穿衣、吃早饭，快到中午时开始写作，这时他的秘书也就来上班了。之后他会连续写作八九个小时，有时候甚至长达十个小时。他的秘书按部就班地做完定量的工作就回家了，但他得一直工作。转眼间到了晚上九、十点钟时，他才意识到自早饭之后他再没有吃过任何东西，早已饥肠辘辘了。他这才沿着二十三号大街走进凯瓦纳餐厅，点上两块厚厚的牛排。在凯瓦纳餐厅，他有一张钟爱的座位，位于餐厅的后部，他可以背靠着墙坐在那儿观察其他的食客和侍者。之后，他会散会儿步或返回切尔西旅馆，在酒吧间停下脚步，在那里喝几杯啤酒，并和酒吧侍者闲聊几句，或者坐在其中一个小隔挡里，听某位姑娘拉手风琴，点名让她演奏他最喜欢的歌曲——其中几首还是 1912 年的流行歌。晚些时候，他会摇摇晃晃地回到切尔西旅馆的大厅，然后与接待处的侍者，或开电梯的小伙子，

---

① 参见《你不能再回家》388 页。——原注

或住在这家旅馆的某个人搭几句话。回到自己的房间后，他还会接着写作，直到凌晨三四点他才准备上床睡觉，然后睡上七八个小时再起床。他的生活就这样周而复始地进行着。

这就是那一年他的生活状态。他紧紧地抓着写作不放，不让任何事情打扰他的写作计划。有时我会说服他到乡下和我会面，在那儿过个周末，我们常会把别人引荐给他。他似乎也很喜欢这种调剂，但他似乎总在盼望着星期一的到来，届时他可以返回城里继续写作了。在这样的时刻，我有时候会发现他有点儿魂不守舍，即使在消遣的时候，他的部分思绪依然在琢磨着写作。不论在写作时还是休闲时，当他孤身一人或者与众人相处时，情况始终如此，人们总能感受到他那种深沉的、永恒的孤独感。奇特的是，当他坐在人群中，兴高采烈地聊天时，这种孤独感最为明显。正如人们经常从乡下人身上看到的那样，他的友善之中往往会透出他所处的那种孤独状态——这是一种他甘愿忍受的状态；这是他的自我流露，毫无恶意，而且他也乐于相信别人也会像他那样毫无恶意。这种状态表明他能够立刻与别人建立默契。我无法确切地说出那是什么东西，但我相信孤独是造成这种状态的基本原因。因为他是如此孤独，所以他才认为别人也是孤独的，以至于想伸出双臂来安慰他们，他好像要说："是的，我知道孤独是什么感觉，我们同病相怜。"

回溯到他的青少年时期，有相当多的资料表明，他曾经在某段时期里并不是一个很友善的人。由于他的身高，他总觉得自己与别人不一样，显得十分怪异，总觉得有人在取笑他。他说他曾经傲慢自大地到处招摇，寻衅滋事。但他熬过了那段时期，接纳了自己，自己的身体、自己的世界，渐渐意识到自己并无什么不同，一点儿也不奇特、古怪。最终，他明白了自己的遭遇根本没有什么独特之处，就是普通人的人生活经历。正如他在一篇随笔中所言，"我对生活的所有信念，现在都建立在这个信仰之上，即孤独绝非罕见稀奇的现象，对我本人及其他一切孤独者而言并无特别之处，它是人类重要的、无法规避的存在方式。"

我认为，这种源自他亲身经历最深处的信念对他后来的变化起了非常重要的作用。从普通人的角度来看，这种信念，使他从一个多疑、孤独、不友善的人变成了一个热情、友善、充满同情和宽容之心的人。从一名艺术家的角度来看，这种信念，正如他所言，把他从一个厌恶生活、不切实际的叛逆者变成了所有人的兄弟，变成了一个追寻完美人生的人。

　　从某些方面来看，"远山"一文是本书中最有趣的篇目之一了。毫无疑问，它也是最客观的一篇，有些段落的文风十分简练，这在沃尔夫的其他作品中是找不到的。这样做有得有失，得了简练与客观，失了以往作品中丰富的抒情和诗性。（汤姆说吟咏对年轻人来说很好，而对年长一些的人来说追求一些别的东西，不再吟咏也很好）。此外，"远山"几乎是一篇完全虚构的作品，只有很少的一些痕迹与他本人的家庭背景有关联。大部分内容是他生命的最后阶段写成的。"钟声三响"那一章早在1936年就写成并于同年发表在一份杂志上，但其他的章节是后来才写成的，我偶然间才得知，他在离世前一直在奋力写作和修改的正是这部分内容。

　　他写《远山》的方式和动机特别有趣。上文已经提过《天使，望故乡》开篇部分的大部分内容在出版前被删减了，被删减掉的那部分讲述的是甘特与伊丽莎相识、结婚之前的那段生活经历。汤姆把这些内容保存了下来，一如保存其他物件一样。后来，他决定要把它们使用在一本描写甘特和彭特兰祖先的书中。他的母亲给他讲了许许多多关于她的家族的故事，如果把那些故事都写下来，并与早先那些有关甘特的内容结合在一起，完全可以组成一本完整的书了。他会不定期地着手实施这个计划，把母亲讲过的故事——彭特兰家的故事写下来，认真地放进那两个大箱子里。他连书名都想好了，他打算叫它"彭特兰庄园外的群山"。

　　与此同时，《天使，望故乡》出版了，读者的热烈反响使他心神不宁了好几个月。等他重新平静下来继续写作时，他最想做的就是继续撰写尤金·甘特的故事。他曾经尝试着将其置于现已抛弃的"K19"中来写，但后来还是搁在了一边。后来他又写了《时间与河流》一书，他打算把那段爱情故事作为该书的续集，接着他写了"十月集市"，而他宣称"彭特兰庄园外的群山"将以书的形式出版。

　　但就在这个节骨眼上，汤姆改变了写作计划，把甘特和彭特兰弃置案头了。在构思如何去写韦伯和乔伊纳尔家族时产生的诸多问题牵扯了他多年的精力，在这期间他写成了《网与石》、《你不能再回家》。渐渐地，《彭特兰庄园外的群山》就被遗忘了，始终未能成书。

　　但是他为那本书所写的部分手稿并未遗失，也从未遗失过。事实上，那些手稿经常被派上用场。于是，极具特色的事情发生了。汤姆的箱子里装着描写彭特兰家族的全部手稿，从《天使，望故乡》中剪裁下来的全部内容，以及他随时写下来的所有材料。所有这些东西都会在需要的时候派上用场。他发现的确需要补充一点儿先祖们的资料。于是，伊丽莎·甘特，以及后来的姨妈芒等总会深入到过去，带回一点早被遗忘的家族历史。对于那结记性好的人来说，这样的故事似乎无穷无尽。这些故事在一定程度上帮助汤姆重新拾起了他曾计划过的"彭特兰庄园外的群山"，只是他并未意识到而已。后来，他把这些素材零星地分散在其他作品中了。

只要是他的脑海中确定的想法，汤姆一般不会轻易地放过。多年来，他一直打算写一本关于先祖的书，上帝助佑，他一直是这样设想的！《你不能再回家》刚一完成，他就满腔热忱地开始这项任务。他告诉我说，直到那一刻他才意识到他已经把彭特兰和甘特家的相关素材一点一点地用光了。这实在太糟糕了。不过，和尤金一样，乔治·韦伯也得有祖先啊，但这时已经没有任何可用的素材了，只有杜撰。说编就编，他抓耳挠腮地从头开始，终于写下了"远山"，除了几个微不足道的小细节之外，本书中在此标题下收录的内容与汤姆之前计划为"彭特兰庄园外的群山"而写的内容毫无相似之处。

就首次出现在这些篇目中的几个崭新人物我曾询问过沃尔夫夫人。除了老比尔·乔伊纳尔，也许还有哈蒂小姐之外，其他人名她在家谱中都找不到。老比尔的名字的确出现在家谱里，但他的儿子萨加利亚、鲁夫斯、西奥多、罗伯特及其儿子爱德华都是身世不明的。不过她说，这也是有一定的家族历史背景的，主要由于长老会和浸信会之间的宗派分立，但事实上，汤姆在小说中却是以一种正好相反的方式处理这个问题的。他本人的先祖是长老会的，而乔治·韦伯则被塑造成一位笃信浸信会教派的人。这些相似之处只占小说的一小部分，其余部分都是汤姆杜撰的。

汤姆对乔伊纳尔家族早期生活的记述就其本身而言是完整的，然而仍有一些不够充分的地方。虽然直到生命的最后时刻他仍然在撰写这一部分，但是他还想添加更多的东西。乔治·韦伯的爷爷是拉法耶特·乔伊纳尔，是老比尔二婚所生的儿子。在这部小说中拉法耶特也被提到了，但仅此而已。至于他是如何进城的，他的女儿艾米利亚是如何与约翰·韦伯相识并结婚的，小说情节是如何继续展开以及城里的乔伊纳尔家族和乡下的乔伊纳尔家族之间的关系等问题未能得到解答。

如果汤姆还活着并把它写完的话，这些问题都会有答案的。他也曾想花更多的笔墨描写鲁夫斯·乔伊纳尔和哈蒂小姐，因为这两个人物在作品中只是简略地提了一下。事实上，"远山"的故事该家族的故事讲到了 1880 年前后，《网与石》以 1900 年乔治·韦伯的出生开篇。汤姆打算把这二十年的空白填补一下，并让"远山"成为一部完整的著作，它的结尾就是《网与石》的开始，这样一来，作品就会紧紧围绕着韦伯和乔伊纳尔家族展开了。

时光在流逝……像树叶一样飘过……时光流逝……像鲜花一样枯萎……时光流逝……像河流一样淌过……时光流逝……突然间回想起来，就像已被遗忘的马蹄和车轮。

物是人非，永不再来了……离我们远去了，伟大的上帝，只有伟大的上帝……才知道这个世界、这个时代、这个人生远比一场梦境还要奇怪。

这段文字出自"远山"，随着这些文字，托马斯·沃尔夫雄辩的语言停止了。他的作品也已经结束。它们都是令人欢欣、充满希望的篇章，同时也具有深刻的悲剧色彩。正如他在"上帝的孤独者"一文中所指出的，这些情感之间并无矛盾。当你读完这些饱含生命活力、预示着死亡意识的篇章时，你会突然忆起一个令人震撼、已经存在了三年的事实：托马斯·沃尔夫已经死了。

对我们来说，这才是真正的悲剧。在他离世时，他已经尽了自己最大努力。如果他还活着，他会写什么，我们现在已经永远不得而知了。

爱德华·C·阿斯维尔

1941 年 8 月